台灣の讀者の皆さんへのコメント

海を越えて旅したことのない私の書いた小説が、
海を越えて多くの讀者の皆様のもとに届いていることを、
心から嬉しく思っています。
この作品も、どうぞお楽しみいただけますように！

致親愛的台灣讀者

從未出國旅行的我，
這次很高興自己寫的小說能跨海與許多讀者見面，
希望這部作品能帶給您無上的閱讀樂趣。

宮部みゆき

三島屋奇異百物語六

黑武御神火御殿

黒武御神火御殿
三島屋変調百物語六之続

宮部美幸

高詹燦——譯

宮部美幸

作品集／72

MIYABE MIYUKI

黑武御神火府邸：三島屋奇異百物語六

Contents

導讀

進入「宮部美幸館」，就是進入最具原創力與當下性的新新羅浮宮

張亦絢

宮部美幸並不是不容錯過的推理作家——她是不容錯過的作家。她不只值得我們在休閒時光中，一飽推理之福，也爲眾人締造了具有共同語言的交流平台，讓我們得以探討當代的倫理與社會課題。

在這篇導讀中，我派給自己的任務，是在高達六十餘部作品中，挑出若干作品，介紹給兩類讀者，一是還未開始閱讀宮部美幸者；二是面對她龐大的創作體系，雖曾閱讀一二，但對進一步涉獵，感到難有頭緒的讀者。

入門：名不虛傳的基本款

在入門作品上，我推薦《無止境的殺人》、《魔術的耳語》與《理由》。

《無止境的殺人》：對於必須在課業或工作忙碌時間中，抽空閱讀的讀者，短篇集使我們可以自行調配閱讀的節奏——小說其實具備我們在小學時代都曾拿到過的作文題目旨趣：假如我是×××——本作可看成「假如我是某某某的錢包」的十種變奏。擬人化的錢包是敘述者。如何在看似同一主題下，變化出不同的內容，本作也有「趣味作文與閱讀」的色彩，是青春期讀者就適讀的想像力之作。短篇進階則推《希望莊》。從短篇銜接至較易讀的長篇，《逝去的王國之城》則是特

別溫馨的誠摯之作。

《魔術的耳語》：這雖不是作者的首作，但卻是作者在初試啼聲階段，一鳴驚人的代表作。北上次郎以〈閱讀小說的最高幸福〉讚譽，我隔了二十年後重讀，依然認爲如此盛讚，並非過譽。媚工、心智控制、影像——分別代表了古老非正式的「兩性常識」、傳統學科心理學或醫學、以至商業新科技三大面向的操縱現象及後遺症——這三個基本關懷，會在宮部往後的作品，比如《聖彼得的送葬隊伍》中，不斷深入。雖是作者的原點之作，也已大破大立。

《理由》：與《火車》同享大量愛好者的名作；雖然沒有明顯資料顯示，是枝裕和的《小偷家族》受到《理由》一書的影響，但兩者除了有所相通，寫於一九九九年的《理由》更是充分顯露宮部美幸高度預見性天才的作品。住宅、金融與土地——社會派有興趣的主題，偶爾會得到若干作家略嫌枯燥的處理——《理由》則以「無論如何都猜不到」的懸疑與驚悚，令人連一分鐘也不乏味地，就看完了批判經濟體系的上乘戲劇。說它是「推理大師爲你／妳解說經濟學」，還是稍微窄化了這部小說。除了推理經典的地位之外，也建議讀者在過癮的解謎外，注意本作中，無論本格或社會派中，都較少使用的荒謬諷刺手法。

冷門？尺度特別的奇特收穫

接著我想推三部有可能「被猶豫」的作品，分別是：《所羅門的僞證》、《落櫻繽紛》、與《蒲生邸事件》。

《所羅門的僞證》：傳統的宮部美幸迷，都未必排斥她的大長篇，比如若干《模仿犯》的讀者非但不抱怨長度，反而倍受感動。分成三部、九十萬字的《所羅門僞證》可能令人遲疑，節奏太慢？眞有必要？事實上，後兩部完全不是拖拉前作的兩度作續，三部都是堅實縝密的推理。最後一部的模擬法庭，更是將推理擴充至校園成長小說與法庭小說的漂亮出擊：宮部美幸最厲害的「對腦也對心說話」，更是發揮得淋漓盡致。此作還可視爲新世紀的「青春冒險小說」。說到冒險，過去的未成年人會漂到荒島或異鄉，然而現代社會的面貌已大爲改變：最危險的地方，就在「哪都不能去」的學校家庭中。誰會比宮部美幸更適合寫青春版的「環遊人性八十天」？少年少女之於宮部美幸，恰如黑猩猩之於珍古德，或工人之於馬克斯，三部曲可說是「最長也最社會派的宮部美幸」。

《落櫻繽紛》：「療癒的時代劇」，本作的若干讀者會說。但我有另個大力推薦的理由，我認爲，這是通往，小說家從何而來的祕境之書。除了書前引言與偶一爲之的書名，宮部美幸鮮少吊書袋。然而，若非讀過本書，不會知道，她對被遺忘的古書與其中知識的領悟與珍視。如果想知道，小說家讀什麼書與怎麼讀，本書絕對會使你／你驚豔之餘，深受啓發。

《蒲生邸事件》：儘管「蒲生邸」三字略令人感到有距離，然而，融合奇幻、科幻、歷史、愛情元素的本作，卻可說是一舉得到推理圈內外矚目，極可能是擁護者背景最爲多元的名盤。如果對「二二六事件」等歷史名詞卻步，可以完全放下不必要的擔憂。跳脫了「你非關心不可」與「你知道也沒用」兩大陣營的簡化教條，這本小說才會那麼引人入勝。我會形容本書是「最特殊也最親民的宮部美幸」。

以上三部，代表了宮部美幸最恢宏、最不畏冷門與最勇於嘗試的三種特質，它們有那麼一點點專門的味道，但絕對值得挑戰。

中間門：看似一般的重量級

最後，不是只想入門、也還不想太過專門——介於兩者之間的讀者，我想推薦《誰？》、《獵捕史奈克》與《三鬼》三本。

《誰？》：小編輯與大企業的千金成婚，隨時被叫「小白臉」的杉村三郎成為系列作中，業餘到專業的偵探。看似完全沒有犯罪氣氛的日常中，案中案、案外案——至少有三案會互相交織連鎖——其中還包括一向被認為不易處理的陳年舊案。喜歡生活況味與懸疑犯罪的兩種讀者，都容易進入；宮部美幸還同時展現了在《樂園》中，她非常擅長的親子或手足家庭悲劇。動機遠比行為更值得了解——這不但是推理小說的法則，也是討論道德發展的基本認識：不是故意的犯罪、不得已的犯罪與不為人知的犯罪，為何發生？又如何影響周邊的人？除了層次井然，小說還帶出了「少女勞動者會被誰剝削？」等記憶死角。儘管案案相連，殘酷中卻非無情，是典型「不犯罪外，也要學會自我保護與生活」的「宮部伴你成長」書。

《獵捕史奈克》：主線包括了《悲嘆之門》或《龍眠》都著墨過的「復仇可不可？」問題。節奏快、結局奇，曾在《魔術的耳語》中出現的「媚工經濟」，會以相反性別的結構出現。本作是在各種宮部之長上，再加上槍隻知識的亮眼佳構。光是讀宮部美幸揭露的「槍有什麼」，就已值回票價——何況還有離奇又合理的布局，使得有如公路電影般的追逐，兼有動作片與心理劇的力道。雖然不同年齡層的男人互助，也還是宮部美幸筆下的風景，但此作中宮部美幸對女性的關愛，已非零星或一閃而過，而有更加溢於言表的顯現。

《三鬼》：《本所深川不可思議草紙》的細緻已非常可觀，《三鬼》驚世駭俗的好，並不只是深刻運用恐怖與妖怪的元素。它牽涉到透過各式各樣的細節，探討舊日本的社會組織與內部殖民。以兼作書名的〈三鬼〉一篇為例，從窮藩栗山藩到窮村洞森村，令人戰慄的不只是「悲慘世界」，而是形成如此局面背後「不知不動也不思」的權力系統。這是在森鷗外〈高瀨舟〉與〈山椒大夫〉譜系上，更冷峻、更尖銳也可說更投入的揭露——看似「過去事」，但弱勢者被放逐、遺棄、隔離並產生互殘自噬的課題，可一點都不「過去式」。雖然此作最令我想出聲驚呼「萬萬不可錯過」，不代表其他宮部的時代推理，未有其他不及詳述的優點。

透過這種爆發力與續航性，宮部美幸一方面示範了文學的敬業；在另方面，由於她的思考結構具有高度的獨立性與社會批判力，也令人發覺，她已大大改寫了向來只強調「服從與辦事」的「敬業」二字的涵意。在不知不覺中，宮部美幸已將「敬業」轉化為一系列包含自發、游擊、守望相助精神的傳世好故事。

進入「宮部美幸館」，就是進入最具原創力與當下性的新新羅浮宮。

本文作者簡介

張亦絢

巴黎第三大學電影及視聽研究所碩士。早期作品，曾入選同志文學選與台灣文學選。另著有《我們沿河冒險》（國片優良劇本佳作）、《晚間娛樂：推理不必入門書》、《小道消息》、《看電影的慾望》，長篇小說《愛的不久時：南特／巴黎回憶錄》（台北國際書展大賞入圍）、《永別書：在我不在的時代》（台北國際書展大賞入圍）。二〇一九起，在BIOS Monthly撰寫影評專欄「麻煩電影一下」。

總導讀　宮部美幸的推理文學世界「增補版」

傅博

日本當代國民作家宮部美幸

近年來在日本的雜誌上，偶爾會看到尊稱宮部美幸爲國民作家。怎樣才能榮獲這個名譽呢？好像沒有確切的答案，然而綜觀過去被尊稱爲國民作家的作家生涯便不難看出國民作家的共同特徵。

明治維新（一八六八）一百多年以來，被尊稱爲國民作家的爲數不多，夏目漱石和吉川英治是最早期的國民作家。夏目漱石是純文學大師，其作品具大眾性，一九一六年逝世至今，已歷九十年，其作品在書店仍然可見，代表作有《我是貓》、《少爺》等等。吉川英治是大眾文學大師，其作品有濃厚的思想性，對二次大戰戰敗的日本國民發揮了鼓舞的作用，其著作等身，代表作有《宮本武藏》、《新・平家物語》等等。

屬於戰後世代的國民作家有松本清張和司馬遼太郎。松本清張是社會派推理文學大師，其寫作範圍十分廣泛，除了推理小說之外，對日本古代史研究、挖掘昭和史等，留下不可磨滅的貢獻。司馬遼太郎是歷史文學大師，早期創作時代小說，之後撰寫歷史小說和文化論。這兩位作家的共同特徵是，著作豐富、作品領域廣泛、質與量兼俱。他們的思想對一九六〇年代後的日本文化發揮了影響力。

上述四位之外，日本推理小說之父江戶川亂步、時代小說大師山本周五郎，以及文學史上創作量最多、男女老少人人喜愛的赤川次郎也榮獲國民作家的尊稱。

綜觀以上的國民作家，其必備條件似乎是著作豐富、多傑作；作品具藝術性、思想性、社會性、娛樂性、普遍性；讀者不分男女，長期受到廣泛的老、中、青、少、勞動者以及知識分子的閱讀。

宮部美幸出道至今未滿二十年，共出版了四十三部作品，包括四十萬字以上的巨篇八部、長篇二十四部、中篇集四部、短篇集十三部，非小說類有繪本兩冊、隨筆一冊、對談集一冊。以平均每年出版兩冊的數量來說，在日本並非多產作家，但是令人佩服的是，其寫作題材廣泛、多樣，品質又高，幾乎沒有失敗之作。所獲得的文學獎與同世代作家相較，名列第一，該得的獎都拿光了。質的成功與量成比例，是宮部美幸文學的最大武器，也是獲得國民作家之稱的最大因素。

宮部美幸，本名矢部美幸，一九六〇年十二月二十三日生於東京都江東區深川。東京都立墨田川高中畢業之後，到速記學校學習速記，並在法律事務所上班，負責速記，吸收了很多法律知識。一九八四年四月起在講談社主辦的娛樂小說教室學習創作。

一九八七年，〈鄰人的犯罪〉獲第二十六屆《ＡＬＬ讀物》推理小說新人獎，〈鎌鼬〉獲第十二屆歷史文學獎佳作。一位新人，同年以不同領域的作品獲得兩種徵文比賽獎項實爲罕見。

前者是透過一名少年的觀點，以幽默輕鬆的筆調記述和舅舅、妹妹三人綁架小狗的計畫所引發的意外事件，是一篇以意外收場取勝的青春推理佳作，文風具有赤川次郎的味道。後者是以德川幕府時代的江戶（今東京）爲時空背景的時代推理小說。故事記述一名少女追查試刀殺人的凶手之經過，全篇洋溢懸疑、冒險的氣氛。

要認識一位作家的本質，最好的方法就是閱讀其全部的作品。當其著作豐厚，無暇全部閱讀時，則是先閱讀其處女作，因爲作家的原點就在處女作。以宮部美幸爲例，其作品裡的偵探，不管是系列偵探或個案偵探，很少是職業偵探，大多是基於好奇心，欲知發生在自己周遭的事件眞相，而做起偵探的業餘偵探，這些主角在推理小說是少年，在時代小說則是少女。其文體幽默輕鬆，故事收場不陰冷而十分溫馨，這些特徵在其雙線處女作之中已明顯呈現。

繼處女作之後的作品路線，即須視該作家的思惟了；有的一生堅持一條主線，不改作風，只追求同一主題，日本的推理小說家大多屬於這種單線作家——解謎、冷硬、懸疑、冒險、犯罪等各有專職作家。

另一種作家就不單純了，嘗試各種領域的小說，屬於這種複線型的推理作家不多，宮部美幸即是罕見的複線型全方位推理作家。她發表不同領域的處女作——推理小說和時代小說——同時獲得肯定，登龍推理文壇之後，此雙線成爲宮部美幸的創作主軸。

一九八九年，宮部美幸以《魔術的耳語》獲得第二屆日本推理懸疑小說大獎，拓寬了創作路線，由此確立推理作家的地位，並成爲暢銷作家。

宮部美幸作品的三大系統

這次宮部美幸授權獨步文化出版社，發行台灣版「宮部美幸作品集」二十七部（二十三部中有四部分爲上下兩冊），筆者以這二十三部爲主，按其類型分別簡介如下。

要完整歸類全方位作家宮部美幸的作品實非易事，然其作品主題是推理則毋庸置疑。筆者綜合故事的時空背景以及現實與非現實的題材，將它分爲三大系統。第一類爲推理小說，第二類時代小說，第三類奇幻小說，而每系統可再依其內容細分爲幾種系列。

一、推理小說系統的作品

宮部美幸的出道與新本格派崛起（一九八七年）是同一時期，早期作品除可能受此影響之外，文體、人物設定、作品架構等，可就是受到赤川次郎的影響了。所以她早期的推理小說大多屬於青春解謎的推理小說；許多短篇沒有陰險的殺人事件登場，大多是以日常生活中的家庭糾紛爲主題，屬於日常之謎系列的推理小說不少。屬於本系列的有：

1.《鄰人的犯罪》（短篇集，一九九〇年一月出版）收錄處女作以及之後發表的青春推理短篇四篇。早期推理短篇的代表作。

2.《完美的藍──阿正事件簿之一》（長篇，一九八九年二月出版／獨步文化版．宮部美幸作品集01──以下只記集號）「元警犬系列」第一集。透過一隻退休警犬「阿正」的觀點，描述牠與現在的主人──蓮見偵探事務所調查員加代子──的辦案過程。故事是阿正和加代子找到離家出走的少年，在將少年帶回家的途中，目睹高中棒球明星球員（少年的哥哥）被潑汽油燒死的過程。在搜查過程中浮現的製藥公司的陰謀是什麼？「完美的藍」是藥品名。具社會派氣氛。

3.《阿正當家──阿正事件簿之二》（連作短篇集，一九九七年十一月出版／16）「前警犬系列」第二集。收錄〈動人心弦〉等五個短篇，在第五篇〈阿正的辯白〉裡，宮部美幸以事件委託人登場。

4.《這一夜，誰能安睡？》（長篇，一九九二年二月出版／06）「島崎俊彥系列」第一集。透過中學一年級生緒方雅男的觀點，記述與同學島崎俊彥一同調查一名股市投機商贈與雅男的母親五億圓後，接獲恐嚇電話、父親離家出走等事件的眞相，事件意外展開、溫馨收場。

5.《少年島崎不思議事件簿》（長篇，一九九五年五月出版／13）「島崎俊彥系列」第二集。在秋天的某個晚上，雅男和俊男兩人參加白河公園的蟲鳴會，主要是因爲雅男想看所喜歡的工藤小姐一眼，但是到了公園門口，卻碰到殺人事件，被害人是工藤的表姊，於是兩人開始調查眞相，發現事件背後的賣春組織。具社會派氣氛。

6.《無止境的殺人》（長篇，一九九二年九月出版／08）將錢包擬人化，由十個錢包輪流講自己所見的主人行爲而構成一部解謎的推理小說。人的最大欲望是金錢，作者功力非凡，藉由放錢的錢包揭開十個不同的人格，而構成解謎之作，是一部由連作構成的異色作品。

7.《繼父》（連作短篇集，一九九三年三月出版／09）「繼父系列」第一集。一個行竊失風的小偷，摔落至一對十三歲雙胞胎兄弟家裡，這對兄弟的父母失和，留下孩子各自離家出走，於是兄弟倆要求小偷當他們的爸爸，否則就報警，將他送進監獄，小偷不得已，承諾兄弟倆當繼父。不久，在這奇妙的家庭裡，發生七件奇妙的事件，他們全力以赴解決這七件案件。典型的幽默推理小說集。

8.《寂寞獵人》（連作短篇集，一九九三年十月出版／11）「田邊書店系列」第一集。以第三人稱多觀點記述在田邊舊書店周遭所發生的與書有關的謎團六篇。各篇主題迥異，有命案、有日常之謎、有異常心理、有懸疑。解謎者是田邊舊書店店主岩永幸吉和孫子稔。文體幽默輕鬆，但是收場不一定明朗，有的很嚴肅。

9.《誰？》（長篇，二〇〇三年十一月出版／30）「杉村三郎系列」第一集。今多企業集團會長今多嘉親之司機梶田信夫被自行車撞死，信夫有兩個未出嫁的女兒，聰美與梨子。梨子向今多會長提議，要出版父親的傳記，以找出嫌犯。於是，今多要求在集團廣報室上班的女婿杉村三郎協助姊妹倆出書事務。聰美卻反對出書，杉村認爲兩姊妹不睦，藏有玄機，他深入調查，果然……

10.《無名毒》（長篇，二〇〇六年八月出版／31）「杉村三郎系列」第二集。今多企業集團廣報室臨時僱用的女職員原田泉與總編吵架，寄出一封黑函後，即告失蹤。原田的性格原來就稍有異常，今多會長要求杉村三郎調查眞相。杉村到處尋找原田的過程中，認識曾經調查過原田的私家偵探北見一郎，之後杉村在北見家裡遇到「隨機連環毒殺案」第四名犧牲者的孫女古屋美知香，於是捲入毒殺事件的漩渦中。杉村探案的特徵是，在今多會長叫他處理公務上的糾紛過程中，因其正義感使他去解決另外的事件。

以上十部可歸類爲解謎推理小說，而從文體和重要登場人物等來歸類則是屬於幽默推理、青春推理爲多。屬於這個系列的另有以下兩部。

11.《地下街的雨》（短篇集，一九九四年四月出版／66）。

12.《人質卡農》（短篇集，一九九六年一月出版）。

以下九部的題材、內容比較嚴肅，犯罪規模大，呈現作者的社會意識。有懸疑推理、有社會派推理、有報導文體的犯罪小說。

13.《魔術的耳語》（長篇，一九八九年十二月出版／02）獲第二屆日本推理懸疑小說大獎的社會派推理傑作。三起看似互不相干的年輕女性的死亡案件，和正在進行的第四起案件如何演變成連續殺人案。十六歲的少年日下守，爲了證實被逮捕的叔叔無罪，挑戰事件背後的魔術師的陰謀。宮部美幸早期代表作。

14.《Level 7》（長篇，一九九〇年九月出版／03）一對年輕男女在醒來之後失去記憶，手臂上被印上「Level 7」；一名高中女生在日記留下「到了 Level 7 會不會回不來」之後離奇失蹤。尋找自我的男女，和尋找失蹤女高中生的眞行寺悅子醫師相遇，一起追查 Level 7 的陰謀。兩個事件錯綜複雜，發展爲殺人事件。宮部後期的奇幻推理小說的先驅之作、早期代表作。

15.《獵捕史奈克》（長篇，一九九二年六月出版／07）持散彈槍闖入大飯店婚宴的年輕女子關沼慶子、欲利用慶子所持的槍犯案的中年男子織口邦男、欲阻止邦雄陰謀的青年佐倉修治、欲去探望臥病妻子的優柔寡斷的神谷尚之、承辦本案的黑澤洋次刑警，這群各有不同目的的人相互交錯，故事向金澤之地收束。是一部上乘的懸疑推理小說。

16.《火車》（長篇，一九九二年七月出版）榮獲第六屆山本周五郎獎。停職中的刑警本間俊介受親戚栗坂和也之託，尋找失蹤的未婚妻關根彰子，在尋人的過程中，發現信用卡破產猶如地獄般的現實社會，是一部揭發社會黑暗的社會派推理傑作，宮部第二期的代表作。

17.《理由》（長篇，一九九八年六月出版）二〇〇一年榮獲第一百二十屆直木獎和第十七屆日本冒險小說協會大獎。東京荒川區的超高大樓的四十樓發生全家四人被殺害的事件。然而這被殺的四人並非此宅的住戶，而這四人也不是同一家族，沒有任何血緣關係。他們爲何僞裝成家人一起生活？他們到底是什麼人？又想做什麼？重重的謎團讓事件複雜化，事件的眞相是什麼？一部報導文學形式的社會派推理傑作。宮部第二期的代表作。

18.《模仿犯》（百萬字長篇，二〇〇一年四月出版）同時榮獲第五十五屆每日出版文化獎特別獎，二〇〇二年同時榮獲第五屆司馬遼太郎獎和二〇〇一年度藝術選奬文部科學大臣獎文學部門獎。在公園的垃圾堆裡，同時發現女性的右手腕與一名失蹤女性的皮包，不久凶手打電話到電視公司和失主家中，果然在凶手所指示的地點發現已經化爲白骨的女性屍體，是利用電視新聞的劇場型犯罪。不久，表面上連續殺人案一起終結，之後卻意外展開新局面。是一部揭發現代社會問題的犯罪小說，宮部文學截至目前爲止的最高傑作，推理文學史上的不朽名著。

19.《R・P・G》（長篇，二〇〇一年八月出版／22）在食品公司上班的所田良介於杉並區的建築工地被刺死，在他的屍體上找到三天前在澀谷區被絞殺的大學女生今井直子身上所發現的同樣纖維，於是兩個轄區的警察組成共同搜查總部，而曾經在《模仿犯》登場的武上悅郎則與在《十字火焰》登場的石津知佳子連袂登場。是一部現今在網路上流行的虛擬家族遊戲爲主題的社會派推理小說。

宮部美幸的社會派推理作品尚有：

20.《刑警家的孩子》（長篇，一九九〇年四月出版／65）。

21.《不需要回答》（短篇集，一九九一年十月出版／37）。

二、時代小說系統的作品

時代小說是與現代小說和推理小說鼎足而立的三大大眾文學。凡是以明治維新之前為時代背景的小說，總稱為時代小說或歷史・時代小說。

時代小說視其題材、登場人物、主題等再細分為市井、人情、股旅（以浪子的流浪為主題）、劍豪、歷史（以歷史上的實際人物為主題）、忍法（以特殊工夫的武鬥為主題）、捕物等小說。

捕物小說又稱捕物帳、捕物帖、捕者帳等，近年推理小說的範疇不斷擴大，將捕物小說稱為時代推理小說，歸為推理小說的子領域之一。捕物小說的創作形式是日本獨有，其起源比日本推理小說早六年。一九一七年，岡本綺堂（劇作家、劇評家、小說家）發表《半七捕物帳》的首篇作〈阿文的魂魄〉，是公認的捕物小說原點。

據作者回憶，執筆《半七捕物帳》的動機是要塑造日本的福爾摩斯——半七，同時欲將故事背景的江戶的人情和風物以小說形式留給後世。之後，很多作家模仿《半七捕物帳》的形式，創作了很多捕物小說。

由此可知，捕物小說與推理小說的不同之處是以江戶的人情、風物為經，謎團、推理為緯而構成的小說。因此，捕物小說分為以人情、風物為主，與謎團、推理取勝的兩個系統。前者的代表作是野村胡堂的《錢形平次捕物帳》，後者即以《半七捕物帳》為代表。

宮部美幸的時代小說有十一部，大多屬於以人情、風物取勝的捕物小說。

22.《本所深川不可思議草紙》（連作短篇集，一九九一年四月出版／05）「茂七系列」第一集。榮獲第十三屆吉川英治文學新人獎。江戶的平民住宅區本所深川，有七件不可思議的事象，作者以此七事象爲題材，結合犯罪，構成七篇捕物小說。破案的是回向院捕吏茂七，但是他不是主角，每篇另有主角，大多是未滿二十歲的少女。以人情、風物取勝的時代推理佳作。

23.《幻色江戶曆》（連作短篇集，一九九四年八月出版／12）以江戶十二個月的風物詩爲題，結合犯罪、怪異構成十二篇故事。以人情、風物取勝的時代推理小說。

24.《最初物語》（連作短篇集，一九九五年七月出版，二〇〇一年六月出版珍藏版，增補一篇作品／21）「茂七系列」第二集。以茂七爲主角，記述七篇茂七與部下系吉和權三辦案的經過，作者在每篇另有記述與故事沒有直接關係的季節食物掌故，介紹江戶風物詩。人情、風物、謎團、推理並重的時代推理小說。

25.《顫動岩——通靈阿初捕物帳1》（長篇，一九九三年九月出版／10）「阿初系列」第一集。破案的主角是一名具有通靈能力的十六歲少女阿初，她看得見普通人看不見的東西，而且一般人聽不到的聲音也聽得到。某日，深川發生死人附身事件，幾乎與此同時，武士住宅裡的岩石開始顫動。這兩件靈異事件是否有關聯？背後有什麼陰謀？一部以怪異取勝的時代推理小說。

26.《天狗風——通靈阿初捕物帳2》（長篇，一九九七年十一月出版／15）「阿初系列」第二集。天亮颳起大風時，少女一個一個地消失，十七歲的阿初在追查少女連續失蹤案的過程中遇到邪惡的天狗。天狗的眞相是什麼？其陰謀是什麼？也是以怪異取勝的時代推理小說。

27.《糊塗蟲》（長篇，二〇〇〇年四月出版／19．20）「糊塗蟲系列」第一集。深川北町的鐵瓶大雜院發生殺人事件後，住民相繼失蹤，是連續殺人案？抑或另有陰謀？負責辦案的是怕麻煩的小官井筒平四郎，協助他破案的是聰明的美少年弓之助。本故事架構很特別，作者先在冒頭分別記述五則故事，然後以一篇長篇與之結合，構成完整的長篇小說。以人情、推理並重的時代推理傑作。

28.《終日》（長篇，二〇〇五年一月出版／26．27）「糊塗蟲系列」第二集。故事架構與第一集一樣，在冒頭先記述四則故事，然後與長篇結合。負責辦案的是糊塗蟲井筒平四郎，協助破案的除了弓之助之外，回向院茂七的部下政五郎也登場，作者企圖把本系列複雜化，或許將來作者會將幾個系列納爲一大系列。也是人情、推理並重的時代推理小說。

以上三系列都是屬於時代推理小說。案發地點都在深川，但是每系列各具特色，有以風情詩取勝，也有以人際關係取勝，也有怪異現象取勝，作者實爲用心良苦。宮部美幸另有四部不同風格的時代小說。

29.《扮鬼臉》（長篇，二〇〇二年三月出版／23）深川的料理店「舟屋」主人的獨生女阿鈴發燒病倒，某日一個小女孩來到其病榻旁，對她扮鬼臉，之後在阿鈴的病榻旁連續發生可怕又可笑的不可思議的事，於是阿鈴與他人看不見的靈異交流。一部令人感動的時代奇幻小說佳作。

30.《怪》（奇幻短篇集，二〇〇〇年七月出版／67）。

31.《鎌鼬》（人情短篇集，一九九二年一月出版／69）。

32.《忍耐箱》（人情短篇集，一九九六年十一月出版／41）。

33.《孤宿之人》（長篇，二〇〇五年出版／28．29）。

三、奇幻小說系統的作品

史蒂芬・金的恐怖小說和奇幻小說《哈利波特》成爲世界暢銷書後，原處於日本大眾文學邊緣的奇幻小說獲得成長發展的機會，漸漸確立其獨立地位，而宮部美幸的奇幻小說就在這欣欣向榮的機運中誕生。她的奇幻作品特徵是超越領域與推理小說結合。

34.《龍眠》（長篇，一九九一年二月出版／04）榮獲第四十五屆日本推理作家協會獎的長篇獎。週刊記者高坂昭吾在颱風夜駕車回東京的途中遇到十五歲的少年稻村愼司，少年告訴記者：「我具有超能力。」他能夠透視他人心理，愼司爲了證明自己的超能力，談起幾個鐘頭前發生的事件眞相，從此兩人被捲入陰謀。是一部以超能力爲題材的奇幻推理傑作，宮部早期代表作。

35.《十字火焰》（長篇，一九九八年十一月出版／17・18）青木淳子具有「念力放火」的超能力。有一天她撞見了四名年輕人欲殺害人，淳子手腕交叉從掌中噴出火焰殺害了其中的三個人，另一個逃走了。勘查現場的石津知佳子刑警，發現焚燒屍體的情況與去年的燒殺案十分類似。也是一部以超能力爲題材的奇幻推理大作。

36.《蒲生邸事件》（長篇，一九九六年十月出版／14）榮獲第十八屆日本ＳＦ大獎。尾崎孝史爲了應考升學補習班上京，其投宿的飯店發生火災，因而被一名具有「時間旅行」的超能力者平田次郎搭救到一九三六年二月二十六日的二・二六事件（近衛軍叛亂事件）現場，兩名來自未來的訪客能否阻止起義而改變歷史？也是一部以超能力爲題材的奇幻推理大作。

37.《勇者物語——Brave Story》（八十萬字長篇，二〇〇三年三月出版／24・25）念小學五年級的三谷亘的父母不和，正在鬧離婚，有一天他幻聽到少女的聲音，決心改變不幸的雙親命運，打開幽靈大廈的門，進入「幻界」到「命運之塔」。全書是記述三谷亘的冒險歷程。一部異界冒險小說大作。

除了以上四部大作之外，屬於奇幻小說的作品尚有以下四部：

38.《鴿笛草》（中篇集，一九九五年九月出版）。

39.《僞夢1》（中篇集，二〇〇一年十一月出版）。

40.《僞夢2》（中篇集，二〇〇三年三月出版）。

41.《ＩＣＯ——霧之城》（長篇，二〇〇四年六月出版）。

以上三十九部是小說。另有四部非小說類從略。

如此將宮部美幸自一九八六年出道以來，一直到二〇〇五年底所出版的作品，歸類爲三系統後，再按時序排列，便很容易看出作者二十年來的創作軌跡，也可預見今後的創作方向。請讀者欣賞現代，期待未來。

二〇〇七・十二・十二

本文作者簡介

傅博

文藝評論家。另有筆名島崎博、黃淮。一九三三年出生，台南市人。於早稻田大學研究所專攻金融經濟。在日二十五年以島崎博之名撰寫作家書誌、文化時評等。曾任推理雜誌《幻影城》總編輯。一九七九年底回台定居。主編「日本十大推理名著全集」、「日本推理名著大展」、「日本名探推理系列」以及「日本文學選集」（合計四十冊，希代出版）。二〇〇九年出版《謎詭・偵探・推理——日本推理作家與作品》（獨步文化），是台灣最具權威的日本推理小說評論文集。

序

位於江戶神田三島町的提袋店三島屋，持續舉辦奇異百物語。

說到百物語，一般都是人們齊聚一處，徹夜聊怪談，以這種形式展開的娛樂，也可說是從中學會處世的智慧及教養的社交場所。舉行步驟也大致有規定。

在說故事前會先點亮一百根蠟燭，每說完一個故事，就熄去一根燭火。隨著故事進行，現場會愈來愈暗，據說等到最後說完一百個故事，四周便會被黑暗包圍，真正的靈異事件就此發生。

話說三島屋的百物語，一次只會邀請一位或是一組說故事者，到店內的廂房「黑白之間」來，而迎面而坐擔任聆聽者的，也只有一人。賓客在此說的故事絕不外傳。

聽過就忘，說完就忘。這也是奇異百物語最重要的規矩。

這三年來，許多說故事者造訪黑白之間，說出各種怪異和不可思議的故事。有自身遭遇，有犯罪的告白，也有懷念的過往記憶，五花八門，而說故事者的嗓音也是形形色色。每次都會爲黑白之間度過的時刻染上多樣色彩。

原本是三島屋老闆伊兵衛一時興起舉辦奇異百物語，不過，從第一話開始擔任聆聽者的姪女阿近，今年春天嫁作人婦，可喜可賀，所以改由伊兵衛的次子富次郎來接替聆聽者的角色。

這位家中的次男當初在外當夥計時，被捲入一場打架的風波中，身受重傷返回老家。雖然現在已經傷癒，但還是讓父母操心，既然如此，暫時在家閒散度日，也算是對父母聊表孝心。於是他悠哉的在家靠父母生活，並自願當聆聽著。

個性灑脫、善良，愛吃美食，由於不是家中的繼承人，總自稱是「小少爺」的富次郎。當初阿近擔任聆聽者時，因某個機緣進入三島屋工作，擔任百物語守護者的阿勝。從富次郎小時候便在三島屋工作的資深女侍阿島。

這三人迎接說故事者的到來，全新的奇異百物語就此揭幕。

第一話　愛哭痣

奇異百物語一開始，都是委託燈庵這位人力仲介商的老先生介紹說故事者前來。

阿近和三島屋的夥計們私下都稱他是「蛤蟆仙人」，這位老先生還不至於到惹人怨恨的地步，但頗招人嫌，雖然也沒那麼令人嫌棄，但總覺得他這個人很難侍候。這位老先生不光是篩選說故事者，把人送來，他偶爾也會親自造訪三島屋。

要到什麼程度，他才會「偶爾」前來，三島屋的人們總估不準。對蛤蟆仙人來說，怎樣的情況才算得上重要，值得他親自坐轎前來呢？

例如兩年前，三島屋遭遇搶匪的那一次，還有去年初冬，神田川北側的神田松永町夜裡發生火災，因爲當時正吹來季節性的乾燥北風，三島屋的人們個個嚇得心驚膽跳。這兩次，燈庵老先生店裡都只有那位上了年紀的掌櫃前來露臉，簡短說一句「在下特地前來探望問安」。

還有，例如一個月前，阿近與多町二丁目的租書店葫蘆古堂的小老闆勘一成婚的那一次。這是件值得慶賀的大事，但那家人力仲介商卻只派一名長得白白淨淨的年輕夥計前來，擺上一桶酒，說一句「恭喜恭喜」便離去。

倒也不是想說他小氣，或是嫌他禮數不夠周到。只不過，面對這種少有的災難和喜事，他卻顯得很冷淡，但明明沒什麼要事，卻又心血來潮的登門拜訪，讓伊兵衛和阿近花不少時間接待，這再再都讓人覺得這位人力仲介商實在教人猜不透。

因爲這個緣故，當富次郎成爲奇異百物語的接替者時，他也早已做好心理準備。

——那位蛤蟆仙人一定會來跟我說些什麼。

每次燈庵與阿近見面，總會話中帶刺的出言挖苦道「要是再這樣磨蹭下去，小心一眨眼，成了嫁不出去的老姑婆」、「不夠機靈」、「就算長得漂亮，要是個性剛強，可就大大扣分了」。既然這樣，他會對富次郎說些什麼，可想而知。

吃白食的、靠父母吃穿、紈褲子弟。

算了，到時候就一笑置之吧。富次郎暗自做好心理準備，果不其然，在某個春光明媚的日子，燈庵前來。他身穿一襲結城紬，外頭披著御所絹的一紋外褂，與光禿腦袋看不出分界線的額頭上，刻畫著一道又一道彷彿會積水的深邃皺紋。

「想和您商量下次的說故事者。」

燈庵老先生以混濁的聲音如此說道，一如往常，他被帶往伊兵衛的起居室。富次郎心想，如果是和奇異百物語有關的事，自己應該很快就會被叫去吧，於是他也開始準備，結果看到童工新太正準備端茶點前去。

「咦，是你去嗎？」

不是阿島嗎？經富次郎這樣詢問，新太雙眉垂落，覺得很丟臉。

「因爲我抽籤輸了。」

大家都很不想去呢。

「喂，富次郎，你來一下。」

在伊兵衛的叫喚下，富次郎到起居室露面，只見那位愛挖苦人的人力仲介商正與伊兵衛迎面而坐，像一尊擺設般，沉沉的坐在座位上。經這麼一提才想到，沒人知道這位老先生的歲數，但他雖然年事已高，看起來卻沒半點駝背樣。這指的並非是他身材高大或是骨架粗壯這類的體格層面，應該說是他全身散發的氣息相當巨大，或是厚實。

——也就是說，他這個人臉皮很厚。

他如此暗忖。

「你接替阿近後，是第一次以聆聽者的身分與他見面對吧。」

似乎只有伊兵衛不怕這位人力仲介商，他語氣開朗說道。

「燈庵先生，重新為你介紹，這是我家的次子富次郎。」

兩人展開制式化的問候。

「那麼，富次郎，你就好好和他討論今後的事吧。」

被留在房內的富次郎，單獨對上蛤蟆仙人。

「三島屋還是一樣生意紅火，可喜可賀啊。」

燈庵用他那宛如喉嚨裡卡著菸油般的沙啞嗓音，率先展開攻勢。

「是的，託您的福，生意興盛，感激不盡。」

富次郎正面承受，回以微笑。

「因為不論是越川還是丸角，大概都沒讓小蟲子穿銚子縮（註）吧。」

越川和丸角都是江戶市內名氣響亮的提袋名店。伊兵衛當初開創三島屋時，便是懷抱「總有一天要和這兩家店搶客人」的氣概，一直全力投入生意中。如今三島屋已成為第三大名店，是連越川、丸角也敬畏三分的生意敵手。

但這句話是什麼意思？

「讓小蟲子穿銚子縮？」

說完後，富次郎低頭看自己前胸。他確實穿著銚子縮的藏青色橫紋窄袖和服。

雖說富次郎的身分沒有壓力要扛，但他可不是每天都只顧著玩樂。他會在店裡招呼客人，來往於工房與店面之間搬運商品，也不時會幫忙做生意。因為是老闆的兒子，自然不能穿得太隨便。銚子縮要價不菲，雖然外形質樸，但一眼就看得出格調，所以穿起來正合適。伊兵衛也常穿。

「……您說的小蟲子，是指我嗎？」

富次郎指著自己的鼻頭問。
燈庵老先生板著臉，點了點頭。
「不然還會有誰？」
「我是小蟲子。」
富次郎如此低語後，終於明白是怎麼回事。
「意思是說，我是隻吃錢的蟲子？」
燈庵老先生哼了一聲。「我原本的意思是米蟲，不過要這樣說也行。」
富次郎朝蛤蟆仙人的臉仔細端詳。原來是來這麼一招啊？
「不光白米，蕎麥和紅豆我也吃。啊，粟餅我也愛吃。本石町的糕餅店『石川』，那口感絕佳的粟餅，是店裡的招牌。那就像在嚼白雲般的軟綿綿口感，甜中帶鹹的味道，堪稱一絕。下次我拿來當茶點招待您。」
富次郎喜愛美食，更是無法抗拒甜食。他會四處逛四處吃，也很認眞看報紙和美食風評記事。
「附帶一提，去年我對江戶市內的甜食所做的排行榜……」
「啊，夠了。」
燈庵老先生不耐煩揮了揮手。他的手掌骨瘦嶙峋，與他的體格和散發的氣息截然不同，反映出蛤蟆仙人的歲數。
看來，暫時由我取得一勝。
「聽說您今天是爲了奇異百物語的事前來。」

註：千葉縣銚子市產的高級縐縮。

富次郎試著接連出招。燈庵老先生依舊是一臉不悅的神情，骨碌碌轉動他那看起來很僵硬的眼珠，打量著富次郎。

「聽說您老兄要接替聆聽者的角色，此話當眞？」

稱呼委託他介紹說故事者的顧客爲「老兄」，實在很傲慢。

「是眞的。」

富次郎親切回應。

「與燈庵先生您相比，我只是個涉世未深的年輕小夥子，但基本的禮貌我還是知曉的。我會用心扮演好聆聽者的角色，藉此累積人生的修行。」

燈庵老先生以一對小眼斜向瞪視著富次郎。

「人生的修行是吧……」

「這樣不行嗎？阿近似乎就是透過百物語學到了不少。」

「您老兄該學習的，應該是如何從商吧？」

「這是當然，我都向父母學習如何從商。那麼，您今天來所爲何事呢？」

蛤蟆仙人的前額和鼻梁，都微微滲出不悅的油來。如果榨出他臉上的油，不知能否作出治百病的妙藥，富次郎暗自在心裡開起了玩笑。

「我很擔心。」

燈庵老先生開口道。他混濁的聲音變得更加低沉，並帶有一絲威嚇。

「阿近小姐原本是尙未出嫁的姑娘，聽過我篩選出的說故事者講的故事後，讓她懂得人世間的智慧，學會待客之道，這確實對她有助益。但您老兄是位無所事事的公子哥兒。」

「正因爲是無所事事的公子哥兒，爲了日後有招贅的良緣上門，您不覺得，先懂得人世間的智慧，學會待客之道，也會和阿近一樣有助益嗎？」

蛤蟆仙人的嘴角變得扭曲。

「您老兄樂在其中。」

「樂在其中不對嗎？」

「聽別人說故事這件事，你太小看了。」

「那麼，我會提醒自己小心，別小看它。」

事實上，就算蛤蟆仙人沒提出忠告，富次郎自己也早已有過慘痛的教訓，感觸良深。尤其是聽了悲慘的故事後，聽到的事會像沉澱物般沉積在心中，有時覺得自己彷彿受到影響而改變。當時阿近出言鼓勵他。

——沒問題的，聽過就忘，你一定可以辦到。

富次郎從小就有繪畫天分。離開三島屋那段時間，在工作的地方剛好有機會和眞正的畫師學藝，他學會畫筆的用法、基礎的繪畫技巧，以及如何掌握素材。所以儘管現在一樣只算是外行人舞筆弄墨，但他很會畫水墨畫。自從開始聽奇異百物語後，每聽完一則故事，他就會以此當素材畫出一幅畫。

這畫當然不會外流。始終都只是爲了讓自己調適心情而畫，畫好後收進桐木箱內，交由阿勝保管。附帶一提，那個桐木箱名叫「怪奇草紙」。

「其實我也一直想找個機會去拜訪燈庵先生您呢。」

富次郎面對那宛如煙燻蛤蟆般的臉孔，很直接了當說道。

「我們的奇異百物語打響名號後，聽說想來說故事的人在您店門口大排長龍。眞的很感謝，給您添麻煩了。」

富次郎微微行了一禮。

「剛才您提到，爲了阿近特別篩選說故事者，但不知您向來都是依據什麼原則來篩選呢？」是看當事人的相貌儀態，還是家世呢？

「說故事者在我們百物語的場子裡，可以隱瞞自己眞實的身分和姓名。因爲這樣更容易說出自己的故事。不過他們都會明白的向您說出自己的身分對吧？這果然就是您最重要的依據吧。還是說，您有其他辨識的祕訣？」

燈庵老先生低吼似的嘆了一聲，露骨擺出不悅之色。

「這種事，除非你當人力仲介商，否則無可奉告。」

哦。

「人力仲介的祕招是吧。」

「這種事你可以講得這麼若無其事，顯見你樂在其中。」

「抱歉。」

蛤蟆仙人仍舊板著臉孔，就只有富次郎獨自笑得開朗。

坦白說，阿近出嫁前舉辦的這幾次百物語，富次郎也都一起聆聽。一開始是躲在隔壁房間，但後來因爲某個契機，他自己踏進黑白之間，索性直接坐在阿近身旁。正因爲這樣，故事餘韻長存，令他嘗到心中不安的滋味。

儘管如此，奇異百物語還是很有意思。富次郎自認比阿近見多識廣，但世上還是有許多他不知道的事。接替聆聽者的角色，他一點都不猶豫。坦白說，阿近成婚當天發生了一件可怕的怪事，只有那時他心中出現過短暫的動搖。但有擔任守護者的阿勝陪在他身旁，而且這一路走來，阿近都克服了難關，身爲堂哥的他感到怯縮實在掛不住臉，想到這裡，就此吹跑他心中的動搖。

「我希望您明天就幫忙安排新的說故事者。有勞您了。」

富次郎雙手擺在膝上行禮，但燈庵老先生呼出一道長長鼻息，就像要把東西撕碎丟棄般道：

「要當心說謊的人。」

「啥？」

「篩選說故事者時的祕訣。您老兄剛才不是問了嗎？」

哦，原來是在回答提問啊。

「您的意思是，志願要說故事的人如果說謊，就絕不能選。」

「不，是我們這邊如果看出對方有可能說謊的話……」

燈庵老先生不耐煩的搖了搖頭。

「不是指那種無傷大雅的小謊。而是要剔除那些會吹牛皮的人。」

自從三島屋的奇異百物語打響名號後，尤其得小心提防。

「不管是說謊，還是吹牛皮，喜歡看熱鬧，想方設法和有名氣的事扯上關係的人，比比皆是。」

富次郎坦率的表現出他的驚訝。「燈庵先生，您有辦法加以分辨嗎？」

「加以分辨正是我們人力仲介商的工作。」

眞厲害。這不是冷嘲也不是挖苦，他的眼力確實夠敏銳。

「之前來到黑白之間的說故事者，都沒吹過牛皮。這全都拜燈庵先生您的篩選之賜。」

蛤蟆仙人瞪大眼睛。

「爲什麼你敢這樣保證？」

「哈哈，那是因爲，看阿近的樣子就猜得出來。」

他自己也一起在一旁聆聽這件事，還是先瞞著別讓這位意見多的老先生知道比較好。此事要是洩露，可想而知，蛤蟆的詛咒一定很可怕。

「——以後我可就不管了。」

燈庵老先生就像把東西撕碎後擲回去一般，講出這樣的話來。

「阿近小姐是位黃花閨女，我才特別留心。不過，您老兄已是個成年男子，不管是被騙，還是跌跤，都不會有大礙。」

意思是謊言和吹牛，要由富次郎自己去分辨。

「眞無情。」

富次郎刻意搔抓著後頸。

「既然這樣，您至少指導我一下吧。教我分辨謊言和吹牛皮的祕訣。」

「根本沒有祕訣這種東西。」

燈庵老先生油光滿面，不像是餐霞吸露的仙人，而像蛤蟆精化成人形。

「就算有，也不可能口頭教你。您老兄實在太瞧不起人了。最好嘗點苦頭。」

哎呀呀，他頭冒青筋了。

「就像您說的，我只是個米蟲，所以就算被奇異百物語的故事所騙，也不會對三島屋帶來影響。我不會擺出嚴肅的表情，我想好好享受當一名聆聽者。」

原本是想平息其怒氣，但這麼說似乎適得其反。燈庵老先生氣呼呼的離去。

——這下不妙啊。

富次郎已自我反省，所以他向阿勝道出此事。這位擔任守護者的女侍聽了，回以銀鈴般的笑聲。

「竟然惹惱了燈庵先生，眞不愧是小少爺。」

「可是，他有可能會賭氣，今後刻意都只送愛說謊的說故事者前來啊。」

「那也很有意思。」

阿勝如此說道，露出溫柔的眼神。

「大部分人只要不是有迫切的原因，說出的謊言都唬不了人。要說出過人的謊言，就需要有過人的器量。」

阿勝說的這番話也夠犀利。

「所以嘍，如果小少爺遇到要勾您的腳害您跌倒的大騙子，您就當自己發現了一名重要人物，好好珍惜這個機會吧。」

不過，要是覺得對方在謊言的背後，暗藏著什麼不得已的苦衷——

「就試著問出原因，如何？這麼做對奇異百物語的聆聽者來說，是再好不過的事了。」

說得也是，富次郎重重頷首。

燈庵老先生是否眞的賭氣，此事姑且不談，過沒多久，在春分之日當天的午後未時，一名新的說故事者來到三島屋。忙著準備的富次郎，朝黑白之間的壁龕掛上貼有半紙的掛軸。等說故事者回去後，富次郎會以剛聽完的故事當題材，在這張半紙上畫下水墨畫。

掛軸底下擺上阿勝的插花。塗黑漆的圓形花瓶裡，插著叢生龍膽和一人靜。

「花販同時帶來了一人靜和二人靜，並建議說這兩種花搭配叢生龍膽都很適合。」

一人靜有一根花穗，上頭長出惹人憐愛的小白花。二人靜有兩根花穗，上頭同樣有楚楚可憐的小白花。

「聆聽者與說故事者，如果兩人都一樣安靜，感覺很觸霉頭，所以我選了一人靜。」

阿勝手中調整著插花，面露美豔的微笑，雖然已年紀不小，但仍是一頭髮量豐沛的黑髮，配上纖纖柳腰，秀美無倫。不過，她的臉和身體覆滿了大面積的痘疤。

崙瘡（註二）是會奪人性命的可怕疫病，不過，病後殘留的豆疤還是一樣可怕，尤其是對女人來說。阿勝也因為豆疤的緣故，落得寂寥伴一生，但另一方面，她全身都有力量強大的疫神崙瘡神的加持，擁有「消災除厄」之力，能驅除其他邪惡和禍事。

在三島屋，她平時和阿島一樣以女侍身分工作，唯有在迎接奇異百物語的聆聽者歸來時，會以守護者的身分守在隔壁的小房間裡。她一直都以這種方式陪伴在阿近身旁，她的人品，以及在低調中仍不時顯露出的深厚教養，都常令富次郎感到敬佩。

「從今天起，阿勝姐就是我的守護者了。請多指教。」

阿勝也當場以三指撐地回禮。

「奴家身為守護者，肩負消災除厄之責，定會全力服侍。」

她以凜然生威的聲音說道。

從阿勝梳成姥子髻的秀髮中微微傳來山茶花油的香氣。如今她已恢復原狀，不過，去年冬天剛颳起寒風時，他們迎來的那位說故事者所留下的「厄」，一度令她前面的一撮黑髮變為白髮，伸手一拉立即脫落，著實駭人。

迎接說故事者前來時，阿近每次都為服飾穿搭傷腦筋。聆聽者不能穿得太華麗，但穿著太隨便又顯失禮。這當中的拿捏實屬不易。

就這方面來說，富次郎並不會特別重打扮，算是個「普通男人」，所以就輕鬆多了。他穿著銚子縮的藏青色條紋窄袖和服，配上打上豎結的博多帶，並借來伊兵衛御納戶色（註二）的一紋外褂披上。這不是正式的盛裝，是伊兵衛參加聚會或拜訪熟識的商人朋友時的穿著，衣服上繡有三島屋的屋號。

這樣不會失禮，也不會太正式，看起來不顯奢華，又符合禮數，很適合聆聽者的身分。於是他馬上決定穿這樣亮相。

比較難決定的，反而是茶點。一開始富次郎打算配合季節，決定好要「這家店的這道」，端出來招待客人，但乾菓子還好，生悞子則得看店家的情況，有時當天沒作，或是早早就賣光了。於是他和阿島討論，最後事先列出五項「這家店的這道」，然後端出阿島順利張羅來的點心來招待客人。

就連富次郎也不知道最後來的是這五種點心當中的哪一項。隨著說故事的年紀、性別、身分和職位不同，這點心可能合對方胃口，也可能不合。倘若說故事者喜歡他安排的點心，就此敞開心房，自然最好，但要是客人說一句「這什麼鬼東西啊」，沒給好臉色看，應該會對說故事造成阻礙。

——真教人緊張。

先前在出嫁的阿近面前拍胸脯保證說「接下來就交給我吧」，當時萬萬沒想到，真輪到自己上場時，會靜不下來。

「小少爺，黑白之間的客人駕到了。」

終於等到阿島這樣通報了，富次郎為了提振精神，雙手朝臉頰用力拍了幾下。

這可是二十二歲的男子漢富次郎首次上戰場呢——特地前來探望的三島屋老闆娘，同時是富次郎母親的阿民笑著說道。

註一：天花。
註二：微微帶綠的暗藍色。

「拿出你的鬥志來吧。要是遇上不錯的對象，就省得再相親了。」

「我才不要呢，娘。」

雖然回了這麼一句，但要是來一位如花似玉的姑娘，那也不錯。說到這樣的期待或是別有居心，倒也不是完全沒有。

「歡迎來到三島屋奇異百物語。」

在富次郎客氣的問候，抬起頭來的這段時間，他已收拾起這樣的居心。就像一名習字所裡的學生，瞞著不讓嚴厲的師傅看到自己沒寫好的字一樣，他馬上將一切都藏進心中，不露痕跡。

黑白之間的上座坐墊，有一名和富次郎相紀相仿的男子，正縮著脖子，十指交握，規規矩矩的坐著。個子比富次郎小，他頂著銀杏潰髮髻的臉蛋同樣又瘦又小。

富次郎是以伊兵衛代理人的身分迎接賓客，所以披著外褂。這位來客則顯得隨興多了，一身藏青色的碎白點縐縮便裝。小倉木綿的男性腰帶綁成貝口結，也顯得很自然，不顯一絲造作。似乎不是個行徑特異之人，也不是個放蕩者。

會是某個小店家老闆的兒子嗎？還是小有規模的店家夥計？光憑穿著實在很難判斷。

「……三島屋的富次郎先生。」

說故事者開口說道。

「您果然已經忘記在下這張臉了。」

富次郎爲之一驚。這樣的開場白，完全出乎他意料。

「以前在哪兒見過您嗎？」

他忍不住趨身向前詢問，對方那張小臉皺成一團，笑了起來。

「何止以前，根本是小時候的事。」

對方那帥氣的笑容，工整、白淨的小臉蛋。

咦？好像在哪兒見過。

說故事者摩娑著自己的前額。

「我是神田佐久間町那家孩子特別多的豆腐店裡的……」

說到這裡，富次郎也想了起來。

「豆源的小八！」

富次郎不自主伸手指向對方，那名說故事者一臉開心的笑彎了腰。

「對對對，我就是豆源的八太郎。」

咦！眞的是小八嗎？好久不見了。嗯，看小富你也過得不錯，實在太高興了。三島屋可眞不簡單，現在已成了市內前幾名的名店了呢。託你的福，這是因爲我爹娘一直都很賣力經營，我則是一直在別的店家當夥計……

兩人興奮的聊個不停，離開座位，執起彼此的手，「哎呀」的感嘆聲不斷，這時剛好阿島端來茶點。她見富次郎與說故事者突然打成一片，嚇了一跳。

「啊，甜點來了。」

今天的茶點是大福麻糬。乍看是隨處可見的大福，其實是用上新粉作成的新粉麻糬和糯米麻糬雙重包覆紅豆餡，一口咬下時，那種彈牙和入口即化，妙不可言。這是富次郎列在今日茶點中第三個的「羽二重大福」。

「阿島姐，這位是我小時候的朋友。佐久間町豆腐店的小八，妳還記得嗎？」

哎呀呀——八太郎顯得很難爲情。

「在下是七歲的時候和富次郎先生上同一處習字所，學不到一年。而且我沒到府上玩過，女侍大姐應該不記得我吧。」

「那麼，妳記得豆源的豆腐是什麼滋味嗎？」

咦，豆源是嗎？阿島聽了之後也直眨眼。聲音顯得很興奮。

「如果是這個，那我記得。他們店裡的炸豆皮也很好吃呢。」

這種情形在黑白之間還是第一次發生。

「眞教人懷念呢。」

不過，阿島的笑臉中略微帶有一絲尷尬之色。這也難怪。

「眞是抱歉。現在我們都是向神田川這邊的豆腐店訂貨，所以沒和豆源有生意往來……你們店裡應該是生意興隆吧？」

原來如此。富次郎不熟悉廚房的事務，所以不知道三島屋現在都是跟哪家店買豆腐。

「小八當初之所以沒去習字所上課，我記得是到別人家當養子吧？」

八太郎重新坐正，雙掌置於腿上，頷首應了聲「是」。

「那年在下剛滿八歲，到別人家當養子，豆源那家店直接轉讓給家父的一位遠房親戚。所以現在仍在佐久間町的那家店，已不是原本的豆源，所以不必顧忌。」

富次郎和阿島的笑容僵在臉上。只有八太郎顯得一派輕鬆。

「如果說家父的豆源口味有十分的話，現在那家豆源大概只有三分。好在你們三島屋現在改光顧其他豆腐店。」

「這樣啊……」

富次郎記憶中的豆源早已不存在。

「當時我們一家人四分五裂。當中的緣由相當罕見，我心想，這應該很適合奇異百物語，所以今天才前來分享。」

原來八太郎是說故事者啊。阿島就像猛然回神般，抱著托盤走出房外。

「我們的奇異百物語，聆聽者就只有我一人。」富次郎說。

「聽過就忘，說完就忘對吧？」

八太郎如此說道，再度露出帥氣的笑容。

「這句話很有名，所以我知道。原本擔任聆聽者的小姐出嫁，改由小富接替，此事在這一帶早傳開了。」

會聽到這一帶的傳聞，那不就表示八太郎現在仍住在神田附近？

「如果你不方便談，關於你現在過的生活可以保留。」

可能是已猜出富次郎這句話的弦外之音，八太郎微微搖了搖頭。

「我……不，在下先是當人養子，後來又入贅到別人家，現在不住在神田。」

不過，一樣是開豆腐店。

「因爲這是家傳的事業。」

「這樣啊。」

「最近因爲原本那家豆源舉辦法會，我來過這裡幾次。剛好有這個機會，所以我希望能到三島屋的奇異百物語來說說我的故事。」

這樣也能見到許久未見的富次郎。

「這對我們彼此來說，都很湊巧呢。」

雖然不清楚燈庵老先生挑選八太郎前來是何心思，不過富次郎很開心。

「小富，你大哥叫一郎嗎？」

「伊一郎。」

「他現在不在三島屋嗎？」

「到外頭學做生意去了。」

八太郎露出鬆了口氣的表情。「這樣的話，我就不用擔心會遇上他了。十四年前，我家發生那場紛爭時，想必已在左鄰右舍間傳開，我猜你大哥應該聽聞了些什麼，多少猜出怎麼回事。」

就算隔了這麼多年，遇見他還是覺得很羞愧——八太郎說。

家裡發生了一件大事，逼得他們將有口皆碑的豆腐店整個轉手他人，一家人四分五裂，此事令八太郎覺得羞愧？

「十四年前，我大哥也還是個十歲左右的小鬼。」

「那就是這麼嚴重的紛爭，連十歲的男孩都看得出是怎麼回事。」

說到這裡，八太郎朝自己那小而挺的鼻子捏了一把，垂眼望著地面。

「我……不，在下——」

「就直接用『我』來稱呼自己吧。我也會用『我』來和你交談。」

兩人都笑了。

「當時我才七、八歲。那起紛爭從開始到擺平，耗時約半年。我幾乎都不知道家裡出了什麼事。但我上面的姐姐說她全都知道。」

因爲女孩子比較早熟。

富次郎想了一會兒說道：「會提到早熟一詞，想必是和那一類的事有關的紛爭吧。」

八太郎頷首。「所以嘍，換個角度來看，會覺得是一場笑話。現在連我也覺得好笑。」

但八太郎的表情無比認真。

「我前年娶妻時，回想起以前家中發生的事，頓時有種恍然大悟的感覺。」

不過啊——八太郎莞爾一笑。

「等到我自己當爸爸之後……」

「噢，恭喜啊！」

是個女孩。

「當我抱起剛出生的嬰兒，心想，啊，我也當爸爸了，這時才像水滲進沙地裡似的，突然明白以前家中的那場紛爭有多嚴重。」

接著感到背脊一陣寒意。

甚至覺得噁心作嘔。

「真的是羞愧又丟臉，想到當時附近人們怎樣看我們一家人，就羞愧難當，很想一死了之。」

聽八太郎這麼說，富次郎也感到背後雞皮疙瘩直冒。

「這種事，我實在很想將它全部抖出來。無法就這樣保持沉默。但我的哥哥姐姐們說……」

——不要現在又讓我想起那件事。

——那件事我早忘了。老天保佑、老天保佑。

「所以我想到三島屋奇異百物語的風評。」

此時富次郎心中逐漸膨脹的，不是聆聽者的好奇心，而是一名兒時玩伴的好奇心。

「很好。放馬過來吧。把你心裡的話傾吐一空。我會聽過就忘。」

連他自己也覺得這句話說得威風凜凜，八太郎臉上笑容綻放，似乎鬆了口氣。再度朝鼻子捏了一把，低下頭去。

「呃……該從哪兒說起好呢。」

他思索了一會兒，遲遲無法開口。

「既然這樣，那就先從豆源裡的人介紹起吧。」富次郎說。「我也只記得小八你家孩子很多，但每個人的長相和名字可就記不得了。」

「名字是吧。」

八太郎一時顯得語塞，是因爲這件事令他感到羞愧得「想死」。

「抱歉，名字光聽一遍的話還是記不住。最好能聽你說出他們的年紀，以及和你的關係。我可以先把它記下嗎？」

富次郎平時使用的書桌就靠向黑白之間的角落。富次郎將它搬來，打開書信盒，攤開一張半紙，拿起墨壺朝小碟子裡倒墨汁。

「這個是小八你。」

他畫了個圓圈，並讓頭上長出零亂的頭髮。八太郎朝圖畫窺望，噗哧一笑。

「對了，我那時候頭髮稀疏，一直都沒辦法梳髮髻。」

「我都記得。」

富次郎朝圓圈裡寫下一個「八」。

「先講我爹娘。」

富次郎畫上兩個圓圈，寫上「豆源爹」「豆源娘」。才寫下，富次郎突然想起討厭的過去。

去年冬天，他與阿近兩人聽完後，對富次郎帶來極大震撼的那個故事，當時他也是在說故事者面前這麼做，將登場人物全寫下。在那個故事中，只留下說故事者一人，其他家人全部喪命。

「小八，我不太好意思事先問你這個問題，但還是問一下吧，在豆源發生的那起事件中，可有人喪命？」

八太郎恢復正經的表情。加上他頭髮稀疏，他小時候渾圓的臉型真的很像大豆。

「我爹過世了。在四十二歲大厄那年。」

那起事件就這樣結束了——八太郎說。

「就只有你爹過世嗎？」

「嗯，其他人都還健在。我娘是去年初春才過世。」

「聽了之後，教人鬆了口氣。」

富次郎右手執筆，左手拿起一個羽二重大福塞進口中。

「接下來呢？」

「我大哥和大嫂。」

大哥二十四歲，大嫂二十二歲。富次郎在圓圈裡寫下「大哥」「大嫂」。

「他們夫妻倆有兩個孩子。是我的姪女和姪子，分別是五歲和三歲，不過這故事和小孩子無關，就此省略。」

八太郎也一面吃大福，一面口齒含糊的說道。

「嘩，這可真好吃。」

「對吧？請接著說。」

「我二哥二嫂。」

二哥二十二歲，二嫂二十歲。

「他們夫婦生了個小嬰兒，但同樣也省略。」

接下來是大姐，二十一歲，離婚回娘家住。

「她說婆婆很會虐待媳婦，不好相處，就此離家出走，不過我姐姐自己也很不好相處。」

現在還是老樣子沒變——八太郎笑道。

「我那些成家的哥哥們全都同住一個屋簷下，經營豆腐店的生意。」

「嗯。」

接下來是二姐，十九歲。原本決定好要和我二姐成婚的家中夥計，十八歲。

「他們兩人決定，就算日後成家，仍舊要住在家中，幫忙店裡的生意。」

在圓圈裡寫下二姐、二姐的未婚夫。

「再來是三姐，十六歲。跟我們店裡進貨的大豆批發商二掌櫃敲定了婚事，所以這位二掌櫃和我三姐常有往來。」

富次郎寫下三姐，然後將批發商二掌櫃簡寫為「批二」，並畫上圓圈。

「我三哥十三歲。四姐十歲。我七歲。」

家中一共八個兄弟姐妹，從二十四歲一路排到七歲。分別有妻子、女婿、未婚夫，全都在豆源裡工作，所以他們不光家裡孩子眾多，根本就可稱得上是個大家族。

「那位早熟，說她什麼都知道的姐姐，是你上面的四姐對吧。」

「嗯，我都叫她四姐。」

富次郎動作俐落的吃完羽二重大福後，擱下毛筆，喝了口變得微溫的茶。

「好了。」

他摩搓雙手，大福的白粉飄然掉落。

「這麼一來，角色全到齊了吧。」

「還有一名女侍，當時三十多歲。她丈夫已經過世，只剩她隻身一人，所以都住我們家中。」

富次郎畫了個圓圈後說道「既然只有一個人，就先問她的名字吧」。

「呃……叫阿駒。」

在圓圈裡寫下「駒」。感覺很像貓的名字。

「這樣沒遺漏了吧？」

富次郎加以確認，八太郎仔細看過那張圖後，點了點頭。

「開始的時候就這些人，所以目前這樣就行了。」

這話教人心神不寧。

到底是什麼事要「開始」發生？

呼——八太郎先調勻呼吸，接著抬起眼來。

「豆腐店是一大早就得起來忙碌的生意。」

連寒冬時節也一樣，天還沒亮就得起床，從蒸大豆開始做起，太陽下山時，便要將隔天早上要用的大豆洗好浸水，這一天工作才算結束。

「每天早睡早起，與做其他生意的店家相比，過著幾乎與別人相差半天的生活。」

這工作整天都得碰水，而且又耗力氣。

「廚房和打掃清洗的工作全交由阿駒負責，一家總動員，投入豆腐店的工作中。誰有空誰就先吃飯，睡飽就起床，賣力的工作，吃飽飯就睡。」

大嫂和二嫂還要照顧幼子和嬰兒，所以更是忙碌。

「我和四姐雖然沒辦法餵奶，但好歹也能照顧孩子，所以我們也常幫忙。」

「嗯，我記得。你當時常揹著小嬰兒到習字所來。」

「同學們常幫我揹孩子，或是逗孩子玩，幫了我很大的忙。」

豆源的父親總是說「我家孩子只要平假名能讀能寫，會算數就行了」、「要是不快點學會幹活，那可傷腦筋」，所以八太郎的兄姐們到習字所都上不到半年。

「就只有我上了將近一年，這都多虧我娘。」

——希能你們兄弟當中，好歹有個人能有點學問。

「我娘說，如果不這樣，大家滿腦子就只知道豆腐店的事。」

「令堂可眞聰明。」

「是嗎。我當時只覺得，去習字所就能和朋友玩，很開心。」

當老么眞好——聽說三哥對他極為羨慕。

「因爲我三哥在我這個年紀時，每天都挑著豆腐出外叫賣。」

二哥也同樣得挑擔叫賣。大家一起作完當天要賣的豆腐和炸豆皮後，店裡的買賣就交給母親和媳婦負責，男人們則是挑擔出外叫賣。

「我爹和大哥都到料理店或外燴店這類的大客戶店裡拜訪做買賣。」

工作勤奮的豆腐店一家人。

「接下來……要步入正題了。」

八太郎就像在檢視自己說過的每句話般，緩緩進入故事主軸。

「那年的松之內（註）剛過，大概是一月中旬時。我和三哥、四姐三人，一起睡在家中那間三張榻榻米大的房間。」

那是位於豆源的西北角，靠近廁所的房間。

富次郎試著回想。

「豆源很大對吧？是一間木板屋頂的平房，南側則是當店面。」

「對對對！雖然是老舊的承租店面，但房間數相當多。」
豆源的店面兼住處，外形就像一塊長方形的豆腐，西北角被切去一塊。
「被切去的部分雖然不像庭院那麼大，但有黃土地面，種植南天竹和柏樹，廁所就在那裡。」
因爲是屋外廁所，所以通行時都會穿上專用的木屐。
「我當時還有尿床的毛病。四姐會在夜裡叫醒我，或我自己醒來，養成每晚去廁所的習慣。」
「眞了不起。」
「才沒呢。那是因爲老是改不掉尿床的毛病。」
冬天和初春天氣還很冷的時節，到屋外上廁所是很痛苦的事。
「雖然人們常笑說，豆腐店的半夜看在世人眼中，其實才剛入夜，但冷得教人睡意全消。」
那天夜裡，八太郎一樣因爲想上小號醒來，鑽出被窩。他搓著雙手取暖，因爲打赤腳，再加上地板冰冷，他一路上蹦蹦跳跳的走著。
「結果我聽到家中某處傳來有人的說話聲。」
雖然世人才剛入夜，但在豆源卻是人人皆安靜入睡的時刻。
「在月夜下，我不需要燈光。我家到處也都沒點燈。」
嘰嘰喳喳、嘰嘰喳喳……一直傳來竊竊私語聲。「是男人和女人的聲音。說話速度很快，感覺像在起爭執。」
八太郎心想，可能是夫妻吵架吧。
「有三對，不，如果連同你二姐和未婚夫也算在內，那你家就有四對男女了。」

註：日本在過年時擺放門松裝飾的期間。通常是元月一日到七日，或是到十五日這段時間。

「嗯，不過，我家幾乎都不會吵架。與其說是家人感情好，不如說是每天過得太忙碌。」

除了那位個性不好相處的大姐，其他都是個性溫和的人。

「我爹娘都是少言寡語的人。我家中就屬我話最多。」

就連說這話的八太郎，在習字所裡也不是個聒噪的學生。富次郎應該遠比他還要多話。

「就我大姐一個人大發雷霆，其他人都只是回一句『妳說得是』，唯唯諾諾的聽她說，不久，感覺連我大姐也累了，就此轉為沉默。」

偶爾大姐也會哭著說「就只有我一個人在生氣，跟個傻瓜一樣」，但大家還是用一句「妳說得是」含糊帶過。

「所以半夜聽到夫妻吵架，實屬罕見，我從廁所回來時，忍不住豎耳細聽。」

富次郎也和他做出同樣的動作。

「那竊竊私語聲仍舊持續，我心想，難道就不能聽出是在講些什麼嗎，聽不出來是誰在對話嗎？靜靜待在入門臺階處聆聽。」

走廊前方——八太郎他們寢室後面那間房的紙門傳出開啓又關上的聲音，有人走出。

「我馬上緊貼在防雨門後面。」

就只露出眼睛窺望。

「結果看到大嫂拉緊睡衣的衣襟，順著走廊一路朝我走過來。」

本以為她是要上廁所，結果不是。她就只是路過，轉進走廊後，消失了身影。

「我當時心想，根本就沒事嘛。」

但我旋即發現不對勁。

「我大哥他們的寢室在屋子的另一側。」

他們夫妻倆和兩個孩子，一同睡在東側那間六張榻榻米大的房間。

「這個時刻，明明不是去上廁所，爲什麼會來到屋子的這一側？」

坐在八太郎對面的富次郎，取出新的半紙，開始畫起那棟呈長方形豆腐狀，西北邊缺了一角的屋子平面圖。

「廁所在這裡，你三哥和四姐的寢室在這裡對吧。」

他畫線將房間圈起來。

「二哥夫婦和孩子們的六張榻榻米大的房間在這裡。」

長方形另一邊左側的側面處。

「然後，我們的隔壁是一間約兩張榻榻米大的棉被房。」

再隔壁是二姐那位未婚夫夥計起居的木板地房間。

「因爲他們還沒舉行成婚儀式，所以和二姐分房睡。」

「既然這樣，那就不要只寫『未婚夫』，替他取個名字吧。叫他豆助先生如何？」

這樣很簡單易懂——八太郎點頭同意。

「照你剛才所說，你大嫂是從你們隔壁的隔壁……」

她就從棉被房後面那間豆助起居的木板地房間走出。

「我說，小富啊。」

我當時太嫩了。

「因爲是夫妻，所以睡在一起。而還沒成爲正式夫妻，就得分開睡。從這個層面的含意來看，我當時還完全不懂。」

富次郎展開思索。自己七歲時懂這個道理嗎？

「所以當時我就只是猜想，大嫂應該是半夜有事找豆助先生吧。」
八太郎的鼻頭微微泛著亮光。他已開始冒汗。
「在繼續往下說之前，可以大致畫一下我家的平面配置圖嗎？」
「馬上來。」
富次郎在長方形裡畫上走廊，在走廊隔開的隔間裡，遵照八太郎的說明，配置豆源裡的每個人。
店主夫婦、大哥夫婦的房間相鄰，二哥夫婦和二姐、三姐的房間在對面。
「因爲屋裡有很多置物間和壁櫥，所以不是一打開隔門就是隔壁房間的那種隔間。」
「那麼，這也一一畫下來吧。」
店主夫婦與大哥夫婦的房間中間有置物間，二哥夫婦和二姐、三姐的房間中間，隔著一間兩張榻榻米大的木板地房間，這裡只能從二哥夫婦這一側進入。
「那你大姐呢？」
「在最靠近店面的這裡。」
那原本是店主夫婦的房間，裡頭還擺著像衣櫃一樣大的佛龕。
「因爲我大姐很堅持，說她回娘家住，很對不起祖先，至少要由她來負責維護佛龕的工作。」
那個房間有八張榻榻米大，裡頭設有壁龕，而且面向西南邊，日照好，通風佳。
「女侍阿駒睡哪兒？」
「廚房隔壁的木板地房間。」
富次郎朝八太郎指的地方畫上一間木板地房間。
「這裡是我們白天吃飯的地方，入夜後，阿駒就會鋪上墊被，睡在上頭。」
這樣就全都有了。確實是一棟大宅院，還剩下不少空房。

「空房往往都是紙門和隔門敞開。」

「那客房呢？」

「我們沒那麼講究的東西。因爲不管誰來，有事都是在店面處理。」

八太郎以手背擦拭鼻頭的汗水。

「然後……剛才談的那件事發生後過了幾天。」

已來到二月。

「那天一早……因爲是豆腐店二月的一大早，所以是黎明前。天色還很暗。」

這次是很清楚的男女爭吵聲，將八太郎吵醒。

「我二姐在豆助先生的房間大聲哭喊。豆助先生也大聲喊了回去，但顯得很慌張。」

發生什麼事了——三哥、四姐、八太郎都走出寢室，前往查看。

「只見二姐癱坐在地上，緊咬著睡衣的衣袖。她用力拉扯，就像要把衣袖咬斷般，邊咬邊哭。」

二嫂和三姐也一臉驚訝的從自己寢室走來。

——大清早的在吵什麼啊。

——這樣難看，快別吵了。

「結果我二姐放聲喊道。」

你看大家看，看他們這副德行，太過分，太過分了，看他們是怎麼對我的！

「我也看到了。」

只穿著一件兜襠布的豆助，不知爲何，端正跪坐在薄薄的墊被旁。臉上一陣紅一陣青。

「而在同一張墊被上——」

我大嫂撩起棉睡袍，睡衣前襟大大敞開，幾乎都快看到胸部，她伸手撫平睡得零亂的髮髻，衣衫不整的側身而坐。

「嚇！」富次郎叫出聲來。「果然是這麼回事。」

在一家人全都入睡的半夜，二十二歲的大嫂悄悄潛入十八歲的店內夥計豆助睡覺的地方。

「嗯，就是這麼回事。」

那天早上，二姐之所以會撞見……

「和我當時的情況一樣。二姐夜裡醒來如廁時，聽到有人說話的聲音。」

——是豆助先生的聲音。

「她豎耳細聽，結果一併聽到大嫂的聲音。」

你們這是怎麼回事——二姐衝進房內一看，發現他們兩人正裹著棉睡袍在親熱。

「一看到二姐，豆助先生馬上起身，離開大嫂身邊，一再出言解釋道歉。」

但二姐狂叫不止。

「大嫂卻不顯一絲羞愧。她就只是漫不在乎的掛著淺笑。」

這種神情大概很適合用「嫣然一笑」來形容吧，但是用「漫不在乎」來形容也相當巧妙。

「豆助先生怎麼解釋？」

富次郎詢問後，八太郎先是屏住呼吸，接著道出一切。

「這一定是哪裡誤會了，是作夢，我完全沒那個意思，是小老闆娘自己鑽進我被窩勾引我，但我什麼也沒做，對不起，對不起，這簡直就像一場噩夢。」

雖然有點失禮，但富次郎忍不住笑了。八太郎也噗哧一笑。

「這時，我三哥一把掐住我後頸，將我帶離那裡。」

但那場風波才剛開始。

「我大哥來到現場後，似乎場面就失控了。」

這也是理所當然。

「簡直就成了戰場。」

但我大嫂不管丈夫如何驚慌失色，方寸大亂，公公婆婆露出何等驚訝和嫌棄的神情，她依舊「漫不在乎」。

「非但如此，她仍當著眾人的面，想挨向豆助先生。」

父親終於忍不住，賞了她一巴掌。

「我大嫂都流鼻血了，可見這一掌應該是勁道不小。」

因爲那一掌，大嫂終於清醒過來。她就像附身的妖魔退去般，低頭看自己那不像樣的姿態，然後環視圍在一旁的家人，本以爲她會發出比二姐還要尖銳的悲鳴，沒想到卻突然昏了過去。

「她像死了一樣，一直睡到下午，當她醒來時，已完全忘了清早發生的事。」

富次郎低頭望向自己畫的豆源平面配置圖，雙臂盤向胸前。

「那不是在演戲吧？」

八太郎用力點頭，就像要讓下巴抵向胸前似的。

「她是眞忘了。聽說看起來就像眞的忘了。」

「這些事你是聽誰說的？」

「是我四姐告訴我的。不光這一開始的風波，一直到所有麻煩事都結束爲止，我能開口詢問，以及肯向我說明的人，就只有四姐一人。」

說到這裡，八太郎想到了什麼，就此笑了起來。

「關於這件事，感覺當時十歲的四姐，比十三歲的三哥還清楚是怎麼回事。」

「女人眞可怕。」

「錯錯錯。應該說男人鬥不過女人才對，小富。」

哎呀。此時的富次郎別說討老婆了，根本還是個遊手好閒，仰父母鼻息的米蟲，所以他對這句話沒有眞切的感受。

「我大嫂全忘了。也就是說，就算別人責怪她做出那種醜事，她也沒半點印象。」

這對當事人來說，是很駭人的情況。既可悲，又可怕，而且莫名其妙。她的丈夫和公婆都懷疑她是不是瘋了。

「還是說，她是故意給他們難堪，好讓人將她趕出豆源？」

——我不是那種女人。我沒做那種不忠的事，如果要我承認你們的指責，我寧可以死明志！

「她也對豆助先生大喊，你對我是有什麼深仇大恨，要捏造這樣的謊言，太噁心，太可怕了。」

她那一本正經的怒容和悲嘆，令一早目睹她「漫不在乎」神情的眾人更加毛骨悚然。

「在他們展開這樣的對話時，你二姐怎麼處理？」

「她也快氣瘋了。」

她一直想撲向大嫂，所以眾人將她帶離現場，由母親和二嫂一同看住她，百般勸慰。

「因爲要是放著她不管，她恐怕會將大嫂的眼珠給刨出來。」

「你三姐呢？」

「她說不想待在這種滿是紛爭的地方，逃往她未婚夫待的大豆批發店避難去了。」

妳可別對外亂說話喔！聽說父親對她百般叮囑。

「那是十四年前的二月發生的事對吧？我也試著回想，不過……」

富次郎在憶海中搜尋。

「我娘好像有天跟我說，難得豆源也會休息不做生意。不過又好像沒說過。」

「嗯，就是那天。」八太郎雙手一拍。「就只有那天我們沒辦法開店。」

「因爲那天早上的味噌湯裡頭既沒豆腐，也沒炸豆皮，就只有青菜，所以我到現在仍記得。」

仔細一想，富次郎從小就對吃很挑剔。

「我大哥號啕大哭，還狂嘔不止，怎麼也靜不下來。這樣根本沒辦法作豆腐，所以我們索性關門不做生意。」

生兩個孩子的妻子「漫不在乎」有如此離譜的放蕩行徑，身爲她丈夫的大哥，心死遠大於憤怒。

「你大哥是個很溫柔的人吧。」

「倒不如說是懦弱。」

八太郎若無其事說道。「他當初對我大嫂一見鍾情。身爲一家人的我這樣說或許有點奇怪，不過，我大嫂眞的是個大美人。」

發生在家中這起男女間的醜事，講嚴重一點，可說是男女通姦，但女方只是不斷哭訴「我不記得有這件事」，男方則是承認這件醜事，而且他是夥計身分，所以只會不斷低頭道歉，態度卑微。

「如果是以一般情況來說，應該會馬上將豆助先生掃地出門。」

麻煩的是，豆助先生是二姐的未婚夫。

「而且豆助先生一直說……」

——是小老闆娘自己來我寢室的。她不是第一次勾引我，之前也發生過幾次。

「他說，每次他都極力拒絕，趕小老闆娘回去，但昨晚終於被她得逞了。」

因爲小老闆娘是位大美人。女人在生過一兩個孩子後是最美的，別有一番韻味。

「二姐聽了之後，更爲光火。」

——你休了大嫂吧！

但我大哥雖然一會落淚，一會嘔吐，但最後他還是相信妻子的說詞，站在她那邊。他向二姐訓斥道，我們有孩子，怎麼能隨便休妻呢。二姐氣瘋了，說她下次要張爪抓大哥的臉，刨出他的眼珠來。

「當真慘不忍睹啊。這樣根本無法開店做生意。」

「我和四姐整天都幫忙顧孩子。」

雖然現在可以平靜談那件事——

「但那天根本連飯都沒吃。這也算是一種災難。」

莫大的災難，可怕的禍事。

「在一個平時都是個性溫和的人聚在一起的家中，情況更是嚴重。」

眾人應該不知道如何解決這種非常事態。

「最後請了房屋管理員前來。」

爲地主和屋主工作的房屋管理員，對房客來說，同時也是値得倚賴的諮詢對象。

「他們暫且將豆助先生交由房屋管理員看管。」

豆源的生意當然也跟著暫停。

「當時那位房屋管理員已經是個皮膚乾癟的老爺子。」

「你有沒有叫過他葫蘆乾？」

八太郎笑了。「叫過。不過那位葫蘆乾管理員是位了不起的人物。」

他已有相當大的歲數，老得乾癟又清瘦，是位智者，所以很善於仲裁。

「那天，他先將豆助先生理成光頭。」

——我會讓他在我住處好好反省。

「接著他說，那位大嫂或許得了血道症（註一），請找漢醫求診，替我們排解各項問題。」
他也對我二姐說：
「不管在什麼情況下，只要男人受女色所誘就有錯。妳不該恨妳大嫂。」
——是否要原諒豆助，等妳自己想清楚之後，再到我那裡見他。
「事情總算就此平息。」
「嘩……」
不過，奇妙的事接下來才要發生。
「那天同樣很晚才吃晚餐。」
一直忙著照顧孩子的八太郎、四姐、孩子們、豆源的老闆娘、才短短一天就完全變了樣，顯得無比憔悴的大嫂、二嫂，還有女侍阿駒，眾人在廚房旁的木板地房間圍著一起用餐時，已過戌時（註二）。
「換是平時，我們早就寢了。」
雖說事情已告一段落，但家中氣氛還是很陰沉。八太郎的姪子和姪女很害怕，二嫂因爲接連受驚，斷了奶水，小嬰兒一再哭鬧。
「大家心情沉重吃著飯，這時我娘突然冒出一句話來。」
——我說，大媳婦。
「妳最近左眼下方長出一顆痣對吧。」
眾人皆望向大嫂的臉。

註一：女性在月事、懷孕、生產、更年期後，因女性荷爾蒙變化而產生的精神不穩等身心症狀。
註二：晚上八點。

「仔細一看，果眞有一顆痣。」
「之前都沒發現嗎？」
「嗯。因爲很小顆。像小米般大。」
母親說，我是在兩、三天前發現的，因爲顏色不黑，不太顯眼，我認爲這種小事沒必要說，所以也就沒提。
「現在就算是在座燈的亮光下，也可以清楚看見那顆小痣發出亮澤的光芒。」
大嫂似乎沒發現，她一臉詫異的伸指觸碰自己左眼下方。
這時，那像小米般大小的痣，就這麼脫落掉向地面。
「我娘就此笑了起來。什麼嘛，原來是沾到髒東西啊。妳臉要洗乾淨啊。」
正展開這樣的對話時，後門開啓，三姐帶著那位當二掌櫃的未婚夫一起回到家中。白天她一直待在批發店裡幫忙做生意，晚餐也接受他們招待，二掌櫃親自送她回來。
店內夥計豆助不在，家中瀰漫著不平靜的氣氛，但豆源這充滿災難的一天姑且算是結束了，大家紛紛上床就寢。
「三哥、四姐、我，我們三人躺向墊被，三哥馬上就睡著了。」
——小八，你醒著嗎？
四姐悄聲叫喚我。
——醒著。
四姐翻了個身，挨向八太郎。
「她問我，你剛才看到了嗎？」
看到什麼？

「從大嫂臉上掉落的那顆痣。」

——像跳蚤一樣在木板地上彈跳，一路逃向燈光照不到的暗處。

富次郎就近看著說故事的八太郎，打了個寒顫。

「小八，你也看到了嗎？」

八太郎搖了搖頭。「我只看到那顆痣從我大嫂臉上掉落。」

再說了，痣怎麼可能會動。

但我四姐望向昏暗的天花板，小小聲說，她確實看到了。

「她說，從今天早上發生那起風波後，大嫂的左眼下方就出現那顆愛哭痣。」

——眞像娘說的，早在幾天前就有那顆痣了，而且顏色愈來愈深，到了昨晚或今天早上，才變成一顆亮澤的黑痣。

「我當時心想，是又怎樣。」

八太郎接著說道。他的語氣平淡，但表情很緊繃。

「因爲一個七歲的小鬼，根本不可能知道女人的愛哭痣有什麼含意。」

位於眼睛下方的痣，看起來就像掛著淚珠，所以又叫愛哭痣。

「女人的愛哭痣代表的是性感、多情、會迷惑男人，我是很後來才知道這件事。」

富次郎還在冒雞皮疙瘩，所以他用手掌摩擦手臂。

「相較之下，我四姐確實早熟多了。」

八太郎的眼神轉爲柔和，莞爾一笑。

「她現在嫁了個好丈夫，是三個孩子的媽。」

「啊，太好了。」

富次郎將剛才使用的毛筆筆尖順好，收進文具盒內。八太郎以轉涼的番茶潤喉。

「最後，豆助先生始終沒重回豆源。」

在房屋管理員的安排下，決定到別家豆腐店當夥計。

「我二姐跟著他離開這個家。」

她不顧父母的阻攔，冷眼以對。

——比起這個家，我更重視豆助先生。

「她說，就算要和這個家斷絕關係也無妨。我娘爲此哭得很傷心。」

這麼一來，豆源就失去一對男女幫手了。

「之後我三姐說她與未婚夫討論過這件事。」

她提議想早點成婚，兩人一起住進豆源。

富次郎挑起眉毛。「抱歉，打斷你的話，你大哥大嫂後來怎樣了？」

「還是老樣子沒變。」

他們跟以前一樣，很認眞工作。

「心裡完全沒留下疙瘩嗎……」

是努力不留下疙瘩嗎？

「我覺得我大哥並非已經原諒我大嫂，而是當什麼事都沒發生過。」

照這樣看來，夥計豆助沒重回豆源，還有二姐選擇與丈夫成婚，與這個家斷絕關係，也是無可奈何的結果。

如果什麼也沒改變，一直維持現狀，那可著實奇怪。

「我三姐和那位二掌櫃，在家中舉辦成婚儀式，很快成爲夫妻。」

當時正值櫻花初放的時節。

「批發店那邊也為他們祝賀，我三姐很開心。」

她算不上什麼大美人，不過那陣子倒也顯得光采奪目。

然而——

「接著又引發了紛爭。」

那是整個江戶市蒙上新綠的早晨，吹起一整年當中最宜人的和風。

「我正準備要上習字所時，我四姐跑來，一臉嚴肅的表情，拉起我的手。」

——小八，你來一下。

「她叫我跟她一起去看二嫂的臉。」

——要偷偷的喔。

富次郎為之屏息。「看了之後，結果怎樣？」

八太郎說：「她右眼下方，長出一顆像小米般大小的痣。」

之前二嫂明明沒有愛哭痣啊。

「她與我大嫂那時不同，一開始就有淡淡的顏色，一眼就看出來了。顏色就像蟬翼一樣淡。」

「不是我自己多心對吧？」四姐向八太郎確認後，便跑去向母親報告。

「但我娘沒搭理。她心裡或許有些什麼想法，但嘴巴上只回說，妳在說什麼啊，淨是胡說。」

她將四姐斥退，似乎對二媳婦也完全沒提愛哭痣的事。

「如今回想，我娘應該是覺得開口談這種事不吉利。」

到了隔天。

「這次是中午發生的事，所以當時我人在習字所。」

八太郎回豆源吃午飯時，發現家裡鬧得雞飛狗跳。
「果不其然，這次出事的是二嫂。」
「對象是誰？」
「那位二掌櫃。」
三姐的丈夫。
「我爹和我哥哥們出外拜訪老客戶和挑擔兜售這段時間，二掌櫃留下來顧店。練習看帳本，記住顧客的長相。」
因爲他才剛入贅。
「二掌櫃和二嫂一直待在屋裡的一間空房內。」
說到這裡，八太郎羞紅了臉。
「聊這種奇怪的事，眞的很抱歉，小富。」
「哪兒的話，這個房間就是專門談奇怪的故事。更怪的故事多得是，所以你千萬別介意。」
不過，像這類的故事，這還是第一次聽聞。
想到這裡，富次郎暗自在心裡朝膝蓋用力一拍。好在是第一次。這也是理所當然。
因爲在阿近擔任聆聽者時，不管等再久，八太郎都不會想要來這裡說這件事。一切只因現在的聆聽者是他兒時的玩伴。
——最重要的是，我們同是年紀相仿的男人。
所以才會想一吐爲快。
「這次換你二嫂向二掌櫃投懷送抱對吧？」
富次郎搶先說道，八太郎頷首。

「聽說偏偏又被三姐現場撞見。」
向來都隔門敞開的空房，不知爲何改爲緊閉。而且感覺裡頭有人，三姐覺得納悶，就此打開門。結果與裡頭正在辦事的兩人撞個正著。
「我大嫂一看到我，馬上跑來對我說，你快回習字所去，快點，午飯待會送去給你！」
八太郎被趕往大路上，但仍可聽見三姐的哭喊聲，以及二掌櫃提高音調解釋的聲音。
「左鄰右舍一定也覺得事有蹊蹺。」
眞虧他們可以一直默不作聲——八太郎一臉感佩的說道。
「可能是同情我們吧。」
「那是因爲豆源値得信賴。」富次郎說。「客人和附近的鄰居全都很珍惜豆源。」
「謝謝。」
八太郎展開歡顏。
「我回到習字所，儘管處在這種情況下，還是會覺得肚子餓，這時我四姐揹著小嬰兒前來，替我帶來一包飯糰，我們便一起坐下來吃。」
——這又是愛哭痣搞的鬼。
「四姐睜大一雙圓眼，如此說道。」
這次當三姐撲向二嫂時，那顆痣便脫落了。
然後迅速逃往某處。
「你四姐又看到那顆痣啦。」
「嗯，她說那顆痣的動作就像有生命。」
像痣一般的大小，會附著在人的皮膚上，脫落後就馬上躲藏。簡直就像蟲子一樣。富次郎覺得臉部刺癢了起來。

「那顆愛哭痣脫落後，我二嫂就像斷了線一樣，當場昏厥。」

她一直熟睡不醒，就像死了似的，等到隔天早上醒來時，已完全忘了昨天發生的事。

「和你大嫂那時候一樣呢。」

八太郎頷首。「但她的對象二掌櫃可記得清清楚楚。他面如白蠟，一直道歉，說他犯了不該犯的錯。而他一再道歉時做的解釋，與之前和大嫂私通的豆助先生一模一樣……」

——二嫂就像變了個人，整個人緊貼過來，眼神迷濛，我正驚訝莫名時，整個人已被她迷惑。

嗯。富次郎沉聲低吟。男人眞這麼沒操守嗎？

「三姐就像被扯走了靈魂般，一直哭個不停。教人受不了。」

八太郎也發出一聲長嘆。

在黑白之間相對而坐的說故事者與聆聽者。彼此眼中映照的，不是此刻的兩名成人，而是昔日的兩個男孩。

「再吃一個羽二重大福吧。」

富次郎請他用點心，重新沏了壺茶。先前談到故事的精采處，阿近應該也會像這樣歇息片刻，慰勞說故事者吧。

這杯熱茶似乎爲八太郎帶來了活力。

「之後又請來了葫蘆乾管理員來幫忙善後，鬧了兩、三天吧。」八太郎接著往下說。

生意沒就此停擺。母親當時說了一句話——像這時候絕不能認輸。

「不知道她指的是哪種勝負。不過豆腐終究還是賣得不好。」

一家人聚在一起談論後，決定三姐和她那位二掌櫃丈夫，到她丈夫之前工作的大豆批發店投靠。

「請對方讓他們夫妻住在店裡工作。」
「你三姐原諒那位犯錯的丈夫嗎？」
「不知道。」
八太郎搖頭，嘴角還留有些許大福的糖粉。
「不過，像這種時候，女人無法原諒的，向來不是自己的丈夫，而是那名女性。」
「是、是這樣嗎？」
富次郎張口結舌，八太郎莞爾一笑。
「我不是女人，所以只能自己瞎猜。不過，我自從娶妻後，便有這樣的想法。」
三姐與那位二掌櫃，從很早以前就訂有婚約，而且在發生這起怪事之前，夫妻倆感情也很和睦。
「所以批發店的店主也直說汗顏。他還說，此事歸咎起來，是自己店內二掌櫃的過錯，會好好加以責罰，重新管教，三姐就賣我個面子，多多擔待吧。」
——要離婚的話，隨時都行。因爲有緣才結爲夫妻，暫時還是先忍耐吧。
另一方面，二哥夫婦也沒離異，還是留在豆源。
「我二哥心裡難過就不用說了，我二嫂心裡也不好受。做出那樣的醜事，自己全忘了，但周遭人可都記得很清楚。」
被人看見自己那不成體統的模樣。這可不是光一句尷尬就能形容。
「不過，畢竟是夫妻。」
一來也是因爲豆源的父母極力勸說，而最主要原因還是孩子。
「還記得當時我娘講得面紅耳赤，極力說服他們，她說你們大哥大嫂都度過去了，所以二哥和二嫂也可以度過去。」

想到豆源母親心中的感受，就替她難過。兩個兒子都遭媳婦背叛，媳婦卻完全忘了自己的不忠行徑，而考慮到孫子，偏偏不能冒然將媳婦們掃地出門。

滿腔鬱悶無處訴說的公婆、長男夫婦，還有次男夫婦。三對男女同住一個屋簷下。

這不也算是一種地獄嗎？

當豆源因這場風波動蕩時——亦即富次郎和八太郎七八歲那時候，三島屋正好在現在這裡設店。去年歲末，富次郎與大哥伊一郎聊起當時的回憶，那時候富次郎還只是個逍遙自在的孩子，有些事他不知道，但大哥爲此操心勞神，聽聞大哥道出往事，富次郎深有所感。

不過，眼前這故事裡的情況，「一般的」操心勞神根本無法與其相提並論。家中竟然發生如此淫亂的醜事，而且是一而再的發生。

話說回來，那顆愛哭痣大有問題。富次郎覺得那明顯是妖怪或是會附身的邪魔。

「你四姐沒將愛哭痣的事告訴其他人嗎？就像之前她告訴你那樣，讓其他人知道，你大嫂之所以會一時做出脫序的行徑，全是愛哭痣所爲。」

「她一講再講，說她是親眼目睹。」

但根本沒人肯聽。

「這事確實詭異。不過，因爲發生的事太超乎預期，無法理解，應該會認爲是被妖魔附身、被狐妖給耍了、遇上怪異的魔障之類的，你們沒聊到這方面嗎？」

「沒有……」八太郎手插在懷裡，聳了聳肩，很傷腦筋的模樣。「三島屋做大生意，而且還舉辦百物語，所以你們原本就見多識廣。很自然會往這方面想，但我們就只是一家普通的豆腐店。」

「不，我們稱不上見多識廣。」

富次郎不知該怎麼說才好。

「我四姐最後只要一提到痣的事就挨罵。甚至還挨我爹打。」

——小孩子別說這種自作聰明的話！

身爲當事人的兩對夫妻，也對年幼的妹妹避而遠之。兩位嫂嫂躲著她，兩位哥哥對她擺臉色。

「我三哥可能是想逗大家笑吧，對於堅持自己說得沒錯的四姐，三哥指著她嘲笑道，這丫頭愛說謊，說謊的人死後會被閻羅王拔舌頭哦。」

這很像是我那十三歲的三哥會做的事，只爲了維持一家的和諧。

「你娘也不相信妳四姐的話嗎？你大嫂出事時，你娘發現她臉上的愛哭痣，還看到它從眼前脫落不是嗎？」

「話是這樣沒錯……」

八太郎噴出鼻息。

「我想，當時我娘同樣一心只想著要掩蓋這件醜事。」

比起搭理十歲的女兒所說的話，保持一家和樂更爲重要。不提舊事，絕口不談。

「她警告我四姐，妳要是一直說這種傻話，小心我把妳趕出這個家。」

長期住在豆源店裡，向來都幫忙照顧孩子的女侍阿駒，見四姐一再挨罵，看了很不忍心，哭著出面打圓場。

「不過，阿駒也沒相信我四姐的說法。因爲打從一開始，她就認爲這是四姐編出的奇怪說法，她就只是撫慰，像在拜託似的向她規勸。」

——妳不能再說這種話了。請當個聽話的孩子吧。

「不過，她這樣還算好。」

可能是當時的感受重現，八太郎臉上浮現慍色。

「最壞心的是我大姐。因爲她竟然說，把一切怪罪到愛哭痣上，這根本是憑空捏造的謊言，四妹不可能自己想出這種說法。是大嫂和二嫂爲了掩蓋自己不檢點的行徑，向四妹灌輸這種想法。」

富次郎爲之錯愕。這位個性不好相處的大姐，沒想到她的壞毛病裡頭存有這麼歹毒的惡念。

「我爹娘都出言訓斥，要大姐別亂說話，但經她這麼一說，連我四姐也洩了氣。」

要是她再繼續講愛哭痣的事，反而會把事情搞得更複雜。

「所以她對我說，我不再講這件事了，你也忘了吧，哭喪著臉。」

富次郎很同情那位四姐，感到胸中一痛。

「就這樣，我們一家人又重回以前的生活，彷彿什麼都沒發生過似的。」

回得去嗎？應該是又恢復成像以前那樣吧。當時幾乎每天都會出現在三島屋餐桌上的豆源店豆腐，還是一樣好吃。

富次郎再度沉聲低吟。人就是這麼粗神經，不管再怎麼苦悶、尷尬，一樣都能習慣。

「但就只有我大姐打從回娘家住，一直獨自在靠近店面的房間起居，因爲她負責維護佛龕。」

聽說她不時會對著佛龕自言自語，淨說些損人的話。

——那兩個淫婦，在自己丈夫跟前勾引夥計和妹婿，跟她們同住一個屋簷下，眞是活受罪啊。還用力敲響鉦鼓。

——就連他們的孩子，也不知道是誰的野種。爲什麼不趕出去呢。

「她一直在發牢騷，要是有人路過便會聽見。」

「這我懂。」

淫婦。在黑白之間說出這種辱罵的言詞，這大概是第一次。富次郎對這間靜謐的包廂感到抱歉。對不起，我一當上聆聽者，這裡的格調馬上就降低了。

「我想要是大哥二哥聽到這番話，一定會大發雷霆。說什麼孩子是野種，這就是存心找碴。」但他們沒對大姐發火，也沒回嘴，就只是保持緘默，是因爲自己的妻子確實做了醜事，他們不想爲此起衝突。

「我大姐在婆家是沒做過什麼醜事，但她和婆婆不合，而且遲遲沒能受孕，所以才會與丈夫離異，回娘家投靠。」

八太郎說，可能也是出於嫉妒吧。

「明明做出那麼離譜的事來，卻沒人怪罪，也許她看到這樣的媳婦，感到滿是恨意吧。」

不管她再怎麼憎恨，身爲一家之主的豆源父親既然都選擇原諒媳婦了，大姐自然是無技可施。應該說，以身分來看，大姐的立場反而尷尬。

「他們說，如果只是對著佛龕發牢騷，就隨她去吧。」

「女人還眞是辛苦啊。」

富次郎如此低語，八太郎聽了哈哈大笑。

「抱歉，我沒資格這麼說。」

「小富，你可眞善良。如今回想，我家中就屬我大哥最善良了。二哥的個性有點彆扭，三哥則是個性浮誇。」八太郎露出凝望遠方的眼神，接著回到原本的話題。「我家這個奇怪的故事，後續還有另一個風波。」

百般掩蓋的豆源，不久迎接梅雨季到來。豆腐是不分季節的食物，不過夏天時銷量特別好。

「今年夏天要好好大賺一筆。我爹以此向大家喊話。我哥哥他們也漸漸恢復了朝氣，本以爲一切都步入了正軌……」

豆源母親受了梅雨季節的寒氣，感染風寒，臥床不起。她發燒咳嗽，直說全身疼痛，無法起身。

「我娘臥病不起，我是第一次見到，大感吃驚。雖然花了三天便痊癒，但我爹也備顯慌亂。」

媳婦們可能認爲這是她們害婆婆操心所致，特別用心在一旁照顧。她們的辛苦果然沒白費。因爲大家都用心照顧母親，感覺原本在家中沉積不散的濁氣逐漸散去。

「等到我娘退燒，可以自己起身時，大家都露出久違的笑容。」

三哥還是一樣個性浮誇，淨是犯傻，因爲實在滑稽，眾人都笑了。雖然這只是微不足道的小事，但這笑臉和笑聲證明了豆源的人們確實已重新振作，達成和解。

「因爲就連我大姐也忍不住笑了出來。」

但就在那時——

「我大姐一面笑，一面搔抓著左眼下方。」

以指甲搔抓。

「阿駒問她是不是覺得癢。」

——覺得刺刺的。

——腫了一個小包，還泛紅呢。應該是蟲叮吧。

當時就只是這樣，但到了隔天，大姐仍舊搔抓著同樣的地方。她自己似乎沒發現，但那紅腫處變得比昨天更大了。

富次郎忍不住趨身向前。「你四姐看到了嗎？」

八太郎頷首。「大概看到了。但她什麼也沒說。應該是被狠狠罵過一頓，變得小心謹慎了吧。」

然後到了當天晚上就寢時間。

「因爲是豆腐店的就寢時間，所以就世人來看，才剛傍晚而已。」

這實在很誇張，這種時候，蕎麥麵的路邊攤剛開始做生意。

「那是個悶熱的夜晚。因爲我一直翻來覆去睡不著。」

八太郎覺得肚子發脹，想起身上廁所。結果發現四姐也起床了。

「她說她也要去。」

我們一起來到走廊上，這時，從寬敞的屋子中央，傳來用力開關紙門的一聲「碰！」。之後一切趨於無聲。

「不知道發生了什麼事，我一顆心噗通噗通直跳。」

明明大家都在睡覺，是誰那麼粗魯的發出開門聲。

我忍不住想起當初大嫂犯下那件醜事的開端。

難道又有事要發生了？

——小八，你待在這裡。

「四姐對我低語，手貼著牆邊走，朝聲響傳出的方向去。我無法乖乖待在原地，急忙隨後跟上。」

在豆源暮色輕掩的暗夜下。

「我繞過一處走廊轉角，看到四姐在盡頭處右轉的背影時——」

傳來「哇」一聲大叫。接著是哇、噢、噢、噢。就像狗吠，無比響亮的怒吼聲。

——妳到底在幹麼啊！

「聽清楚這句話後，我馬上明白，那是我爹的聲音。」

聲音尖銳且慌亂，接著轉爲「噢、哇、呀」的慘叫聲。

「住手，住手啊，妳是在幹麼！妳瘋了是嗎，快住手啊。」

說到這裡，八太郎定睛望向富次郎。

「小富，你猜發生了什麼事？」

富次郎就像喉嚨被堵住，一時間發不出聲音。

「又、又發生醜事了嗎？」

這是第三次。

就像當時的光景再次浮現眼前，八太郎瞪大眼睛。

「大家都起床趕了過來，點亮燈一看，出現我們眼前的是……」

全身赤裸的大姐，緊緊纏住父親。

「我爹的睡衣腰帶解開一半，前方完全敞開。他瞪大眼睛，驚訝莫名，無比慌亂。不斷大喊住手、住手，死命掙扎，想將我大姐甩開。」

全身一絲不掛的大姐，就像一條溼手巾般，緊黏在父親身上，不肯離開。

「我娘趕緊上前幫我爹的忙，想將我大姐拉開，她一面大喊著『快放開、快放開』，一面使勁拍打我大姐的頭和肩膀，但完全不管用。」

大姐眼神失焦，髮髻零亂，臉上掛著一抹淺笑。八太郎清楚記得那個表情，全身雞皮疙瘩直冒。

「與當時大嫂的表情一模一樣。」

漫不在乎。

「口水從她嘴角垂落。」

她不時會像在喘息般張開嘴巴，從中露出舌頭。

「我大姐身材清瘦，沒什麼力氣。但我爹娘兩人合力還抵不過她。」

最後她將父親推倒，跨坐在他身上。漫不在乎的一把抱住父親，自己把臉湊了過去。

「你大姐在做這件事的時候，可有說些什麼？」

八太郎用力搖頭。「什麼也沒說。沉默不語，像身上哪個環節鬆脫，臉上掛著一抹淺笑。」

富次郎漸感背脊發冷。

「愣在原地的大哥和二哥，像獅吼般大喊一聲，撲向前去。好不容易拉開大姐，將她拋向房內角落，扶起我爹。」

大姐頑強站起身，笑盈盈走來，又想挑逗父親。

「明明全身赤裸，卻完全不用手遮掩重要部位。」

二哥急忙從後方架住她。於是她改爲摟住二哥。勾住二哥手臂，雙腳夾住他身軀。

二哥極力抵抗，努力將大姐推回去，這時她那帶著淺笑的臉面向這邊，終於看清楚了。

「大姐的左眼下方，有一顆像紅豆般大小的愛哭痣。」

那顆痣在座燈的亮光下散發潤澤的亮光。

因口水而濡溼的嘴唇也透著光澤。

紅色的舌頭也在發光。當他們扭打在一起時，不顯亮澤的肌膚開始冒汗。

下流、誘人、鮮明。

——就是那個，快捉住它！

「我四姐大喊。」

她直直指向大姐臉上的愛哭痣。

「抓住那顆痣！動作快！快抓住它！」

她一邊哭，一邊喊叫。

家裡的男人們不知如何是好，女人們怯縮不前，頹喪的直搖頭，這時大姐瞪視著四姐。她的雙眼開始聚焦。接著她吐出濡溼的舌頭，無比妖媚道。

——這樣不是很好嗎。

那明明是大姐的聲音，不知爲何，聽起來卻像別人的聲音。感覺聲音充滿黏性，還拉出長長的絲線，黏答答纏向在場每個人。

「我四姐臉色發青，向後退。」

豆源的父親就像要保護年幼的四姐般，挺身向前。但他步履不穩，旋即跪倒在地，目光緊盯著大姐的臉，死命搖頭。接著擠出嘶啞的聲音說道。

──妳、妳放過我們吧。

「大姐朗聲大笑起來。」

那是女人的高亢笑聲。可怕的是，那聲音帶有難以形容的豔麗。

豆源父親哭了起來。他弓起身子，一面搖晃身體，一面發出「唔……唔……」的呻吟聲。母親伸手搭向他背後，向他叫喚道「老爺，老爺，你振作一點啊」。

呵呵呵哈哈哈哈。

女人的笑聲向外傳開來，直鑽進耳膜裡。

大嫂和二嫂在門口緊緊相擁。女侍阿駒全身顫抖，緊抓著紙門，所以門發出卡喇卡喇的聲響。大哥整個人呆立原地，冷汗直冒。從後方架住大姐的二哥，就像抓到怪物，面如白蠟，彷彿隨時都會腿軟。

哈哈哈，啊──呼──呵呵呵。

大姐笑到喘不過氣。她很滿意的瞇起眼睛，像在游泳似把手臂繞往身後，臉湊向二哥臉邊。

這時──

母親低吼一聲，站起身。

她眼中燃起火焰。她沒雙眼充血，沒瞪大眼睛，而是因憤怒眼底透射光芒。

母親走近大姐，左手一把抓住她下巴。

兩個女人四目對望。母親與女兒。但這時是赤裸裸的兩個女人對決。

——對不住了。

豆源母親說了這麼一句，接著一把扯下大姐左眼下方那顆濡溼的痣。

鮮血飛濺，大姐慘叫一聲，整個人往後仰身，緊緊咬牙，就此昏厥。

「我娘將她一把扯下的黑痣握在滿是鮮血的掌中。」

該怎麼辦才好？

豆源母親用力深吸一口氣，接著將那東西送進口中。她齜牙又咬又嚼，然後吐向腳下。

這樣還不夠，還一腳踩在她吐出的東西上，用腳跟踐踏。這段時間，一直都怒氣騰騰，呼吸急促。神情猶如鬼面。

「她問我四姐，這樣可以了嗎？」

接著她表情轉爲柔和。恢復平時豆源母親的模樣。

「我四姐放聲大哭。像個小嬰兒似號啕不止。我從來沒見過這樣的她。」

在她的哭聲洗滌下，大家彷彿解除了咒縛。

「說來丟人，當時我嚇得都尿褲子了。」

這也難怪。望著八太郎持續說出十四年前家中發生的那場慘事，就連富次郎也嚇得全身蜷縮。

「我娘以無比溫柔的聲音說『八太郎要是肚子受涼可不行，你們快帶他去澡堂洗澡』，請我哥哥們幫忙。」

動作快一點，還能趁澡堂關門前趕上泡湯。

「我娘叫我們快點去的意思，是要暫時把家裡的人清空。」

豆源父親雙手抱頭，蹲坐在地上，一動也不動。

「同時有另一個含意，那就是你們身爲兒子，別再繼續看你爹現在的模樣。」
四兄弟跑步前往澡堂。
「明明才剛發生那場風波，但因爲當時我還只是個小鬼……」
可以兄弟一起上澡堂泡澡，機會難得，覺得很開心。那次的回憶，我一輩子難忘。
「我可眞是個樂天的傢伙啊。」
不，好在當時是如此。
「回家後一看，大姐被安排躺在佛龕所在的房間裡。她左眼下方已塗上止血藥。」
四姐也停止哭泣。
「不過，那天晚上我們手牽著手睡覺。」
隔天早上，一家人一如往常起床著手作豆腐。
「大姐仍繼續睡，我爹則像鬼魂一樣無精打采，我哥哥們也都保持沉默。」
豆源母親帶頭俐落工作，沒顯露半點和平常不一樣之處。媳婦們和阿駒也都對母親這樣的態度感到忌憚，個個都打起精神工作。
大姐足足睡了兩整天，醒來時果然和先前情況一樣。
「完全不記得自己做過的事。」
就連在一旁聆聽這段往事的富次郎，也撫胸替她感到慶幸。
「她臉上被扯下黑痣的地方，留下一處深得嚇人的傷口。腫成青紫色，我大姐覺得疼痛不堪。」
每天用藥湯替她清洗傷口並上藥，成了我四姐的工作，那花了半個月才完全康復，留下約一文錢大小的傷疤。
「不過，與闖下那件大禍之前相比，我大姐後來變得圓融多了。」

她已不會在佛龕前自語自語，說話損人。不再以嚴厲的態度對待嫂嫂們。

「我想，一定是我娘告訴她了。當然了，雖然不見得是一五一十詳述，但好歹明確告訴她，妳之前睡昏頭，做出很荒唐的事來，妳現在沒資格出言損妳的嫂嫂們。」

「……她聽進去了吧。」

這種噁心又露骨的醜事，最後就只發生三次。

這第三次，同樣也掩蓋下來。舊事不提，閒話休問。那件事當沒發生過。

「因爲若不這麼做，這次就換我爹無地自容了。」

所以什麼也沒發生過。大家都沒看見。

「不過就只有一次，我偷偷向四姐詢問。」

那顆痣到底是什麼？再也不會發生那種事了嗎？

四姐輕撫八太郎的頭。

——因爲娘已經替我們收拾了。那東西再也不會出現了。

「四姐那樣說，像是在說給自己聽。」

梅雨季結束，夏天到來，生意變得更加忙碌。

「人們常說，豆腐店的工作離不了水，所以冬天又冰又冷，想必很辛苦，但其實我們會升火，所以其實是夏天比較辛苦。」

製豆腐的過程，是先將前一晚浸泡的大豆碾碎，放進大鍋裡水煮，然後榨出「豆汁」，這樣算第一階段。

在水煮的過程，如果火力太強，大豆的風味會逸失，要是火力不夠，又會變得過稀。倘若中途火力減弱，豆汁就會帶渣。想要避免濃淡不一，徹底煮沸，需要熟練的技術。

「我們店裡能掌控火候的，就只有我爹一人。不光看季節，還得視天氣而調節水量和火力，當中存在不少祕訣。有時大哥也會代替我爹處理，但他作出來的豆汁風味、完成的豆腐味道，還有口感，就是不一樣。」

平日手執吹火竹筒坐在爐灶前的豆源父親，每到夏天，下巴就會顯得突尖。炎熱令他消瘦。

「不過那一年，我爹消瘦的情形比往常更嚴重。有時甚至在爐灶前一口氣喘不上來，中途改將吹火竹筒交給我大哥。」

我已經是老頭子了，歲月不饒人啊。說這種喪氣話也很不像平時的他。

「果然不出所料，儘管大家表面都裝不知道，但他心裡還是會有疙瘩。這種心情影響了身體。」

一位父親見自己的親生女兒光著身子向他挑逗。他一直無法輕易走出陰影。富次郎心想，這種事如果發生在自己身上，可能永遠都無法重新振作。現在他別說女兒了，就連妻子也沒娶，只是個單身漢，但還是打從心底這麼認為。

「我爹的模樣與往年夏天大不相同，可能連顧客也看出來了。很是替他擔心。還問他，豆源老闆，你是不是身體哪裡不舒服啊？」

沒什麼，我們開豆腐店的，夏天都會變瘦——他自己都是如此笑著回應。

「接著……來到七月中，一個一早就很悶熱的日子。」

作完豆腐，店裡開賣時，豆源父親洗完臉和手腳，換好衣服，出門不知去哪兒。

「我大嫂和阿駒目睹他出門。因為他穿著整齊，猜想他應該是拜訪客戶吧。」

——路上小心喔。

朝他喊了這聲後，父親轉頭面向家中的女人們。

——店裡就交給妳們了。

他低頭鞠了一躬。大嫂和阿駒感到詫異，不知他爲何如此正經八百。

父親出門後，再也沒回來。

「等到太陽快下山，大家才說，爹怎麼一去不回，難道是參加什麼聚會。向有交情的其他豆腐店詢問，對方也說今天根本沒有聚會。」

當眾人覺得詭異，面面相覷時，已經入夜，這更加令人感到百思不解。

「爹會去哪兒呢？要不要問番屋（註）？他最近身體虛弱，也許是在某處身體不適而昏厥呢。」

豆源母親安撫慌亂的孩子和媳婦們。

——用不著這麼大驚小怪，你爹他不會有事的。

「但那天，我爹終究還是沒回來。」

說這故事的八太郎，那光滑白淨的臉蛋，浮現一名七歲男孩的心痛之色。

「隔天早上，大家還是像平時一樣忙店裡的事。大哥滿頭大汗的作豆汁，作出來的豆腐，味道果然差了一截。」

父親還是沒回來。

「我哥哥他們很擔心，再度找我娘談這件事。」

——你們別管那麼多，就耐心等吧。

又過了一天、兩天、三天，父親不在家的日子一天一天過去。

「我娘嘴巴上安撫我們，但她其實很擔心。她不時坐著發呆，停下手中的工作。」

豆源的人們其實心裡早已猜出幾分。

註：江户時代，由町人自己組成類似義消、義警的組織，他們值勤的地方稱作番屋。

父親對那天晚上發生的事深感羞愧，內心怎麼樣也無法接受這個事實，最後選擇離家出走。他已無法繼續和妻兒、孫子們同住。母親應該也曾聽父親向她吐露心中的痛苦吧。所以才會叫大家不必大驚小怪，不會有事的。

「我爹並非只是外出。這是離家出走。十天後，連我也深切明白這件事。」

八太郎趁大人不注意時，暗自啜泣，四姐在一旁柔聲安慰。

——小八，接下來我們要改為在心裡想，爹什麼時候會回來呢？等他回來時，會帶什麼樣的伴手禮送我們呢？

富次郎說：「你四姐眞是個聰慧的好孩子。小八，你有個好姐姐呢。」

「我也這麼認爲。」

家人一律對豆源的顧客說，家父身體不適，到親戚家療養。如果待家裡，無法安心靜養。

「小富，你或許不知道，當時三島屋也來探望過我們喔。」

「咦，眞的嗎？」

「嗯，你們老闆娘專程前來。」

這很像富次郎母親阿民的作風。

「我家當時在這一帶的店家裡，還算是新來乍到。」

所以才會特別重視人情世故吧。

她與伊兵衛兩人，或許還加上阿島，會在談話中聊到——豆源老闆的病不知道怎樣了，希望能早日康復，就算店裡的工作可以放心的交給兒子們，但孫子這個年紀正可愛，應該還是會想看看孫子吧。他們應該萬萬沒想到，在豆源的暖簾內，一家人竟如此愁雲慘霧。

隔了一會，八太郎接著道：

「等到我爹離家後第二十一天。」

位於花川戶有一家名爲「豆長」的豆腐店，那位老闆前來豆源拜訪。

「他的頭髮幾乎都掉光，年紀長我爹許多。」

經詢問後才明白，豆長老闆年輕時曾和他們父親在同一家店學藝，算是師兄弟。

——當初我先自立門戶，開了現在這家店，成家立業，後來就沒和豆源有往來，不過，幾年前我們在聚會裡不期而遇。

兩人互道這些年來的近況。在那之前他便聽聞風評，說神田一帶就屬豆源的豆腐最好吃，所以他心想，豆源當眞是闖出名號。

「他說，我爹自從離家出走，便跑去投靠豆長，受他們關照。」

他突然隻身一人前來，無比恭敬的向我低頭懇求。

——大哥，眞的很對不住，可以暫時讓我在這裡工作嗎？我不需要工資，只要有飯吃就行了。

問他理由，他也不說。整個人拜倒在地上，不斷說著「請接受我的請託，拜託您」。不過，看他憔悴的模樣，豆長老闆最後接受他的請求。

「他眞的很認眞工作，而他作出美味的豆腐，剛好能當我店內夥計學習的範本。」

過不了多久，只要他想說，應該就會自己說出他離開豆源的原因。之前就由他去吧。他大方的接納豆源老闆，和他一起同住至今，然而……

「昨天傍晚，他說覺得胸悶，然後昏過去了。」

他急忙讓豆源老闆躺下，加以照料，但眼看他逐漸面無血色，氣若游絲。

恐怕有性命之危。因爲他本人精氣渙散，一直臥床不起，顯得無精打采。

「豆源那傢伙，一直要我別讓老闆娘和兒子們知道他的事，但我不能這麼做。之前瞞著沒告訴你們，眞的很抱歉，但能請你們來一趟嗎？」
豆源母親當然火速趕往位於花川戶的豆長——
「最後終於趕上見我爹最後一面。」
八太郎說得平淡，但富次郎聽得連隨口應聲都辦不到。
「我娘在枕邊握住我爹的手，我爹對她說。」
——雖然我給豆長老闆添了不少麻煩，但我的棺桶還是從這裡運走吧。他還懇求說，我不要回家，就連喪事也不要辦在豆源。
——生意別停，要好好工作。
「爲什麼不回家，他沒說明原因嗎？」
「嗯，我爹就只是一直說對不起。」
豆源母親照丈夫的吩咐辦理，暗中舉辦喪禮。
這給豆長老闆添了不少麻煩。尤其是豆長的老闆娘，丈夫的熟識跑來投靠，最後還死在店內，這是何等災難，但她完全沒生氣，始終和顏以對。「雖然不知道是死於何種疾病，但我爹死前，瘦得肋骨浮凸。」
是衰弱而死。
「豆源完全按照我爹的吩咐，沒停止做生意。」
孩子、媳婦、孫子，輪流造訪豆長與我爹道別。
「四姐和我是在那天傍晚，由阿駒帶著前去。」
豆源父親躺在豆長屋內的房間，頭朝北方。
「豆長老闆請來的和尚替我爹誦經，我們抵達時，和尚正要離開。」

豆長夫婦和豆源母親送和尙離去，八太郎他們被帶往豆源父親的遺體旁。

遺體枕邊圍著倒放的屛風，各點著一根香和蠟燭。門邊有一盞小座燈。燈心擰得又窄又細。

「在昏暗的房內，只有我爹身上穿的白壽衣顯得特別白。」

阿駒窺望遺體的容貌，泣不成聲。四姐也哭了，八太郎整張臉都被淚水和鼻涕沾溼，他用自己的衣袖擦拭。豆長夫婦和豆源母親也回來了。大人們看著父親的臉，一會兒撫摸他額頭，一會兒摩娑那只剩皮包骨的手，壓低聲音交談。

——是的，在我們家中是起了些齟齬。

——兒子們都很孝順，也都娶了能幹的媳婦。所以會離家出走，是我家老爺自己不對。

——這是八太郎，我家的四男。這是四女。阿駒也在我家工作很多年了。

——眞沒想到會這樣壽終正寢。

母親柔細的聲音。哭腫了眼，在一旁頻頻點頭的阿駒。豆長夫婦體恤和安慰的話語。

「大家都裝不知道。」八太郎說。「因爲完全沒人在意，所以我滿心以爲那是豆長家裡的人。」

這句沒頭沒尾的話，富次郎忍不住問道：「你說的是誰？」

八太郎眨了眨眼，抬起臉，微微趨身向前。

「在房間角落……」

蠟燭燭光，以及座燈的微弱光圈都照不到的地方。

「有個女人背對我站著。」

她穿著一件華麗的波浪條紋和服，繫著晝夜帶（註），頭上的髮髻插著好幾根髮簪。衣領後頭露

註：正反兩面用不同布料作成的女用腰帶。

出大片肌膚，從她長長的後頭到雪白的後背，看起來相當光滑。

「我發現時，她就已經站在那裡了。」

八太郎心想，她應該有什麼事。

「不過，會有什麼事呢？」

豆長夫婦和豆源母親都沒瞧那女子一眼。是刻意不看嗎？因爲那女子就站在那裡，從頭到腳，乃至於和服的圖案和腰帶的布料，都看得清清楚楚。

明明房內昏暗，但只有那裡特別清楚。

這不是很奇怪嗎？

「我隱約也覺得不能往那裡瞧。」

這時，原本坐在他身旁一動也不動的四姐，朝八太郎耳畔低語。

——不能往那邊看。

四姐已經發現了。她態度堅決，不讓目光往房內角落的那個女人望去。

八太郎沒辦法做得像四姐一樣好。他挪動身子，坐立不安。

房間角落的那名女子微微轉頭，看起來像是倏然挺直腰桿。

豆源父親枕邊的蠟燭一陣搖曳。

香頭的灰掉落。

大人繼續壓低聲音交談。擺在豆源父親胸前那把避邪用的剪刀，刀刃散發光芒。

房間角落的女子轉過頭。望向四姐和八太郎。

她不年輕。嘴角的皺紋很明顯。她的額頭帶有美人尖，眼睛細長，櫻桃小口。膚色白皙，像死人一樣白。

她的左眼下方，那毫無血色的蒼白肌膚上，有一顆宛如滴了黑漆般亮澤的愛哭痣。
女子一笑，愛哭痣就跟著動。
她沒出聲，櫻桃小口微動，說了些什麼。看得到她嘴裡的紅色舌頭。
豆源這對年幼的姐弟屏氣斂息。
同一時間，蠟燭和座燈一同熄滅。

——這樣不是很好嗎？
臉上有顆愛哭痣的女子如此說道。

「不是我眼花。因為我事後向四姐確認過。」
豆源的大姐舉止失常時，以狐媚姿態說過同樣的話。當時大姐的聲音聽起來就像不同人。
也就是說……
「那、那是被附身吧？」
富次郎結結巴巴說道。
「那女人是亡靈！」
富次郎深深覺得阿近真是不簡單。我的火候還不夠。根本就差遠了。聽了這故事，心裡直發毛。
明明是大白天，卻不敢望向黑白之間的角落。正面還好，但背後他實在不敢轉頭看。要是轉頭看到有個女人站在那裡，那該怎麼辦。
「你大姐、大嫂、二嫂，之前舉止失常時，就是被那女子的亡靈附身。」
那愛哭痣就像是那亡靈的象徵。只要亡靈一附身，愛哭痣就會浮現，而當它脫落時，附身之物就會退去。「所以她們三人臉上的痣一脫落，便清醒過來，完全不記得自己做過的事。」

「小富果然也是這麼想。」

「難不成還有其他看法？」

說得也是……八太郎伸指搔抓月代(註)的外緣。富次郎驚魂未定，冷汗直冒，但八太郎倒是氣定神閒。因為他說出了藏在心中的祕密。

「當時我和四姐極力堅稱我們沒看錯，我娘這才認眞聽我們說。」

豆長夫婦也很認眞的聆聽。沒出言訓斥或是嘲笑。他們急忙將豆源父親移往別的房間，再度請和尚前來仔細的誦經。

「可能是拜此之賜。那名臉上有愛哭痣的女人就此沒再出現。」

但這件事並未落幕。

「因為不清楚那女人的來歷。」

豆源父母同樣年紀，十八歲那年結為夫妻。之後，兩人一同生活，不曾有一晚離開過彼此。

「因此，自從與我娘成婚後，我爹根本無暇和那種女人有任何瓜葛。我娘很篤定的說，此事千眞萬確，要她發誓也行。」

——你爹不是一個會在外偷腥的男人。

「既然這樣，會不會是爹在和娘成婚前與那個女人有關係？不過，這件事同樣無從得知。」

就連曾經是父親師兄的豆長老闆，對於父親年輕時的生活，也並非全都知曉。

「不過豆長老闆說，至少他不記得有這麼一位臉上明顯長著一顆愛哭痣的女人。」

——再說了，豆源老闆是個一本正經的男人，和那種會讓女人流淚的花花公子根本沾不上邊。

「而且他也不是什麼美男子。眞要說的話，那名臉上有愛哭痣的女人，也沒什麼姿色可言。」

豆源父親不曾遭遇女人的亡靈作祟。
「也許他只是運氣不好，被亡靈纏上。」
也許那不是女人的亡靈，是怪物或妖魔剛好前來危害豆源的人們。
「沒錯……確實也有這個可能。是我想得太簡單了。」
富次郎出言道歉，八太郎急忙阻攔。
「不不不，我爹自己也行徑可疑，不是嗎？」
因爲之前大姐行徑失常時，用另一個女人的聲音說了一句「這樣不是很好嗎」，當時父親大爲慌亂，對她說「妳放過我們吧」。
「也許他記得那個女人的聲音。」
「不見得。因爲當時的情況慘烈。而且，如果眞是那樣，我爹應該更早之前就會從愛哭痣聯想到什麼才對。」
如果只是猜測，會有各種可能。父親年輕時，確實對某個臉上有愛哭痣的年長女子做了些什麼，種下惡因。如今上了年紀，身體日漸衰弱，昔日的惡因顯現，演變成今日的惡果。
之所以虛弱而死，推測也是父親天命如此，在他陽壽將盡時，無法抵抗愛哭痣女子對他的恨意。
也可能父親眞的是清清白白，一切純粹只是無妄之災。就像遭逢火災、洪水、雷劈一樣。
「無法確定到底是哪一種。不過，只有一件事很清楚。」
失去全家支柱的豆源，已無法恢復以前的生活。
「失去爹之後，對於那三次的醜事在心底留下的疙瘩，眾人再也無法掩蓋。」

註：傳統日本成年男性的髮型。將前額至頭頂部的頭髮全部剃光，使頭皮呈半月形。

一家人內心扭曲，滿身瘡痍。

率先死心看破的，是豆源母親。

——看來是沒救了。雖然很難過，但我們大家還是各自生活比較好。

「我大哥大嫂和二哥二嫂，各自帶著孩子離開這個家。」

葫蘆乾管理員替他們安排新的住處。

「阿駒到我大哥家工作。之前就離家的二姐夫婦以及三姐夫婦，還是一樣過他們的生活。」

三哥是個性情浮誇的男孩，想必心裡很難受。他說自己不想再做豆腐的生意了，於是乾葫蘆管理員再度四處奔走，替他找工作。

豆源這家店，就這樣完全轉讓給父親一位遠房親戚接手。

「這時候，豆長老闆開口向我邀約。」

——你如果日後想做豆腐生意的話，就到我店裡來。

「豆長老闆自己有兒子，我娘一開始態度保守。不過豆長老闆對她說，店裡工作的人手愈多愈好，將來一定會讓我出師。」

他甚至還說，八太郎是豆源留下的紀念，所以他不打算拿我當夥計，而是要收我爲養子，豆源母親這才接受了他的提議。

「雖然和我娘、四姐分開，心裡備感落寞，但能離開大姐，我還是覺得高興。」

因爲她那赤條條的荒唐模樣，始終深深烙印在眼中，揮之不去。

「我娘、大姐、四姐三人，渡過大川，改搬往深川，另外找尋住處和工作。」

母親也沒重回豆腐店的工作，改在附近大眾食堂和居酒屋工作，學會做生意要領，靠一口鍋子便開始做起滷味店。四姐則是在深川長屋的房屋管理員介紹下，到完全不同生意領域的燈籠店工作。

「那家燈籠店有個親戚，妻子剛過世。」

對方希望我大姐能當他的續弦，婚事談得很順利，她一下就成了四個孩子的繼母，有了歸宿。

「一開始我也提過，我娘身體健康，一直都自己一個人住，她過世時，附近的人們就此吃不到她的滷味，還覺得很惋惜呢。」

四姐和燈籠店的工匠成婚，如今看起來彷彿天生就是燈籠店的妻子。而在豆長學藝，之後入贅到同行家中的八太郎，丈人和丈母娘都很善待他。

「我妻子雖然容貌普通，但性情溫順。」

我剛出生的孩子也很可愛——八太郎臉上又恢復原本輕鬆的笑臉。

「如今，往事都已隨風遠去。那些可怕的事、討厭的事，全都淡化，所以我想藉由說出這個故事，來為這件事善後。」

富次郎終於吁了口氣。見說故事者講完了故事，一臉豁然開朗，他心裡也很高興。

「那就好。」

最後，或許有點多管閒事，但有件事他還是想問。

「小八，當初你到那名臉上有愛哭痣的女人出現過的豆長工作，不會害怕嗎？」

八太郎思索片刻，搖了搖頭。

「一開始有點害怕，但很快就習慣了。剛才我也說過，那女人後來再也沒出現了。而且，我爹雖然只在豆長住了二十天左右，但畢竟那裡是他最後生活的地方。」

哦，原來他心裡嚮往那個地方。

「小八，你眞孝順。聽你這麼說，我心裡也舒暢多了。」

富次郎把寫有豆源一家人名的半紙收齊，擺向身旁。

「難得聚首，我們換個場地，一起吃些能塡飽肚子的東西吧。」

不不不——八太郎抬起手婉拒。

「不好意思，還是改天吧。已經花了不少時間了。現在什麼時辰？」

八太郎說，內人應該已經來到三島屋店門口。

「因爲要參加法會，所以我們一起回到這邊。她吩咐過我，要我掌握好時間，一起去欣賞漂亮提袋，一飽眼福。」

「這你應該早說嘛。」

兩人一同來到店門口，今天店內一樣人山人海，很感謝眾人的惠顧。一名望著提袋和錢包，與店內一名夥計交談的女子，一見八太郎到來，馬上喚了一聲「啊，相公」。

富次郎一看到女子的臉，一時間差點叫出一聲「咦」。還好富次郎及時忍住，向她問候。

「我們的店位於入谷，叫作『豆八』。最近出了一本名叫《市中豆腐五戰勝負》（註）的評論集，我們獲選爲先鋒，請務必蒞臨惠顧。」

富次郎也開朗回應。

富次郎目送兩人離去，當他們離開店門口，富次郎聽到八太郎的妻子對他說「胸部好脹啊」。

人在帳房的伊兵衛朝富次郎叫喚，但他就只是心不在焉應一聲，返回屋內。是該笑，該害怕，還是該覺得詭異，他實在不知道。

「辛苦您了。」

在黑白之間裡，阿勝正在收拾茶具。她向呆立原地的富次郎問道：

「您怎麼了嗎？」

「我剛才跟小八的妻子問候。」

說完，他當場跪坐下來，指著自己的臉。
「阿勝姐，我現在是什麼臉呀？」
阿勝雙膝併攏，重新坐正面向他。
「小少爺，你與兒時玩伴八太郎先生講完話了，不能再用孩童的口吻說話了。」
對喔。得從八歲男孩變回二十二歲的男人才行。
「我重講一遍。我現在是什麼神情呢？」
阿勝嫣然一笑，微微側頭尋思。
「這個嘛，應該是提出謎題的神情吧。」
說到這裡，阿勝陡然收起笑容。
「難道八太郎先生的妻子臉上有一顆愛哭痣？」
富次郎緊抿雙脣。一直撐到憋不住氣，這才開口道：
「不對不對。」
她臉上滿滿都是。
「什麼？」
「小八的妻子，臉上滿滿都是痣。」
像小米般大小的痣，滿臉都是。
「因爲膚色白皙，所以更是顯眼。」
兩人沉默了片刻。

註：五戰勝負，是採五場對戰，勝場數達三場以上者即勝出。

「也許這樣他才會覺得比較輕鬆。」阿勝柔聲道。

「說得也是。」富次郎應道。「看他好像過得很幸福，這樣就好。」

之後富次郎從壁龕掛軸取下半紙，幾經苦思，畫下一塊缺了一角的豆腐，爲故事畫下句點。

第二話　婆婆的墳墓

春光明媚，賞花時節。

三島屋依慣例，每年都會全家一起到隅田堤踏青。店主一家人、店內夥計、工匠、裁縫女工，以及員工的家屬，全部聚在一起，聲勢浩蕩的搭船出遊。

這天，他們位於三島町的店面雖然關門，但生意可沒擱下。因爲他們在隅田堤熟識的貸席（註二）租了間包廂，擺起攤位，將賞花的客人看了會愛不釋手的雅緻提袋吊在細竹上販售，代替招牌。

伊兵衛和阿民負責在這個攤位叫賣。至於底下的員工，則是讓他們盡情賞花，吃美味的便當，吃得讚不絕口，醉飲美酒。不過，不管再怎麼吩咐他們「不用管擺攤的事」，但大掌櫃八十助、童工新太、阿島、阿勝，還是很想幫忙，去年阿近也在攤位上忙得很開心。

之前在安排賞花時，原本談到要一併邀請阿近的夫家——租書店葫蘆古堂一起同樂，和阿近與勘一這對新婚夫婦一起賞花。伊兵衛意願頗高，但凡事總是講究區隔的阿民，毫不客氣的出言勸阻。

「媳婦娘家大搖大擺出面，叫夫家做這個做那個，太不知分寸了。這是一年一度的盛事，葫蘆古堂也許會邀他們老主顧一起賞花。要是我們擅自帶他們這對年輕夫妻出來賞花，那也太不像話了。」

阿民的話向來有理。少了阿近這位美女，備感落寞，但富次郎還是決定認眞投入叫賣的工作。

賞花的客人因爲森林裡盛開的櫻花而心花怒放，再加上酒催化了醉意，出手變得闊綽，紛紛帶著應景湊熱鬧的心，掏錢購買。叫賣的人忙得連坐下休息的機會都沒有。

有好幾名客人問到阿近。回答說她已出嫁後，大家都開心說「眞是恭喜啊」「眞是可喜可賀。謝謝你告訴我這個好消息」，但只有一個人滿臉不悅。此人穿著歌舞伎圖案的窄袖和服，辰松風（註二）的卷鬢留得像藍鵲一樣長，一副遊人模樣。

「去年那位美人還在對吧？今年怎麼沒來？」

「託您的福，她已嫁爲人婦。」

「搞什麼，竟然就這樣嫁人了！可惡，眞教人火大。」

他泛紅的眼角往上挑，猛發牢騷，喧鬧不休。富次郎雖然在一旁陪笑，但心裡滿腔怒火，好不容易打發走男子，他朝對方背後做了個鬼臉。

「竟然就這樣嫁人了？哪有人像他這樣說話的。啊！一生起氣來就肚子餓。」

「小少爺，您下去歇會兒吧。」

在阿島的安撫下，富次郎離開攤位。三島屋的包廂位於貸席二樓，視野絕佳。他隔著扶手俯視壯觀的成群櫻樹，和大家一起熱鬧的吃著多層餐盒和便當。裁縫女工和工匠們紛紛前來替他斟酒，富次郎馬上從對方手中接過酒壺，也替對方斟酒。

「小少爺這是想灌醉我們呢。」

「沒錯，一次喝下一年份吧。」

爲了孩子們，現場準備許多甜點和羊羹。每一項都是富次郎精心挑選。他一面和大家一起吃，一面抱持有趣和逗樂的心情說明這是哪家店作的糕點。

「小少爺簡直就像說書人呢。」

和大家打成一片，我也相當忙碌。也差不多該回去叫賣了。

攤位那邊有八十助、阿島、新太三人在招呼客人。

「趁櫻餅和花米果還沒被一掃而空，快去吃吧。」

他讓阿島和新太回貸席去，要腰痛的八十助坐下來休息。

註一：出租包廂的生意。

註二：江户中期，由淨瑠璃操偶師辰松八郎兵衛最先開始梳理的一種髮髻。

「歡迎光臨，我們是神田的三島屋。要不要買個櫻花圖案的包巾來當賞花的伴手禮呢？我們還有今日限定的七色七香香袋喔。」

連他都覺得自己這時候的聲音特別好聽。就這樣開心且開朗的忙了一天，日漸西沉。在返回的船上，他忍不住打起了盹，作了個粉紅色的夢。

幾天後，燈庵老先生派來一名小廝，對他們說——如果三島屋方便，將請下一位說故事者前來。

「隨時歡迎。這位小夥計，請幫忙向燈庵先生傳句話。」

「沒問題，請問要傳什麼話？」

「謝謝他在富次郎的首次上陣，挑選了這麼適合的說故事者。這是很好的學習。」

那名眼睛細長，看起來個性溫順的小廝，規規矩矩默背他說的話，應了一句「小的明白了」，就此離去。

他接替聆聽者後，第一個迎接的說故事者，是小時候在同一家習字所上課的同學，這應該不是偶然。一定是燈庵老先生在問出八太郎身分後的安排。富次郎會因此感到輕鬆，還是反而覺得尷尬，這得依故事內容而定，但因爲是那位蛤蟆仙人的安排，想必他一定不懷好意的暗自竊笑，心想，要是能讓那位少爺感到尷尬最好。

眞不湊巧。我才不會這樣就一蹶不振呢。不過……那幅畫不好畫，成了一幅沒什麼意思的作品。

這次迎來的說故事者，是和阿民年紀相近的婦人。梳了一顆摻雜了白髮的小圓髻，身穿一襲暗褐色質地，搭配金褐色扇子圖案的小紋和服，腰間繫著一條同樣是金褐色質地搭黑緞子的晝夜帶。

前些日子賞花時，阿民就是這樣打扮。換句話說，這位婦人應該也是市町出身的女人，而且家境富裕，與三島屋相當。可能是某商號的老闆娘或是老老闆娘。

——她臉上皺紋比娘還少。

可能也是因爲相對於骨感的阿民，這說故事者有張圓臉，顯得比較豐潤。但她的脖子，以及從袖口露出的手腕周遭，都有不少斑點。阿民幾乎沒有這種斑點。

「歡迎蒞臨三島屋奇異百物語。我是擔任聆聽者的富次郎。」

面對富次郎的問候，婦人也恭敬以三指點地行禮。

「感謝您這麼快就邀請我前來。」

婦人說話沒有鄉音，但她說話習慣拉長音。例如「這～麼快」「邀～請我前來」。感覺很悠閒，聽起來無比柔和。她的聲音也很溫柔。如果說阿民的聲音像棉花，那她就像絲綢。

「您說快，是指……」

富次郎如此詢問，說故事者噘起小嘴，一臉歉疚的微微行了一禮。

「我決定要到貴寶號說故事，前往向負責安排的人力仲介商請託，是三天前的事。」

意思是明明還有其他想說故事的人在排隊，她卻直接跳過他們。

「燈庵先生聽取了我個人任性的要求。因爲我說，如果方便的話，希望能趕在櫻花散盡前的這時候說這個故事。」

那位蛤蟆仙人應該是看中這位說故事者高雅的氣質。

乍看之下，婦人年輕時想必不是美女。長相普通，只能說五官端正。不過，她隱隱散發一絲光采。從她的舉手投足間，給人一種風雅溫暖之感。

「如果是賞櫻時節的故事，就該在賞櫻時節聆聽。有您的光臨，三島屋便已蓬蓽生輝。」

聽過就忘，說完就忘。可以不必報上姓名，不想談細節也無妨。富次郎向她說明這裡的約定事項時，阿島靜靜走來，擺上茶點。

不管對方是怎樣的人，阿勝都還是一樣的態度，但阿島就不同了，如果客人氣質高雅，她就舉止嫻淑，如果不是，她就會顯得大剌剌，表現出充滿活力的一面。

今天的點心是櫻色的葛粉凍。擺在塗漆的小盤子裡，微微晃動。入口即化，宛如細雪。這也是只有在賞櫻時節，池之端仲町的糕餅店「流水」才會販售的商品。與今天的說故事者相得益彰。好在特別派新太去買。

「我單名一個花字。」

婦人輕輕指向胸前，調整呼吸後說道「我的故鄉冬天特別長，積雪深厚。不過，每當春天來臨，便會百花齊放。山桃花、櫻花、杏花、油菜花、馬醉木、杜鵑花，全一次綻放，堪稱百花繚亂。」

說故事者就在這樣的環境下誕生，所以被取名為「花」。

「我上有兩位哥哥，我是家中老么，父母就我一個女兒，就這點來看，也很適合花這個名字。」

富次郎微笑道。「那可真是掌上明珠呢。」

「哪兒的話。」

阿花再度難為情噘起嘴。神情猶如少女。

——娘從沒流露這種神情。

一般對四十多歲的婦人來說，這是理所當然。就算擺出少女儀態，也會讓人看了不舒服。然而，說來真不可思議，眼前的阿花流露這種年輕的儀態，卻不會讓人覺得不搭調。她看起來楚楚可人。

這是為什麼？只要聽過她的故事，就能解開這個謎嗎？愈來愈教人期待了。

「我十六歲時敲定婚事，千里迢迢來到江戶。夫家代代經營綢緞生意，但到我丈夫那一代，還擴展到成綑棉布的生意上，幸好這項生意推展順利，我一直過著衣食無虞的生活。」

她與丈夫育有一男二女。長男二十歲，長女十六歲，次女十四歲。

「前些日子，我和丈夫及孩子們一起到隅田堤賞花。在那裡看到你們擺攤，就順道過去逛逛。」

「哦，感謝您的惠顧。」

富次郎從奇異百物語的聆聽者變回店員，恭恭敬敬的伏身拜倒。

「可有您看上眼的商品？」

「有。我丈夫很慷慨的買了袖袋送我，買了懷紙包送長女。次女想要一條學跳舞時用的包巾，看了許多款式，但最後還是沒買，白白花了許多時間。」

阿花談到她在攤位看到的三島屋商品。商品吊在細竹上，實屬罕見，即使是在櫻花盛開的景色中，三島屋的商品還是無比耀眼。很早以前就聽聞三島屋的名聲，但一直都沒機會順道去店裡逛逛，所以當時發現他們的攤位，心裡很是開心。

「當時我們店裡是由誰招呼您呢？」

「是你們的大掌櫃。」阿花如此說道，瞇起眼睛。「不過，當時您也在一旁喔。」

阿花說他們一家人前來時，富次郎正拿出七色七香的香袋給兩位年輕姑娘看。

「那是兩位很聒噪的姑娘，她們大聲叫嚷『輪流聞七個香袋，都分不出哪個是什麼氣味了』。」

如果是那件事，富次郎也還記得。那兩位姑娘不是一般的市町姑娘，而是在兩國廣小路搭小屋表演水藝（註）或魔術的巡迴演出者。兩人都在嚴厲的師傅底下學藝，因爲都還身分低微，所以沒什麼錢。她們對富次郎說，抱歉，這種作工精細的提袋，我買不起，不過這位小哥，送你一張我們的傳單。在今年的夏天之前，我一定會登臺表演，請記得帶這張傳單來看表演喔。門票會算你便宜一點。

「還拜託我在攤位上幫她們發送傳單，我只好笑著含混過去，收下傳單。」

眞是辛苦您了，阿花也笑了。在她那穿著暗褐色和服的纖細肩膀後方，富次郎將今天故事會用到

註：源自江戶時代，融入噴水技術的一種表演。

的半紙貼在壁龕掛軸裡。從這個位置來看，掛軸配上白紙，也會因坐在它前面的人而呈現不同的情趣。阿勝說，因爲外面全是櫻花的顏色，所以她在這宛如素燒瓶般的花瓶裡插上金鳳花，花的黃色與阿花腰帶的金褐色相輝映，顯得格外好看。

「那兩位姑娘離開後，接著走來一位打扮花俏的年輕男子對吧。」

卷鬢留這～麼長——見阿花擺出的動作，富次郎雙手一拍。

「沒錯！是來了這麼個人。」

那名罵了一聲「可惡」的遊人。

「他身上的衣服圖案是浮雲和閃電。那是《白浪五人男》（註）裡的南鄉力丸。」

不愧是專賣綢緞和棉布的店家老闆娘，看得眞仔細。

「那個人是不是提到新娘子如何如何，嘟著嘴，一臉不悅呢？」

「對。您連這個也聽到啦？」

其實先前的聆聽者是我堂妹阿近——富次郎如此說明後，阿花倏然轉爲正經的神情。

「啊，這麼說來，不是您娶新娘嘍？」

富次郎莞爾一笑。「我還不成氣候，沒辦法娶妻。」

這樣啊……阿花一再點頭，顯得若有所思。

「坦白說。」

當她再次開口時，眼神變得更加嚴肅。

「三島屋不光是提袋名店，奇異百物語也是遠近馳名，這點連我也很清楚。」

我曾聽過傳聞，也在報紙上看過。並暗自在心中想像，如果眞有這麼一個地方，日後我能去那裡說故事就好了。

「但我遲遲沒能下定決心。因爲我的故事一直都只是藏在心裡，不值得特地說給別人聽。」

「不，不管是怎樣的故事，如果沒試著聽聽看，不會知道它有多重的分量。」

富次郎斬釘截鐵說道。

「能聽您這麼說，我很高興。」

阿花再度噘起嘴，微微嘆了口氣。

「話說回來，像我這樣的老太婆，根本沒機會向人訴說我自身的遭遇。這是第一次，所以倘若有說得不夠仔細，或是交代不清楚的地方，請儘管問我。」

「在下明白了。」富次郎應道。

阿花拉緊金褐色腰帶的外緣，挺直腰板，目光突然往遠方游移。

「我出生的故鄉，是離江戶很遙遠的山村。那裡盛行養蠶，我娘家也是以此爲業。」

村名是……她猶豫該不該說。

「就叫櫻村如何？」

富次郎出言相助。

「好，那就叫櫻村吧。」

阿花頷首，微微睜大眼睛。

「剛才我也提過，當地每到春天，就會百花齊放，而且我們村子四周有許多山櫻，所以附近其他村莊的居民有時眞的會稱呼它櫻村呢。」

「那就更合適了。」

註：文久二年於江戶市村座首次上演的歌舞伎劇目，名爲《青砥稿花紅彩畫》。通稱《白浪五人男》。

櫻村四周環繞的山林並不陡峻，外形柔和，像丸子一字排開，村莊就靜靜座落在那狹縫間。

「渾圓的山形，也很適合開闢桑田。冬天會守護村莊不受遠方高峻山脊吹落的北風侵害，不過夏天無風又悶熱，但每天都會下雷陣雨。山泉水量豐沛，不會因用水苦惱。」

是一處豐足，容易居住的土地。

「聽家父說，我們那一帶從戰國時代起，就以水利方便聞名，也因爲要爭奪這塊土地，時常被捲入戰火中。」

櫻村開始盛行養蠶，是德川將軍平定亂世後的事。

「在元祿時期，江戶市內的富商妻子和千金之間開始流行『和服競豔』，當時流行的高級綢緞，聽說全都是用我們照顧的蠶大人吐出的蠶絲編織而成。」

「眞不簡單。」

「家父講話向來誇大，所以他說『全都是』，應該是有誇大了點。」

阿花語中帶點調皮，微微一笑。

「以櫻村爲首，在那片受渾圓山林守護的土地，蠶大人賜予我們的蠶絲確實都是上等貨。」

對蠶不是飼養，而是照顧。不是從蠶身上取絲，而是蠶大人賜予蠶絲。光從這樣的說話方式，便可看出櫻村與住那一帶的人們平日的生活，以及他們與撐起生計的蠶和蠶絲之間的關係。

「我們三島屋所用的布料，或許用的也是櫻村生產的蠶絲。」

「如果眞有這樣的緣分，那就太感謝了。」

待會再向八十助確認吧。

「村裡只採收蠶絲，沒織布嗎？」

「是的。那一帶村子紡出的蠶絲，會賣給領有城內執照的批發商。看是要直接當絹絲販售，還是要在城下町的紡織店織成布料，送往江戶或京畿販售。」

「然後被高價收購，在風雅人士之間蔚為流行對吧。」

這對藩國來說，想必也是重要的財源。

「我會與夫家結緣，也是因為櫻村與蠶絲批發商、綢緞商素有往來。」

在櫻村裡，擁有自己田地的農家，大大小小共有五戶，人稱「棚主」，其他村民則是像佃農般在他們底下工作。

「我娘家也是棚主之一，以織補針的圖案當屋號，人稱『織補屋』。」

織補屋的女兒就像是地主的女兒。阿花出身好，長得好，嫁到好人家，儘管現在已上了年紀，仍舊舉止高雅，楚楚可人。像她這樣的人生，也會遭遇想到黑白之間來訴說的人生經歷嗎？

「這種事與其說在櫻村這樣的鄉村並不罕見……倒不如說，這才是常態。織補屋的後山便是村裡的墓地。」

環繞村莊的渾圓山林，底下的山腳處是一座隆起的小山丘，活像一座墓地。

「從我家這邊來看，它位於正北方。這座山丘上長了許多株山櫻，混雜在日本七葉樹和橡樹中。」

每到花開時節，山丘就會化為櫻花森林，墓地盡掩於花海中。

「站在山丘頂端環視那帶的風景，當真美不勝收。」

帶有微妙顏色差異的三種山櫻，混雜了盛開的桃花和杏花。布滿整面春花的景色，堪稱是人間仙境。目光一轉，仰望高山，上方同樣花團錦簇，覆滿天空。

「放晴的日子固然好，就連陰天也別有一番情趣。」

灰色的雲映照出地上花朵的顏色，像是披上錦緞的淡色桃紅。

「我現在光是聽您說，就隱約浮現那樣的景致畫面。」

江戶市內有多處賞櫻名勝。先前三島屋前去的隅田堤也是其中之一。那也算是華麗的景致，但在宛如花朵故鄉的山村賞花，景致肯定截然不同。那是上天的恩賜，面對那樣的景致，遠遠超越人類卑微、生命無常、人們一切想法的大自然壯闊，會將人呑沒。

「對山村的人們來說，當春天到來，那樣的景致不管看再多次，還是忍不住心醉神迷。」

因爲鍾愛這樣的美景，要重新表示自己生活在這塊土地上的喜悅，以及對祖先開拓村莊的感謝之情，櫻村規定每年都要在這處墓地的山丘賞花。

「那五戶棚主的家人，以及他們底下雇員的統管——人稱『棚頭』，都會和桑田的佃農之長齊聚此地，一起賞花兼掃墓。雖然會共飲御神酒，但沒有歌舞表演。眾人圍著擺滿佳餚的多層餐盒，度過一段歡樂時光。」

雖然各家的夫人和媳婦也都會參加，但唯獨織補屋和別人不一樣。

「就唯獨我家，不准任何女人參與這場賞花宴。」

背後的緣由相當奇妙。

那年春天，阿花十二歲。

她的祖父、父親、哥哥，會帶著多層餐盒前往位於山丘的墓地，阿花要幫忙將飯菜裝進餐盒內，之後換上漂亮衣服。平時她都梳個小圓髻，或是隨手打個髮結，今天則是請人幫她梳桃割髻（註）。

沒參加賞花的織補屋的女人們，慣例都是在家中的大廳裡辦一場小型的賞花會。只要將面向緣廊的紙門全面敞開，彩繪渾圓山林的百花就會像湧入房內，景色怡人。

其他四戶棚主家，不論是婆婆、媳婦，還是女兒，都能登上山丘賞花，爲何唯獨織補屋不行？阿花並未對此感到納悶。

「到墓地賞花時，不講尊卑。那是村裡規矩，我無意抱怨，但我們家代代都認為，一家之主、家中繼承人，還有家中的女人小孩全坐在一起享受宴會，不是件好事。所以只有我們家下此禁令。」

打從阿花懂事起，就接受這樣的教導，而且前年剛過世的祖母，還有母親，也都沒在她面前對此發過牢騷。就只有阿凜姑姑偷偷對她說過：「雖說在宴會上不講尊卑，但眞的去了那裡，我們身為女人，怎麼可能什麼也不做，就這麼坐著不動。因為得張羅男人們的吃喝，還是留在家裡比較好。」

織補屋的女人們平時為了掃墓、打掃、除草，也會登上墓地所在的山丘。雖是坡度很陡的小山丘，但從山腳到山頂，都設有用圓木嵌成的階梯，只要不是因為下大雨而泥濘的日子，就連阿花也爬得上山頂。

不過，當初在打造時，不知道是誰疏忽了，這階梯在下行時相當危險。途中只有一處平地，從山頂下到那處平地，以及從平地下到山腳，都幾乎是一直線。沿著山丘的輪廓會略微彎撓，但這幾乎沒半點幫助。要是不愼腳滑，便會從比茅草屋頂還高的地方一口氣滾下山底。

所以今天早上母親也對父親叮囑道：

「你今天會喝了酒才回來，千萬要多留心腳下喔。」

「因為你要是去替祖先掃墓，結果自己反倒進入墳墓，那可一點都不好笑啊。」

我知道，我知道——父親不耐煩應道。

祖母過世後，哥哥馬上就娶了媳婦遞補空缺，如今織補屋共一家七口。有祖父、父親、母親、父親的妹妹阿凜姑姑、哥哥和大嫂阿惠，還有阿花。哥哥與之助大阿花七歲，兩人中間原本還有個男孩，但出生沒多久便夭折了。

註：江戶時代後期到昭和期間流行的少女髮髻。外型似桃。

爲了讓他早點投胎，連名字都沒取的這個男孩，不是葬在織補屋的墓地裡，而是和村裡的嬰兒，或是不滿七歲便早夭的孩子一起葬在合塚。合塚位於墓地山丘的平地附近，阿花的母親有事爬上山丘時，總會先到這地方合掌膜拜。

阿凜姑姑每次爬山丘時，都會先去某個墳前膜拜。那不是織補屋的人，而是五戶棚主其中之一的鉦屋歷代祖先的墳墓。因爲姑姑那年紀輕輕就亡故的未婚夫長眠於此。

此人名叫彥松，阿花對他沒半點印象，但哥哥至今仍很懷念他。聽說他手很巧，總會作竹蜻蜓、陀螺、水槍送他。彥松是鉦屋的次男，當初約定好，他與姑姑訂婚後，會從鉦屋和織補屋雙方分得部分蠶大人，成爲新的棚主，擁有自己的家室。

彥松先生在桑田工作，也不知道是遭蟲螫，還是被小樹枝劃破，他手肘內側受了小傷，之後一直長膿無法治癒，且愈腫愈大，還發高燒，經過一番痛苦折磨後就此嚥氣。一直陪在一旁看顧的姑姑深受打擊，甚至還想跟著一起死，儘管過了多年後，她重新振作，但她還是很堅決說「我不再嫁人」，始終將她對彥松先生的回憶留在心中。

阿花的母親，是從隔兩座山的村莊嫁來這裡。她是該村一位棚主的女兒，但因爲某個複雜的原因，與家中繼承家業的長男是同父異母。似乎就是因爲這個緣故，在娘家有很多不愉快。不管什麼時候，她都不會顯現出懷念娘家的一面，她很景仰織補屋的婆婆，兩人感情好得就像親生母女一般。

世人都說「一個小姑抵得過上千個妖怪」，但母親似乎與阿凜姑姑也很合得來。雖然祖父和父親總是向阿凜姑姑說教道：

「別老是住在娘家。」

「要是再不早點嫁人，日後就算有了孩子，也會難產喔。」

姑姑總是頂撞一句「你們根本就不懂我的感受。別管我好嗎」，但她常感觸良深的和阿花的母親談心事，說得一把鼻涕一把眼淚。

「妳要是一直單身，彥松先生也會難過吧？」

「會嗎。我不知道已故的人會是什麼感受。但我不要這樣。以前我常想，等我和彥哥哥有自己的家庭，要做這個，做那個，我實在不想改和別人一起過。」

兩人聊完，母親顯得有點消沉，阿花也隱隱感到心痛。

而由這些女人構成的這個家，迎來的媳婦阿惠，是城下的絹絲批發商「正木屋」的女兒。（與日後阿花的境遇相反）她是由熱鬧的市町，嫁到一處連要去隔壁村莊都得翻山越嶺的山村。芳齡十八。上面有兩個哥哥，她是家中的么女，雖然看過絹絲，卻不曾看過蠶大人。她是位大小姐，從來沒拿過比絲卷還重的物品。

藩內政策規定，棚主因爲供養藩內主要財產的蠶大人，只要長年認眞工作，就允許享有武士特權，可以佩刀和擁有姓氏，免去各種徵調，並代替驗收官，委以徵收年貢的職務，頗受重用。由於織補屋與城下的絹絲批發商和綢緞批發商往來密切，他們之間會談成這門婚事也不足爲奇。

但正木屋在藩內，相當於江戶的紀伊國屋，是數一數二的富商。阿惠的一位姑姑，甚至從宮內女侍當上前任藩主的側室。這樣的人家，與櫻村小小的一介棚主結爲親家，實在門不當戶不對（阿花的娘家養蠶規模小，而且當上棚主至今第二代）。確實是很令人訝異的一樁婚事。

不過，婚事還是談得很順利，與之助與阿惠在織補屋裡低調的舉辦了一場婚禮。正木屋就只派來一位年邁的女侍（阿惠的奶媽）和一名小掌櫃陪同。

陪嫁的道具是衣物和一些小東西。不過，嫁妝豐厚，而且新娘總是板著臉。

這麼一來，大致猜得出是怎麼回事。阿惠是個很叛逆的女人。十六歲時，她嫌棄父母替她決定的婚事，與青梅竹馬的某商家少爺私奔，但這對不知天高地厚的少爺和小姐很快便無法糊口，他們這場夫妻家家酒不到半年便告終。

被帶回正木屋的阿惠已有孕在身，足月產下一名男嬰。這孩子由她私奔的對象帶回，阿惠則是在娘家閉門反省，接受徹底的從頭管教，受到嚴密監視，但她還是趁人不注意時跑了。這次的對象是正木屋的年輕夥計。

雖是自己疼愛的么女，但正木屋的店主大發雷霆。要是繼續留阿惠在家裡，將有辱店裡的招牌，也會對兒子們的未來造成阻礙。於是他逼阿惠二選一，要削髮爲尼，還是離開城下，嫁到遠方。

就這樣，阿惠選擇後者，所以那倒楣的出嫁對象，便由才剛成爲棚主不久，勢力最小，而且正好家中有兒子年紀相當的織補屋雀屏中選——就是這樣的緣由。

當初對方上門談這樁麻煩的婚事時，織補屋的祖母剛過世半年。所以他們以「正値慈制」爲藉口，極力婉拒，不讓對方硬把這叛逆的女兒往他們家裡塞，但正木屋同樣沒讓步。

「這小事一樁，只要等治喪結束就行了。就讓我們締結這樁良緣吧。」

強渡關山。

這些事，阿花都是聽阿凜姑姑說的。

「就算家裡瞞著不說，整個村子還是會傳開的。所以我還是告訴妳一聲。」

因此阿惠剛嫁來的那陣子，阿花總覺得這位漂亮的嫂嫂可怕極了。想必是個任性又剛烈的人。世人都說婆婆欺負媳婦，但她家相反，頂著正木屋招牌的阿惠大嫂，根本就是在欺負母親。

就連夫妻喝交杯酒時，也同樣板著臉孔的阿惠，在織補屋內從沒給過好臉色。當然了，媳婦該有的樣子——家中女人該做的工作，她也一概不碰。每次試著與她搭話，她都不理不睬。

帶阿惠到櫻村來的奶媽和小掌櫃，在辦完婚事後便逃也似趕回城下。奶媽臨走時眼眶泛淚，捨不得走，但小掌櫃在一旁催她離去。所以之後阿惠已沒人會加以訓斥或提點。

祖父和父親常抱怨這件事。

「不管再怎麼有瑕疵，再怎麼叛逆，我們都像是娶到了公主。這也是沒辦法的事。」

「要是真當我們家的媳婦來對待，正木屋的人可能會火冒三丈。」

會有這樣的矛盾心態，也是出於父母心。

「她不會又離家出走吧？」

「可是爹，要是與之助被她帶走的話，那可就麻煩大了。」

「與之助沒那麼傻吧。看要不要找個村裡的年輕人跟緊他們？」

事後回想，祖父實在說得很不像話。

織補屋的夫人，亦即與之助的母親、阿惠的婆婆，她既沒生氣，也不發牢騷，對阿惠的事也沒顯露半點愁容。

「那是你的媳婦，你要自己想辦法。你無法讓她出來露面，至少總能和她說說話吧。」

母親對與之助如此說道，還是和平時一樣處理家務，照顧蠶大人。

另一方面，阿凜姑姑則對阿惠興趣濃厚。沒想到姑姑有這麼愛看熱鬧的一面，阿花頗感驚訝，同時有點害怕。

姑姑在與之助端飯進房時，都想跟著一起進去。被拒絕後，她便想偷偷靠近阿惠。

「我來幫忙打掃。」她如此說道，想打開這對年輕夫婦房間的隔門，但對方不是省油的燈，可能是從門內架上頂門棍，門一動也不動。結果她當場大喊「不好了，不好了，失火了！」，但阿惠還是不出來，反倒是其他家人慌忙的趕來——之前引發過這樣的騷動。

「姑姑，這是我媳婦，請交由我來處理。」

就連與之助也拜託她別插手。

「說這什麼話，她可是織補屋的媳婦呢。」

你太縱容她了——姑姑訓了與之助一頓。

「阿惠！還是要叫妳阿惠大小姐？公主？叫什麼都行，外面天氣很好喔！」

漫長的冬天，已逐漸看到出口，積雪開始消融，原本結凍的樹枝，正鼓起新芽。就像姑姑說的，藍天的顏色逐漸顯得柔和。

「妳要是一直關在屋裡，不就像雪人一樣嗎？如果妳是想閉關開悟的話，那我就不攔妳，但妳不是那種了無生氣的女人吧？因爲不想當尼姑，才千里迢迢的嫁來這裡，所以一天好歹一次也好，就看看我們家人吧。」

這樣也是功德一件——姑姑隨口胡謅，自己笑了起來。儘管阿惠一句話也不說，但姑姑還是每天持續像這樣吵吵鬧鬧跟她搭話、嘲笑、挖苦。

等到村裡的積雪全部融化時，與之助開心道：

「昨晚我收走餐盤時，她問我，那個每天用大嗓門說話的女人是誰，我告訴她，那是我姑姑。」

「那是阿惠第一次因爲家裡的人而開口說話。」

——她這個人可眞怪。

「這樣你就這麼開心啊？」

雖然總是在挖苦，但至少有了回應。姑姑似乎也覺得高興。從那之後，她更帶勁了，總是很熱鬧向阿惠搭話。

還要阿花陪同。

「我不知道該說什麼才好……」

「你可以試著說，早飯好吃嗎？今天早上的地瓜稀飯，是妳作的對吧。」

「我就只有攪拌啦。」
阿惠！姑姑朗聲叫喚，聽不出那是開朗，還是生氣。
「這孩子叫阿花。是妳丈夫與之助的妹妹喔。算是妳的小姑，不過這孩子個性溫和，不會做那種壞心眼的事。反倒是她比較怕妳呢。」
「姑姑，別說了啦。」
阿花縮起脖子。她很清楚，阿惠討厭織補屋的人，但他們都不會刻意惹阿惠生氣。
「阿惠，我們家阿花從十歲開始，就每天忙著照顧蠶大人。因爲這個村莊能夠填飽肚子，全都是託蠶大人的福。」
妳娘家也一樣吧？
「正木屋也不是一開始就是大商號。是絹絲一卷又一卷接著賣，才累積了身家財富吧。拜此之賜，妳才會在沒吃過苦的環境下長大。妳與棚主的人家有緣，所以跟蠶大人鞠個躬也不會怎樣吧？」
等妳想去的話，再自己出來吧。我會讓妳看看我們屋裡的情況。蠶大人的棚架一字排開的棚小屋，還有與之助耕種的桑田，我也會帶妳去看。
「現在正忙著對冬天凍得硬邦邦的地面進行翻土。也會種旱稻，應該夠我們自己家食用的分量，那邊也在翻土。妳吃的米，可不是自己從天而降喔。」
說完要說的話，姑姑拉著阿花的手離去，她似乎不期待阿惠回覆。就只是不再將想說的話憋在心裡，一股腦全說出來。
母親得知後，覺得傻眼，就此笑了起來。
「阿凜，謝謝妳。」
她是眞的覺得感謝。

面對媳婦的高傲和怠慢，最有資格生氣的人是母親，但再怎麼說，阿惠身後都掛著正木屋的招牌。被嫁來這種地方，阿惠或許就如同是被斷絕了父女關係，但是否可以自己這麼認定，還很難說。萬一正木屋老闆怒氣已消，將阿惠叫回城下……

——我在織補屋都被婆婆欺負。

如果她這樣打小報告，那織補屋可就吃不了兜著走了。

所以母親一直在忍耐。

「反正我是個嫁不出去的老姑婆，只會在家吃閒飯。」

姑姑代她一吐心中的鬱悶。

「話說回來，大嫂妳根本就不是會欺負媳婦的婆婆。」

「那只是因為婆婆也待我很好，所以我不知道怎麼欺負媳婦。」

當眾人圍著桌子吃晚餐聊天時，原本不發一語嚼著飯的祖父，露出有話想話的神情。

咦？怎麼回事？父親斜眼瞄著祖父，臉上神情透露出他似乎也猜出了什麼。

織補屋一家小心翼翼圍繞著這位閉門不出的媳婦，不過百花掩蓋四周的春天同樣降臨此地。該對照櫻花綻放的情形以及天氣的情況，來決定慣例舉行的賞花活動了。

到了當天早上，將菜餚裝進多層餐盒，讓男人帶著出門後，便開始為織補屋女人的賞花會張羅，這時，母親將阿花喚來。

「我們一起邀阿惠參加吧。」

天空無比清澈蔚藍，惠風和暢，送來各種花香。但阿惠今天同樣隔門緊閉，母親來到門前，跪坐在走廊上。

「阿惠，要不要出來和我們一起賞花？」

母親告訴阿惠，今天是賞花日，村裡所有人都去攀登墓地所在的那座山丘，織補屋的女人們不能參加，所以私下舉辦女人的賞花會，從大廳的緣廊往外望，視野絕佳。

「我公公、丈夫、與之助，都到墓地去了，不在家中。留在屋裡的只有女人。不妨趁這個機會讓我聽聽妳心裡的想法，並談談今後的生活吧。」

母親對她說，如果妳想離開櫻村，我會幫妳的忙，讓妳如願。

「如果是在重體面和面子的男人面前，會不好啓齒。與之助之所以不讓妳離開這裡，一半是出自爲人丈夫的倔強，另一半則是在查探妳娘家的臉色。」

不過我不一樣，因爲我是女人，母親笑著說道。

「我並不是不懂妳的感受。我希望能照妳的意思去做。如果把我想成婆婆，應該會覺得備受拘束，所以就當我和妳一樣都是女人，出來談談吧。」

聽聞母親那平穩的口吻，阿花逐漸明白，母親這句話不是說給阿惠聽，而是想說給她聽。

女人有時會落入如此不幸的境遇中。但不管什麼時候，母親都會站在女兒這邊，希望她幸福。

「在這條走廊前方右轉處，是我們屋裡最大的房間，我們會待在那兒。今天連夥計們也都到戶外賞花去了，所以眞的就只有我們自家人。」

櫻村是個什麼也沒有的地方。對阿惠來說，應該是個貧困又無趣的山村吧。

「不過，這個季節花開的景致，堪稱是天下第一，所以妳也一起來欣賞吧。」

說完後，母親牽著阿花的手離開。

連祖母的牌位也從佛龕裡搬了出來，母親、阿凜姑姑、阿花，三人一起圍坐在菜餚前。有竹筍燉芋頭。涼拌山菜和炸物。用早上取的雞蛋油煎，河魚的魚皮又脆又香，那厚實的白肉入口即化。油菜花飯作成飯糰。以酒粕作成的白酒清爽順喉，就像甜酒一樣，所以連阿花也敢喝。

今年的山櫻顏色偏黃、開滿了花，山看起來更圓了，隨風飄來的是杏花的香氣。她們聊著適合賞花說的話題，這時阿凜姑姑談起了她從村子裡聽來的傳聞。母親聊到她對祖母的回憶，阿花談到她趁照顧蠶大人的空檔去私塾上課，那裡的老師很凶、鉦屋的老么小彌是個愛哭鬼、有個和她處得不錯的男生，但他是樵夫之子，所以總有一天會離開這裡。

她們聊得正起勁時，突然有個人影從走廊靠近，走進大廳前的小房間。靜靜坐向只打開一扇的隔門旁。

是阿惠。

「哎呀！」

最早叫出聲的，是阿凜姑姑。

「雪人走出來了。」

雖然像是在調侃，但那並不是話中帶刺的聲音。

母親就只是一直凝望著阿惠，什麼也沒說。但她眼中含笑，相當開心。

「歡、歡迎。」阿花說出這句憨傻的話來。

在門檻後方，阿惠就定在那兒，宛如一尊擺設。她的目光緊盯著緣廊外，櫻村四處都開滿花的景色。似乎深受吸引。

雖然以供養蠶大人、取蠶絲爲業，但櫻村的人們身上穿著的都是麻質衣服。

但阿惠穿的是綢緞。她膚色白皙，豐沛的頭髮梳著銀杏返（註）。應該是與之助貼心，請女侍加以照料吧。雖然一直都窩在房內不出來，但阿惠還是一樣乾淨整潔。

阿花心想，她果然相貌出眾，和這樣的山村很不相襯。教人同情。

阿惠眨了眨眼，接著依序望向織補屋的女人們。她眼神游移。

阿惠突然當場雙手撐地，深深一鞠躬。
「娘、姑姑、阿花。」
對不起——她哭了起來。

「之後，四個女人就這樣聊了起來。」
阿花此刻坐在黑白之間的上座，已到了可以自稱「老太太」的年紀，但她仍睜著一雙宛如十二歲小姑娘的眼睛，持續說著故事。
「她大哭一場，擦乾眼淚，可能是肚子餓了。將眼前的菜餚一掃而空，吃得津津有味。」
恢復精神後，她說出自己的心情。
「正木屋的老闆看在外人眼裡是位幹練的商人，一位表現出眾的人物，但在家中為人極嚴厲。」
他個性易怒又陰險，一點小事就訓斥不休，怒氣久久不息。偶爾露出笑臉，家人見了鬆了口氣，跟著一起笑，結果……
——有什麼好笑的？
他馬上又轉為像惡鬼般的凶惡神情。
「就連他的兒子們也大喊吃不消，老闆娘和阿惠常挨他拳打腳踢。」
阿惠個性好強，所以打從懂事起，每當遭到不合理的責罵，就會跟父親頂嘴。
「然後父親就會對她說，妳當妳在跟誰說話，用力捏起她的臉皮。」
就算是父親，捏女孩的臉皮實在太過分了。

註：從幕末時代開始的女性髮型。將髮髻一分為二，形狀像蝴蝶，也像銀杏。

「因爲捏得很用力，甚至留下了指痕，所以老闆娘出面制止，接著換老闆娘挨揍。這種情節一再上演，阿惠恨透自己的父親。」

她在正木屋低調過日子，暗自下定決心，日後有一天要離開這個家，連同母親一起帶走。

「但她十六那年，很快便談妥了婚事。」

對方四十多歲，而且有三個孩子。大兒子甚至年紀比阿惠還大。換言之，她是嫁人當續弦。

「突然要將自己十六歲的女兒嫁給四十多歲的男人當續弦，這種父親當眞罕見呢。」富次郎說。比麒麟或雷獸還稀有。

「正木屋老闆賺了不少錢，對方應該不是他的債主吧？難道他是位很重情義的人？」

阿花搖頭。「完全不是那麼回事。對方同樣是綢緞商，但規模遠不及正木屋，就只是因爲對方對阿惠嫂一見鍾情，要求說要娶她。」

一個四十多歲的男人，就只是因爲看上對方的外貌，便要求娶十六歲的姑娘，不管他再有錢，長得再俊俏，也只會讓人覺得噁心。退一步來說，如果說是「想娶作小妾」，這樣的噁心還能理解，但不管怎樣，面對這樣的求婚竟然接受，這位正木屋的老闆同樣不太正常。

「簡直就像是刻意給女兒難堪。」

富次郎一時忍不住，語帶不屑說道，阿花聞言後，重重的點頭。

「我們也說那根本就是存心整人。」

阿惠本人則說「那是我爹對我的懲罰」。

——不同於我那些個性溫順的哥哥們，我天生就叛逆，所以引來我爹的憎恨。

「那麼，她和青梅竹馬私奔，其實是爲了逃離他陰險的懲罰嘍。」

「沒錯，男方也很清楚整個前因後果，才會帶著阿惠嫂逃走。」

因爲是一對少爺和小姐的私奔，當開始爲錢犯愁時，她那位青梅竹馬也沒想其他辦法（例如工作或是借錢），便馬上開口向老家要錢。

「就這樣被逮了回去，阿惠嫂也被帶回正木屋。」

阿花嘆了口氣。

「聽說家母打從一開始聽聞這件事，就覺得納悶。」

——難道都沒人想過要讓他們兩人結爲夫妻嗎？既然阿惠肚子裡有了孩子，就更該這麼做，直接讓兩人送作堆不是很好嗎？

「我也這麼想，爲什麼不行呢？」

「聽阿惠嫂說，他那青梅竹馬的父母也提出這樣的要求，但正木屋老闆拒絕。」

最後就只有出生的嬰兒交給對方，阿惠又再度成了籠中鳥。

「她父親想讓女兒完全受自己掌控。」

世上有這種父親？富次郎心中燃起怒火。讓孩子乖乖聽自己的話，竟然比孩子的幸福重要？

「這麼說來，她的第二次離家出走也……」

「對，那並非男女私奔。一起逃走的店內夥計在店裡備受凌虐，和阿惠姐產生同病相憐的情誼。」

不過，兩人的逃亡最後同樣失敗收場，人們開始傳聞，正木屋的女兒多情放蕩。

「阿惠姐就這樣放逐到我們這個村莊來。」

富次郎搔抓著鼻梁，沉聲低語道：

「所以說，片面之詞或是傳聞都不能盡信呢。」

身爲聆聽者，此事須牢記在心。

阿惠曾想過，要在被帶往櫻村的途中逃走，但這麼一來會害負責隨行（監視者）的奶媽和小掌櫃遭殃，這樣她良心不安，也對不起他們。

——所以我原本心想，就忍到婚禮當天，等他們兩人回城下後，我就自行了斷。看是要咬舌，從懸崖往下跳，還是跳河，多的是方法。

「但聽說在婚禮結束的當天晚上，家兄這樣說道。」

這樁婚事，並不適合阿惠，也非出於我本意。就讓她在這個家待上半年左右，等風波平息後，就讓她走吧。

「聽聞此言，家母、姑姑，還有我全大吃一驚。因爲家兄與之助不是會說這種貼心話的人。」

他是個高逾六尺（註）的大漢，孔武有力。雖然工作勤奮認眞，卻少言寡語，生性木訥。

「正因爲是這種人說的話，才有眞實感吧。」

「不過，站在阿惠嫂的立場，不可能完全相信。一來她不明白家兄性情，二來，她也懷疑家兄是否眞的會放她走。不過是個屈服在正木屋權勢下的鄉下棚主兒子，實在很難對他說的話抱持期待。」

一口氣說完，阿花笑了。

「她向我們坦言，當時她決定要觀察情況，所以一直關在房間裡。」

但與之助的態度始終不變，平時很親切的照顧她，還吩咐女侍，要讓阿惠在家裡住得自在。

「雖然不知道那是挖苦我，還是開玩笑，不過姑姑每天都來跟我說話。沒人責備或欺負我。」

雖然持續當窩在房內的雪人，但阿惠的內心逐漸起了波動。

——也許我可以倚靠織補屋的人們。

「這時，家母邀她一起賞花，並提議一起談談今後的事，所以她才能一口氣揮除陰鬱的情緒。」

而且從織補屋的大廳往外望，入眼是無邊春色。當眞是百花繚亂。

「應該是那景色將阿惠嫂心中的鬱悶全部一掃而空吧。」

再加上織補屋的女人們賞花時的幸福神情，肯定也發揮了作用。她們盡情暢談，等到日暮時分，前往山丘賞花的男人們返家時，織補屋的女人們還有阿惠，都已拿定主意。

——雖說你們要讓我逃離這裡，但我根本無處可去。要是又被抓回娘家，情況只會更糟，而且也會給織補屋添麻煩。既然這樣，我想就此接受這樁姻緣。

——雖然我是個不夠機靈，又行為不檢的女人，但請讓我成為織補屋的媳婦。

「喝了賞花酒，紅著臉走下山丘的家兒，聽阿惠嫂提出這樣的要求，臉變得更紅了。」

當然沒理由說不。這對織補屋來說，是最棒的圓滿結局。

「隔天起，阿惠嫂就和我們一樣穿著麻質工作服，頭髮綁成一個大圓髻，衣服纏上束衣帶。」

話雖如此，她畢竟是千金小姐出身，得先從學做家事做起。

「一開始她什麼都不會，看了令人同情。」

她拿著掃把，朝榻榻米的紋路逆向掃，連淘米也不會。一提完水，馬上無法站直。連一塊抹布也不會縫。甚至連抹布都擰不乾。

「當眞是如假包換的千金小姐呢。」

富次郎忍不住笑著道，接著她向阿花道歉。

「很抱歉，您一開始談這個故事時，我以為您身為棚主的女兒，也是像這樣的千金小姐。」

「哎呀。」阿花微微瞪大眼睛。「不過，也難怪您會這樣誤會。在我們鄉下，不論是村長的女兒，還是地主的繼承人，只要不是生性放蕩，或是素行不端，都會在家裡工作，幫忙家業，這是很理所

註：日本的長度單位，約一百八十公分。

當然的事，不過，我嫁來這裡之後，發現江戶人們的生活方式大不相同，當初一開始還很不適應呢。」

這句話聽在目前在家吃閒飯的富次郎耳中，覺得有點刺耳。

「家母、姑姑，以及當時還是孩子的我，都覺得阿惠嫂的心情倒是其次，我們反而比較擔心她的身體吃不消。」

不過，阿惠眞的很努力。她沒放棄，也沒自暴自棄，在婆婆的鼓勵、阿凜姑姑開朗的督促，以及阿花的幫忙下，漸漸獨當一面。

「等她大致都學會家裡的工作後，接著便是照顧蠶大人了。」

雖然她身穿綢緞，拿過絹絲，但這還是她有生以來第一次親眼見識和碰觸蠶大人，所以阿惠一開始害怕極了，模樣令人同情。

「因爲蠶大人的外形就像毛毛蟲一樣。」

爲蠶大人提供桑葉，用心供養，清除糞便，等到能結繭時，再從箱子裡一隻一隻取出，移往結繭用的方框裡。

「棚主還有棚頭的『棚』字，指的就是擺放箱子和方框的棚架。」

耕種桑田是男人的工作，但摘取桑葉以竹籠扛回家，清除髒汙和蟲蛀的作業，由女人分擔。

「阿惠嫂原本白魚般的手指變得粗糙起繭，所以家兄一邊替她塗馬油，一邊體恤她的辛勞。」

夫妻倆感情和睦。

「還有一件事，對地方上的人來說早已習以爲常。」爲了取下蠶絲，得對蠶繭進行水煮。這時冒出的水蒸氣，據說臭氣熏人。阿惠很怕這氣味，常聞了作嘔——這樣的話，日後就算我孕吐，也分辨不出來。娘，這該怎麼辦才好？

「家母笑著說，我分辨得出來，妳放心吧。」

「是怎樣的臭味呢？」

面對富次郎的詢問，阿花偏著頭尋思。

「我們從小就聞慣了，所以不覺得臭，也不會排斥……」

思索片刻後，她抬起頭。

「對了，我嫁來這裡之後，曾發生過這麼一件事。」

夫家曾經有名女侍不小心讓水煮蛋擺到發臭。

「面對那顆發黑的蛋，我婆婆兩鬢青筋直冒，大聲斥喝道『竟然這樣糟蹋食物，太不像話了』，但當時我只覺得那雞蛋腐敗的臭味很懷念。」

啊，就像是煮蠶繭的氣味。

她說出這件事後，年輕時曾在認識的棚主底下工作過的公公，也雙手一拍，表示贊同。

「那樣……味道也太重了吧。」

富次郎手按胸口。

「蒸煮的熱氣更是痛苦。」

阿花若無其事道。「因爲熱得教人難受。不過，阿惠嫂也勉強忍了下來。」

阿惠也開始會說蠶大人「可愛」了。

「在我們村裡，蠶大人就是神明，所以用這種像是上對下的疼愛口吻，有失禮數，不過，只要別大聲說，倒是無妨。」

幸好阿惠還算手巧，所以從蠶繭取絲的工作，她學會要訣後便得心應手。

「我姑姑甚至還說阿惠作得比她還好，心裡不能接受呢。」

阿惠眞的變成了織補屋的媳婦，與之助的妻子，一家人都期望她眞正的孕吐到來，織補屋的日子每天一樣在忙碌、幸福中度過。

轉眼來到隔年春天。

渾圓的山林微微染上桃色與櫻色，彷彿可以聽見無數個花蕾鼓起的聲響。

「那是我的祖父與父母，也就是阿惠嫂的太公、公公、婆婆，再加上家兄，要安排去山丘上的墓地賞花的時候。」

我明白自己只是個媳婦，這麼說有點不知分寸——阿惠提出她的意見。

「爲什麼就只有織補屋的女人不能去墓地賞花呢？」

她的提問，令爺爺、公公、婆婆、丈夫與之助，都目瞪口呆。

「娘，您都不會覺得納悶嗎？」

「因爲向來都是這樣的規矩啊。」

與之助也急忙在一旁點頭。

「我已故的祖母，還有祖母的婆婆，也都沒去山丘上賞過花。」

「爲什麼？」阿惠一再追問。「是誰做這樣的決定？」

其他棚主家，都是全家一起上墓地的山丘賞花。就只有織補屋的女人留在家中，這不是很怪嗎？

「退一百步來說，如果櫻村的棚主家全都是這麼做，那倒還能理解。」

以目前的狀態來看，就像唯獨織補屋的女人們遭人嫌棄。

「說什麼遭人嫌棄。」

婆婆說，女人的賞花會既輕鬆又愉快，織補屋的女人這樣反而收穫更大。

「話是沒錯，但如果沒爬上山丘就看不到眞正天下第一，堪稱人間天堂的美景了，不是嗎？」

「話是這樣沒錯啦……」

「阿惠小姐，妳是想站在山丘上欣賞那樣的景色嗎？」

儘管兩人已結為夫妻，但與之助現在稱呼自己的妻子時，仍會在名字後面加上「小姐」。

「對，我想看。雖然在山丘下看櫻花就已經夠美了，但你不是跟我說過嗎，從山丘上往下望，那樣的景致不是用一般的『漂亮』、『美景』所能形容。」

你對自己的媳婦說這種話？父親瞪了與之助一眼，他縮起脖子。

「啊，既然這樣，」與之助神情一亮。「花不是一天就會落盡。等村裡的賞花期結束後，我再帶阿惠小姐到山丘上去……」

此話一出，爺爺連忙打斷。「不行、不行、不行！」

「咦？」

「就算不是村裡賞花時期，但只要是櫻花花開時期，織補屋的女人就不能登上墓地在的山丘！」

這對年輕夫婦面面相覷，公公與婆婆則是望著爺爺那激動的模樣，頻頻眨眼。

「爹，用不著那麼生氣吧。」

「就是說啊，爺爺。」

兒子與孫子出言提醒，但爺爺緊握拳頭，清瘦的身軀發顫。見他滿臉怒容，阿惠馬上安分道歉。

「看來是我說了不該說的話。眞的很對不起。」

此事就這麼平息。但阿惠心裡還是無法接受。

在織補屋，只有她一個女人是外人。與當初她住城下娘家時相比，生活截然不同。她在櫻村幾乎都是全新的經歷。隆冬時節，一路積至屋簷下的大雪，令她驚奇；伸手不見五指的大風雪，令她畏怯；像成人的手臂一樣粗的冰柱，令她驚訝。

「這種冰天雪地的寒冬結束，會有多麼美麗的春天到來呢？春天的景致不知有多麼令人開心。」

與之助一面替阿惠溫暖她粗糙、凍僵的手指，一面不厭其煩對她這樣說，阿惠就這樣倚賴他的溫柔，有生以來第一次全心投入工作，度過寒冬。然而……

——那是這世上最棒的景色。

她竟然無法從丈夫說的那座重要的山丘上欣賞美景。竟然無法兩人一同站著欣賞。

太沒意思了。這不合理。

她在娘家正木屋，深受父親的不講理所苦，現在在織補屋，以爲自己好不容易握有像一般人一樣的幸福，現在又面對「這樣的規矩」，她感到忿忿難平。有種遭到背叛的感覺。

阿惠向阿凜說出心中的不滿，也問阿花「妳不會想從山丘上賞花嗎」。雖然她本人當這是自己在說悄悄話，但因爲她從小嬌生慣養，個性強悍，儘管已成了一位好媳婦，但還是留有昔日的習性，所以這成了毫不隱瞞的不滿，傳進全家人耳裡。

這麼一來，爺爺益發覺得「不可以！」。隔天吃完午飯，織補屋的爺爺將家人全部召集過來。

「這不是件光采的事，所以如果可以不必說，我原本也不打算提。」

但既然織補屋裡有媳婦不想默默遵從這個規矩，那就非說不可了。他的神情就像啃了一口澀柿子似的，道出此事的始末。

「織補屋的女人之所以不能登上墓地的山丘賞花，是因爲這麼做會送命。」

會從那危險的階梯跌落。

這件事，阿花是第一次聽聞。母親和阿凜姑姑聽得雙目圓睜。反而只有阿惠嫂處之泰然。

「與之助哥，你聽過這件事嗎？」

哥哥嘴巴張得老大。「不，我沒聽說過。」

「所以我才說，如果可以不必說，我原本也不打算提。」

阿花從沒見過爺爺露出如此嚴肅的表情。也不知道是因爲阿惠已習慣當織補屋的媳婦，他鬆了口氣，還是因爲今年冬天常因爲感冒而臥病在床，而最近見春天的腳步已近，心情隨之放鬆，爺爺最近總是坐在緣廊上打盹，活像一隻曬太陽取暖的貓。

「這事的開頭，是發生在我曾祖母身上。」

爺爺回溯過往，就此道出緣由。

「當時我們別說棚主了，根本就只是鉦屋底下的一名雇員，連棚頭都不是。」

織補屋是從鉦屋的雇員一路往上爬，先是成爲棚頭，日後當棚主時，也是從鉦屋那裡分得一部分蠶大人。阿凜姑姑與已故的彥松先生之間的婚事，也是因爲兩家之間的這層關係才得以成立。原本櫻村就是個小鄉村，人們不喜歡太複雜的姻親關係，媳婦幾乎都是從外地娶進門，所以他們兩人若能順利結爲夫妻，倒算是很罕見的組合。

不過，蠶大人的分賜或對分，是很常見的事。就像人一樣，蠶大人同樣也是經過多方混血會比較健康，比較容易產下吐出上好絲質的品種。因爲時常會交流，所以並不是賜予的一方就高一等，獲賜的一方就次一等。不過，資深的棚主向來都備受尊重，如此而已。

「我的曾祖父和曾祖母，同樣都是鉦屋的雇員，兩人結爲連理。曾祖母並不是在村子裡出生，她的實際出生地一直都沒人知道。」

祖父聽說，她的娘家因爲引發紛爭而遭人排擠，是一位在城下做生意倒閉的商人之女，四處流浪下，來到櫻村成爲雇員，總之，只知道她的出生不好。她無依無靠，獨自住在鉦屋裡工作。

「儘管如此，我曾祖父還是對曾祖母一見鍾情，結爲連理。」

兩人生下一男二女，夫妻倆都認眞工作。雖然一家和樂，但自從女兒喜獲良緣，嫁作人婦，兒子也從其他村莊娶來媳婦後，這位原本性情溫和，雖然個性有點陰鬱，但處事圓融的曾祖母，就像變了個人，開始虐待起媳婦來。

「雇員的生活一點都不輕鬆，但過去她一句怨言也沒有。這麼好的妻子，如今卻像被厲鬼附身般，對自己的媳婦百般苛刻。」

絕不是媳婦不好，她身體強健，工作也認眞。

不過，她大丈夫兩歲。這或許會隨著對象不同、嫁入的家庭不同，而認為是缺點。但居中當媒人的村長夫婦卻說：

——俗話不是說「娶某大姐，坐金交椅」嗎。

這明明是一句祝賀語，但唯獨曾祖母聽了之後眉眼上挑，一臉憎恨。

這樣生得出孩子嗎？一直拖到這把年紀才嫁人，想必是因為素行不端吧。明明毫無任何根據，卻百般挑毛病，極盡凌虐之能事。

她不給媳婦飯吃。夏天天熱不給媳婦水喝。隆冬時節逼媳婦光著腳丫到屋外去。嘴裡叨念著「看了就不舒服」，動手就打人。一把抓住媳婦頭髮拖著走。媳婦動作慢了點，她就一腳踢來。還會半夜把媳婦從被窩裡拉出來，向她大聲說教，不讓她安眠。

「聽說曾祖父和兒子都認為曾祖母瘋了。」

於是他們動不動就袒護媳婦，向曾祖母勸說，想阻止她凌虐媳婦的行為，但「曾祖父和兒子愈是袒護媳婦，曾祖母就愈是責罵媳婦」。

可能是因為都過著這種生活，媳婦嫁進門兩年，始終都沒有身孕。而這又成了她虐待媳婦的藉口。

但等到第三年，媳婦終於懷孕了。眞教人開心，有了孫子後，曾祖母這樣總會悔改了吧——其他家人都這麼想。

想得太美了。曾祖母甚至想讓送媳婦和肚裡的孩子一起歸西。

「在桑田裡割桑葉時，大家不是都會用竹筒裝水嗎。曾祖母在媳婦的水筒裡摻了老鼠藥。」

老鼠會吃蠶大人，所以櫻村裡的每戶人家都備有毒殺老鼠用的石見銀山（註）。這是一種可怕的毒藥。

「幸好媳婦發現水的味道有異，急忙吐出，這才沒危及性命，但曾祖母得知此事後，當真是氣得直跺腳。」

她那惡鬼般的行事作風，使得曾祖父對她的溫情，以及兒子對母親的孝心都蕩然無存。

「於是曾祖父找村長和鉦屋商量。請鉦屋空出一間柴房，將曾祖母關進裡頭。」

每天會送來一餐和飲水，但在她本人頭腦冷靜下來之前，沒人搭理她。他們已經死心，認定只有這麼做才能保護媳婦。兒子一面替柴房的門板架上門閂，一面號啕大哭。

「然而，關不到五天，也不知是怎麼回事，曾祖母逃離了柴房。」

接著她爬上墓地的山丘，在山頂處一株山櫻上吊自殺。

當時正是雪融的時節。

「曾祖母被埋在墓地的山丘上。因為她是懷著恨意而死，所以給予厚葬。」

櫻村的墳墓是整個家族擺一起，在隆起的黃土上設置柵欄，然後沿著柵欄在土中插上卒塔婆（註）。那是自己作的卒塔婆，外形簡樸，上頭寫有名字和享年。

「曾祖母的卒塔婆一再的插在土中卻又翻倒，最後只好用繩子綁在柵欄上。」

就這樣，兒子不再為此哭泣，和媳婦一起沉著一張臉。

不久，冬去春來，百花齊放，櫻村的眾人登上墓地的山丘賞花。

註：以毒砂（砷黃鐵礦）燒製而成的老鼠藥。

「當時村裡的雇員人數還不多，不光只有棚主和棚頭，全村的人都會一起去賞花。」

男女老幼聚在一起，爬上那條前一年才剛蓋好，一路通往山頂的階梯。

「曾祖父牽著媳婦的手，兒子推著媳婦的腰，爲了不讓她動了胎氣，緩緩爬上山丘。」

媳婦似乎不太情願，顯得步履沉重。

——我要是站在上面賞花，又會惹婆婆生氣。

別再說這種話了。死者已前往極樂世界，就忘了她吧。重要的是，這山丘上的美景，只要看一眼就能延年益壽，也讓妳腹中的孩子瞧瞧吧。

兒子如此鼓勵媳婦，帶著她登上山丘。

「但是當媳婦站上最後一階時，她聽到一個可怕的聲響。」

傳來一個令現場眾人皆呆立原地的清楚聲響。

啪嚓。

「眾人大吃一驚，望向聲音的方向，只見曾祖母的卒塔婆斷成兩半。」

媳婦嚇壞了。曾祖父和兒子也嚇得發抖。他們馬上轉身，想帶媳婦離開這裡，退回到圓木作成的階梯邊時——

媳婦就像遭人從背後用力一推，一頭往階梯的方向衝了過去。

那時曾祖父和兒子都看見她雙腳浮離地面。媳婦就此身子前傾，就像在找尋有什麼可握住的東西般，雙臂在空中揮舞。兒子急忙伸手想抓住媳婦後方衣領。曾祖父勉強抓住媳婦的衣袖

衣服的衣袖，應聲從肩膀的縫線處破裂。

媳婦一路滾下階梯，圓睜著雙眼。她就像不知道發生何事，在詢問這到底是怎麼回事般，張大嘴巴。根本無暇發出慘叫。因為不知滾到第幾階的時候，她折斷了頸骨。

啪嚓。

與曾祖母卒塔婆斷折時的聲響很類似。

「媳婦的身體，滾到平地時勉強停住，但不光脖子，就連手腳也一併骨折。」

左腳自膝蓋以下，右手自手肘以下，全都扭轉朝向不該有的方向。「曾祖父和兒子深感後悔。現在不管再怎麼後悔也沒用了。」

祖父像是硬擠出聲音似的如此說道，接著閉口不語。他滿是皺紋的臉蒙上一層暗影。

因為實在太可怕了，阿花感覺自己嚇得少了好幾年陽壽。一旁的阿惠嫂也全身僵直。母親環視不發一語的眾人，父親則是嘴角下垂，低垂著頭。

「——那位媳婦葬在哪裡？」

開口發問的，是阿凜姑姑。

「該不會是在山丘上的墓地吧？是的話也太可憐了。」

祖父可能是喉嚨乾啞，他清咳幾聲後，搖了搖頭。

「聽說是送回她出生的村莊。」

「啊，太好了。」

兒子有好長一段時間都沒續弦。不，應該說無心續弦才對。因為前一名妻子在村裡眾人面前死得

註：立在墓碑後方的細長木板，呈五輪塔的形狀，正面寫有死者的梵字、經文、戒名、死年月日，用來供養死者。

那般淒慘，沒人敢上門提親。就算有人覺得他這樣很可憐，想找遠方的村莊、城下的商家，或是布匹商，來幫他撮合婚事，但這時一定有人會跟對方通報說「他之前的媳婦，連同肚裡的孩子一起死於非命」，使得婚事告吹。

「不過，若真是這樣，那我們家不就絕後了嗎？」

——同一個村子裡要是發生這種事，將會帶來另一種怨恨。

「村長如此說道，向眾人勸說，接著終於在前一任妻子過世六年後，娶了在城下某蠶絲批發商工作的女子當繼室。」

曾祖父和兒子怎麼也忘不了之前媳婦和肚裡的孩子一同喪命的恐懼和懊悔，所以說什麼也不肯帶這位妻子參加村內的賞花會。連讓她上墓地的山丘都不肯。

「所以這位繼室順利的生下長男，也就是我爹。」

接著生下次男、長女、三男，生產順利，孩子也都很健康，這位繼室（阿花祖父的祖母）已完全成爲櫻村的一分子，融入村裡的生活。曾祖父見一切平安，似乎也鬆了口氣，在阿花她祖父的父親八歲那年駕鶴西歸。

他並非染上重病或是受傷，而是年邁體弱，像燈油耗盡般，平靜的走向人生終點。儘管如此，在臨終前幾天，他似乎感覺到自己已不久於人世。

——我有要事吩咐。

他將兒子和媳婦喚至跟前。

由於一家人都葬在同一處墓地，所以曾祖父死後，會跟比他早逝的曾祖母同葬。

——就算是到我墳前上香，也絕不要讓家中媳婦登上山丘。

算我拜託你們了，要答應我。

——等到了陰間，我打算好好勸我太太，要她別再詛咒後人。但她是個性情剛烈的老太婆，我不認爲她會這麼輕易就平息怒氣。

——這麼做是沒道理，覺得很不甘心對吧。但沒有什麼事比性命更重要。我們家的媳婦，不能靠近山丘上的墓地。

兒子和繼室都恪遵這項禁令。數年來，就算不是賞花，而是掃墓、砍伐雜樹林、除草，這位繼室也都沒登上墓地的山丘。

在往後的歲月中，兒子成爲鉦屋的棚頭之一。這是件令人高興的事，不過在這個靠蠶大人生活的村莊裡，擔任棚頭的要職，表示得肩負相對的責任，須擔當雇員和家人的模範。

這位模範的妻子，若是和墓地的山丘有關的勞役一概不碰，又會給人什麼觀感呢？似乎已隱約傳出這樣的聲音。

眞任性。前一個媳婦橫死後，大家都說那個婆婆一直阻撓兒子的婚事，「怨念深得駭人」，鬧得沸沸揚揚，但現在娶了續弦，生活穩定，家境變得富裕後，態度馬上一百八十度大轉變。

——婆婆都死那麼多年了，現在卻還因爲害怕她的怨念，而讓媳婦如此怠惰，眞是窩囊啊。

面對這樣的指責，繼室比兒子更加內疚。向來都充當擋箭牌的曾祖父也已不在人世。

夫妻倆討論後說道「如果不是去玩樂，而是去工作，應該沒關係吧」，於是爲了割除夏草，繼室第一次登上墓地的山丘。當時想必她已抱持必死的決心。

但那次她上山後，平安歸來。

原來如此，只要是工作就沒關係。只要媳婦不是玩樂，曾祖母的憤怒和怨念就不會帶來詛咒。

此事就此成爲家中的規矩，由兒子和繼室親口傳給了繼承家業的長男以及迎娶的媳婦。

「也就是我爹和我娘。」

阿花的祖父如此說道，無限懷念的瞇起雙眼。

「他們兩人都身體強健，工作認眞。我娘的娘家算是村長的遠親，所以村長常多方關照。」

雖然此事引人眼紅，村裡的女人總會出言挖苦，但她與那位繼室之間完全沒有婆媳問題。

這同樣也是家中的禁令。婆婆虐待媳婦的事，光是那位曾祖母一位就夠了。他們深切體認到這種行徑有多可怕。我們家的婆婆和媳婦都要相處融洽，互相幫助。婆婆原本也是媳婦。只要回想自己當媳婦時的情景，就一點也不難。

一聽祖父這麼說，阿花發出「啊」的一聲，想到某件事。

之前吃晚餐時，母親與阿凜姑姑聊到「大嫂妳根本就不是會欺負媳婦的婆婆」「那只是因爲婆婆也待我很好，所以我不知道怎麼欺負媳婦」的那一次，還有之前祖父一副有話想說的神情，以及父親隱約猜出他想法的神情，大概就是這個原因吧。

「爹，你知道這件事對吧。」

經阿花這麼一問，父親顯得有點慌。「我知道的沒這麼詳細。不過，我奶奶和我娘眞的感情很好，而且當初有人上門替我提親時，我娘曾告訴我這件事。」

——我們家的女人要是不和睦相處，互相幫助，體恤彼此，就會被詛咒。所以我希望你未來的媳婦，也能抱持這樣的想法嫁到我們家。

阿凜姑姑應了聲「嗯」。

「不過，這只限於我們家的『媳婦』吧？女兒應該不在此限。」

但爲什麼會有「織補屋的女人一律不准登上墓地所在的山丘上賞花享樂」的禁令呢？

阿花的祖父聞言後，馬上又板起臉，瞪視阿凜姑姑。

「那是因爲我爹有個妹妹，和妳剛才一樣說出這種自以爲聰明的話。」

祖父的祖父與祖母所生的長女，亦即祖父的姑姑，和阿凜姑姑一樣的脾氣，個性爽朗，冰雪聰明。而且有愛講道理的毛病。

那位姑姑說「我不是織補屋的媳婦，是女兒」，爬上百花盛開的山丘。

「當時她剛好已敲定婚事，正準備要嫁人。」

——在出嫁前，想登上山丘，欣賞那百花盛開的景象。

「但我爹訓了她一頓，不讓她混在村裡賞花的人潮中，但是隔天……」

那位姑姑邀村裡從小一起長大的姑娘，攀登那百花盛開的山丘。

「結果怎樣？」

阿惠嫂一臉認眞詢問。擺在膝蓋上的雙手緊握。

「在抵達山頂前，便從那平地處一路滾下山腳。」

祖父說這話時，聲音壓低，帶有一點威嚇的意味。

「她那同行的兒時玩伴方寸大亂，嚇得放聲大哭。」

——就像有人突然朝她肩膀推了一把，她仰身往後倒。

祖父的姑姑沒能登上山丘，同樣折斷了頸部，一命嗚呼。

阿花望向母親。母親雙肩垂落，搓揉著雙手。低語道：

「我還記得剛嫁來這裡的時候，婆婆告訴過我這個故事。」

所以這個家的女人，不管在何種情況下，和誰一起，都不能爲了賞花而攀登墓地所在的山丘。

山頂有「婆婆的墳墓」在監視著。不讓這個家的女人們安逸玩樂。不讓她們看輕她的憤怒、恨意，還有詛咒。

「這個家在我這一代成爲棚主，取得織補屋這個屋號時，村長相當開心。當時正好是初春，所以他邀我一起在山丘上一面欣賞這天下第一的百花美景，一面慶祝。」

但祖父拒絕了。如果是要慶祝，他希望家中認眞工作的女眷們也能一起參加。但地點不能選在山丘上的墓地。不能在「婆婆的墳墓」前炫耀織補屋女人的幸福。

圍在祖父身旁的眾人盡皆沉默。

剛才對祖父說「女兒不在此限」的阿凜姑姑，顯得臉色凝重。而一旁的阿惠嫂則是凝望空中，就此開口道：「這也太壞心眼了吧。」

她不是對任何人說，而是像對著空中叫板，忿忿不平說道。

「就像我爹一樣。蠻橫、高傲，又個性彆扭。」

阿惠小姐——與之助出言提醒。阿花心想，哥哥心裡害怕。

「妳不能說這種話。」

「抱歉。可是，這種事聽了眞的很生氣。」

「還是算了吧。」阿凜姑姑說。「對因果宿命生氣，只會讓自己吃虧。」

「沒想到姑姑會說這種喪氣話。」

「我不是在說喪氣話。」

可能是覺得不悅，姑姑的口吻變得有些尖銳。「我只是深切覺得，這是充滿惡意的詛咒。就連身上流著自己血脈的女性子孫也不放過，不是嗎？」

這時候就該乾脆一點，乖乖聽從以前傳下來的規矩，才是明智之舉。

「我們家女人自己辦的賞花會不是也很愉快嗎？今年也是，那樣就夠了。」

「女人賞花會的快樂，和這個詛咒的壞心眼，是兩碼子事。」

阿花的母親居中調解，顯得不知所措。

「已經很晚了，這事就談到這兒吧。離村子賞花宴還有幾天，不妨就利用這段時間好好思考。」

這主意好，就這麼辦——父親和哥哥異口同聲。祖父說完這漫長故事也累了，談話結束。

但這個故事產生了影響。

阿惠的個性，只要話一說出口，怎麼勸也沒用。一開始她抱怨村裡的賞花宴，後來祖父喝斥「不可以」，見祖父一臉惱容，她就此作罷，但之後又舊事重提，向眾人問了許多問題，就像那時候一樣，她不會只是回一句「原來是這樣啊」，然後死心。

「祖父的姑姑意外喪命，那是很久以前的事了吧？會不會現在詛咒已經消失了呢？」

此事沒人知道。織補屋的女人向來都不會在花期時登上山丘，所以無從確認。

「既然這樣，就我來確認看看吧。」

求求妳，別這麼做——與之助極力勸阻，急得都快哭了，但阿惠反而更加認真。

「與之助先生，你難道不會覺得不甘心嗎？老早以前便化爲白骨，回歸塵土，好幾代以前的一位婆婆，只因爲她的壞心腸，逼得你母親、姑姑、妹妹，還有身爲你妻子的我，都得離那天下第一的美景遠遠的。」

「話是這樣沒錯……」

「如果你擔心我會從圓木階梯滾下來，那你可以揹我嗎？」

如果是體型高大的哥哥，要揹起阿惠嫂應該是不成問題。想必輕輕鬆鬆就能登上山頂。

「我想打敗那壞心眼的詛咒。」

想用這個方式，來回報接納像我這樣的叛逆女人，很有耐性教導我的織補屋所有女人們。想讓婆婆、阿凜姑姑、阿花，都能看到那只有櫻村才有的天下第一春色美景。

這些日子來，母親想必一直都看著這對年輕夫婦如此討論（雖然都是阿惠在說），因而也有了她的打算。她開口道：

「——如果是在村莊的賞花宴之前，先到山丘上掃墓，這樣應該是沒關係吧。」

如果母親和阿惠兩人，帶著掃帚和裝垃圾的麻袋，穿著工作服，綁上束衣帶，以這身裝扮登上山丘，就不算是去玩了。也稱不上是享樂。

「我去跟村長知會一聲吧，就說織補屋的女人多年來都沒參加村裡的賞花宴，也沒幫忙，今年希望至少能在事前去打掃一下。」

這樣的話就算很正式了。任誰看了也會當這是一項正式的勞役。

「我可不是臨時想到才這樣說的。其實我也一直很在意這件事。因爲參加村裡賞花宴的其他棚主的妻子和媳婦們，要負責張羅男人們的吃喝，應該會相當忙碌才對。」

阿凜姑姑確實也說過類似的話。她說，所以還是留在家裡比較好。

「眞的嗎，娘？」

阿惠馬上被這個提議吸引。但與之助臉色大變。

「太荒唐了！如果非得用這樣的藉口去，妳們才滿意的話，那我也跟妳們去。」

我會揹起阿惠小姐，連娘也一起揹。我兩個人一次揹，讓妳們完全不用靠自己的雙腳上山下山！

見哥哥如此幹勁十足，阿惠似乎很開心，母親也笑了。看他們這個樣子，阿花心裡也鬆了口氣。

「既然這樣，我也想去。」

因爲阿花也想站在山丘上，欣賞那宛如極樂淨土般的美景。她心裡一直很嚮往。

「好，阿花也一起背上去。」

祖父滿臉慍容，父親在一旁張口結舌，但此事就這麼說定了。

「既然織補屋都這麼說了，由不得我說不。眞是太感謝你們了。」
聽母親說想在村裡的賞花宴前先行上山掃墓，村長爽快答應。但他還是補上一句：
「我看妳們就別刻意錯開日子了，織補屋的女人們也一起參加村裡的賞花宴如何？我就不用說了，村裡的人每年也都這麼想。」
村長會如此勸說，也是無可厚非，母親很恭敬的行了一禮。
「因爲我們家代代相傳的女人賞花會這個規矩，想從今年開始做個改變。」
「嗯……突然一次就要來個大改變，可能比較困難吧。就算差個一兩天，那櫻花盛開的景致也差不了多遠。」
就這樣，織補屋的掃墓日，就定在村裡賞花宴的前一天。
當天天空晴朗，宜人春風徐來，環繞村莊的渾圓山林，因爲開滿了花，顯得更加渾圓，是個令人心花怒放的賞花吉日。
織補屋的人們由父親帶頭，母親、與之助、阿惠夫婦跟在後，阿花走最後面，邁步走向墓地的山丘。母親提著水桶，裡頭裝有長柄勺子，阿惠和阿花各自手持掃帚，三人都綁著束衣帶，背後綁了大大小小的包袱。與之助則是將手斧、鋤頭、捲起的草蓆背在背後，衣服下襬塞進腰帶裡，甚至綁上頭巾，英氣十足。
來到墓地的山腳處，以圓木排成的階梯底下，父親一本正經朝山丘行了一禮，朗聲問候。
「櫻村的列祖列宗，織補屋的人們前來掃墓。或許會驚擾到各位，尙請見諒。」
接著他環視家中的成員。
「那我們就好好工作吧。」
這自始至終都是勞役。不是去賞花，而是去工作。因爲祖父堅持一定要先向祖先知會一聲才行。

父親來到山腳後就此轉身。這也是他懇求祖父讓與之助和家中的女人一起登上山丘的交換條件。祖父一度還氣呼呼說：

「任憑媳婦予取予求，想打破家中規矩的繼承人，我們不需要。要和與之助斷絕關係。」

這場打著掃墓名義的山丘賞花會，之所以獨缺阿凜姑姑，那是姑姑自己的意思。

「因為我覺得這麼做不太好。」

阿凜姑姑就像先前一樣，只對母親說出心裡真正的想法（阿花也和平時一樣站在一旁聆聽）。

「雖然講了一大堆道理，但爹之所以肯讓步，我哥之所以站在他們那邊，都是因為阿惠不是普通媳婦，是正木屋嫁過來的媳婦。」

阿惠仗著正木屋的威儀，違抗織補屋的規矩。

「妳大可不必看得這麼嚴重……」

母親面露苦笑，但阿凜姑姑不帶半點笑意。

「大嫂，妳一開始就站在阿惠那邊，也是因為顧慮到正木屋吧。我可不是為了要駁倒妳才這麼說。我只是想讓妳知道，嫁不出去的我，是旁觀者清，這一切我看得一清二楚。」

所以姑姑留在家中，從一早起，便獨自一人俐落的工作。甚至沒來替他們送行。

如果是去掃墓，需要準備道具，所以與之助不可能真的把他們三人全都揹起來。而且母親、阿惠、阿花三人爬上圓木作成的陡急階梯時，步履相當輕盈。

來到半途的平地，他們朝孩子們的墳墓合掌膜拜，這時母親談到早夭的孩子。

「我也希望能早日懷孕。」

阿惠流露溫柔的眼神，如此低語，與之助感到難為情。阿花一想到懷裡抱著可愛的小娃娃，便感到無比陶醉。要是哥哥嫂嫂的孩子出世，我就當姑姑了，想到就喜不自勝。

來到山丘頂端，圓木階梯的最後一階時，母親、阿惠、阿花三人肩並肩，手牽著手。

「喝！」三人一同大喊一聲，向前邁步。

誰都不是第一個人。也都不是因爲誰的緣故。織補屋的三個女人同時打破那老舊的規矩。

山頂上一片平坦，村裡每戶人家各自用柵欄圍成的墓地，在陽光下閃閃生輝。在櫻樹、杏樹、桃樹、梅樹中，也混雜了幾株橡樹和麻櫟。這些綠樹形成供人休憩的樹蔭，開花的樹木枝葉繁茂，此刻正恣意綻放。

織補屋的三個女人第一次從山丘俯瞰那春光爛漫的人界風光，一時說不出話。

在百花點綴的渾圓山林環繞下，櫻村幾欲淹沒在那無盡花色。

此時此景，無法用「好美」「漂亮」「精采」來形容。不論用怎樣的語言來形容，這百花的美還是會從中滿溢而出。

阿花感覺在她看得入迷的這段時間裡，腦子裡滿滿都是花朵。胸中也開滿了花。彷彿只要一呼吸，就會有五顏六色的花瓣從口鼻滿溢而出。

「——能來到這個村莊，眞是太好了。」

阿惠深有所感道。

「娘，謝謝妳。與之助先生，謝謝你。」

阿花仰望母親。那映照出花色，微泛紅潮的臉頰，掛著兩道淚痕。母親一面微笑，一面流淚。

「我也很慶幸，能和娘、阿惠小姐、阿花一起看這幕景象。」

與之助也瞇起眼睛說道。

「每年來到村裡的賞花宴，我心裡總是很希望能讓娘和家人們欣賞這幕百花盛開的美景。」

接著他們不約而同手牽著手，連與之助也加入她們的行列，在山丘上做了個深呼吸。

「好了，開始工作吧。」

在母親的催促下，眾人開始掃墓。由於村裡會決定好輪值，村民們不時都會前來打掃，所以雖然只有他們四人，倒也不至於應付不來。他們拔草、砍伐過長的樹枝、掃除堆積的落葉、清除蜘蛛網。

山丘上的墓地設有一處用石頭圍成的蓄水池，打掃時就汲取裡頭的水來使用。櫻花開花前，一直是春雨綿綿的天氣，所以積了不少水。

阿花全神投入工作中。不時抬起頭來看，發現母親與阿惠四目交接。她們眼中散發的光輝，令她備感歡喜。

織補屋柵欄內的打掃工作，特別留到最後才處理。由於他們是徵得村長的同意，以村民代表的身分前來打掃，所以自己的墓地留到最後清理，這樣才符合禮儀。自從祖母過世後，織補屋都沒有不幸的事發生。隆起的土堆幾乎已變得平坦，上頭掉落許多櫻花和杏花的花瓣。

「沒看到用繩子綁住的卒塔婆呢。」

正如阿惠所說，卒塔婆沿著柵欄整齊的排列。過於老舊的卒塔婆，在每年兩次的彼岸（註）時會換新，所以新舊難分。

「經妳這麼一說，確實是呢。」

與之助伸手搔頭。

「之前都不知道有這麼一段往事，所以也不曾仔細看過。」

如果只有一根卒塔婆是用繩子綑綁，應該很容易發現，而特別注意才對。

「以前那位婆婆的詛咒，會不會老早就化解了呢？」

阿惠的聲音聽起來很開朗，微微帶有一種鬆了口氣的感覺。

「會是哪個卒塔婆呢？」

阿惠想逐一檢視卒塔婆上記載的享年和名字，但母親制止了她。

「用不著細究。」

打掃結束後，與之助朝墓地的邊角處挖了一個坑，將匯集的垃圾埋進坑裡。這段時間，三個女人從包袱裡取出蠟燭和香，以打火石朝引火物點火，用枯葉燃起小小的篝火，接著在墓地裡所有的柵欄入口點香。

春天的花香中，夾雜著點香的氣味。

阿惠洗好手，取下束衣帶。

「就選這兒吧！」

她朝選定的位置鋪上草蓆，以他們帶來的飯糰和水筒裡的水充當午餐。

一面欣賞人界的花海，一面品嘗飯糰，吃起來分外可口，彷彿每咬一口，就會有花香直衝鼻端。他們彼此沒什麼交談。這種時刻，四人一起欣賞眼前美景的這份幸福，果然不需要言語陪襯。

當他們收拾乾淨，準備離去時，一同站在圓木階梯前，朝墓地行了一禮。

「雖然不夠周全，但已爲各位清掃好了。」母親朗聲說道。「明天村民們會前來賞花。希望明天會是天下第一的美景，會有一場天下第一的賞花宴，我們就此告辭。」

接著母親雙手合掌。與之助、阿惠、阿花也跟著照做。

柔風吹來，吹響樹林，又有新的花瓣隨風飄飛。

重新站正的阿花，拈起沾在阿惠頭髮上的一片花瓣。她鬆手後，那像指甲，也像小船的花瓣，便乘著風從山頂划向地面。

註：春分、秋分的前後三天，合起來七天的時間，稱作彼岸。日本常於這段時間舉辦法會。

「我先走。」

與之助率先走下階梯，阿惠手提一個插著長柄勺子的水桶，向他喚道：

「不，我們一起走吧。」

接著兩人小心翼翼的一階一階踩穩圓木，開始往下走。阿花和母親站在一起，人還在階梯前。母親放下合掌的雙手，站在原地。環視位於山丘頂端的這處墓地。

她臉上的表情消失。

一時間，阿花感到一陣寒意。因為母親看起來不像是她熟悉的母親。

「……娘？」儘管她出聲叫喚，但母親依舊一動也不動。

她眼睛瞪得老大。完全不眨眼。雙脣緊抿，不知何時雙手已改為握拳。

阿花伸手想碰觸母親。但空虛的撲了個空。因為母親迅速一個轉身，開始順勢衝下階梯。

與之助和阿惠已往下走了七、八階。母親身子劇烈的上下起伏，一路追到他們兩人的上面一階後，就此停步。

她喚了一聲「阿惠」。

阿惠聽到這聲叫喚，轉過頭來。

這對婆媳間就只有一階的落差。母親位在比她高一顆頭的位置。

阿惠仰望婆婆時，臉上仍泛著幸福的笑容。她的雙眸散發光輝，兩頰紅潤，嘴脣水亮豔麗。

她是從城下遠嫁而來，織補屋引以為傲的漂亮媳婦。

母親突然舉起雙手，張開手掌，鼓足全力朝只有上半身往後轉的阿惠肩膀推去。

但阿惠臉上還是帶著微笑。笑靨如花。身體飛向半空。

啊。

每個人都發不出聲音。阿花目睹阿惠從空中一路墜落，嘴形從微笑改為微張。她張著嘴，驚訝往整張臉擴散開來。

她維持扭轉上半身的姿勢，下巴往上抬，往下墜落，在下方約十階處，一頭撞向圓木階梯。傳出一聲悶響。啪嚓。

阿惠猶如一具毀壞的人偶，嚴重彎折，側身滾落階梯，雙手不斷揮舞，因力道過猛，再度飛向空中，有一隻鞋還因爲這股衝勢而脫落。阿惠的身體畫出一道和緩的圓弧後再度落下。接下來是臉部一路撞向階梯，血花四濺。

咕嚕咕嚕。不停往下滾。她的身體來到平地時終於停下，仰著身子，手腳完全攤開。脖子嚴重彎曲。右手自手肘以下，彎向平時不可能會彎曲的方向，雙腳擺出的姿勢像在跳舞，如果光是看她此刻的模樣，就像在搞笑一樣。

阿惠的雙眼還是一樣瞪得老大。因驚訝而圓睜，停住不動。

「唔、唔、唔。」

與之助沉聲呻吟。

「唔哇！」

他飛也似衝下階梯，扶起一動也不動的阿惠。阿惠的脖子頹然垂落，撞破的額頭鮮血直流，從臉部到衣領都染成一片赤紅。

「阿惠、阿惠、阿惠！」

阿花還整個人僵在階梯上。

「──阿惠嫂當然是當場喪命了。」

春日和煦，陽光照向黑白之間的各個角落。但此時坐在上座的阿花，臉上卻籠罩在陰影下。

聆聽者富次郎不知不覺間雙手緊緊握拳。掌心滲出冷汗。

「家母也並非完全沒事，從那之後，她宛如成了一尊擺設。」

她會呼吸，但不會開口說話。不管誰叫她都不回應。雙眼迷濛，眼神失焦。

「不會主動喝水進食。姑姑和我一起餵她吃粥，把碗湊向她嘴邊，餵她喝水。一天帶她上幾次廁所，幫她擦拭身體，幫她梳頭。」

雖然極力照顧她，但她身子骨還是每況愈下。

「撐了三個月，很快就連起身坐好都做不到，等到臥床不起，就這樣一天比一天衰弱。」

夏末，便駕鶴西歸。

「一直到最後，她始終一句話也沒說。」

織補屋先替阿惠辦喪事，之後替母親治喪，而阿花的祖父不久跟著撒手人寰。

「祖父很後悔。」

——都是我不好。我該謹守家裡的規矩才對。

「不過，正木屋並沒有因爲我們害阿惠嫂早死，怪罪我們。」

因爲阿惠形同是被斷絕父女關係。

「不過，家中一次少了女主人和媳婦，家父和家兄都變得意志消沉，無力經營織補屋。」

這可該如何是好。村長和四位棚主聚在一起思考討論，最後決定讓阿凜招贅。

「從鉦屋的親戚那邊，介紹了一位妻子因難產喪命的男子。」

湊巧這位夫婿是已故的彥松他堂哥。

——這也是緣分啊。

阿凜如此說道，同意這門婚事。織補屋的女人們，從此再也不會於百花盛開時登上墓地所在的山丘。甚至不再舉行女人賞花會，家中的男人也不再參加村裡的賞花宴。

「儘管接連發生不幸，但我姑姑一直都很堅強，她不再像以前一樣開朗，臉上也很少有笑容。」不清楚阿凜是否希望有自己的孩子，不過，招贅的夫婿將他與前妻所生的兩名兒子一起帶了過來，所以織補屋不必擔心繼承人的問題。

「我姑丈性情溫和。他常會顧慮到我那因心情鬱悶而一蹶不振的父親和哥哥，也很關照我。」

阿花的生活變得落寞不少，常覺得很不自在。到了她十六歲那年，有人上門提親，她二話不說，馬上一口答應。

「這也是因爲，我認爲那個家已沒有我的容身之所。」

幸好夫家很善待她。嫁入門不久，丈夫便告訴她，是正木屋的人介紹這門婚事。

「我想起阿惠嫂、當時家母的神情，以及家兄痛苦的呻吟，一整晚哭個不停。」

阿花決定用蓋子將這一切全部蓋上，徹底遺忘。

「家父與家兄在我出嫁後，兩個人一同離開織補屋，展開巡禮之旅。」

他們再也沒回到櫻村，也沒他們的消息。

「……您內心受苦了。」富次郎想不出其他適合的話語，只能如此道。

阿花沉默無語，舉止嫻雅行了一禮。當她抬起臉時，眼中泛著淚光。

「隔了很漫長的一段時間，我才得以說出這件往事。」

阿花的婆婆很重教養，但不會蠻不講理，虐待媳婦。丈夫工作認眞，很疼愛孩子。兩人育有一男二女，每天被忙碌的生活追著跑，昔日那「織補屋的阿花」逐漸遠去。

「猛然回神才發現，我現在已和家母過世時同年。」

而且長男的婚事已經敲定。

「眞是可喜可賀啊。恭喜。」
富次郎重新坐正，行了一禮。阿花取出懷紙，擦拭眼角。
「是在今年剛過完年時談妥婚事。」
預計五月中成婚。
「那麼，您應該正忙著籌備婚禮吧？」
三島屋前一陣子才剛辦完阿近的婚事，所以猜得出來。
「雖然忙碌，但想必是熱鬧又歡樂。」
富次郎笑著說道，但阿花悶悶不樂。
「這次終於換我當婆婆了。」
她如此低語，垂眼望向地面。
「我感到既不安，又沒自信，不管做什麼都心神不寧。」
浮現腦中的，淨是春光爛漫的那一天，站在山丘上，度過那宛如作夢般的歡樂時光，以及等在那後頭的不幸事件。
「您不再是織補屋的人。」富次郎說。「昔日那位婆婆束縛織補屋的詛咒，完全留在櫻村。」
這時，阿花突然抬起臉，求助般趨身向前。
「眞的有辦法留在那兒嗎？」
那是被逼急了的詢問口吻。
「我眞的能逃離那裡嗎？該不會只是我自以爲逃離了吧？」
的確，阿花也打破了規矩，爲了欣賞人界百花齊放的美景，登上那座墓地所在的山丘。
「一想到這點，我就害怕得不得了。」

阿花纖瘦的雙臂緊抱在胸前，蜷縮著身子。

「我一直希望能向人吐露這樣的心聲，得到安慰。但說出後是否能讓人相信，我自己都沒把握。」

當她正爲此迷惘苦惱時，來到隅田堤賞花，正好看到三島屋擺出的攤位。

「而且當時在攤位顧店的您，剛好提到新娘子的事。」

阿花誤會成是富次郎娶媳婦。

「啊，這當眞是緣分的引導。」

阿花心想，因奇異百物語而頗獲好評的三島屋，將迎娶媳婦，老闆娘就此成爲婆婆。就在自己正感到苦惱恐懼時，剛好這件事傳進耳中，看來一定有其意義。

「於是我拿定主意，要在三島屋說出這個故事。」

富次郎面對阿花，用力點頭。

「原來如此，如果是這樣的話，確實是緣分的引導。」

說完後，富次郎俐落的端正坐好。

「身爲奇異百物語的聆聽者，在此明確向您報告。阿花夫人，您在此說出您的故事，說完就忘。我也會聽完就忘。」

這麼一來，織補屋的苦難就會消除。過往的一切，只要重新和悲傷一起封印即可。

「阿花夫人，對於您即將迎娶的媳婦，只要像您的婆婆對您一樣待她即可。您參考的對象不是織補屋，而是您夫家的婆婆。」

你一個年輕小夥子，講得好像很懂——富次郎不給自己機會感到羞愧，流暢說出這一大串話。

阿花爲之一僵，緊盯著富次郎瞧。接著她開始寬衣解帶，敞開胸前的衣服。

「咦？您這是……」

阿花不理會慌亂的富次郎，一把拉開衣襟，露出右肩。

富次郎馬上將頭轉向一旁。但阿花像在求助，扯開嗓門喚道：

「請您看一下。」

請看這邊，拜託您了。

富次郎屏住呼吸，用力抬起頭。

坐在他對面的阿花，從她略嫌骨感的肩膀到腋下一帶，整個裸露在外。她的肌膚失去光澤，表皮鬆弛。上頭有不少老人斑。

就只有這樣。到底要我看什麼？

阿花的眼淚已乾，此刻她的雙眼因恐懼而緊繃。

「就是這塊紅斑。」

哪個紅斑？在哪兒？

阿花頭轉向一旁，左手拍打著右邊肩膀。

「家母將阿惠嫂推落時，手掌正好抵向阿惠嫂右肩這個部位。」

這裡浮現一塊和手掌差不多大小的紅斑——阿花如此堅稱。

「左肩也有。顏色比右肩淡，約手掌的一半大小。我想，應該是家母右手比較用力的緣故……」

她掙扎著露出左肩，但什麼也沒有。阿花一直說「有」的紅斑，始終遍尋不著。

但阿花就像在說夢話，愈說愈激動。

「小犬婚事談妥的那天晚上，便隱隱浮現這個紅斑，從那之後，顏色一天比一天濃。現在已變得如此清楚鮮明，我甚至不敢請女侍幫我更衣。」

只有阿花才看得到。

阿花的畏怯與迷惘，化成「紅斑」的形體。當她心中的畏怯與迷惘加深時，顏色就會變得更濃。

富次郎依舊坐著不動，極力壓抑心中的慌亂。隔著一片隔門的隔壁小房間裡，幸好有擔任守護者的阿勝在，富次郎對此深感慶幸。

振作一點啊，富次郎。接替阿近的位子，成了第二位聆聽者，這是第一個遇上的難關。

「織補屋的阿花夫人。」

富次郎就像要好好向她講道理般，柔聲叫喚。

阿花這才回過神來，望向富次郎。

「……什麼事？」

她的聲音柔弱又沙啞。

「確實有一塊紅斑呢。」

我也看到了——富次郎說。

「但請您仔細看。它正逐漸消失。」

阿花發出一聲驚呼，直眨眼，低頭望向自己雙肩。

「現在完全沒有了對吧？」

富次郎以更加溫柔的口吻接著道。

「當您露出雙肩時，它就從外圍逐漸消失。您肩上的紅斑，以及逐漸消失的模樣，我確實都親眼目睹了。」

看見那呈現手掌形狀的紅斑，像淡雪因陽光照射而融化的模樣。

阿花雙手抓緊衣服前襟，開始顫抖，頭也微微搖晃了起來。

「這都是因爲您拿出勇氣，說出多年來淤積心中的故事。」

婆婆之墓的詛咒、發生在眼前那場悲慘死狀的恐懼、家人四散的悲傷，都已從阿花身上消失。就像毒氣散去。

「這就是我們三島屋奇異百物語的力量，聽過就忘，說完就忘。」

爲了安慰眼前這位個頭嬌小，即將從母親成爲婆婆的老婦人，替她打氣，賜予她力量，該再說些什麼好呢？富次郎極力思索。

「而且我認爲，您身上之所以會出現紅斑，也不是因爲過去的因果報應，而是一個更令人心存感念的原因。」

「心存感念的……原因？」

阿花一臉茫然，小小聲重複他的話。富次郎頷首。

「那掌形的紅斑，並非當初令堂推倒阿惠夫人時留下的痕跡。」

那不是婆婆被深沉的怨念附身，奪走媳婦性命的那樁慘事遺留的痕跡。

「您將兒子養育成材且他亦要娶媳婦，而您自己將成爲婆婆，您已故的母親緊摟您的肩頭……」

一個溫柔又溫暖的擁抱。

——好好做。

「她一定是爲了提醒您，才以這種方式現身。」

從那百花盛開的墓地山丘走下的那一刻前，阿花懷念的母親一直都是個好婆婆，阿花只要成爲像她那樣的婆婆即可。

阿惠個性叛逆，又是世人口中的「瑕疵品」，就如同是被斷絕父女關係般，從城下的娘家被下嫁到這樣的山村來，阿花的母親溫柔接納她，化解她彆扭的心靈，家事全部從頭教起，和她一起歡笑，一起工作，一同生活，帶給她幸福。就該成爲這樣的婆婆。

阿花仍裸露雙肩，渾身乏力。接著她緩緩抬起雙手，摟住自己的雙肩。

黑白之間悄悄傳出一陣嗚咽。

「啊……眞的……」

是這樣沒錯。阿花如此低語，頻頻點頭。

富次郎望著和自己母親一樣年紀的老婦人潸然落淚的模樣，開口道：

「我也忍不住期望，日後當我娶媳婦時，家母也會是這樣的好婆婆。」

「您眞是不簡單。」

阿勝簡潔有力的誇讚。

不過，儘管阿花已離去，富次郎還是一直待在黑白之間沒離開，直到日落西山。

自己一個人獨處後，愈是回想，愈是迷惘，不清楚自己那樣說恰不恰當，是否正確，甚至覺得自己太狂妄了，淨會說好聽話，臉上都快冒出火，冷汗直冒。

——眞是的，阿近可眞是了不起。

相較之下，自己還有待加強。不，自己初出茅廬，有待加強也是理所當然，不過，他有阿近這個模範可以參考，但阿近當初開始擔任聆聽者時，完全沒有前任者可學習，甚至也沒有阿勝陪同，眞的就自己一個人。一想到這點，就覺得她可眞不簡單。望塵莫及。

然而，空手贏不了阿近的富次郎，卻有繪畫這項絕活。在八太郎的前一個故事裡，富次郎覺得深入細想會感到難受，所以只畫了一塊缺角的豆腐，便草草帶過。但這次他不想再逃避。

織補屋阿花說的故事，富次郎爲了眞正在心中做到聽完就忘，到底該畫什麼才好呢？

他思考了一天、兩天、三天。和家人一起用餐時，同樣心不在焉。

「你是怎麼了？」

「該不會是又暈眩了吧？」

父母擔心。阿島擔心。就連童工新太也刻意和他談最近街頭巷尾有什麼風評不錯的甜點，但見富次郎只是隨口應了幾聲，新太也慌了。

只有阿勝顯得氣定神閒，嘴角掛著一抹溫柔微笑，沒特別理會獨自沉思的富次郎。

——就從頭描繪這個故事吧。

他開始動筆作畫，但只是一直徒增廢紙。櫻花盛開的墓地山丘。盡掩於群花中的山村。手牽手站在圓木階梯上的兩個女人和一名少女。綁在墓地柵欄上，散發不祥之氣的卒塔婆。

畫完就丟，畫完就丟。

最後終於找到了答案，只要明白當中的道理就會發現，只有這個答案。

一雙女人的手掌。手指微微彎曲，溫柔的想要包覆住什麼。

畫下這個畫面，富次郎這才得以安心高枕。

第三話　兩人同行

來到卯花綻放，衣服從棉襖改爲襯衣，迎接慶祝釋迦牟尼佛誕辰的四月八日灌佛會到來時，來往於江戶市內的小販叫賣聲就會變得不一樣。因爲會開始改成爲夏天做準備的商品。例如賣蚊帳、賣朝顏和夕顏（註一）的花苗、賣金魚。過了月中，便開始有人賣圓扇。

三島屋的店主伊兵衛，他的生存意義就是做提袋店的生意，說到他的娛樂嗜好，就只有年過四十後才學會的圍棋，不過，對於在「絕佳場所」聆聽這個季節的杜鵑初啼，他特別投入。每年他都會邀妻子阿民到淺草駒形堂、到聽初啼的名勝小石川白山漫步，或是邀老顧客搭屋形船浮泛於大川上，用心增添情趣。

不過，只要夏天的兆頭來到，杜鵑便會開始在市內各地鳴唱，所以說初啼只是個人感受的問題，只要本人認定「剛才這是今年的初啼」，那便是初啼了。

今年伊兵衛人在黑白之間時，聽到杜鵑的初啼。

「因爲一直出借給奇異百物語，許久都沒來了。」

身爲主人的我，偶爾也該坐坐上座吧。因爲沒特別的要事，他與富次郎兩人悠哉的喝著番茶，享用灌佛會結束後收回的乾菓子供品，就在這時，從庭院傳來杜鵑的鳴叫聲。

「啊，這聲音眞好聽。」

伊兵衛閉上眼，深有所感道。

「在家中房間裡，和寶貝兒子邊喝茶聊天邊聽這個聲音，堪稱是我這一生中最棒的初啼了。」

今年不用外出品鑑初啼了，不過，就邀你娘和大家一起去龜戶天神賞紫藤吧。對了，當初阿近第一次遇見阿勝，就是去天神社賞梅那一次。當時阿近披著一件紅梅色的披肩，兩端有裝飾的刺繡，眞的很漂亮，在場賞梅的人們讚譽有加，就此成了我們店內的招牌商品。

父親喜孜孜聊起過往，富次郎望著他的臉心想，父親這還是第一次聊到自己遊山玩水的歡樂。

——應該是上了年紀吧。

父親對做生意的熱情並未消退，但不再看得那麼重要。莫非他的目光已逐漸擺在想趁在世時好好體會一番的事物上，心思也轉到那上頭去了嗎？

伊兵衛老當益壯，從沒提過退休。母親阿民雖然頭上白髮漸增，但工作幹勁一樣有增無減。不過，他有這種想法，也許反而不孝。富次郎暗自搔頭，在心裡說抱歉，和顏悅色的陪父親聊天。

隔天早晨，燈庵老先生派人前來告知，聆聽者改為富次郎後的第三名說故事者即將前來。

午後開始淅瀝瀝降下細雨，一個很適合奇異百物語的寧靜午後。之前為了替客人插花擺飾，阿勝喚來花店小販，似乎與對方討論良久，而當富次郎走進黑白之間準備時，發現壁龕插著一朵白色的卯花，上頭還掛著雨滴。筒狀的素花瓶旁還擺著卯槌（註二）。

「這卯花就開在隔壁的樹籬上，我請他們分我一朵。」

他與阿勝交談時，停在卯花上的雨滴就此滑落。

「卯槌是初卯詣（註三）時，我從龜戶的御嶽神社求來的。」

自古以來人們傳說，能長出卯花的齒葉溲疏，具有驅除邪物的靈力。

「我記得這時節的雨稱作『卯花腐雨（註四）』對吧。」

註一：朝顏是牽牛花，夕陽是葫蘆花，晚上開花。

註二：以桃木和五色的繩子作成的護身符。在平安時代，於正月第一個「卯日」，會以此物進獻給宮中，或是貴族之間互贈。

註三：在正月的初卯之日，前往東京的龜户天神社內的御嶽神社，或是大阪的住吉神社參拜。

註四：指長時期下雨，連卯花都為之腐爛。

「是的。不過卯花就算凋謝，卯槌除魔的力量還是不會消散喔。」
平時從容不迫的阿勝，今日在壁龕做這樣安排，加上此刻這番話，難道是她感應到什麼嗎？
「莫非今天的說故事者讓妳有什麼不祥的預感？」
面對富次郎的詢問，阿勝細長的眼睛微微瞪大。
「哎呀，完全沒這回事。」
阿勝說，這只是應景的情趣罷了。
「如果您不中意，我改換其他好了。」
富次郎連忙擺手。「不用換、不用換。」
他不是因爲想換才這麼說。
「因爲先前兩位講的故事，都是家族間引發的災禍。也許是我自己變得有點膽怯了。」
既然這樣，卯槌能助我壯膽。既然這是守護者阿勝替我買來的，那就更難能可貴了。
「說到龜戶的天神社，阿勝姐，那裡留有妳和阿近的回憶，我爹也興致盎然說要賞紫藤呢。」
阿勝莞爾一笑。
「小少爺，您要是偶爾放下奇異百物語的事，試著畫畫看美麗的紫藤架，這應該能轉換心情吧。」
富次郎朝掛軸貼上全新半紙，氣氛煥然一新，等候說故事的到來。今日的茶點當眞純屬偶然，是從龜戶天神附近的名店買來，帶有濃濃黑蜜香氣的葛餅。
總是偶然會出現有趣的重疊，今天造訪的第三名說故事者，名叫「龜一」。而且他竟然出生於龜戶天神社後方的長屋，小時候力氣大，個性火爆。
「當時說到天神社後方的龜一，大家都知道是個令人頭疼的孩子。」
龜一今年剛好五十歲。正是知天命的年紀。

「我老早以前就拜託過人力仲介的燈庵先生，希望能在這人生重要的段落，說出那令我難忘的陳年往事，今天終於達成心願了。」

龜一在說「我」的時候，聲音有點急促，聽起來像「嘔」。雖然嗓音沙啞，但口齒清晰。他皮膚黝黑，五官端正。儘管個頭不高，但體格精實，從藍綠色的結城棉衣袖露出的手臂也相當結實。咦，這個人是從事什麼工作呢？該不會是時常得運用這身體魄，要是沒有過人的膽識和膽量，就無法勝任的工作吧？或者是消防員？不過話說回來，他身上沒看到刺青。

——搞不好他背後整面都是仁王和鬼子母神的刺青。

富次郎不安臆測，龜一見狀，很豁達的娓娓道來。

「我爹是連兼差木匠都當不成的打雜木工，偏偏好酒好賭。成天讓我娘爲他落淚，最後還染上酒毒，很早便過世了。」

身後留下龜一等四個孩子。或許該說是幸運吧，母親很快便找到新丈夫，這位繼父是位工作認眞的補鍋工匠，所以一家人勉強還能糊口。

「我娘再嫁時，我已十一歲。一般孩子到了這個年紀都會變得狂妄，我尤其嚴重。」

只要是繼父做的事，他一概看不順眼，雖然靠他吃穿，卻又老是忤逆他。

「最教我生氣的，就是我繼父想要我當補鍋工匠。」

要是沒有補鍋工匠，鍋子的破洞就沒人修補了。這在平日的生活中，是很重要的工作，同時是一種職業，然而……

「要扛著一根長七尺五寸的挑擔，兩端掛著工具箱，不管風吹雨淋，都得在市內行商做生意，但這工作看在我眼裡，既小家子氣，又沒男子氣概。打從心底瞧不起。」

摻雜一半白髮的銀杏髻，以及突出額頭上一條橫向皺紋。每次龜一一笑，那皺紋也跟著笑。

「現在回想，眞的應該遭天譴，不過，當時心高氣傲，又渾身蠻力的我，就算挨我繼父罵，也一點都不害怕。因爲他長得又瘦又小，我打心底瞧不起他。」

聽說他只有一次挨過繼父的拳頭。

「結果我打了回去，他就此倒地站不起來。」

因爲幹了許多壞事，把我娘惹哭了。

——你像極了我那死去的丈夫。全像到他的缺點。

「這句話我聽了既生氣，又不甘心，離家出走。」

我無路可去，而且脖子上掛著名牌，所以入夜後，便在市內的木戶（註）被攔住，帶回家中。

「那是我這生中最大的失策。之前我自己還覺得帥氣，和弟妹們訣別後步出家門，但最後竟然被當成走失兒童，重新回到家中，眞是顏面盡失啊。」

龜一應該是很期待能在奇異百物語說出自己的故事。也許事前已暗中推演過該怎麼說比較好。見他說得流暢無礙，便猜得出大致是這麼回事，富次郎光是在一旁點頭聆聽，便覺得很愉快。

「我又把我娘惹哭，房屋管理員狠狠將我訓了一頓。這位房屋管理員是模樣乾癟，活像蟬殼的老爺爺，不過他行事老練，說起道理來也有他自己一套絕招。」

他不是光會罵人，對於看母親流淚也完全無動於衷的龜一，他讓龜一年幼的弟妹們不厭其煩的加以勸說，動搖他的心。

——哥，要是你不在，我們會很孤單的。

——哥，你別把娘氣哭嘛。

是因爲我們不乖，你才會離家出走嗎？

談到這裡時，阿島端來溫熱的煎茶和葛餅。龜一下巴往內收，向阿島點頭致意。

「這看起來很可口。那我就不客氣了。」他以沙啞的嗓音簡短說道。

當阿島靜靜退下時，她用托盤遮臉，暗地裡露出「嘩」的表情。這代表了「嘩」一聲驚呼，以及臉上「嘩」一聲變紅。儘管已經五十歲，但有男子氣概的男人還是一樣吸引女人。富次郎清楚目睹這一幕，連忙將注意力轉移到甜點上。

「葛餅就得趁黃豆粉的香氣未散前趕快吃才可口。來，請用。」

希望此舉也能博得人在隔門後的阿勝一笑。

龜一剛才的話，似乎不是恭維，他說自己眞的喜歡吃甜食，爽快用小竹籤叉起葛餅送入口中，又開始接著往下說。

「龜一先生，您是否中了房屋管理員的絕招，稍微洗心革面了呢？」

「別說洗心革面了，根本就是滿腔憤慨，不過，面對弟妹們的眼淚攻勢，我只能舉手投降。於是我耐住性子，學了兩年的補鍋工藝。」

但不感興趣的事，就是強求不來。

「我手不夠靈巧，而且長大成人後才知道，我視力不好。但當時的家境，根本沒錢買眼鏡。而且我那時候生活周遭也沒看過眼鏡。」

眼鏡是什麼？能吃嗎？

「而且不光補鍋工匠，所有工匠都不適合戴眼鏡。」

雖然不能一概而論，不過三島屋內縫衣的工匠也都沒人戴眼鏡。

「而且我自己也完全沒幹勁，所以這也是沒辦法的事。最後我繼父終於死心了。」

註：在市內的各個要處，以及各個市町交界處設置的關卡，會派人戒備。

不被抱持期望的龜一，來到過完年就十四歲的年紀。

「不管是像我已故的父親一樣當個木匠，還是找家店當夥計，今後我都該找出自己的謀生之路，但我的年紀不容我再繼續磨蹭下去了。」

麻煩的是，他不斷到外頭紓解學習補鍋工藝累積的鬱悶，所以個性火爆的「天神後巷的龜一」就此打響了名號，人們都說，你這樣根本不可能在店裡當夥計，打從一開始就沒人上門介紹他工作。

「這時對我伸出援手的，是以天神社爲中心，負責管理那一帶的滅火組老大。」

——這樣的火爆浪子，儘管送來我們這邊。

富次郎不自主雙手一拍。

「噢！坦白說，我剛才第一眼見到您，就覺得您可能是滅火組的人。」

龜一聞言，伸手摸著後頸，低頭苦笑。

「三島屋眞是好眼力，令人佩服……雖然很想這麼說，但其實不是這樣。」

「咦？您後來沒成爲滅火組的人嗎？」

龜一確實受過那位老大的關照。但他最後沒成爲獨當一面的滅火員。

「老大家收留我固然不錯，但其實我只是在底下打雜的童工，整天做的事就只有打掃洗衣提水，外加顧灶和跑腿。童工的工作不管是不是在滅火組，全都一個樣。」

土間（註一）備有的滅火道具和旗印就不用說了，像刺叉和大槌這類的用具，別說碰了，甚至連靠近都不允許。

——每個人都是從這種打雜的工作做起。

「他們告訴我，如果你吃不了這種苦，就表示你終究無法成爲一個有用的人。」

這次不是從事龜一討厭的補鍋工作，而是日後要成爲帥氣十足的滅火員，所以龜一再刻苦忍耐。

「跟在老大身邊的滅火員前輩，大部分都另有謀生工作，並非時時都住在同一個屋簷下。」

滅火員是一種榮譽職，所以幾乎無法光靠它過活。

「儘管如此，他們還是常因爲保養工具等原因，常在老大家進出，所以從幫前輩們買酒菜，到清洗兜襠布，我全都得一手包辦。」

俗話說再冷的石頭，坐上三年也會變暖，但龜一這個童工的工作眞的持續當了三年，現在終於能碰觸滅火員的徽印短外衣了。

「清除汙漬，修補破損、斷線、燒焦的部位，是我的工作。」

這工作做了一年，終於開始學習如何保養旗印以外的工具。

然後接受嚴苛的霸凌。

「我過去都以自己個性急、腕力強自豪，但根本和前輩們沒得比。」

龜一個頭矮，這點也很吃虧。

「前輩們個個都是孔武有力的大漢。因爲在火災現場，有時得用大槌將整棟屋子搗毀。我們滅火組內有一架龍吐水（註二），但在眾人因烈火和濃煙和四處逃散的情況下，光是要推進火場裡，就是件很吃重的工作。」

這位個頭矮小、心高氣傲，以「天神後巷的龜一」這個綽號自豪的小鬼，偏偏來到沒有過人體格便無法勝任這項工作的地方。

——好個狂妄的小鬼。

註一：日式房屋入門處沒鋪木板的黃土地面。

註二：江户到明治時代的滅火工具。

滅火員們嘲笑龜一，看他倔強的神情不順眼，想矯正他的脾氣，因而對他百般欺侮霸凌，這也不是完全沒道理。

「不過這是現在才會這麼想。」龜一笑著道。「在那時候，理應令我感到憧憬的滅火員前輩們，看起來就像地獄的牛頭馬面。」

只要他們吩咐龜一什麼事，他稍有不悅，表現在臉上，馬上就惹來一陣痛罵。就算道歉，他們也會說他語氣狂妄，動手揍他。一把抓住他後頸，將他摔出去。而在挨罵後，一定都會罰他不准吃飯，這對當時食量正大的龜一來說，是最難受的一點。

「您在裡頭打雜這段時間，一直都沒去過火場嗎？」

面對富次郎的提問，龜一揮著手，就像劈出手刀般。

「連靠近都沒有。我都負責留守。等滅完火，前輩們回來後，才正忙呢。」

拜此之賜，現在他仍舊很習慣治療燙傷或跌打損傷。

「平時就得留意，不讓專治這些傷勢的膏藥用光，這也是打雜要負責的工作。」

儘管如此，總有一天我也要跟他們一樣——龜一滿心期待。

「我心想，老大應該是有這個打算吧。如果只想收留一個仗著自己腕力過人的狂妄小鬼，成天欺凌又供我吃住，這實在沒道理。」

但那些前輩們又是怎麼想呢？

「我認爲他們從頭到尾就是看我不順眼。但這也沒辦法，因爲我是個惹人厭的小鬼。」

持續留在那裡打雜，到了十八歲，龜一雖然是個年輕人，但身分還是跟童工一樣，而在那年初春時，終於引發一場無法收拾的糾紛。

「有位前輩不知道是賭輸，還是被女人甩了，心情很差。」

他說滅火組的短外衣縫補得太隨便，將龜一臭罵一頓，罰他不能吃飯，也起了頭，其他滅火員跟著攪和。

「他們說我叫都不應，眼神凶惡，態度不好，一再挑我毛病，最後罰我一整天都沒飯吃。」

龜一因為飢餓而步履踉蹌，但還是一早就起床打掃屋子四周，而當他走進土間，撿拾垃圾，開始拿掃把掃地時——

「一大早不知道有什麼事，前輩們帶著一批人前來。」

當中有個宛如頭都快頂到天的大漢，龜一最不會應付這號人物，同時覺得此人很危險。

「就管他叫阿大好了。」

龜一說故事很懂得掌握訣竅。

「因為阿大也來了，我嚇得全身發抖。手腳僵硬。可見我有多怕這個人。」

而且還餓著肚子。因為早餐也還沒吃，胃裡空空如也。

「當時我右手握著掃把，想清掃土間的灰塵，正往前蹲的時候……」

突然眼前一白，身體覺得一陣飄飄然。

「我馬上揮動左手，想扶住牆壁，結果不小心摸到立在牆上的大槌握柄。」

這些道具不光是立在牆邊，前方會有根橫桿抵住，或是用鎖扣固定。這把大槌也是如此。

「但很不走運，那鎖扣可能是鬆脫了吧。我摸到握柄，變成往前推的姿勢，而大槌這道具又是頭重腳輕……」

大槌脫離牆壁，而更不巧的是，它正好斜斜倒向立在土間角落的滅火組旗印。

「由於旗印要擺在防火的方位，所以每年都會改變位置。那年正好就在那裡，所以剛好是我諸多的不走運重疊在一起。」

大槌的槌頭剛好擦過旗印的握柄，咚的一聲，重重倒向土間。旗印的裝飾一陣搖晃。

「做爲滅火精神指標的旗印，差點因爲我的疏忽而受損。」

龜一頓時明白此事何等嚴重。但爲時已晚。

「當我回過神來，已被阿大一巴掌打飛。」

龜一一頭撞向土間，眼睛冒出火來，在地上不住打滾時，被揪住胸口一把提了起來。

「我近距離看到阿大的臉。」

——我會被他殺了。

「當腦中出現這個念頭時，我不自主出手。」

龜一握緊拳頭，打中阿大的面門。

「阿大鬆手，我頭也不回，就像屁股點了火，一溜煙逃了出去。」

龜一拔腿狂奔。就像被妖怪追趕般，拚了命跑。

「我心想，要是我稍微放慢腳步就完蛋了。」

在清晨市町街道上，不知跑幾里遠。待我回過神，來到一處田地比一般市街來得寬闊的地方。

「連我自己都覺得很傻眼。心想，我怎麼會怕成這樣。」

一直屏息聆聽的富次郎，這時見龜一露出笑容，也回以苦笑。

「這下子……眞的麻煩了。」

「是啊。我心想，這下我眞的完了，還不如死了算了。」

話雖如此，要是就這樣死在路旁，會給人添麻煩，所以龜一還是拖著沉重的腳步，折返老大家。

因爲剛才拚了命狂奔，喉嚨無比乾渴，肚子更餓了，途中多次忍不住蹲下來休息。

「等我回到屋裡一看……」

老大家的木門敞開著，可以看見裡頭的旗印和滅火道具。
「門口站著一名身穿小碎花便裝，腳下踩著竹皮屐，頭髮綁成一束，年約四十的男子。此人雙臂盤胸站著，一看到我，便開心衝著我笑。」
——回來時用走的是吧。你可讓我等眞久。
「那是略微高亢，彷彿從鼻孔衝出般的響亮聲音。」
他那綁成一束的髮髻，沒用髮油，只用清水梳理，髮尾朝上散開，是很帥氣的髮型。不是店內夥計、工匠，或是商人會綁的髮髻。是俠客喜愛的髮型。
「而且這名男子的長相，該怎麼說好呢，看起就不像是普通人。」
終於要收拾我了，或是斬斷一兩根手指才能獲得饒恕嗎？不管怎樣，龜一只覺得全身血液都爲之凍結，這時男子對他說道。
——我已經和老大說好了。現在由我來照顧你。你跟我走吧。男子口齒清晰說道，轉身邁步離去。
「我心想，要我跟他走，意思是要去地獄嗎？」
龜一不知所措，這時，從老大家中飛來一個包袱。
「那是我的衣物。」
仔細一看，阿大也在，仍然露出那宛如妖怪的凶惡表情瞪視著我。
「他揮著手趕我走。」
眞的要我跟著那位穿便裝的男人走？這樣就原諒我了嗎？
「我撿起包袱，抱在胸前，雙膝直打顫，朝那名男子追去。」
男子也沒轉頭看我，自己快步往前走，開朗說道：

——話說回來，你跑得很棒呢。

「跑得很棒？」

富次郎跟著複誦了一遍，龜一咧嘴一笑，露出整齊強健的白牙。

「對。他就是看上我這點。」

龜一要前去的地方，是飛腳（註）商行。

江戶市內有許多飛腳商行。

最近富次郎因感興趣而看了一本名叫《市內萬種生意指南》的書，上頭記載，在江戶市內「約有七十家」。飛腳的發祥年代久遠，種類繁多。在三島屋這個時代，大致可分為「幕府繼飛腳」「大名飛腳」「町飛腳（町中飛腳商行）」。前面兩者是公家用，當中又可細分，不過市井小民們所熟悉的，自然就屬飛腳商行了。

「三島屋應該也常用町飛腳吧。」龜一說。「不過，我的店離神田一帶有一大段距離，所以您之前應該沒和我們合作過。」

奇異百物語有個規矩，只要說故事者自己沒主動說，就不會問個別的店名，於是富次郎回應道：

「我們除了與顧客的生意往來外，也常和川崎驛站的親戚書信往返。不過，那位親戚家經營旅館，所以店內一些常來往江戶、川崎、鎌倉的行商客或老客戶，常順道來我們店裡代為傳話。」

「這可真是好心人的典範啊，但如果世人的書信往來都比照這種方式辦理的話，我們可就沒法混飯吃了。」

龜一面帶微笑說道，但他眼中閃耀著自豪的光芒，看得出他從事的工作，不是那麼容易就會落入「沒辦法混飯吃」的窘境中。

「我要講的故事，如果不對飛腳商行有基本了解就不易聽得懂。可以請您耐著性子聽嗎？」

這樣正合我願。富次郎重新坐正。「好，請說。」

龜一先以變得溫涼的煎茶潤了潤喉，隔了一會兒才又開始說。

「先從飛腳商行整體來說吧。」

這數量眾多的飛腳商行，當然大小規模不一。

「看上我的快腿，決定雇用我的店家，在當中算是一家老字號的商行。」

雖然一開頭就打斷對方的話，很過意不去，但富次郎還是忍不住插話道：「要是沒提店名，講起故事來諸多不便，就稱呼它爲『龜屋』吧，不知您意下如何？」

龜一像個年輕人般，露出靦腆的微笑。

「這樣的話，我回店裡可能會挨罵，不過就這麼辦吧。」

他這靦腆笑容的含意，之後便可明白。

「飛腳商行可分只跑江戶市內及附近地區的小商行，及能將貨物和書信送往更遠處的大商行。」

前者是富次郎也很熟悉的「飛腳先生」的工作，他們會在貨箱的握柄上繫著鈴噹，所以鈴噹叮鈴叮鈴的聲音，就像是「飛腳先生來了」的信號，深爲一般民眾熟知。而飛腳先生每天在固定的路線上發出叮鈴叮鈴的聲響，如果有客人喚住他們，就收下客人要寄送的貨物或書信，並收取費用，再整合一併寄送，這也是他們做生意的一種方法。

「我們龜屋當然也會承接飛腳先生的工作，但主要都是做定飛腳商行的生意。」

定飛腳商行主要是負責從江戶運送貨物到京都的工作。這是由同業聚在一起，組成「行會」，但

註：江户時代以運送信件、貨物爲業者。

隨著時代不同，加入的商號數也隨之不同，所以會有「九軒行會」或「十軒行會」之類的稱號。

「定飛腳商行可不是什麼人都能做的生意，得握有股分才行。」

富次郎頷首。這種「行會」稱作「入股行會」。

「就像米行會和藥材行會一樣對吧。」

「就像您說的。股分要獲得官府的認可，繳納稅金，不光只運送貨物和書信，也能處理票據的結帳或現金兌換等工作……說起來就像領有官方許可證一樣。」

成為定飛腳商行後，首重信用，而飛腳這項工作的起源，是分配人力的人力仲介商，此外，不論是騎馬還是靠人的雙腳，往來幹道時遭遇危險並不是什麼稀罕事，所以……

「火爆浪子、武藝高強的人最合適，不過有前科的人還是不能收，總之，個性火爆的人就適合吃這行飯，這工作聚集的都是這一類人。」

這對「天神後巷的龜一」來說，可說是最適合的工作了。

「不過，倒也不是到店裡工作後，誰都能馬上背起貨箱，跑到各地去送貨。」

飛腳商行的夥計結構，與其他生意不太一樣。

「首先，在夥計當中位階最高的大掌櫃，統稱『支配人』。」

支配人底下的店內夥計，有店員、童工，以及實際在市內或幹道上奔波送信的飛腳。

「雖然對方看上我拚了命飛奔的快腿，但一開始還是從打雜的童工做起。我得到新的前掛圍裙，稱作『新人』，但我早過了童工的年紀，覺得尷尬極了。」

店裡夥計負責接待客人，要保管送來的貨物和書信、記帳、將店裡店外打掃乾淨、小心火燭等。

「要學習做生意，不管在哪兒，一開始都是從打掃開始做起，最後做的也是打掃。」

龜一很坦率說道。

「我們店裡的顧問都會監督打掃，童工常嚇得發抖。」

「顧問是？」

「啊，抱歉。在我們飛腳商行，支配人上了年紀退休後，還是會常在店內進出，輔佐繼任的支配人，這是我們的規矩。通稱為顧問。」

它就是這麼需要經驗和智慧的工作。

「我從滅火組老大家中逃走的那天，剛好從旁路過，注意到我跑步姿態、那位綁成一束髮髻的男子，就是當時龜屋的一名飛腳，裡頭就屬他資歷最深。」

他對龜一說「你跟我走吧」，帶他回店裡。

——他雖然個性狂妄，但有雙快腿，膽子也大，應該會是塊料。

他與支配人交涉，請他雇用龜一。

「如今回想，當時我惹惱前輩，眼看就要被他們整個半死，他竟肯出面收留我這個年輕小夥子。」

這句話中透露出，那位綁成一束髮髻的男子，還有接受他建議的龜屋支配人，不僅有識人的眼光，也心存憐憫。但同時充分表現出，如果是老字號的定飛腳商行，面對能讓哭泣的孩子嚇得馬上閉嘴的江戶滅火員，也能神色自若說一句「這孩子就由我來照顧了，還望成全」，化解他們之間引發的紛爭，足見他們有這等能耐和威嚴。

「支配人的重要工作之一，就是雇用夥計，當中尤其是找尋日後能當飛腳的人材，他總是睜大眼睛瞧，張大耳朵聽。還有，當底下的人捅漏子時，該如何處分，端看支配人的本事。」

這是個火爆浪子會從事的工作，而另一方面，又會經手到金錢和票據，所以支配人要是沒有恢宏的器度，店家馬上岌岌可危。

將書信交給叮鈴叮鈴響的飛腳先生，多虧他們才有這等便利，令人心存感謝，望著他們不辭風雨奔跑的模樣，深感可靠，如果只是有感於他們的帥氣英姿，而一時興起，寫俳句或是畫畫，絕對想不到這樣的層面。

世上許多事，如果不是親耳聽聞，肯定無法體會。富次郎不是站在夥計的層級，而是回到童工的心境去感受。

「幸好，從那時到現在，我都沒捅漏子，讓支配人來替我善後。」

不是走入地獄，而是進入龜屋的龜一，之後又是怎樣的遭遇呢？

──這得來不易的一雙快腿，要是就這麼擱著不用，未免也太無趣了。

「在支配人的安排下，店內新人的工作，我只做了三個月，便開始當飛腳。」

剛開始跑時，與童工跑腿沒多大差別，而且也沒帶叮鈴叮鈴響的貨箱。

「就只是將受委託的一封信或一項貨物送去目的地，如此一再反覆。」

就這樣，從對客人的問候方式、用詞遣句、書信和貨物的處理方式、衣服和鞋子的穿法，也就是店內夥計該會的禮儀規矩……

「乃至於跑法，以及跑步時的姿勢，全部從頭學習。」

如此反覆展開江戶市內的短距離往返，在龜屋稱之為「町內跑腿」。附帶一提，這種跑法和跑向遠處的長距離跑法截然不同。

「幹了半年町內跑腿後，終於升格為背起貨箱，帶著鈴噹的飛腳，一開始同樣也只限市內。等到我能跑附近鄉村是一年後的事。」

龜屋有救命之恩，而且最重要的是，飛腳這項工作感覺很有男子氣概，與滅火員相比毫不遜色，所以龜一相當認真。不論下雨還是下矛，他每天都不休息，再辛苦也不喊累，而且懂得自我約束，不出言不遜，不急躁、不與人爭鬥。

「我自己這樣說有點奇怪，不過我真的是脫胎換骨了。」

龜一露出難爲情的笑容。他臉和手腳的黝黑膚色，可不是短短這幾天才曬出來的。是他的人生在身上燒出的印記。富次郎深有所感。

「一開始我當上掛鈴噹的飛腳，順道繞到我娘住的長屋露臉時，覺得得意洋洋。」

結果又讓母親哭了。

「這次是喜極而泣對吧。」

當眞教人羨慕。

「嘿嘿。」

龜一額頭上那道皺紋也露出深邃一笑。

「不好意思，這樣先後順序會有點顚倒，其實飛腳可分成跑步飛腳和宰領飛腳兩種。」跑步飛腳，顧名思義，就是靠人的兩隻腳跑。而宰領飛腳則是騎馬，載送大型貨物或大筆錢財。有時會經手貴重的好貨、昂貴的名產、金庫。

「他們是看上我這雙腿才收留我，而且跑步也合我的個性。我一點都不覺得苦，一直到年過四十，始終都堅持當跑步飛腳。」

還有，我不擅長騎馬。

「我的臀形不好，不適合騎馬。馬很聰明，要是乘坐姿勢不佳，馬上會被牠們嫌棄。」

原來還有這種事，當眞是第一次聽說。

「剛才我提到大名飛腳，大部分的大名家，都是用自己的家臣，例如步卒這類身分低微的人來當飛腳使喚。但藩國會挑選有往來的飛腳商行，與領地間的書信和貨物往來，都會交由那家商行的飛腳來處理。這就是大名飛腳，大多是由宰領飛腳來擔任，不過，如果是一個月往來一次的固定運送，而且是文件這類重量輕的物品，有時也會由跑步飛腳來承接。」

首先是跑江戶市內，接著是到鄰近的鄉村，之後連東海道（註一）都能跑。這就是定飛腳商行龜屋底下的跑步飛腳龜一出人頭地的過程。

「不光只是往遠處跑，與我合作的客人，以及他們託付的貨物，會變得愈來愈重要，這也成為我出人頭地追求的目標。」

承接商家之類的民間書信和貨物，歷時三年，等到貨物中開始會有票據和證明文件後，再熬幾年，這樣終於能以大名飛腳的身分跑步送件。

「在龜屋，這樣就算是能獨當一面了。」

歷經腳踏實地的努力，昔日的惡童，天神後巷的龜一，終於構築出深厚的信賴。

「我們與京都西陣的紡織商交易時，也是請飛腳商行運送票據呢。」富次郎說。

「我們是提袋店，不會經常購買昂貴的西陣織。就算有，大多只是買剩布，但有時為了因應客戶的訂作要求，也會向布莊採購。」

像這種時候，都是用票據支付。

「我原本都以為只是請飛腳先生運送票據，但聽您剛才說，龜屋還兼做現金兌換的生意。這麼說來，結帳也是請飛腳先生代勞嘍？」

龜一莞爾一笑。「接下來也會談到這件事，不過，大型的飛腳商行為了這類的工作，會在各地設置交易所。」

交易所是地方上的分店。

「如果在幹道的各個要處設置交易所，飛腳只要在該處交付貨物、票據、證明文件，剩下的工作就能交由他們處理，而要走遠路時，在這裡更換人員或是馬匹也很方便。」

「哦，原來如此。」

「我不適合當宰領飛腳，上了年紀，腳力變弱後，我待過各個地方的交易所。」

對於只知道江戶市內，至今仍不曾出過遠門的富次郎來說，這是他難以想像的生活。

「有駿河的沼津、三河的吉田、伊勢的龜山一帶。」

龜屋會與地方上經營驛站或旅館的店主簽訂契約，委託他們代爲處理飛腳運送的貨物，交易所就此成立，但這種方式設立的交易所，有時也會兼充地方上的飛腳商行。所以龜一由龜屋總店派遣他前往交易所擔任支配人。

「您連伊勢那麼遠的地方都去啊？」

富次郎大爲感佩。

「哪像我，連伊勢神宮都還沒去參拜過呢。」

「說到參拜，又要把話題扯遠了，飛腳也接受到遠方的寺院或神社代客參拜的工作。」

龜一最常代爲參拜的地點是山崎大師（註二），不過他也去伊勢神宮參拜過幾次。有一次甚至離開東海道繼續往西走，來到更遠的讚岐金刀比羅宮。

「這樣似乎連我也能一起積陰德，代爲參拜是件很快樂的工作。」

像這樣一路累積跑步飛腳的經驗和信用，龜一到了三十歲時，終於娶妻成家。是當時支配人親戚家的女兒。

「我自己這樣說，實在有點難爲情，不過，她當時十八歲，人長得漂亮，性情又溫順，是個無可

註一：江戶時代，從江戶到京都的驛道。
註二：位於神奈川縣川崎區的平間寺。

挑剔的好媳婦。」

龜屋的支配人替龜一介紹了這樣的好媳婦，可見他們之間也構築深厚的信賴關係。

這對年輕夫妻在店家附近租屋同住。

「因爲生意的緣故，我常不在家，總是讓妻子自己一個人孤單寂寞，所以我在家時，都會盡可能討她歡心。」

可能是這個緣故吧，妻子很快便有了身孕。而且很順利足月產下一名白白胖胖的女娃。

擁有妻女後，龜一也明白母親與繼父的辛勞。他深切明白，男人養活家人的工作沒有貴賤之分，更沒有帥氣與平庸之分。他回到天神社後方的長屋探望父母。

「我第一次坦率向我繼父道歉，對他說，你辛苦養育我長大，但我老是忤逆你，對此深感慚愧，無地自容，請你原諒。」

當時妻子抱著嬰兒陪在一旁，和他一同低頭行禮。

「當時我繼父已上了年紀，而且輕微中風，沒再出外做補鍋的生意。」

龜一的弟妹各自都謀得生計，離開父母身邊，家中只有母親與繼父同住。目前靠打零工爲生，日子過得相當清苦。

「我告訴他們，今後我會幫助貼補家用，結果我娘聽了，突然板起臉孔。」

——別說傻話。你賺錢工作，是要爲了老婆和孩子。

「繼父也在一旁點頭微笑。在返家的路上，我妻子含著淚說，眞是一對慈愛的父母。」

當時我的幸福就像滿月般，毫無瑕疵。

但這種日子並未持續太久。

「小女兩歲那年隆冬，一種難纏的感冒在江戶市內擴散開來。」

染病者會連日高燒，嚴重上吐下瀉，轉眼變得骨瘦如柴，虛弱無力，最後連冷開水都沒辦法吞嚥，就此喪命。瘦得皮包骨的屍體，就只有下腹部鼓起，所以大家便開始稱這種病爲「餓鬼風邪」，聞之色變。

「那是從大川兩岸開始發病，逐漸往江戶市東西兩側擴散開來，現在想想，那或許不是一般感冒，而是一種喝生水造成上吐下瀉的瘟疫。」

此事光聽就覺得可怕。

「明明不是夏天，也會發生這種事嗎？」

「當時我也不相信，但眞的就發生了。夏天大家都會小心生水和食物，但冬天就容易疏忽。麻煩的是，餓鬼風邪很容易傳染。一旁照顧的人也陸續病倒，所以病患特別多的本所深川，甚至還蓋了一座治療小屋。

「天神社後方的長屋，大家也都被這種病打倒。」

首先是中風初癒，還很虛弱的繼父病倒，接著連母親也臥病不起。

「不能放著他們不管，我妻子將女兒託鄰居照顧，自己固定去照顧我爹娘。結果也染病。」

妻子無法動彈，病也很快傳給了女兒。

「儘管如此，我還是忙著跑步送信。」

跑步飛腳就是這樣的工作。因爲當時已開始承接大名飛腳的工作，爲了不損及龜屋的商譽，不能隨便告假。

「我妻子年輕，身體又強健。雖然很替她擔心，但我總無來由的相信，她一定能度過難關。」

一月中旬，在一個市內降下冰雨的日子，龜一跑了約十天的遠路回來後，發現他住天神社後方的父母已病逝。可愛的女兒也死了，妻子則是處在彌留之際。

「原本她們兩人臉頰就像桃子一樣圓潤，但現在果眞像傳聞，瘦得骨瘦嶙峋，猶如餓鬼。」

妻子一直在等龜一回家。

「她以枯瘦的手握住我的手。」

——對不起。

這是她最後說的一句話。

不知何時，坐在黑白之間上座說故事的龜一，臉色變得像後方掛軸貼的半紙一樣白。他額頭那道皺紋，像傷痕一樣深邃。

富次郎不知道該對他說什麼好。打從剛才起，龜一就只說「妻子」「女兒」，富次郎原本還很猶豫是否要問她們兩人的名字，還是要是替她們取個假名。

——不能問。

就像胸口被重重撞了一下，他頓時曉悟。

——直至今日，龜一先生還是無法說出自己心愛妻子和可愛女兒的名字。

因爲過於難過、悲傷，幾欲撕心裂肺。

「我這個人的惡運特別強。」

龜一突然嘴角顫動，接著說道。

「我沒染上餓鬼風邪。那是一場很大的風波，就連在龜屋，店內的童工也染病，差點一命嗚呼，而在我們的老主顧大名宅邸裡，同樣有人染病喪命。」

看町醫得花大錢，所以町人無法隨便說看就看，但大名宅邸就不同了，他們應該有專屬的大夫和藥師，也比較容易攝取營養的食物。但一樣會染病倒下。

「我替爹娘和妻女下葬。」

龜一這才第一次將自己的母親和繼父合稱「爹娘」。

「接著重回飛腳的工作。」

要是不繼續跑，恐怕會發瘋。支配人體恤我，要我在服喪期間待在家中靜養，但我與他交涉，請他盡可能安排我得花上幾天時間跑遠路的工作。

「在我獨自不停奔跑的這段時間，會覺得大家都還好端端在江戶裡生活。」

在天神社後方的長屋，年邁的父母仍互相關照，祥和度日。而在自己家中，心愛的妻子覺得是時候該脫下女兒的尿布，教她自己「尿尿」了。她爲女兒煮粥，縫襯衣，陪女兒唱兒歌嬉戲。

一切都沒變。什麼都沒失去。爲了繼續這麼想，龜一不停的跑。

「開場白有點長，不過，我想說給三島屋聽的故事，是當時發生在我身上的事。」

細條紋圖案的衣服下擺塞進腰帶裡，戴上護手和布質綁腿，額頭纏上白色頭巾。藍染的圓袖短外衣背後，印有一個圓圈，裡頭寫著一個「定」字，這是定飛腳商行的標誌，圓圈上面寫有「第三代龜屋甚三郎」一行白字。甚三郎是龜屋歷代店主繼承的名號。

纏著書信盒的擔棒前端，會因辦事內容而懸掛不同的御用牌。

像「奉行所」「月封」「〇增」（〇照比例增加）這類的御用牌，若是再加上紅色牌子，那就是限時信。而在龜屋，還會另外使用黃牌和藍牌，黃牌是「票據」，藍牌是從江戶的旗（註）本家送往遠方領地的文件。

當時已過五月中旬，天空即將轉爲夏日晴空，乾爽的風吹拂臉頰，快意舒暢。龜一以這身裝扮，

註：江戶時代，奉祿未滿一萬石，但有資格在將軍出場的儀式上出現的將軍直屬家臣的統稱。

在書信盒上掛著黃牌，奔跑在布滿新綠彩繪的東海道上。

這是一個月一次的定期寄送，替市內多個商家保管他們委託的票據，送往有交易的各個地方。龜一從日本橋出發，跑到龜屋位於武藏的程谷（保土谷）、相模的小田原、駿河的沼津、遠江的金谷、三河的吉田、近江的草津等各處交易所。去程是送交票據，回程是收取結帳證明。

這是龜一習慣的工作，熟悉的路途。而且一年當中，就屬初夏時節及仲秋天氣最穩定，跑起來比較輕鬆。一旦梅雨開始，道路便泥濘不堪，秋天則是刮起強風，會因大風或河水暴漲而受阻。

票據是重要的貨物，但光憑票據換不了現金，所以無賴或劫匪就算襲擊掛著黃牌的龜屋飛腳，也無利可圖。不過，對方不見得明白這點，而且飛腳就算遭受威脅，也不會隨便打開書信盒給人看，並跟對方說「看吧，裡頭沒現金」，因為飛腳也有他們的骨氣。

但現在的龜一對這種事已經不在乎了。

自從父母和妻女死後，他幾乎和死人無異。不過他還會呼吸，每過一段時間就會肚子餓，所以應該算還活著。但他的心已死。他陸續替桶棺蓋上蓋子，當他最後目送女兒那小小的桶棺離去時，龜一這個男人的內心已化為空洞。

所以連眼淚都沒流。

會有這樣的遭遇，全是因為自己年輕時素行不端。瞧不起繼父，讓母親替他難過。就算日後運氣好從事飛腳這個行業，他心中的感謝之情還是不夠，還娶了自己遠遠配不上的賢妻，而得到女兒後，因為太過幸福，他過於得意忘形。

他的人生太過恣意妄為。因為傲慢，不曾反省自己。只向繼父低頭道歉一次，根本就不夠贖罪，卻得到繼父溫柔的回應，以此滿足。餓鬼風邪將龜一看得比性命還重的人們全都奪走，就是為了一口氣清算他多年累積的蠻橫和傲慢。

我已經什麼都沒有了。跑步是爲了守住龜屋的招牌，爲了向龜屋報恩，因爲原本龜一只會逞強，虛張聲勢，一無是處，是龜屋改造了他。

要是工作在外，命喪異地，會給店裡添麻煩。但如果是不會給人添麻煩的方式，要他什麼時候死都沒問題。難道就沒人可以用巧妙的方式奪走我的性命嗎？

龜一抱持這樣的心態，一早從小田原驛站出發。從江戶跑了二十里（註一）二十丁（註二）。如果是普通旅人，都已經住第二晚了，但跑步飛腳龜一在昨天半夜進入驛站，在等候今天一早交易所開門的這段時間，他就只是借用屋簷下的空間小憩片刻。

接下來要到箱根驛站，東海道會朝著箱根山一路上坡。他背對著朝陽，跑在蒼翠欲滴的山路上，想起自己曾向妻子阿榮提過東海道的各處名勝。每次聽龜一說，阿榮總會眼中散發光輝。

——箱根山的另一側有妖怪對吧？

——要是有的話，京都那邊就沒辦法住人了。他們全都會被妖怪給生吞活剝。

等我們兩人上了年紀後，再一起去箱根七湯（註三）巡禮泡湯吧。就算是龜一，日後有一天非得讓他因爲當跑步飛腳而疲憊的雙腳休息不可。

他心想，這樣的「日後有一天」一定會到來。

一起走過三枚橋，在女轉坡牽起阿榮的手，在甘酒茶屋歇息，等走過權現坡、蘆湖畔的賽河灘後，就是那排杉樹了。他們能一起走。

註一：一里約四公里。

註二：一丁等同一町，約一〇九公尺。

註三：箱根溫泉中的湯本、塔之澤、堂島、宮之下、底倉、木賀、蘆之湯這七座溫泉。

在箱根的關卡處，他取出收在懷裡的定飛腳燒印牌讓官差檢查。自從父母和妻女過世後，龜一將寫有他們四人法名的紙片，連同這塊燒印牌一同收在胸前。

順利通過關卡處，走過滿是泡湯客，無比熱鬧的驛站中心後，他一口氣翻越山嶺。來到關白道前，他停下來休息片刻，打開他在小田原交易所請他們事先準備好的一包麻糬。

填飽肚子，他邁步朝陡急的山嶺道路而去。地圖上顯示，接下來已是箱根道的「下行」，但要來到可以仰望富士山，同時又能俯瞰蘆湖的山頂處，得一味的走上坡路段。

那裡是相模和伊豆的國境。龜一已多次跨越許多國境，往來於東海道上。

飛腳不會繞道，也不會偏離道路。但龜一應該是在做人的正道上走偏了，所以才會嘗到自己一個人獨活在世上的痛苦。

——都是我不好。

他一再對自己空洞的內心這樣訴說。

——這是老天的懲罰。

有時會小小聲的低語。

因爲他若不這麼做，恐怕會放聲大喊。會滿腔怒火，懊悔不已，很想大鬧一場。

爲什麼我會有這種遭遇？

我做了什麼？我哪裡不對？

龜一用力點頭。是我不對。我明白。正因爲我幹了壞事，才受這種報應。明白了，我全明白了。

不，我不明白。這次他改爲搖頭。這樣說不對。我的爹娘、阿榮、還有才兩歲的女兒阿久，根本什麼壞事也沒做啊。

天神後巷的龜一愛跟人打架、品性不端、嫌棄繼父做那種腳踏實地的正經生意，打從心底瞧不起他，都是龜一不好。可是，這一切都已成過往，為什麼現在才得用妻女的性命來為他付出代價。好多人都因餓鬼風邪受苦。為此殞命的人並非只有龜一父母和妻女。是他們四個人運氣不好。

這都是命運的錯。不是我。

既然這樣，為什麼我得接受如此不合理的命運。我該怎麼做，才能平息這股激動的情緒？

他深深感受那沸騰的怒火和懊悔，一面為這樣的自問自答感到迷惘，一面奔跑。

從箱根山頂到下一個目的地三島驛站，一路都是下坡，但許多旅人來到這裡都已氣喘吁吁。不常旅行的人不知道，其實下坡比上坡還吃力。

所以從代表箱根道下坡路段終點的錦田一里塚，到三島大社這段路途，特地為旅人設置了休息所。對於從京都朝箱根關卡處前進的旅人來說，這裡是整裝待發的起點，所以設有一家雜貨店，像草鞋、隨身藥品、草笠、簑衣、燈籠、水筒，各種翻越山嶺所需的物品一應俱全，另外還有三家茶屋。店外立著旗幟，還架起遮陽罩。

當然了，對跑步飛腳龜一來說，這種地方根本派不上用場。他向來都維持同樣的步調，從一旁奔馳而過，但今天不一樣。最前面臨時搭建的茶屋，明顯已經燒毀。吹來的風中夾雜著煙臭味，燒毀的房子旁聚了一群人，傳來他們慌亂的喧鬧聲。

茶屋不小心失火嗎？

——未免也太不小心了吧。

在這裡經營茶屋和雜貨店的人們，同時住在這兒。雖然只有少數幾戶人家，規模遠不如村莊，但在這種地方要是成為引發火災的禍首，就算會有一段時間被鄰人排擠，也怨不得人。

不過，聚集在此的人們，卻沒有打架或爭吵的情形。個個看起來都顯得很安分。

一名老爺爺蹲在燒毀的房子前。雙手抱頭，似乎在哭泣。一對年紀與龜一相仿的男女，可能是想安慰，分別蹲向老爺爺兩側，輕撫他的背，同他說話。

人牆當中也夾雜著一身旅裝的人。龜一放慢速度從他們身後通過，聽到他們對話的片段。

「實在太不走運了。」

「遇上雷劈，那也是沒辦法的事。」

「老天保佑、老天保佑。」

龜一暗自發出一聲驚呼。

——應該是被雷打中吧。

經這麼一提才想到，昨晚龜一抵達小田原驛站的交易所時，雨滴嘩啦嘩啦打在他臉上。在箱根嶺的這一側，並未降下大雨。但仰望夜空，可以望見西邊的方位浮現烏雲的輪廓。雖然沒聽到雷聲，但雲層間劃過一道道閃電。

當時他心想，如果那片雲飄往這邊，那可就麻煩了。要是在小憩的時候淋成落湯雞，肯定很傷腦筋。但小田原的天氣沒變壞，最後迎來一個寧靜的早晨，所以他猜想，那片雷雨應該是在山嶺的另一側下完了。

不過，如果雷電就像鎖定目標般，落在那小小的茶屋上，那可真是罕見的災難。

雖然龜一沒順道繞往其中任何一家茶屋和雜貨店，但人們從他這身裝扮，一看就知道他是飛腳。他從店門前通過時，人們向他點頭致意，有人還對他說「辛苦您了」，向他慰勞。

那名抱頭的老爺爺放下雙手，在陪同的那對男女攙扶下，搖搖晃晃站起身。

龜一微微轉頭，隔著肩膀往後望，當他看到那名老爺爺哭喪的臉龐，以及那對男女的愁容時，他突然心底一寒。

——怎、怎麼回事？

他不自主的停下腳步。

一陣寒意遊走全身。感覺後頸寒毛直豎。

老爺爺頹然垂首。身上纏著束衣帶，戴著前掛圍裙的那對男女，緊緊靠在一起，蜷縮著身子。可能是因爲雷劈和火災而感到恐懼吧。這也是理所當然。龜一也覺得他們很令人同情。僅有這樣的感想。但爲什麼會突然像淋了一身冷水，感到一陣寒意呢？

他重振精神，緊抿雙唇，再度邁開步伐奔跑。甩開煙臭味，向前奔去。那間不走運的茶屋，還有聚在一起感嘆的人們，全都被他擱下，逐漸遠去。

龜一奔過幹道時，腦中一片空白，身體愈跑愈輕盈，雙眼像是看著眼前的風景，但其實什麼也沒看。耳畔只聽到風聲。他自從失去家人後，似乎一直像這樣沉浸在心中的思念和懊悔中，但他自己渾然未覺。

對於擦身而過的人們，他也都毫不在意。他沒聽到大名行進隊伍的前導提醒，也沒讓路給武士隊伍，很有可能因疏忽而惹禍上身。但當他在前往三島大社的路上來到半途時，他發現幹道前方有名和尚快步走來。後面緊跟著一名將衣服下擺塞進腰帶裡的年輕男子。

彼此縮短距離後，逐漸可以看見和尚凝重的表情。這名和尚個頭高大，一身灰綠色袈裟，脖子上掛著一大串佛珠，右手緊握著念珠。隨行的年輕男子氣喘吁吁，額頭直冒汗。

擦身而過時，龜一默默行了一禮。和尚和年輕男子完全沒搭理。年輕男子身上那件短外衣背後的徽章，也出現在剛才路過的一間茶屋的旗幟上。

當時龜一就只是瞄了一眼便快速通過，所以不清楚是怎麼回事，不過，可能是因爲雷劈和火災而有人喪命，所以雜貨店的年輕男子前往請和尚來，兩人正一同趕往現場吧。

和尚的表情很可怕。年輕男子也一臉急迫。難道不是要爲死者超渡，而是有人命在旦夕，趕著要前往看顧？

不管怎樣，都一樣難過。龜一認爲，這些不幸的事，光是發生在他自己身上的就已經夠多了。我已經遭遇了這麼可悲的事，這世上其他的悲傷事大可消失才對。

儘管龜一無比悲傷，令他內心空虛，但還是無法清空這世上的一切悲傷？永遠探不到底是嗎？心裡這麼想，會不會又再加重傲慢的罪過呢？

三島大社的鳥居，以及來來往往的香客，陸續映入眼中。接下來是三島驛站，離江戶二十八里二十丁。沼津的交易所，是龜一的第三個目的地，只剩不到兩里路。

往神社的入口處，規規矩矩停了幾頂候客的轎子。龜一從一身旅裝的人們中間穿過，向前奔去。穿過三島驛站西側出口，路過一里塚旁。雖然微微冒汗，感到口渴，但龜一依舊沒放慢速度。腦袋逐漸變得空白。遭遇雷劈和火災的茶屋、老爺爺哭喪的臉、與他擦身而過的高大和尚、不知爲何突然一陣寒意襲身的事，他全都拋諸腦後。

他的內心又開始一再重複打轉。是我的錯嗎？阿榮和阿久明明都死了，但爲什麼只有我一個人還活著？爲什麼這麼不合理的事行得通？這世上根本沒有神佛，死掉的人，是自己倒楣，而活著的人，卻宛如置身地獄。

的確，我也有錯，但世人更是大錯特錯，比我更加傷天害理的人大有人在。這種人就不必遭報應嗎？報應也是，是遭報應的人自己倒楣嗎？

啪嚓。

龜一左腳的布質綁腿繫繩斷了，他的跑步姿勢亂了套。因衝勢過猛，他往前墊了幾步，差點跌了一跤，還好及時穩住。

再往前跑一小段路，就能望見駿河灣。千本松原的壯闊景致，他也曾多次向阿榮提過。

儘管初夏晝長夜短，但太陽終究還是逐漸西傾，西邊天空留下一道暗紅的光束。他所在的道路這一側，以及道路前方，都不見人蹤。幹道兩側的森林和竹林，已盡掩於薄暮中，窸窣作響。

這並不是急件，從小田原翻越箱根後，大可就此在箱根山腳或是三島驛站休息。他之所以想一口氣衝到沼津，是因為他想獨自奔跑。他滿心想的都是要一面奔跑，一面藉此慢慢結束自己性命。

在進行工作前，龜一都會很仔細的檢查裝備。布質綁腿的繫繩在半途斷裂，這是不該有的疏失。

——真是慚愧。

他肩上扛著擔棒，單膝抵向地面，檢查左腳的布質綁腿。斷的是下方最短的繫繩。他姑且先將綁腿往上捲，只要正中央的繫繩綁牢，跑步應該不會受影響。

沙沙、沙沙。樹叢發出聲響。

黑夜緩緩從天而降。夜氣從地面滲出。

唧哩哩。遠處傳來鳥鳴聲。

重新綁好左腳的布質綁腿，起身抬頭，龜一這才發現。

前方約半丁遠處，站著一名男子。

此人並未身穿旅裝。也不是採同業的打扮。他身穿條紋便裝，身上繫著紅色的束衣帶，腳下穿的不是草鞋，而是草屐。

這不是走幹道的人會有的裝扮。

陣陣清風徐來。龜一掛在擔棒前端的黃牌隨風擺蕩。

常走夜路的龜一，夜間視力絕佳。他可以清楚看見男子的身影。

但看不出對方的五官。只知道男子白皙的臉孔正朝向他。

他重新扛好擔棒，向男子點頭致意。接著邁步往前跑。一開始先是小步伐，等跑順了之後，再逐漸加大步伐。

今晚是弦月。不需要燈籠或前燈照，光憑月光就能一路跑到沼津驛站。只要渡過黃瀨川，左手邊便是開闊的大海，驛站的燈火一一浮現眼前。

森林的窸窣聲響遠去，他只聽得到自己破風疾行的聲響。龜一沉浸在悲傷中，與悲傷合而為一，他責備自己、安慰自己、為命運忿忿不平、向命運低頭道歉，無止境自問自答——

不知為何，他感到精神渙散。

怎麼回事，是有什麼令我感到在意嗎？

他沒改變步幅，就只是微微放慢步調，轉頭往後望。

那名綁著紅色束衣帶的男子緊跟在後面。

他心頭一驚。但不愧是龜一，沒因此亂了步履。

但他心臟用力往上竄。要不是他緊緊咬牙，搞不好就從他口中衝了出來。

那身上綁著紅色束衣帶的男子沒跑步。他雙腳甚至連動也沒動。

他就只是雙腳併攏，像在幹道上滑行般，朝他直逼而來。

雙手垂放在身體兩側。頭微微上下擺動。

男子的速度和龜一一樣快。一直維持約半丁的距離，緊黏不放。朝龜一身後直追而來。

——糟了。

他自認夜間視力絕佳，所以剛才才會沒注意到。

第一眼應該就要看出來。黃昏的昏暗光線下，怎麼可能連衣服橫紋和草屐帶都一清二楚。

那不是普通人。是惡靈或妖怪之類。

龜一將視線移回前方，保持同樣步幅繼續跑。打算慢慢加快速度。

不能太在意他。不能再回頭看。那種東西會看準人心的怯弱，乘虛而入。不能害怕。心裡明明這麼想，但理應咬緊的牙關開始打起寒顫。

龜一笑了。眞是丟人啊。我竟然在害怕。只有自己一個人被留在世上，什麼時候死都無所謂的龜一兄，是什麼讓你怕得直發抖呢？

龜一步履未歇。初夏短暫的暗夜，就像蒙上一層又一層的薄紗般，愈來愈濃。

幹道緩緩往左蛇行，又彎向右方。這時，那東西進入他眼角餘光中。他終於看到了。

那綁著紅色束衣帶的男子還跟在龜一身後。

兩者間的距離並未縮短。雖然對此鬆了口氣，但龜一以手背擦拭鼻頭的汗水，發現無比冰冷。

被一個麻煩的東西給盯上了。加快速度將他甩開吧。他調整呼吸，在心中給自己打氣。

——喝！

要展現出他年輕時，從滅火組老大家逃走那天的奔跑速度。那是連龜屋的資深跑步飛腳看了都感到讚嘆的快腿。要和那天一樣，死命逃跑。龜一在暗夜底下一路猛衝。

甩掉他了嗎？他轉頭看，只見掛在擔棒前端的黃牌不住晃動，幾乎都快被扯飛了。

綁著紅色束衣帶的男子一樣保持間隔，緊跟在後。

龜一呼吸和步履都顯得零亂。速度也減緩許多。他跑到抬起下巴，手臂亂揮。

跑成這個樣子，得先暫時停下來才行。要是在姿勢不良的狀態下繼續跑，疲勞會一口氣湧現，到時候連腳都抬不起來。

龜一一躍而起，落向地面，就此停步。氣喘吁吁。

弦月已升向中天。森林一片漆黑，龜一一路跑來的道路，以及接下來要走的路，都顯得又乾又硬，而且泛白。

在呼吸平靜下來之前，他一直極力忍耐。不能慌慌張張回頭看。

他挺直腰板，牢牢握緊擔棒，這次不是轉頭看，而是整個人轉過身去。

綁著紅色束衣帶的男子就站在他後方半丁遠的地方。

龜一跑，他也動。龜一停，他也停。

這已超出陰森的程度，到可怕的地步。他齒牙交鳴，手臂雞皮疙瘩直冒。

因爲太過可怕，令他漸感怒火中燒。龜一天生就性急，動不動就和人打架。這十幾年來，爲了累積跑步飛腳的信譽，他一直潛藏心中的急躁個性，睽違多年，再次爆發開來。

「嘿呀！」

他收起下巴，雙腳穩穩踏向地面，氣凝丹田，朗聲喊道。

「你知道本大爺是定飛腳商行的龜一，刻意開我玩笑嗎？膽子不小。你一直追著我跑，是對我有什麼意見嗎？你這個半吊子！」

滿含海潮氣味的夜風，從龜一背後吹來。

綁著紅色束衣帶的男子靜止不動。和一開始看到時一樣，就只有頭微微上下晃動。

大聲喊出來之後，頓時感到一陣寒意。後頸、後背、膝窩，感覺涼颼颼的。

「渾帳東西。」

龜一用力閉上眼睛，大步朝男子走近。一步、兩步、三步。

那名綁著紅色束衣帶的男子，站在原地不動。

接著走了三步，再加三步。龜一像在威嚇般，擺出凶惡的表情，拉近兩人的距離。

男子還是不動。

哼，眞是急死人了！他朝腳掌使勁，一口氣將原本半丁的距離縮減爲一半。

就此看見男子的臉。
男子衣服的圖案和草屐，一開始就看得清清楚楚。就只有五官不清楚，只知道他臉色白皙。
原本以爲是距離遠。換作別人大概會這麼想。
但其實不然。等到半丁的距離縮減爲一半時，這才明白是怎麼回事。
對方銀杏髻底下那張白淨的臉龐，沒有眉毛、眼、鼻、口。原來是個長得像豆腐的光溜溜臉蛋。
這個無臉男就像紙糊的玩具一樣，只有頭頻頻上下擺動。
「你、你、你——」
你到底是什麼人。
龜一原本想這樣喝斥。但傳進自己耳中的聲音完全不是這麼回事。
「你……啊——」
他張開嘴巴大喊，都快把靈魂吐出來了，拔腿就跑。
「哇！」
他邊逃邊喊，控制不住自己。這樣根本跑不快，有損飛腳的名聲，振作一點！他腦袋不斷空轉，這次要是再停下來的話，肯定會軟腳。所以絕不能停。他一路跑到沼津驛站，完全沒轉頭看。
龜一說到這裡，歇了口氣。
富次郎拿起放在火盆邊緣的鐵壺，確認熱水還不至於太涼後，重新沏茶。
「謝謝。」
龜一微微行了一禮，伸手拿起茶杯。
「說故事者可以請教三島屋您幾個問題嗎？」

「可以，您請問。」

龜一轉頭望向壁龕的掛軸。

「那張半紙是猜謎畫嗎？」

富次郎心中一寒。剛才龜一的動作，想必就像是昔日在黃昏時分的東海道上，發現有妖怪在後面追趕時所做的動作。而且是一張空白的半紙。一片雪白。光溜溜的臉。

「不、不是什麼特別的猜謎畫啦。」

一時忍不住結巴起來。

「也沒什麼特別的構思……在我之前，是由我堂妹擔任聆聽者。當時會配合季節、天氣、插花來挑選掛軸。」

龜一頷首。「如果是那位小姐，我當然聽過傳聞。聽說是位大美人。」

「現在換成一個小夥子，眞是對不住啊。」

富次郎搔抓著鼻梁，鞠躬哈腰，龜一見狀為之莞爾。

「想見美人的大有人在，不過，因爲我要說的是這樣的故事。一個大男人，而且還是個充分展現男子氣概的跑步飛腳，竟然被妖怪嚇得哇哇大叫，落荒而逃，說來實在丟人現眼，好在說故事的對象是富次郎先生您。」

因爲我現在還是有一點羞恥心在——龜一說。

「這樣的話，我可就更丟人了。因爲我從剛才起就怕得不得了。」

兩人都笑了。

「那張半紙，是之後我要作畫用的。將聽到的故事畫成圖畫，然後好好收藏，明確讓『聽過就忘』做個了結。」

哦。龜一一臉感佩。

「富次郎先生，您會畫畫啊。」

「只是玩玩而已。還不成氣候。」

「每次都會思考要畫成帶有何種旨趣的圖畫對吧。」

「是的。」

龜一仍望著那張空白的半紙。

「這樣的話，以我這故事來說，不妨就直接保留空白，什麼也不用畫。」

又來了，別說得這麼駭人嘛。

「這要等到聽完您整個故事後，再來細細推敲。」

這樣啊——龜一又是一笑，轉身面對富次郎。

「我放聲大叫，拔腿飛奔的地方，離交易所所在的沼津驛站熱鬧的地點，還有很長的距離。不過，渡過黃瀨川後，前方有一座潮音寺。」

想到寺院裡有佛像，龜一感到心安了些。也許到了那裡，就能甩掉這個妖怪了。

不過，他始終提不起勇氣往後看，就這樣一路跑到驛站町裡。

「看到町內的燈火和人們的臉，我這才鬆了口氣。跑步飛腳一手握著擔棒，一手撐向膝蓋，彎著腰氣喘吁吁，再也沒有比這更丟人的模樣了，但當時我已經顧不了那麼多。」

傳馬所內的亮光都滿向路旁了，可以聽見繫在馬廄裡的馬匹發出「普嚕」的呼氣聲。

現在不是只有我一個人了。我已來到人多的地方。在這樣的自我打氣下……

「我惴惴不安的抬起頭往後看，結果……」

那名綁著紅色束衣帶的男人，還是好端端站在離他四分之一丁遠的地方。

「他還是老樣子，那沒有五官的臉微微上下晃動，面朝著我。」

哇……龜一嚇得雙手抱頭。

聆聽的富次郎，此時也很想在黑白之間做出同樣動作。想縮起身子，雙手抱頭，蒙上眼睛。

「這時，有人向我叫喚。」

一名在傳馬所記帳的書記看到龜一，朝他走來。

——你好啊，龜兄。怎麼啦，看你今天好像很累的樣子呢。

「他是看我喘得上氣不接下氣，特地來損我幾句。」

兩人算是熟識，說起話來向來都沒顧忌。

「他應該是覺得我模樣古怪吧。擔心我是不是人不舒服，還是受了傷，特別前來探望。」

龜一緩緩抬手指向綁著紅色束衣帶的男子。

「我跟他說，我不知道是出了什麼差錯，好像被奇怪的東西給纏上了。」

但那名書記聽了一愣。

——怎麼啦，那裡有什麼嗎？

「那名綁著紅色束衣帶的男子消失了。」

啊，太好了。力量從龜一的雙膝洩去，他差點當場癱軟。

「於是我對那位書記說，不好意思，今天天氣不好，我有點累過頭了。以此搪塞過去。急忙往交易所走去。」

然而——

「我從傳馬所前面路過，走在兩旁旅館林立的街道上時——」

在距離傳馬所馬廄正好四分之一丁遠的地方，馬匹突然騷動起來。

「牠們抬起前腳，長聲嘶鳴，馬頭互撞，鬧得很凶。」
富次郎爲之屏息。「也就是說……」
龜一頷首。「應該是妖怪在牠們那裡吧。」
雖然看不見身影，但就在那裡。所以馬匹才會因害怕而騷動。
「他一直都規規矩矩與我保持四分之一丁的距離，還是一樣緊跟著我。」
龜一衝進交易所。
「交付票據後，當天晚上我在交易所住了一晚。」
原本打算趕在黎明前出發，但他怕得直發抖，一直磨蹭到日出東山。
「連交易所的支配人也調侃我，說難得我也會這樣。不過，不管別人再怎麼笑我，挖苦我，我還是覺得可怕極了。」
這也難怪。一旦開始跑步上工，就沒人會和跑步飛腳龜一同行。他又得和那個妖怪單獨面對面。
「不過，太陽的力量眞的很強大。」
當四周變得明亮，驛站町的活力盈滿四周時，龜一也恢復了朝氣。
「我吃完早飯，縫補繫繩斷裂的布質綁腿，整頓好鞋履。」
而當他準備離開沼津驛站時，又引發了一陣騷動。
「交易所附近的旅館發生一場小火災。」
廚房爐灶的火突然熊熊燃起，使得壁板都燒焦了，煮飯的女侍被火燒傷。
「幸好群眾一擁而上，撲滅了火勢，平息了風波，但沒想到會有這麼危險的情況。」
當時龜一心裡就只是這麼想。
「我步出沼津驛站。離開驛站町後，東海道有一段路是沿著狩野川而行，耳畔傳來潺潺水聲，聽起來心曠神怡。」
龜一與開始往來於路上的旅人們擦身而過，逐漸加快速度。
「就快到千本松原了。這個季節大海的蔚藍，與太陽的光芒相互輝映，形成絕無僅有的美景。」
眞想讓阿榮和阿久也見識一下——他心裡這麼想，不經意望向身後。
「結果他又出現了。」
綁著紅色束衣帶的無臉男，像滑行般緊跟在後。
「昨天第一次遇見他，是在黃昏的時候。」
那是人們容易遇見鬼怪的向晚時分。
「這樣說起來很合理。」
但現在是初夏陽光普照的早晨。
「男子的身影看得很清楚，這樣不是很奇怪嗎？」
那光溜溜的空白臉蛋，更顯怪異。明明雙腳沒動，一路全靠滑行，卻唯獨那顆頭頻頻上下擺動，這點也教人覺得莫名其妙，而且陰森駭人。
——饒了我吧。
龜一急忙趕路。根據多年的經驗得知，要是不維持固定的跑步速度，很快就會筋疲力竭。但爲了甩掉這傢伙，他不自主加快速度，而且多次忍不住回頭觀察情況，所以跑得滿身大汗。
「在這樣的過程中，我逐漸明白一些事。」
一，只要龜一沒主動靠近，無臉男就不會自己縮短距離。
「不管我去哪兒，他始終保持四分之一丁的距離。」
這麼說來，昨晚在快到沼津驛站時，他一時性急，自己主動靠近對方，當眞失策。如果沒那麼做的話，妖怪會和他保持半丁的距離。

「二，似乎只有我才看得到他的模樣。」

幹道上往來的行人，都沒人注意到綁著紅色束衣帶的無臉男。就算從人們身旁擦過，他們也沒人感到驚慌。

就像沼津驛站的馬，不知牠們是否看得到妖怪，牠們似乎光憑氣息就感覺到了。

「不過，馬就不同了。」

「接著我去了原驛站，然後是吉原驛站、蒲原驛站、由比驛站，在奔過這些地方時，多次與牽著馱馬的行商客或是騎馬的武士一行人擦身而過，但只要綁著紅色束衣帶的男子從他們身旁路過，每一匹馬都會縱聲嘶鳴，馬蹄一陣亂踏。」

因爲覺得過意不去，之後龜一只要一看到馬，就會刻意避開幹道，從草叢間穿過。

「由比驛站離江戶三十八里半。離沼津約八里遠。我在這裡歇口氣，塡飽肚子，朝水筒裝滿水，然後一路跑到接下來的第三個驛站——府中驛站。」

府中驛站離江戶四十四里二十六丁。離沼津約十四里，在這段路途上，龜一已逐漸習慣那名綁著紅色束衣帶的無臉男。

「雖然看了很煩人，但他就只是跟在後頭。」

他不會想縮短距離，並不會追向龜一。只要不主動靠近他，就會一直是四分之一丁的距離。

「我告訴自己，就想成是不小心帶了個噁心的同伴在身邊吧。」

那天晚上，當他在府中驛站的旅館大通鋪裡躺下時，他甚至想——接下來得和妖怪比耐性了。

「我要一直跑下去，看他到底能跟多遠，和他一決勝負。」

「眞、眞不愧是天神後巷的龜一啊。」

聽富次郎如此附和，龜一咧嘴大笑。

「對對對，我都忘了呢，我原本確實是這種不服輸的小夥子。」

隔天一早，睡了個飽覺，恢復精神，龜一開始準備出門，這時旅館的女侍們叫嚷了起來。

「在我開口詢問怎麼回事之前，已聞到一股煙臭味。」

斜前方的小旅店發生火災。在驛站町，屋子蓋得櫛比鱗次，幾乎跟江戶市內的町家街道一樣。大部分都是木板屋頂，只要不是像本陣（註）或脇本陣這種高規格的地方，都不會有瓦屋頂或土牆，所以一旦發生火災，若不趁還是小火時趕緊撲滅，一轉眼便會蔓延開來，後果不堪設想。

「我也加入驛站的男丁當中幫忙，總算趁火勢不大，及時撲滅。」

接著聽聞一件怪事。起火點是小旅店後院使用的陶爐，一名住宿的旅客在烤年糕。

「從炭火中突然竄出火焰，延燒到立在一旁的葦簾。」

因為這個緣故，那名烤年糕要當早餐吃的客人，手和臉部嚴重燒傷。

只要不是紙或稻草蓋在炭火上，一般絕不會燃起火焰。

「光這樣就已經夠讓人訝異了，但我那時想到，在沼津也發生過類似的小型火災。」

那裡的起火點是廚房的爐灶。當時沒特別放在心上，但仔細想想，此事也透著古怪。爐灶是用來燒火的地方，四周會以石頭和黃土鞏固，不讓火往四周延燒，薪柴則是在爐灶內焚燒。

「薪柴也一樣，只要不是一味的往它吹氣或是潑油，是不會燃起大火的。」

這兩件奇妙的火災，與他跑下箱根山時路過的那間茶屋遭雷劈燒毀的事，這時首次在龜一腦中產生連結。

「加上緊跟在我身後的那名綁著紅色束衣帶的無臉男。」

那傢伙也是在龜一通過燒毀的小屋後才出現。

難道說……龜一暗忖。

「那個妖怪是在茶屋那場火災中喪命的男子亡魂？」

之所以沒穿旅裝，而是穿便裝，綁上束衣帶，腳踩草屐，也是因爲他是茶屋的人。

「想起在前往三島驛站的途中，與我擦身而過那名和尚凝重的表情，我益發覺得猜想沒錯。」

因沒能來得及讓和尚爲他超渡，男子的鬼魂陷入迷惘，變成妖怪的模樣，一路緊跟龜一。

「我不知道他爲何選上我。但在我去的地方——不光只是路過或休息，而是住了一晚的沼津和府中，他也和我一起在那裡待了一晚。」

那兩處驛站都發生離奇的火災。難道是在茶屋被活活燒死的男子，他的亡魂所懷的恨意，化爲業障，引發火災？

——這樣的話，可就嚴重了。

「我可不記得自己曾在那裡做出什麼招惹死者怨恨的行徑。」

就只是見那名老先生在燒毀的屋前哭泣，心生同情，望他一眼。當時突然感到一陣寒意襲身。

「如果是那時候被亡靈附身，確實很傷腦筋，但這樣倒是說得通。」

此時負責的工作，是一個月一次的定期寄件。這一路上保管了好幾份重要的票據，要送到目的地。不能擅自折返，也不能延誤交期。

「不得已，我離開府中驛站後，又開始跑了起來。」

龜一很在意身後的狀況，果不其然，綁著紅色束衣帶的無臉男同樣緊跟在後。

註：特別指定專供大名、旗本、幕府官員、儐使、皇族、寺院住持等人住宿的驛站。而次一級的本陣，則稱爲脇本陣。

幸好，這個季節是一年當中天氣最好的時節。不必擔心會有風雨來礙事，所以龜一專心趕路。

「我看準幹道前後都沒人的時候，轉身面向無臉男。」

——喂，你叫什麼名字？

龜一試著如此喚道，步履未歇。

——為什麼要跟著我？難道是要飛腳替你帶路，想去什麼地方嗎？

「他沒回答我。」

說完後，龜一微微一笑。

「當時我同樣也自己一個人笑了。」

富次郎心想，當真好膽量。

「那傢伙不可能回話。因為他根本沒有嘴巴。」

就算他有話想說，也沒辦法用言語向龜一傳達。

「他一定很傷腦筋。但我也同樣傷腦筋啊。」

綁著紅色束衣帶的無臉男，腦袋頻頻上下晃動，一路緊跟在後。只要龜一停下腳步，他也停步。始終保持四分之一丁的距離。

「從府中驛站，到我要前往的下一個交易所所在的金谷驛站，約九里遠。我將空了的水筒裝滿水，便一口氣跑了起來。」

奔過丸子、岡部、藤枝、島田，在太陽微微向西傾沉時，龜一抵達了遠江的金谷驛站。

「這處交易所的支配人，當初龜屋剛收留我時，他還在當幸領飛腳。」

此人腦袋光禿，眼神犀利，雖然看起來不像和尚或大夫，但人品敦厚，閱歷豐富，值得信賴。

「我馬上進入交易所，顧不得一身風塵僕僕，還沒打開書信盒，就先說出我的遭遇。」

爲了謹愼起見，我指向自己身後一看，但綁著紅色束衣帶的無臉男已不見蹤影。

「那位支配人也沒看到。於是我做好心理準備……」

一口氣說出原委後，龜一發現，那位支配人聽得無比認眞。非但沒笑他或是插嘴，也沒露出半點困惑的神情。

——這事連說這話的我都不太相信，難道支配人你不懷疑嗎？

開口詢問後，支配人用力朝龜一的肩膀一拍。

——見到你現在這副模樣，我怎麼能不相信呢。

支配人說，你現在的樣子也跟鬼魂一樣。

「您當時看起來那麼沒朝氣嗎？」

面對富次郎的詢問，龜一點了點頭。

「經支配人這麼一說，我望向自己腳下，這才發現……」

龜一的影子與支配人的影子相比，顏色濃度只有他的一半。

「影、影子變淡了？」

富次郎顯得怯縮，龜一朝他苦笑。

「三島屋明明主持百物語，怎麼對每件事都這麼害怕呢？」

「很抱歉。因爲就聆聽者來說，我算是新人。」

其實眞應該在銚子縮外面，繫上一件全新的前掛圍裙。

與老練的支配人談過後，龜一的心情平靜許多。

那麼，該怎麼辦才好呢？

「我認爲那個妖怪可能是茶屋那場火災中喪命的男子所變成，支配人也認同我的看法。」

既然這樣，只要好好供養他，或是替他淨化，應該就會消失吧。金谷驛站是一座大型的驛站町。有寺院，也有神社。

「但支配人說，這下子可麻煩了。」

——不論是福運，還是業障，撿到的人，就該將它送回當初撿到的地方，這樣才合理。

「他叫我要將無臉男送回箱根山下的那間茶屋去。」

——你接下來原本要去的三河吉田驛站和近江的草津驛站交易所，我會派別的跑步飛腳去。

「金谷的交易所，還兼營地方的飛腳商行，人手充足。」

所以龜一，你這就往回走，當回程飛腳吧——支配人下令道。

「你只要順道繞一趟府中和沼津，收取結完帳的票據帶回即可。」

每一個驛站都不能逗留。如果想躺下來睡覺，就露宿野外吧。在驛站町就只能張羅飲食，你得幫他的忙，讓他別再引發火災。

「當時支配人確實是這麼說的。」

別讓他引發火災。

讓他別再引發火災。

「他不是用這種說法，而是說『要幫他的忙，讓他別再引發火災』。」

不論是妖怪還是鬼魂，要是做出危害活人的行徑，便會累積罪業。

「這樣便難以前往西方極樂，那不是很可憐嗎？」

目前只引發了兩起火災，但好在都只是受傷收場。綁著紅色束衣帶的無臉男還沒奪走人命。你要阻止他，別讓他一錯再錯。

「支配人眞是個了不起的人。」

富次郎說道，龜一也點頭表示同意。

「您說得沒錯。如果是現在的話，我一定會點頭應道，是，您說得對，就這麼辦。但因爲當時我歷練還不夠。」

這是一個月一次的定期寄件，我不想中途放棄。這牽涉到我的個人信用，不能輕易折返。

龜一如此抗辯，支配人就此抓住他的肩頭，使勁搖晃，向他曉以大義。

——龜一，你聽好。你自己仔細想想。現在可是你人生重要的關卡啊。

綁著紅色束衣帶的男子，爲什麼會化爲妖怪，走上迷途呢？爲什麼又會選上龜一，緊跟著他呢？

「這當中一定有什麼原因。非選你不可的原因。」

——解開這個謎題，應該比誦經和淨化更有效才對。

「因爲一個月會見一次面，所以金谷的支配人知道我妻兒過世的事。果然是瞞不過他。」

支配人雖然沒看到龜一哭喪著臉，但充分看出他心中的悲嘆和絕望。

「他並未叫我該怎麼做，向我講大道理。就只是對我說，要是我心中有某個會引吸亡魂靠近的東西，那就只有我自己才能做個了結。」

只要長期從事飛腳這一行，就會遇見各種事物。撿拾各種事物，聽聞各種事物。

——一切都是一生僅一次的邂逅。就算對象是妖怪，對看家本領就是在世上四處奔跑的飛腳來說，也絕不能對這種邂逅的緣分棄之不顧。你就做好準備，展現你的男子氣概吧。

「經這麼一說才覺得，這話說得眞好啊。」

富次郎也由衷這麼認爲。

「那是有情有義，又有膽識的人，才說得出這種話。」

「我也被他的氣勢震懾，差點就接受了他的建議。但這時我心想，不對啊，被妖怪纏上的人是我，不是支配人啊。」

展現男子氣概固然好，但要是受妖怪詛咒，被他殺了，那該怎麼辦。

「我回了他這句話，結果支配人哈哈大笑。」

——那也就只能這樣了。這表示你命中該絕，就死心吧。

「我對他說，什麼嘛，竟然講這麼不負責任的話。」

說著說著，龜一再度哈哈大笑。

「不過，也沒其他辦法了。既然支配人決定不讓我從金谷繼續往下送信，我也只能折返。」

支配人爲了讓我不必爲行程縮短的事一一解釋，寫了一封給回程各家交易所的書信。龜一趁這段時間裏腹休息，就此往回走。

一離開金谷驛站，那名綁著紅色束衣帶的無臉男旋即現身。

「我向他罵道——眞是的，這全都是你害的。」

還是一樣覺得陰森可怕、心情鬱悶。但也有種親近的感覺。

——眞是離譜的兩人同行（註）啊。

不是和弘法大師同行，而是和妖怪兩人同行。

如果是露宿野外，龜一經驗豐富。他曾在幹道旁半崩塌的佛堂或神社的屋簷下借住一宿，或是縮著身子就睡在路旁的草叢裡。

「我原本就不以走夜路爲苦。視遇上的場所而定，有時山犬和熊比人還要可怕，還有劫匪，我自認都懂得如何提防。」

不過，在這趟返回的路途上，龜一發現，他比平時更加膽壯，更爲安心。

「因爲有那傢伙跟在後面。」

連妖怪都與我同行。

「而且在返回的路上，我露宿野外，跑夜路，都沒聽到附近有山犬的吠叫聲。」

紅色束衣帶的無臉男絕不會靠近龜一。與他保持四分之一丁的距離，不知爲何，就只是頻頻上下晃動他的頭，緊跟在後。

「自從妻女過世後，在這條返回的道路上，我第一次沒想到她們兩人的事。」

是我不好，不，就只是運氣不好，沒道理，教人生氣——這樣的想法原本一直在腦中重複打轉，但現在已經不會了。

「我在跑步時，眞的是腦袋完全放空，好久沒這樣了。」

這時，我腦中突然亮起一盞燈。我曾對支配人說，要是我被妖怪殺了，那該怎麼辦。我之前明明就覺得不管什麼時候死都無所謂。明明就一直在埋怨，爲什麼只有我獨活於世。

我捨不得死。

「覺得自己有這種念頭很可恥，但又很開心自己能保住性命繼續跑步。」

沒錯，我很高興自己還活著。

「過去我不願承認自己有這樣的想法，是我一直在鬧彆扭。」

來到沼津的交易所，所幸有金谷的支配人寫的那封信，這才得以很乾脆取得票據的結帳證明。

「這時，對方跟我說。」

——龜一兄，你看起來神清氣爽呢。

「很奇怪吧？明明在我身後四分之一丁遠的地方跟著一個妖怪，我的影子還因此變淡了呢。」

註：原文爲「同行二人」，許多到四國巡禮者，都會在斗笠寫上這四個字，意思是隨時都與弘法大師同在。

當他來到了三島驛站，正準備踏上回途的箱根道時。

「我從驛站來到幹道，確認無臉男在場後，對他說道。」

——就快回到當初遇到你的地方了。

紅色束衣帶的無臉男還是一樣只會點頭。

「我來到茶屋和雜貨店所在的那個地方時，正好是中午時分。」

天空掛著幾片雲朵，陽光從雲縫間柔和的射下。茶屋少了一家，剩下的兩家坐滿旅人，生意興隆。雜貨店裡也有不少客人。

「燒毀的茶屋已整理過，成了一片空地。」

地面的角落仍疊放著燒焦的柱子和壁板，模樣淒慘。

「我也到另一間茶屋吃丸子，四周顯得熱鬧又歡樂。」

沒看到那天蹲在地上哭泣的老翁。

我不好意思大剌剌詢問，只好若無其事的從茶屋和雜貨店裡出入的人們當中找尋，這時，一名在場的行商客還向我嘲諷道「飛腳兄，你在這種地方摸魚好嗎」。

「我對他說，我是賣魚的飛腳，回以一笑，就在這時……」

店裡走出一名用束衣帶綁住衣袖，繫著前掛圍裙的女子。她手裡捧著要賣的手巾和懷紙，開始擺向店門口。

「是之前安慰老爺爺的那名女子。」

龜一與她保持距離，觀察她的情況，打算等沒客人的時候再上前搭話。

「無臉男規規矩矩站在四分之一丁遠的地方。」

龜一看得見，但其他人都渾然未覺。從箱根下山的旅人就此從無臉男身旁走過。從三島來的旅人也從他身旁通過。

無臉男就這樣呆立原地，頭不停上下擺動。

「這時，那名女子在雜貨店門口送走到店裡光顧的客人，不經意望向無臉男所在的方向。」剎那間，女子發出「啊」一聲驚呼。她瞪大眼睛，一臉驚恐佇立原地，緊接著，她轉身衝進店內。

「雜貨店的女子看得到那傢伙。」

龜一爲之一驚。撿到的東西要送回撿到的地方。還好聽了支配人的話。那個妖怪肯定與茶屋的火災有關，龜一的解讀沒錯。

「暫時回到店內的女子，帶著男子回到店門前。是那天安慰老先生的男子。」

兩人似乎是夫婦。他們皆臉色慘白，望著無臉男站立之處。女子想伸手指，但男子急忙阻止。

「男子走進隔壁的茶屋，這次換那位茶屋老闆呆立在店門前。」

在龜一目睹這一切的同時，店裡的人們全都來到馬路上。男女老幼，約有十人之多。

「我知道，這些人都看得見無臉男。」

有個姑娘一看到妖怪，馬上逃進店內。有個老太太則是雙手合十，開始誦念佛號。

「因爲客人們見狀感到訝異，他們各自加以掩飾，但最早發現無臉男的雜貨店女子，不顧丈夫的勸阻，準備朝無臉男走近。」

是時候了。龜一迅速來到那對男女面前，小聲低語道：

「雜貨店的老闆、老闆娘，你們看得到那傢伙對吧。」

那傢伙是誰？是這裡的人嗎？是因前些日子雷劈和火災而喪命是嗎？

龜一找出謎團的解答。

「全都是我們不好。」

雜貨店老闆說出的話，正是龜一之前心裡一再對自己說的話。

「因為我們把寬吉先生給逼急了，他才會變成妖怪。」

老闆將客人出入頻繁的店面交給老闆娘處理，帶著龜一來到住處。朝木板地鋪上圓形坐墊，就此坐下，一旁有像是他們夫妻倆用的墊被和棉被，折在一旁。

寬吉是遭雷劈燒毀的那家茶屋小老闆。在燒毀的茶屋前哭泣的老先生是他父親，名叫加吉。

「加吉老先生、寬吉先生和他妻子、以及獨生女阿卷，一家四口在此和樂度日。」

雜貨店這對夫婦和加吉他們一家人相處融洽，寬吉的妻子阿佳和雜貨店老闆娘是兒時玩伴。

「我們兩家人原本是箱根驛站的人……另外兩間茶屋，則是從三島驛站到這裡開店。」

約從十年前起，他們想，在箱根山下這一帶如果有店家的話，來往的客人應該會很方便，就這樣很自然聚集了四家店。

「箱根驛站不是一般的驛站町，泡湯客也會前來，所以一整年都很熱鬧。不過，這裡的土地無法耕田，所以要在那裡生活只能靠做生意。生意競爭相當激烈。」

就這點來看，這裡就悠閒多了，好在當初來到山下，在這裡開店。雜貨店和加吉茶屋的這兩家人彼此這樣說過。

然而，這悠哉的生活，卻在去年十月底時，因為發生一起意想不到的慘事而破碎。

「開始搖搖晃晃學走路的阿卷，才離開家人的視線一下子，就這樣跌落地爐裡。」

茶屋內圍著一口灶，在開店的時間，都會掛上鐵鍋或鐵壺。為了不讓幼子靠近，他們一直很小心提防。

「這一帶的冬天天寒地凍，所以連住處也需要設地爐。當然了，平時燒火也都很小心，但那天因爲阿卷感冒哭鬧，阿佳忙著煮粥。」

阿卷就這樣跌落爐火裡。

「很不巧，她身上剛好穿著棉襖外加長棉坎肩。」

因爲幼兒感冒，所以母親讓她穿上厚衣。這樣何錯之有？

「結果火延燒到孩子身上。」

阿卷尖聲哭叫，父母馬上飛奔而至，把火撲滅，但孩子嚴重燙傷。

「勉強撐過了一晚，但最後還是保不住。而阿佳也……」

正在學走路的可愛孩子就這麼喪命，她滿是自責。

「這個……該怎麼說才好呢……」

「不，這樣就夠了。」龜一打斷雜貨店老闆的話。「我不用聽你說也明白。」

何止明白，這根本就跟龜一自身的遭遇一樣。就如同龜一的傷悲、龜一的後悔。

雜貨店老闆瞇起眼細打量龜一的神情。龜一爲了不讓對方看出他的眼神，打探他內心想法，他低下頭，低語一聲「眞教人同情」。

雜貨店老闆吸著鼻涕。

「埋葬阿卷後，阿佳不吃不喝。不管加吉老先生再怎麼罵她，寬吉先生再怎麼苦口婆心，她都充耳不聞。」

過了幾天，她身子變得無比虛弱，就像是追隨孩子的腳步，撒手人寰。

龜一一面聽他說，一面雙手握拳擺在膝上。

寬吉的遭遇也和龜一一樣。失去妻子，剩他一個人活在世上。

「失去女兒，寬吉先生心裡一樣難受。但自從阿佳變成那樣，爲了照顧她，寬吉轉移了注意。」

但現在連阿佳也死了，寬吉無事可做。

「就像束縛他的緊箍全鬆開了，他從早到晚一直哭個不停。」

任誰來安慰也沒用。寬吉不停哭，茶不思飯不想。

「他的父親加吉老先生曾罵他窩囊。」

——你聽好了，再過不久，我也會死。守護阿卷和阿佳的墳墓，是你的責任。你一個大男人成天哭，這成什麼樣。

「連我們也看不下去，而且加吉老先生也拜託過我們。」

雜貨店的老闆夫婦也決定不光只是安慰寬吉，要刻意向他曉以大義。

「你這個樣子，阿佳和阿卷也會因爲替你擔心，無法成佛。」

別再只是哭了。要振作一點。

「我對他說，開在這裡的四家店，都會互相幫助，招呼客人。你這個樣子，會讓客人覺得不舒服，因而影響生意。你也該適可而止，別再哭了。」

他也請其他兩家茶屋的人幫忙，一起向寬吉勸說。安慰他、訓斥他、鼓勵他。

但寬吉始終無法振作。

「安葬阿卷半個月後，約莫阿佳死後十天左右，寬吉先生也跟著死了。」

他走進茶屋後方的樹林，找一株適合的七葉樹樹枝，掛上阿佳平日用的紅色束衣帶，自縊身亡。剩自己孤零零一人的加吉老先生，替兒子安葬後，伴著擺在佛龕裡的三個牌位，繼續經營茶屋。

「他說，要是不工作的話，不知道要做什麼才好。」

這再再都和龜一一樣。所以龜一才會繼續跑。他很明白加吉老先生繼續做茶屋生意的心情。因爲想投入工作，忘掉這一切。

「看起來……彷彿是變得跟以前的生活一樣，不過……」
雜貨店老闆的神情變得陰暗，聲音也變得輕細。
「辦完喪禮兩、三天後，寬吉先生又回來了。」
龜一瞪大眼睛。「這話的意思是……」
雜貨店老闆縮起身子，戰戰兢兢瞄向店門口的方向。
「呃……飛腳先生您也知道的，他就是以剛才那副模樣回來。」
便裝搭上紅色束衣帶。無聲無息突然出現，從暗處探出頭來。
「一樣是沒有五官的那張臉嗎？」
雜貨店老闆像在道歉似的，深深弓著身子，點了點頭。
「就那張沒有五官的蒼白臉孔朝向我們，一直呆立原地。」
加吉和雜貨店老闆夫婦驚訝叫出聲後，寬吉便消失無蹤。但旋即又出現，而且不分晝夜。
「起初只會在加吉茶屋和我們店裡，但過沒多久，也一併會在其他茶屋出現。」
幸好在場的客人們似乎看不見。但偶爾要是有對這種東西比較敏感的客人，就會感到寒意襲身，或是突然起雞皮疙瘩。
「結果馬上傳出不好的風評。」
那家茶屋和雜貨店，瀰漫著一股不祥之氣——
「接下來打算爬箱根山的旅客會覺得很不吉利，而特別嫌棄。」
這裡的人們每當化為無臉妖的寬吉出現，都會雙手合十，祈求他早日升天。你別在陽間徘徊，快到另一個世界去吧，阿佳和阿卷在等著你，你不能眷戀人世啊。大家就像在寬吉生前向他勸說一樣，極力向他曉以大義。

「但完全不管用。」
無臉男寬吉一直頻頻現身。什麼也不做，就只是出現在那兒。
「我們開始深切覺得，寬吉先生應該是很恨我們吧。」
我們覺得這樣做才對，不斷安慰勉勵他，還訓斥他，要他別哭。這樣做錯了嗎？寬吉燃起怒火，憤怒將他變成了妖怪嗎？
「這樣的話，我們根本無能爲力。我們害怕他的怨恨，就連白天內心也無法平靜。」
幾經苦惱，我們前去找之前辦喪事時，對我們相當關照的三島驛站寺院住持商量這件事。
「住持聽了之後大驚，說我們怎麼不早點告訴他這件事，火速趕來。」
他在寬吉、阿佳、阿卷的墓前再次誦經，也對他們三人放在加吉茶屋的牌位誦經，對小小的佛龕門進行封印。
「那是四月初時的事，從那之後，寬吉先生就沒再出現了，我們也終於鬆了口氣。」
眾人撫胸慶幸，過了約一個月的安穩日子，但就在幾天前，突然一陣雷雨來襲。
「雷神就像特地瞄準，一道閃電打向加吉茶屋，屋子就此起火，燒個精光。」
佛龕和牌位也燒成了灰。
「加吉老先生當眞是什麼也沒帶，就這樣逃了出來，撿回一命，其他家當全付之一炬。」

光是這樣，就已經讓人很想蹲在燒毀的屋子前哭泣了，這也是理所當然，然而……

「之前請住持封印的佛龕被燒毀，寬吉先生化身的妖怪會不會又跑出來呢？不，這場雷擊和火災，該不會是寬吉先生造成的吧？」

會是因爲被封印在小小的佛龕裡，將寬吉惹惱了嗎？是他的憤怒引來雷擊，引發這場火災嗎？

「雖然這麼想有點自私，不過，我們大家都害怕得不得了。」

隔壁茶屋老闆派兒子跑一趟三島屋，向住持通報。住持聽聞此事，急忙趕往加吉茶屋時，正好與龜一擦身而過。

「當時住持臉色凝重，我看了也嚇一跳。既然背後是這樣的情況，那就能了解了。」

說完後，龜一望著雜貨店老闆夫婦。

「不過，其實無臉男寬吉先生不像各位擔心的那樣，在火災後現身對吧？」

雜貨店老闆夫婦不約而同的點頭。

「對，剛才我們看到他站在那裡之前，他一直都沒出現……」

「所以我們原本都以爲他已經升天，鬆了口氣。」

加吉老先生也鬆了口氣，到三島驛站住持的寺院投靠，以寺內長工的身分留在寺內工作。

「我很遺憾，寬吉先生並未升天。」龜一說。

他只是不在這裡而已。

「他一直跟著我跑東海道，一路跑到金谷驛站，現在又回來了。」

不明白當中原因爲何。爲什麼選上龜一，一直跟在他後頭。

現在龜一終於明白了。寬吉之所以會跟著當初路過時瞥了一眼的龜一，是因爲……

——我們兩人同病相憐。

龜一是因爲瘟疫，寬吉是因爲不幸的疏失，而失去心愛的妻女。只剩自己獨活在世，只有自己保住性命。

龜一是跑步飛腳，他的工作能充當他獨自跑步的藉口，所以他一直跑。讓自己變成一具空殼來跑。因爲是一具連眼淚都流不出的空殼，所以不會哭，但如果想哭，他可以邊跑邊盡情的哭。

另一方面，寬吉開的是茶屋，是款待客人的生意，無法離開那間小屋。他終日哭泣。周遭人一開始還會安慰他，但漸漸開始轉爲責罵他。「爲了替妻兒祈冥福，你要振作一點才行」，這樣的勉勵是很有道理，但聽在徹底心碎，管不住淚水的寬吉耳裡，這是嚴厲的叱喝。

寬吉應該也想停止哭泣。應該也覺得不能再這樣下去。但淚水就是停不下來，於是他決定結束性命，止住淚水。

就這樣，他的亡魂在世上徘徊。在安慰他、勉勵他的人們面前露臉。

一張沒哭的臉。因爲沒有眉眼口鼻，就算想哭也沒辦法哭的臉。

他懷有怨恨或憤怒嗎？龜一不知道。他反倒覺得，這是一種憨直的反省方式。你們看，我沒哭了。我沒哭對吧，因爲我沒有臉。

龜一覺得這傢伙引發的業火，與其說是怨恨或憤怒，倒不如說是他一再的忍耐引發了反效果。

如果寬吉打從心底埋怨自己的父親和這裡的人們，不管發生什麼事，他應該都不會離開這裡。不會看到有位跟他遭遇相似，但逞強不肯哭的跑步飛腳路過，就這樣跟著他走。

龜一覺得寬吉可憐。想安慰他，想對他咆哮，想向他說教。大罵他一句「你在搞什麼啊」。

不論去哪兒都緊緊跟著，卻又不自己靠過來。只要龜一不主動縮短距離，他就像一隻膽小的狗一樣，始終保持距離。

眞是個傷腦筋的傢伙。膽小的妖怪。話說回來，成爲一切開端的那道雷擊，之所以會打中佛龕，純粹是不巧，你不是個敢做出這等錯事的男人吧。如果我猜錯了，那我眞是錯看你了。因爲你上了年紀的老父，因此丟了生計。

——好，我就好好和你談談吧。

幸好箱根山山頂有一處很適合和亡靈談話的場所。

「箱根山山頂的蘆湖畔，有一處廣闊的賽河灘（註），我不知道從什麼時候開始有這種說法。」

龜一以平靜的口吻如此說道。

「聽說因爲翻越山嶺很辛苦，所以在元和四年設立了箱根驛站。從那時候起，湖畔那一帶就有了這樣的稱呼，這在圖畫裡也有紀載。」

不過，那裡並非是特別寂寥的景致。

「這樣啊……我只聽過傳聞，滿心以爲那裡是昏暗又危險的地方。」

以前富次郎翻閱過一本遊記，裡頭曾形容此地「陰鬱也」。

「那是指天候不佳的情況。」

龜一莞爾一笑。

「人稱賽河灘的河邊，可不光只有箱根，其他地方也有。像這些地方，也不全然都是像您說的那種景致。」

如果飄雨，雲幕低垂，就會顯得陰鬱，倘若是在萬里無雲的藍天下，便會覺得清風徐來，無比快意。隨著四季變換，風雨陰晴，而顯得變化萬千。這就是大自然。

「不過，因爲人們都是憑心情來看景象。」

註：通往冥間的三途川河灘。比父母早死的孩子們，爲了替自己的不孝贖罪，會在此受「疊石之刑」。

隨著心情不同，就算是陰天也會覺得暢快，即使晴天也會悲傷。

「還有，不知爲何，只要站在水邊，任誰都會莫名感到心情平靜。」

啊，說得沒錯。

「會遙想往事，回想死者的種種。只要是略帶風情的河灘，不管在哪兒，都被當成是賽河灘。」

前往陰間之人得渡過的三途川。位於陰陽交界地的廣闊河灘。在這一頭的人們，思念遠渡另一頭的亡者。

「不過，蘆湖畔的賽河灘之所以並非徒具虛名，因爲那裡有多得數不清的石佛。」

大小和造型不一的石佛一字排開，行走在東海道上的人們都會在此駐足，雙手合十鞠躬行禮。

「只要耐心找尋，一定會找到長得像自己的石佛，可見它數量有多驚人。」

龜一將化爲無臉妖的寬吉帶往那裡。

「那天，我和雜貨店老闆夫婦聊完後，來到屋外，看到他還站在路旁。」

這次龜一不再躊躇，他大步朝無臉的寬吉走近。

「我朝他走近到只要伸手就能揪住衣襟的距離，對他說道。」

——來吧，要走嘍。

無臉的寬吉跟在龜一身後。對於以前曾是他家的加吉茶屋遺跡，以及雜貨店，都不顯一絲眷戀。

「要到蘆湖畔，得先翻越山嶺。然後通過關卡，再過去就是賽河灘了。」

在那之前，他得和妖怪兩人同行。

「除了露宿野外時過了一晚外，其他時間都是一前一後跑，我對寬吉說了許多話。」

聽說他原本是在箱根驛站出生，所以應該很清楚這座山的險峻。我當上跑步飛腳，第一次翻越山嶺時，心想，這座山後面就算住著惡鬼，也不足爲奇。完全不覺得那裡會有村莊。

「也聊到我自己的過去。談到我瞧不起自己當補鍋工匠的繼父，以及對這樣的行爲感到懊悔。還談到茶屋的生意在款待客人的生意中看起來很悠哉，但總會遇上任性的客人和挑剔的客人，所以應該也有不少辛酸。」

無臉的寬吉一樣像滑行般跟在後頭，只有腦袋頻頻上下擺動，但龜一不在乎，自顧自的說。

「看在路過的旅人們眼中，想必會覺得這位飛腳先生可眞愛自言自語啊。」

一聽富次郎這樣說，龜一微微挺起胸膛。

「以我的跑步方式，一般步行的人要看出我嘴巴的動作可沒那麼簡單。」

因爲比預定時間提早返回，還保有不少體力。當時的龜一當眞如同韋馱天（註）一般。

「我想早點帶寬吉到賽河灘去，而且我也想試試，他能一路跟著我的速度跑多遠。」

「他一路跟著你，沒累垮嗎？」

「明明是妖怪，卻很狂妄。」

龜一如此說道，瞇起眼睛笑了起來。

「因爲他是當地人。所以很擅長跑山路。」

後來一切順利，中午前獲准通過關卡。龜一以湖畔爲目標，奔過杉樹林。

「我對寬吉說。」

——就在賽河灘找尋長得像你的石佛吧。

「在找到這樣的石佛前，不管得花多少時間，我都陪你。所以你一定要找到喔。」

等找到後，你把額頭貼向石佛的膝蓋，觀看地獄的景象。然後向你在地獄的妻女道歉。

註：增長天的八大將軍之一。向來被當作飛毛腿的代名詞。

「瞧你那執迷的窩囊樣，當初就是可恨的火害死阿卷，現在你還引發這樣的業火，使得阿佳和阿卷都因爲受你牽連，而在地獄徘徊。你要去向她們道歉，說聲對不起。之後我們兩人再來想想該怎麼做才好。」

我也會幫你一起想。

不，讓我來替你想辦法。

若問到我爲什麼幫你……

——那是因爲，我妻女一定也在地獄徘徊。

因爲我的頑固。

因爲獨活於世的我，滿腦子想的都只有自己的痛苦。

——你失去了五官，我失去了內心。

自從你跟在我後頭，我帶著你一起跑，我才明白這個道理。

「我發出聲音，轉爲言語，開始將之前一直在心中重複打轉的想法說出口。」

是我不對嗎？就只是因爲我運氣不好嗎？我該向誰道歉才好？這股心裡的痛楚，該如何自處？

「我逐漸放慢速度，停止奔跑，讓風吹拂我的臉，慢呑呑走著。」

和寬吉兩個人，一路來到空無一人的河灘邊。連潤潤水聲也變得悄靜的薄暮中，卯花綻放。

「我心想，明明是用走的，爲什麼會覺得喘不過氣來呢。」

根本不是喘不過氣。

「而是我終於哭了。」

不是因爲悲傷而哭，而是因爲思念妻女。

「原來淚水這麼滾燙，我都忘了。」

不久，他聽見另一個聲音與他的哭聲交疊在一起。

「是寬吉的聲音。」

龜一轉頭一看，寬吉就在他面前。先是寬吉的嘴，接著是人中，然後是顫動的鼻翼、因淚水而溼透的臉頰上，有雙眼和雙眉，全都緩緩浮現。

「他嘴巴微張，發出啊、啊、啊的聲音。」

頭不斷上下擺動。

「雖然失去五官，成了無臉妖，但他一樣在哭。所以頭才會一直上下擺動。」

兩個大男人在可以握手的近距離下面對彼此，一同放聲大哭。看在不知情的人們眼中，想必不會感到鼻酸，而會覺得這是極其古怪的畫面。

「剛好當時飄來一朵雲，影子落向我和寬吉臉上，沒讓太陽照出我們哭哭啼啼的模樣。」

在黃昏時分的賽河灘，只有潺潺流水伴著這兩個男人。

——啊、啊、啊。

縱聲號啕後，寬吉第一次望向龜一。

「那是細得像絲線一樣，笑瞇瞇的雙眼。」

——啊，眞的很抱歉。

說完後，寬吉倏然消失。

「就像吹熄燭火一樣。」

剛才明明還清楚看到他的身影，聽得到他的聲音，但現在消失無蹤。

寬吉走了。前往他該去的地方。

留在人世的龜一，又變回孤零零一人。

「我緩緩用手臂拭去淚水，深深吁了口氣。」

待回過神來後，我很自然說了一句。

——謝謝你。

「我擤去鼻涕，打理好身上配件，再度邁步跑起來。又變回原本的跑步飛腳。」

離開那個地方時發現，他和寬吉兩人所在的位置，就在一尊老舊的石佛面前，歷經長期的風吹雨淋，石佛的五官已變得模糊不明。

之後的人生，龜一一直都是打光棍。儘管有不少人上門替他說媒，但他都堅持不肯續弦。

「我的妻子就只有阿榮一人。孩子也只有阿久一人。不過，因爲我隻身一人，沒有家累牽絆，所以在龜屋裡一直都努力照顧那些童工們。」

在擔任跑步飛腳那段時間，以及在各地的交易所當差時，遇上孩子或年輕人，便會與已故的女兒們聯想在一起，忍不住替他們著想，多方關照。

「已故的女兒們……？」

原來是指龜一和寬吉的女兒們啊。

「您之後與寬吉先生的父親，加吉老先生見過面嗎？」

龜一頷首。「他說他從雜貨店老闆夫婦那裡聽聞此事，一直在等候我隔月定期送信時前來。」

老先生同樣執起龜一的手哭泣。

「他說，從那之後，他兒子的鬼魂就沒再出現了。」

——他終於升天了。

「之後過了約三個月，老先生也仙逝，雜貨店老闆夫婦覺得留在這裡備感落寞，於是回到箱根驛站，掛起雜貨店的招牌另起爐灶。」
寬吉他們就此被人遺忘。
「我心裡一直有個未解的疙瘩，那就是當初加吉茶屋遭遇的雷擊還有火災。」
就像瞄準那裡劈落的那場災厄，眞的是像雜貨店老闆夫婦所擔心的那樣，是封印佛龕，爲之發怒的寬吉亡魂引發嗎？
「雖然他化成了鬼魂，卻不是怨靈。他不是會對自己家做那種事的人，那件事應該純屬偶然，但這件事總是擱在我心裡。」
富次郎也有同感。
「一直到前年初春，才終於解開這個心頭的疙瘩。」
當時正好是春雷響起的時節。
「箱根山下的那個地方，如今已聚集了八家店。」
龜一現在已不再跑步送信。這是從龜屋裡一位他一手栽培的年輕跑步飛腳那裡聽聞。
「那八家店當中，設在最靠近箱根那一側的一家飯館，聽說遭到雷擊，引發大火。」
那家飯館與加吉、寬吉一家沒任何瓜葛。
「他們從三島驛站來到那裡開店，才第三年，所以算是外地人。」
幸好無人傷亡，財力雄厚的飯館馬上便重建了一座簡樸的店面。
「聽說當時有位來自三島的木匠工頭說。位於幹道沿途的這一帶，是箱根山和駿河海包夾的一處平地，從山上飄落的雲，與海面吹來飽含溼氣的海風兩相作用下……」
——雖然不常見，但偶爾還是會發生只有這地方突然降下傾盆大雨，雷電交加的情形。我年輕時就曾親眼目睹，在一個晴天的中午時分，一道閃電落向這裡。

「雖然這種情況不常有，但有些地方就運氣不好遇上了，要是屋子蓋得太氣派，那可就虧大了。那位木匠工頭面帶苦笑的這樣說道。」

這裡就是這種會帶來天氣災難，天候驟變的地方。

「經他這麼一說，我也想到，其他地方也有類似的場所。」

得小心突然刮來強風的原野、不知爲何，終年經常落石的山路。下點小雨就暴漲的小河。毒霧瀰漫的窪地。

「這麼說來，加吉茶屋也是……」

龜一加重語氣。「對，不是寬吉害的。倒不如說，他是剛好運氣不佳，佛龕遭雷擊燒毀，因而被趕了出來，不知如何是好。」

剛好那時龜一路過，所以寬吉就像迷路的孩子，晃晃悠悠跟著他走。

「的確，這點確實很像寬吉先生。」

不會怨恨別人，不會詛咒命運，只因過度悲傷而不知所從。雖然他的悲傷引發業火，傷及無辜，是不該有的過錯，但寬吉絕非怨靈。

「我從年輕人那裡聽聞此事，想起長期以來一直收藏在心中的寬吉，以及和他同行的種種。如今那唯一擱在心頭的疙瘩也解開了，我終於能安心的說出這個故事。我很想說給別人聽。」

就在這時，聽聞三島屋奇異百物語的傳聞，一直在心中等候輪到我說故事的那一刻到來。

「眞是讓您久等了。」

「不，今天對我來說剛好也正合適。好在等了這些時日。正好可以做個區隔。」

龜一所說的「區隔」不知爲何。

「我也上了年紀，但爲了報答龜屋對我的恩情，我這把老骨頭還得再挺上一陣子。」

下個月初一，龜一將就任總店的支配人。

富次郎發出「噢」的一聲讚嘆。「那眞是恭喜您啊。」

故事一開頭，將飛腳商行的屋號取作「龜屋」時，龜一露出靦腆之色，就是這個緣故。

「天神後巷的龜一先生，在跑步飛腳這一行精進不懈，最後終於揹起了整間店跑呢。」

「哪兒的話，今後我不跑了。支配人要是也跑步送信，飛腳商行很快就倒了。」

這話說得好。

「今後，守護總店是我的職責，我不會再親自往來於東海道上。」

倘若日後哪天有機會登上箱根山，那應該也是退休後去那裡泡湯療養吧——龜一說。

「到時候請務必好好享受。」

希望他能連同已故的妻女，還有寬吉一家的份，好好泡溫泉來慰勞自己。當一名獨自雲遊的旅人，享受箱根嶺遠眺的景致。

「是。我會謹記在心，每天勤奮的工作。謝謝您。」

富次郎感到一陣熱意湧上眼眶。不過，阿近應該不會這麼輕易感動落淚，所以他也極力保持笑容，目送龜一從黑白之間離去的背影。

——啊，這次一定能畫出一幅好作品。

這次他沒半點迷惘。腦中已浮現構圖。他很想馬上取出畫筆，甚至感到手癢難耐。

他當天晚上便決定好底稿，開始動筆，不疾不徐，仔細運筆作畫，花了一個晚上便完成。

畫面的東邊角落是箱根嶺。其實看起來應該沒這麼近，但這是繪畫的巧思所在。

山路底下有立著旗幟的茶屋，以及掛著暖簾的雜貨店。茶屋前有一名圍上前掛圍裙的男子。因爲站得遠，要是可以清楚看出五官反而奇怪，所以富次郎用細得像頭髮的筆尖畫上眼鼻。

畫面最前方是一名奔跑的飛腳，肩上扛著擔棒，前端掛著書信盒及御用牌，展現出肌肉結實的大腿和小腿肚。雙眸望向遠方，威風凜凜緊抿雙脣。

飛腳的肩上繫著紅色束衣帶。

第四話　黑武御神火府邸

說到江戶初夏的味道，首推初鰹（註），但愛好美食的富次郎，其實對這一味不感興趣。

關於初鰹，有人說他在○○屋花了十兩買來半隻鰹魚，有人吹噓說他就算拿父親的遺物去典當也要吃，這種比虛榮，比氣勢的情形蔚爲風氣。難得有這麼肥美的好魚，經這麼一鬧，反而教人同情起鰹魚來了。同一個時期正鮮美的飛魚，也跟著尷尬起來。

正因爲富次郎是這種想法，所以每當老客戶或朋友們邀他一起同桌享受初鰹，他總會找理由推拖，自己則在三島屋內慢慢享用。而當他提起這件事時——

「初鰹怎麼能慢慢享用呢！」

又會有人對此有意見，不過，這對他來說一點都不重要。這天，他們提早吃晚餐，以炙燒初鰹當下酒菜，與伊兵衛共飲小酒，快意無比。

「要是我大哥也在就好了。」

他也沒細想，一想到大哥的臉，便脫口而出，結果伊兵衛馬上趨身向前。

「富次郎，你也這麼想嗎？我也認爲差不多該帶伊一郎回來了。」

伊兵衛紅著臉說道。伊兵衛酒量不好，富次郎還比他能喝。伊一郎則是一位酒豪。

「可是爹，當初不就是你對大哥說『不管是什麼工作，若不能持續做滿十年，就沒有意義，要待上十年，好好學習』嗎？」

身爲三島屋的長男，同時是家中繼承人的伊一郎，從十六歲那年起，到位於通油町的雜貨店菱屋當夥計。這是爲了學習經商，學習在別的店家底下謀生。伊一郎今年二十三歲，如果要滿十年，那估算得再做滿三年才會回來。

「沒錯。連我都覺得自己講了很沒意義的話。」

伊兵衛蹙起眉頭，似乎眞的很後悔。

「既然這樣，你就和我大哥談談不就好了嗎？通油町又不是位於箱根山的另一頭，只要你前去和他見個面，很快就能談妥。」

「話是這樣沒錯……我只是覺得，身爲父親，明明是自己命令的事，現在又輕易改變，這樣不知道恰不恰當。」

哎呀呀，還以爲他會說什麼呢。

「當初吩咐他要工作滿十年再回來，那時眞以爲這樣是爲伊一郎好。」

「大哥應該也能明白你的用心吧。」

「不過，他或許也覺得我是個無情的父親，心裡感到沮喪吧。」

伊兵衛一會說自己太嚴厲，一會兒說自己太漠不關心，完全是酒醉後的叨絮低語。

現在的伊兵衛，應該已不會爲了家人或生意的事而操勞，但他頭上的銀絲一年比一年多，眼角皺紋也變得顯眼。歲月在他身上留下印記，他逐漸成爲一名皤然老翁，同時也遭膽小蟲啃蝕。

「用不著這麼擔心，我大哥他打從心底敬愛你。這點我再清楚不過了。」

「是、是這樣嗎？」

伊兵衛如此反問，露出孩子般的眼神。爹，你也太可愛了吧。

「我富次郎不會因爲這樣就說謊或是迎合。因爲我是爹娘的兒子。」

這樣啊——伊兵衛開心直點頭。見他露出笑容，富次郎忍不住多嘴了起來。

「不過爹，你對我就不會想那麼多，說來還眞是奇怪呢。」

註：春天到初夏這段時間，生長正旺盛的鰹魚幼魚會順著黑潮北上。這時在日本千葉或東北漁港捕獲的鰹魚稱作「初鰹」。

長男對父母來說，果然身分就是特別……

這時，伊兵衛突然擱下酒杯，從小孩的眼神恢復爲成人的眼神，開口說道：

「我一點都不會輕視身爲次男的你。你們兩人都是我和阿民的寶貝兒子。」

富次郎大吃一驚。「啊？這我當然也知道。」

是我不對。富次郎笑嘻嘻端起酒壺。

「來，再喝一杯。在娘和八十助他們加入之前，再多喝點吧。」

父子倆互斟共飲。富次郎很開心，不過，伊兵衛的歡愉、自豪、開心，遠非兒子能猜想得知。伊兵衛可能是因一時歡欣而腦中浮現長男的面容，不自覺發起牢騷來。他確實不喜歡輕易改變自己說過的話，所以此刻他這樣發牢騷，富次郎只當他是酒喝多了，這也是算是富次郎的一種孝心表現。

——希望爹也能忘了自己發牢騷這件事。

「眞是不像樣的初鰹宴啊。」

「鰹魚是無辜的。是你自己得意忘形，喝多了。」

正在向伊兵衛勸酒時，阿民和八十助也來了，而阿島又端來一盤新的炙燒初鰹。在酒壺林立下，眾人享受一場歡樂的酒宴，但隔天一早，伊兵衛因宿醉嚴重，遲遲無法起床。

伊兵衛暗自呻吟，阿民在一旁訓斥，兩人都令富次郎感到尷尬，而他自己也因爲酒氣尚未除盡，抱著昏沉沉的腦袋，偷偷溜進店裡。

過午時，坐在帳房裡的八十助想起伊兵衛與客人有約的事。

「是小傳馬町的當鋪老闆，每當他們店一年一次大清倉時，就會到我們店裡來。」

「當鋪到我們提袋店做什麼？」

「拿流當的和服或腰帶來做買賣。」

八十助並不光只是個忠心耿耿的大掌櫃。不論是對三島屋來說，還是對伊兵衛和阿民來說，他都是個老練的生意人，同時也像他們做生意方面的師傅。以他的身分大可擺架子，但他總是謙沖自牧，和善待人。

他天生個性如此，所以這也是沒辦法的事，不過，連對前來賣流當品的當鋪老闆，也說「來做買賣」，實在有點客氣過了頭。

「那家當鋪，向來都是我爹親自接洽嗎？」

「是的。因為有時也會買到罕見的傳統布料。」

「嗯……那麼，今天就由我來見對方吧。昨晚我把爹灌醉了，所以得由我來善後才行。」

那家當鋪「二葉屋」的老闆，帶著一名揹著唐草（註一）包袱的童工隨行。老闆頂著顆金柑頭（註二），是位個頭矮小的老翁，臉色泛黃，扁薄的耳朵緊貼著臉部兩側。他穿著一件帶有古色的黃八丈（註三），給人的感覺不錯，所以看起來活像是來錯時節的金柑神。

——見過這個人一面，就永遠不會忘。

富次郎一面與對方寒暄，一面在心中感嘆。同時很想將當鋪老闆畫下來。

「在下到三島屋拜訪，已將近有十年之久。」

二葉屋老闆的聲調偏高。

「這還是第一次拜見公子呢。」

註一：藤蔓花紋。

註二：意指禿頭。

註三：八丈島產的草木染布料。

他微微一笑，露出細小渾圓的牙齒。這牙齒看起來就像金柑的種子般，每顆都很細緻。

「喝酒宿醉這種事，也很少會發生在伊兵衛先生身上。」

二葉屋和伊兵衛是在棋會所認識的棋友，但生意上沒有關聯。就連這一年一次到店裡來讓他們看流當品，也是伊兵衛認爲能從中挖寶，供提袋素材使用，這才請他前來。並非是他強迫推銷。

當鋪老闆帶來的包袱，裡頭裝有女人的窄袖和服兩件、裙褲一件、徽印短外衣一件、腰帶一條。乍看似乎沒什麼特別的物品。

「我沒評鑑的眼力，可以暫時先寄放在這兒嗎？」

等伊兵衛宿醉恢復後，再由他來鑑定收購。

「是，這是當然。」

二葉屋特地帶來三島屋這裡的，全是流當的舊衣布料當中特別不容易轉賣者。

「所以每年在呈交給伊兵衛先生過目時，他都會將所有衣物留下來擺上幾天，解開縫線加以清洗，再仔細斟酌，看能否派得上用場。」

原來如此，既然是這樣，身爲代理人的我也能鬆口氣了——富次郎才剛這麼想……

「不過……」

二葉屋老闆如此說道，微微抬起他的禿頭。

「其實這次，裡頭夾雜了一樣東西，並非是流當品。」

是一件徽印短外衣。質料是褪色的藏青色棉布，只是單衣，但布料厚實，縫線粗大，相當密實。

「這件短外衣是我店裡一名女侍託我轉交的，她說無論如何都希望能請三島屋過目。」

咦……富次郎望向那件短外衣。

「是父親遺物之類的東西嗎？」

「這我就不清楚了。」
關於詳情，那位女侍不肯說，二葉屋老闆也無從得知。
「那名女侍雖然上了年紀，但工作勤奮，個性溫順，而且不像是會因缺錢花用而將父母的遺物拿去變賣的不孝女。」
再說了，如果是想變賣換現，大可不必專程透過三島屋，直接拿去舊衣店即可。
「還有，她拿這東西託我時，說了一件令人在意的事。」
——老爺，您每年前去的三島屋，是位於神田三島町的提袋店三島屋對吧？是會舉辦風格與眾不同百物語的那家三島屋沒錯吧？
她還如此詢問確認。
富次郎陡然眉毛上挑。這可不能聽過就算了。
「那位女侍對我們的奇異百物語有興趣嗎？」
二葉屋老闆再度把頭一偏。「她平時感覺和這種事沾不上邊啊。」
那老舊的徽印短外衣，突然顯得無比神祕。
「這件衣服可以攤開來看嗎？」
「請、請。」
一般的徽印短外衣，衣襟上會印上店名或姓名，背後則是印上定紋、家紋，或是屋號。這件徽印短外衣的左右衣襟上印有小小的「黑武」字樣，背後則是有一個方框與十字重疊的徽印。這個十字並不是收在方框裡，而是微微出框。
「這徽印還眞罕見。」
富次郎如此說道，當鋪老闆也點了點他的禿頭。

「這不是家紋。」
「黑武家這個家名是……」
「好像不是什麼有家譜可循，歷史悠久的大姓。」
之所以回答得這麼快，應該是二葉屋老闆也對女侍說的話很好奇，試著調查過。
「我們確實舉辦奇異百物語，但只是邀說故事者前來，請他們說故事，但不曾幫人保管這種有來歷的東西，加以鑑定。」
要是對方堅持要我們過目的話，會覺得很困擾。
「我只能先請家父過目，再與他商量看看……」
「那就有勞您了。」
二葉屋老闆的光頭在初夏的陽光照耀下，燦然生輝。

一直等到這天日暮，伊兵衛這才下床。他兩鬢貼了梅子乾。因爲這對治頭痛很有效。
「爹，你還覺得難受啊？」
富次郎向他說對不起，伊兵衛動作僵硬的抬手制止他。
「說話小聲點。聽說二葉屋老闆來過了，你代替我去見他是嗎？」
伊兵衛啜飲著阿勝端來的濃茶，皺起眉頭。
「謝啦。這麼一來，你把我灌醉這筆帳，就算抵銷了。」
「不過，我只是與對方問候，代爲保管商品，這種事連小孩子也會做。」
富次郎拿來包袱，在伊兵衛起居室的榻榻米上攤開來。阿勝在一旁幫忙。
「這件窄袖和服是友禪染呢。上頭滿是秋花圖案，應該價格不菲，不過肩膀處有一塊大汗漬。哎呀，下擺還有泥漬。」

「可惜了。」

這種好貨，要是不好好珍惜維護，會遭天譴的——伊兵衛說。

「將沒髒汙的地方裁下，好歹能作成頭巾吧。」

另一件窄袖和服，是件漂亮的小紋（註二），但布面嚴重磨損。反倒內裡相當高級，似乎能拆下來使用。裙褲是便宜貨，腰帶是很常見的晝夜帶，雖然多處磨損，但仔細縫補的話，一樣能使用。

「今年沒什麼好貨呢。」

「有哪一年的商品比較好是嗎？」

「大概是前年吧。有一件辻花（註一）的寬袖和服，那眞是上等好貨，但唯獨在心臟上方的位置沾了汙漬，因爲不太吉利，遭舊衣店嫌棄，所以二葉屋老闆帶了過來。不過，我們將它改作成披肩後，一下子就賣出去了。」

正因爲在場的是過去一直負責評鑑二葉屋流當品的伊兵衛，以及擔任百物語守護者的阿勝，也許目光會先停在那件徽印短外衣上，說一句「這東西可就怪了」，或是「富次郎，二葉屋老闆對這件短外衣可有說些什麼」。富次郎心裡這麼想，一直默默看著他們，但兩人卻一直悠哉的閒聊。

「我說……爹，你看這件徽印短外衣怎樣？」

伊兵衛似乎也早就發現那件短外衣，只見他微微點頭。

「質地還不錯，拆解後重新染過，應該可以用在小飾品上。」

註一：日式和服的一種類型。布面上滿是細小花紋。

註二：一種圖案染法的名稱。

至於阿勝則是認爲——

「竟然有人會拿這種工作服去典當，而且還讓它流當。」

「對方應該是不想贖回吧。比起收購的舊衣店，當然是借錢的當鋪開的價錢更高，所以打從一開始對方就是想賣。」

兩人都沒對這件徽印短外衣感到懷疑。富次郎自己也在座燈的亮光下再次仔細檢查，確實從這件徽印短外衣上感覺不出有奇怪之處。

「其實，這當中只有這一件不是流當品。」

富次郎道出實情後，伊兵衛和阿勝都爲之一驚。

「這種事怎麼不早說。」

阿勝拿起那件徽印短外衣，將它攤開翻面，確認手摸的觸感。

「這不是工匠穿的工作服。一定是仕著。」

所謂的仕著，是大型商號在中元節和歲末時，贈予夥計，以及常在店內出入的木匠、泥水匠、建築工等人的徽印短外衣。

「雖然是單衣，但唯獨背部作成雙層。」

富次郎沒發現，只覺得布料特別厚，原來是這層關係。

阿勝微微偏頭。「短外衣的背部從內面另外縫上墊布，這很少聽說。是爲了吸汗嗎？」

「該不會裡頭縫了護身符吧。麻煩去借裁縫箱來。」

聽伊兵衛這麼說，阿勝馬上起身前往。

「二葉屋老闆的那名女侍，是想用這件徽印短外衣，來當我們奇異百物語的題材嗎？」

「如果是的話，那也兜太大圈了吧。」

兜這麼大圈，想必有其原因。

「會是在期待我們從中看出些什麼嗎？」

「會看出什麼？」

「與這件徽印短外衣有關的來頭……」

說完這句話後，富次郎自己都覺得好笑。

「不過，要講來頭的話，心臟上方沾了汗漬的那件寬袖和服，感覺更有來頭。」

「說得沒錯。」伊兵衛也笑了。「噢，好痛。」

似乎是一牽動臉上表情，兩鬢就發疼。伊兵衛以手指按住梅子乾。

「你的醉意已消，可以縫衣啦？」

阿民以略嫌尖銳的口吻說道，打開隔門露面。提著裁縫箱的阿勝跟在她後頭。

「不是要縫衣。我要的是剪刀。」

伊兵衛若無其事的說起徽印短外衣的事。阿勝攤開那件衣服，讓阿民看背後的墊布。阿民從裁縫箱裡取出剪刀。多年來一直裁布縫提袋的阿民，剪刀拿在她手中，宛如成了她手指的一部分。

「我看看啊……這縫線很漂亮。縫的人好手藝。」

她一面操作剪刀，一面低語。阿勝將座燈的燈心微微拉長，將燈光湊向阿民。

卡嚓、卡嚓。剪刀發出輕快的聲響。

「這似乎不是補丁。會是什麼呢。」

阿民如此說道，擱下剪刀。手伸進短外衣內側，開始輕輕拆下那塊墊布。

「不會弄破嗎？」

「還不至於那麼破舊。就只是有點褪色。」

這時，阿民突然雙脣緊抿。

「怎麼了，娘？」

富次郎探頭望向阿民的手。阿勝也從阿民身後，隔著她的肩膀想瞧清楚。

縫在徽印短外衣背後的墊布，是寬一尺、長一尺半的長方形，布料和這件短外衣一樣。藏青色的棉布褪色變淡，微微泛白。

所以看得很清楚。那塊長方形的墊布裡寫滿了平假名。

「這不是沾墨水寫的。如果是墨水，一洗就掉。」

阿勝頷首。「對，好像是用漆。」

以黑漆將文字寫在藏青色的棉布上，然後縫在同樣是藏青色棉布的徽印短外衣背部。這種風俗，富次郎從未聽聞。是某種咒術，還是祈願呢？

「讓我看看。看上面寫了什麼。」

長方形的墊布移到伊兵衛手中。他眉頭一皺，梅子乾就此從兩鬢掉落。

「雖然全是平假名……」

富次郎挨向伊兵衛身旁。墊布上的文字清楚浮現眼前。因爲是以平假名寫成，容易閱讀。

「あ」（a）「わ」（wa）「は」（ha）「し」（shi）「と」（to）「め」（me）「ち」（chi）。

但連在一起，卻無法構成有意義的語句。這胡亂排列的文字是怎麼回事？

「也許是外國的語言。」

阿勝說。富次郎也這麼認爲。可能是外國語言的音，用平假名記下。

「在做那樣的猜測前，先確認看看這是不是經文。看有沒有哪裡提到『なむあみだぶつ（南無阿彌陀佛）』或『はんにゃはらみた（般若波羅蜜多）』吧？」

伊兵衛很熱中的順著文字往下看，並試著念出聲來。
「會不會是陰陽道的咒文呢？」
可能是因爲這比經文還要陌生，所以才會覺得這是不知名的外國語言。
「就算是神社的祝詞，聽在我們耳裡，一樣聽不懂。」
富次郎此話一出，阿勝若有所思的頷首。
「如果是祝詞或咒文的話，這件徽印短外衣的主人會想一直將它穿在身上，也就不足爲奇了。」
阿民露出嚴峻的眼神。「拜託，怪嚇人的。」
「不過娘，上面寫的是平假名呢。」
「所以才會看起來像爬滿了蚯蚓和水蛭啊。要是當中夾雜了漢字，那就不一樣了。」
連平假名也被阿民用這麼冰冷的說法來形容。
經這麼一提才想到，三島屋也曾經推出一款手巾，上頭染上《源氏物語》或《平家物語》中有名的一小節文字，以平假名呈現。這是伊兵衛的點子，有部分風雅人士覺得這樣的設計很有意思，接受度頗高，一共作了五款，全數銷售一空。那是富次郎小時候的事，當時習字所裡的師傅也直誇「文章選得好」。
不過，阿民對這種手巾可就沒有好臉色了。她說——不好意思，這種東西我就是看不順眼。
——文字是很可怕的東西。不能拿來玩樂。
「二葉屋老闆說，希望我們務必要看看這東西是吧。」
「不，說這話的人是二葉屋的女侍。二葉屋老闆似乎也對女侍說的這番話感到納悶。」
「但他沒強硬問個清楚，就這樣順著對方的意，替她把東西帶來這裡嗎？」
伊兵衛將墊布遞給阿勝後，手伸進懷中，嘴角輕揚。

「看來，他是給我開了個謎題。」

奇異百物語的三島屋，你們解得開這個謎嗎？

「因爲這位二葉屋老闆是個老狐狸。明明從那位女侍口中可以問出更詳細的內容，卻偏偏裝不知道，想測試我們會如何接招。」

如果是一位都這把年紀了，始終都只做當鋪這一行的生意人，那麼，會是個深具處世智慧的老狐狸也是理所當然。不過，他爲什麼要測試三島屋呢？

「可見我們奇異百物語聲名遠播。有點遭人嫉妒。」

伊兵衛得意洋洋的說道。

「這些平假名有什麼含意，眞想解開。該找誰討論好呢？」

這時，阿勝突然目光一亮。富次郎見狀，頓時也明白了。原來如此。

「你們想到適合的人選嗎？」阿民問。

「是的。就是葫蘆古堂啊，娘。」

位於多町二丁目的租書店，阿近的夫家。小老闆勘一是阿近的丈夫。

「勘一先生愛書成痴，是個博學多聞的人。」

阿勝頷首，但阿民卻笑了。

「他不是和富次郎一樣，只熟悉江戶市內的美食嗎？」

「我姑且不談，勘一他不一樣。他調查的本領一流，値得信賴。」

就算勘一不懂，只要連繫上能解開這謎題的文人或學者就行了。

「如果是有正事的話，還能順便正大光明看阿近。」伊兵衛瞇起眼睛說道。

阿近與勘一在今年一月二十日成婚。還過不到半年，不管有什麼理由，要回娘家探親都還太早。

三島屋與葫蘆古堂只隔不到三丁遠。但送阿近出嫁的三島屋，卻覺得這三丁猶如十里般遙遠。

——因爲如今阿近已是葫蘆古堂的人。娘家的人要是多管閒事，實在不成體統。

正因爲住得近，所以才更應該自律，阿民總是很嚴格緊盯這一點。

而且，不用阿民訓斥，富次郎自己也對阿近和勘一這對年輕夫婦感到難爲情，有所顧慮，已無法像以前一樣輕鬆往來。

當然，這當中並非存有嫉妒或扭曲這類的負面情感。富次郎打從心底替兩人的幸福感到開心。他就只是覺得難爲情。有那麼一點被他們冷落的感覺。

明天就要去葫蘆古堂拜訪了，富次郎滿心雀躍。他又對這樣的自己感到害臊起來了，就這麼獨自抱著期待的心情就寢。

＊

「哎呀，堂哥，歡迎啊。」

前來相迎的阿近展露燦爛笑顏，一時令富次郎看呆了。他嘴巴微張，一臉憨傻，看得出神。

阿近的髮型已從年輕姑娘的島田髻改爲少婦的圓髻，上頭插著龜甲髮梳和小巧的紅珊瑚玉簪。這是她出嫁時，阿民替他準備的嫁妝。阿民當時還說，紅珊瑚是女人的驅魔聖物，要隨時插在頭上。

波浪條紋的窄袖和服配上黑色衣襟，黑綢緞腰帶繫著角結。由於富次郎突然來訪，阿近就只是取下前掛圍裙和束衣帶，以平時的便穿接待，但她就像從體內散發光芒般，美豔不可方物。

肌膚光豔、雙眸晶亮、嗓音柔美。

——她過得很充實。

富次郎心中多餘的情感已跑遠，他的內心也被溫暖的幸福盈滿。

「喂，阿近。富次郎先生來了。」

坐在富次郎身旁，叫喚妻子前來的勘一，就像將之前富次郎的尷尬和害臊全盤接收般，滿臉通紅。這就對了，你就好好感受這種尷尬的感覺。

——因爲你可是從我們這裡偷走了阿近這位美嬌娘呢。

看了就有氣。雖然看他一臉幸福，感到慶幸，但還是很想稍微欺負他一下。你這個臭小子！

地點是在與葫蘆古堂的帳房緊鄰的一間簡單隔開的房間。由於面朝東方，上午的陽光從直欞窗射進房內。

「如此清新的好天氣，卻拜託你們爲了解謎而苦思皺眉，實在不太好意思。」

富次郎攤開他帶來的那件徽印短外衣和長方形的墊布，從伊兵衛與二葉屋老闆的交情說起，依序說明經過。這對年輕夫婦並肩坐在富次郎對面，待說明告一段落後，阿近移動雙膝，靠向富次郎。緊盯著他的臉。

「怎、怎麼啦？」

「堂哥，你眼睛好紅。」

借用伊兵衛說的話，「能正大光明的去看阿近」，心裡高興，因而昨晚遲遲睡不著覺——這話實在說不出口。這可關係著堂哥的面子。

「因爲在來這裡的路上，一隻燕子就停在我面前，我想將牠畫下來，仔細觀察了一番。都是那隻燕子害的。」

阿近莞爾。「請堂哥獨自主持奇異百物語，至今還不到四個月，但我一直很擔心，要是堂哥因此變得氣色不佳，面容瘦削，那該如何是好。」

好在沒發生這種事——阿近說。

「我還是一樣帥氣吧。」
「是是是。」
「我以聆聽者的身分，迎接了三位說故事者。不過，還不知道這個人會不會爲了這件徽印短外衣前來，成爲第四位說故事者。」
「來了三人啊，是否畫出三幅好畫呢？」
「結果是二勝一敗。一開始完全畫不好。不過，藉由畫畫，聽過就忘，這種做法很適合我。」
「那就好。」
這對堂兄妹在交談時，勘一拿起那塊墊布，仔細檢視。
當初剛認識時，阿近說勘一就像「一盞白天仍沒熄的燈」。
他五官工整，個性溫柔，但處事慢條斯理，如果說難聽一點，感覺有點遲鈍。
此刻他凝望著含意不明的平假名排列出的文字，臉上神情不顯一絲嚴肅。不過，看他毫無遺漏的端詳那塊墊布，目不稍瞬，想必頗感興趣。
「……你怎麼看？」
富次郎悄聲喚道。勘一似乎仍專注在墊布上，沒聽到他的叫喚。
阿近也頭偏向一旁，望著丈夫。那雪白的後頸，美豔欲滴。
「嗯？」
勘一抬起頭。望向阿近、富次郎，接著又望向墊布。
「這東西是什麼，我已經有眉目了。」
說得眞乾脆。
「不愧是勘一！那麼，到底是什麼？」

「還不能說。」

勘一再度很乾脆說道。

「如果猜錯的話，會引發無謂的風波，要是猜中的話，會有點麻煩，所以不能隨便說。」

富次郎與阿近面面相覷。當初在黑白之間，兩人一同擔任奇異百物語聆聽者時的情景，倏然浮現腦海。當說故事者口出驚人之語時，他們就是這樣對望。

「你說麻煩，是哪一種？」

面對這樣的提問，勘一突然閉口不語。

「連這也不便透露是嗎？」

勘一緊抿雙唇，點了點頭。

「那我明白了。需要幾天的時間確認？」

「兩、三天吧。等查明後，我會上門通知。」

「謝了。那我就等吧。」

葫蘆古堂有個充滿朝氣的打雜小廝，名叫丸子。人如其名，就像皮球一樣（註），蹦蹦跳跳的忙著打掃、服侍、搬書，是個開朗的孩子。勘一雙手一拍，喚來這名小廝。

「最近富次郎先生都沒向我們訂書，所以累積了不少書。」

他要丸子拿來一疊冊子和裝訂書。有名勝畫冊、名產指南、排行類，以及食物的評論紀。不光只有江戶市內，還有八王子、秩父、房州、上州、野州。

「連箱根驛站的旅館排行也有啊！」

富次郎想起龜一那精悍的面容，不自主叫出聲。

「那第三名說故事者……糟糕，不能說。」

「堂哥，你也是眞是的。」

「身爲一名聆聽者，我的自覺還不夠。抱歉、抱歉。」

阿近端來茶點，在這對年輕夫婦的款待下，富次郎享受美食，度過一段愉快時光。

當他心曠神怡的離開葫蘆古堂時，差點忘了墊布的事。不過在離去時，送他來到店門口的阿近悄聲對他說道：「堂哥，你帶來的那塊墊布，我家那口子將它收進上鎖的書信盒裡了。」

阿近叫勘一「我家那口子」。眞好。雖然這很理所當然，不過眞教人羨慕。擁有家庭就像這樣嗎，眞好。

「堂哥，你在聽嗎？」

「咦？嗯，有啊。」

「那塊墊布上所寫的文字，也許很危險喔。」

要是猜中的話，會有點麻煩。勘一那句話，在富次郎發愣的腦袋中甦醒。

「這樣啊……」

他微微縮起脖子。

「我現在才說這種話，有點多管閒事，不過，日後要是請二葉屋的那位女侍前來當說故事者，請你自己要當心。」

儘管一臉擔憂之色，但她臉上的豔麗、雙眸的光輝，卻依舊未減分毫。

經這麼一提才想到，阿近曾經心靈受創，揹負著沉重悲傷，從老家遠赴江戶。昔日的她眼中滿是愁色，心門緊鎖不開。

註：日本的統傳皮球叫「鞠子」，與「丸子」同音。

那樣的她已不復見。今日的阿近是葫蘆古堂的小老闆娘。昔日的阿近不在了。

「不用擔心。」富次郎說。「雖然就聆聽者來說，我還是個新人，但如妳所見，我可是個堂堂男子漢呢。」

富次朗朝胸口用力一拍，就此告別阿近，回到三島屋一看，上從伊兵衛，下至店裡員工，全都引領等候他歸來，一擁而上。

「阿近她過得好嗎？」

「小姐她看起來怎樣？」

富次郎因這鬧哄哄的場面而忘了先前的緊張感，暫時將埶布的事藏向心底。他拿定主意，在葫蘆古堂前來通知之前，要靜靜等待。

隔天，在燈庵老先生的介紹下，新的說故事者前來。富次郎請對方來到黑白之間，耐著性子聽他說，但最後此人沒能成爲第四名說故事者。

這是名年約二十五歲的年輕男子，像是某商家的少爺。對方沒報姓名，也沒說自己的職業，雖是這樣的年紀和穿著，但總感覺帶有一股頹廢的氣質，明明遣辭用句很客氣，但不時會流露出抬眼偷瞄的眼神，令人覺得不舒服。

總結來說，男子的故事談到一個在他出生長大的老宅裡出沒的鬼魂，雖然聽了他的故事，那最重要的鬼魂長什麼樣，卻一片模糊。不清楚是男是女，是大人還是小孩。而更複雜的是，本以爲出現的鬼魂只有一個，聽著聽著（男子確實是這麼說），對方提到自己半夜在走廊上被鬼魂「前後包夾」。

「咦？還有另一個鬼魂嗎？」

「不，只有一個鬼魂。」

「可是你說前後包夾……」

「哦，那是我說錯了。抱歉，是我講得不好。」

富次郎開始懷疑起男子的故事。這個人編了個不入流的故事。而且不是自己的故事，而是拿別人的故事現學現賣，怎麼聽來就怎麼說。所以故事既沒內容，又沒主軸，顯得很空泛。

不知道男子是否看出富次郎的心思，只見他說個不停，自我陶醉，講得手舞足蹈，慷慨激昂，時而渾身發抖，時而雙目圓睜，外加眼眶泛淚，演得都快忙不過來了。

「就這樣，我爹被鬼魂給殺害了。」

他口中的「就這樣」，完全沒有脈絡可循，所以富次郎也不知該如何附和，只能默默點頭。

這次提供的茶點，是名爲「田植笠」的頂極最中（註一），實在糟蹋了。「田植笠」的形狀像種田時戴的斗笠，內餡則是像秧苗一樣呈翠綠色，當中拌入切碎的糝粉餅（註二）。乃這個季節才有的珍貴甜點，但說到這名說故事者，他只咬了一口便擱下。

既然不想吃，乾脆一開始就擱著別吃，這樣還能給新太或阿島他們吃。富次郎最討厭這種糟蹋食物的人。

男子的故事毫無高潮可言，結局是他們一家人逃出那座鬼屋。

「我們一家人除了身上穿的衣服外，什麼也沒帶走。」

「如今回想，還是會嚇得直發抖。」

「那鬼魂的臉實在駭人！」

註一：一種日本甜食，做法是將糯米粉溶於水中桿成薄皮，放入模型中烤製成型，最後再將紅豆餡填入烤好的外皮中，此稱之爲最中。

註二：以蓬萊米粉作成的麻糬，當中加入紅豆餡作成的甜點。

男子一面說，一面使足了勁，鼻頭冒汗。他那熱情的演出，就像在說——如何，很可怕對吧？聽得膽顫心驚對吧？這種故事很少有吧？

「謝謝您。」

富次郎故做恭敬行了一禮，接著馬上拍手喚阿島前來。

「這位客人要回府了。」

男子慌張說道：「咦？這樣就結束了嗎？」

「您的故事還有後續嗎？」

「故、故事……就到這兒。因爲我拚了命才逃出那裡。」

「眞是辛苦您了。阿島，客人要回去嘍！」

「來了！」

咦，等等，我還沒……啊？眞結束啦？男子結結巴巴低語著，微微蹲身，一副捨不得走的模樣，但最後還是被阿島趕了出去。

「阿勝，眞是白白浪費了時間。」

富次郎朝隔壁房間如此說道，阿勝露出白皙的臉，嫣然一笑。

「從他那沒有重點的故事中，至少也能想到些什麼不錯的構圖吧？」

「不行、不行，完全想不到。」

「可憐的鬼魂，被您打入萬劫不復的深淵，無法超生啊。」

過沒多久，阿島發出重重的腳步聲返回。

「好久沒聽到阿島姐發出這種氣呼呼的腳步聲了。」

「哎呀，眞是抱歉。可是小少爺……」

阿勝，妳也一起聽我說——阿島雙眼燃起熊熊怒火。
「剛才那名男子，有同伴在外頭等他。」
「同伴？」
「有另外兩人，和他差不多年紀，都是一副嬉皮笑臉的模樣。」
其中一人看起來像店內夥計，另一人看起來像家僕，感覺弱不禁風。
「那是敗家子和賭徒。」阿勝說。「是在風月場所結識的酒肉朋友。」
原來如此。但為什麼這種人會到奇異百物語來？
阿島氣得橫眉豎目，鼓起腮幫子說道「一定是想要錢」。
「因為那三人在街道對面湊在一起，說什麼和聽到的不一樣，連一毛錢也沒給。」
「難道他們以為在我們的百物語說故事，有禮金可拿嗎？」
「是不是有哪裡誤會了？」
「該不會是燈庵先生那樣說吧？」
這不可能。不過，如果是有人自己這麼以為，而那位蛤蟆仙人刻意使壞，將這種人塞給富次郎，那倒是不無可能。可能他還想試試富次郎的能耐吧。
「要是為這種事生氣，只會自己吃虧。就想作是練習如何識破騙子吧。」
這麼一來，富次郎也能當自己得到一幅鬼魂圖畫的標題。
一張蒼白的臉，帶著幽幽恨意。從走廊角落飄然出現。猛然發現時，鬼魂就站在枕邊。
為什麼這種故事一點都不可怕呢？眞正直逼而來的鬼魂——用語言或畫筆描繪的鬼魂，與信口胡謅的鬼魂，究竟有哪裡不同呢？
他專注想著這件事，就像眞當自己是畫家，頓時覺得尷尬而作罷。在阿近和勘一這對年輕夫婦面前感到難爲情，抱持遊戲心態拿起畫筆，也覺得難爲情，最近富次郎的生活中，老是感到難爲情。

話說，先前勘一說塾布的平假名之謎，只要兩、三天就能解開，後來果眞在三天後的早上派丸子前來捎信。

「早安。三島屋的各位、小少爺，早上好！」

一早就蹦蹦跳跳。進來通報的三島屋童工新太，和前來會面的富次郎，差點跟著蹦蹦跳跳。

「爲您送來我家少爺的書信！」

「辛苦你了！」

不過，信中所寫的內容，卻透著不平靜。

關於那篇以平假名寫成的文章，已大致看懂，但目前正仔細確認中。對您很是抱歉，希望能再給我一些時間。

我也想對二葉屋老闆和那名女侍的來歷稍做調查。我會謹愼行事，不會給三島屋添麻煩。在此事了結之前，請恕我無法透露。

原本富次郎雀躍的心，因這句「無法透露」而陡然停住。

——也許這東西很危險。

富次郎把信收進懷中，賞丸子跑腿費，對新太吩咐一句「我出門一趟」，便前往買田植笠去了。這家以最中爲賣點的糕餅店位於上野池之端。只要出門遛達遛達，應該就能化解這股沉悶的心情吧。

路上他順道逛了一家古董店，發現一幅古老的鬼魂畫，純屬偶然。一開始是被擺在店門口的素燒大酒杯所吸引，拿在手上把玩，這時他感覺有人盯著他瞧。他以爲是老闆或老闆娘，就此抬起頭來，結果與掛在店內帳房後的那幅鬼魂掛軸對上了眼。

不可怕。

那是一個身形清瘦的女鬼。明明一身白衣，但不知爲何，頭上卻梳了雜亂的島田髻。沒攏好的亂髮，看了給人的感覺不是嫵媚，而是鬱悶。富次郎看了的感想是，既然是梳髮髻，眞想幫她重梳。

雖是一幅鬼魂畫，但難得畫中的女子竟然有腳。從白衣下擺往前探出右腳，左腳只露出腳尖。呈走路的模樣。

湊近仔細觀察後發現，這個女鬼身上有幾點帶有人味之處。

她連指甲都畫得很鮮明，豐滿的胸部撐起白衣的前胸。嘴脣很飽滿，細長的雙眼不是垂眼望向地面，而是望向一旁。

「很風情萬種的女人對吧。」

猛一回神，發現店主正笑咪咪站在一旁。

「眞是不好意思，自己跑了進來。」

「哪裡，我才不好意思，剛才人不在這兒，眞是抱歉。請進來坐。」

店主在入門臺階處擺上圓坐墊，富次郎就此坐下。

兩人抬頭望向那幅鬼魂畫。

「我是上個月才將它作成掛軸，不過這幅畫大概是一百五十年前的作品。」

說這話的店主，應該頂多才三十五歲左右。看起來爲人豁達開朗。

「這明明是一幅筆墨畫，卻能保存得這麼完善，眞不簡單。」

「其實這不是筆墨畫。它用的是黑色顏料。」

「哦……」

經他這麼一提，仔細一看，感覺每個線條都帶有一股深厚感，或者應該說是帶有黏度。

「我曾向畫師學畫當娛樂，聽說以鬼魂當標題，不論是在老手還是新手之間，都頗受歡迎。」

「因爲簡單易懂，又吸引人目光。」

富次郎頷首，仰望那個女鬼。儘管緊盯著她瞧，還是感覺不到女鬼的視線。也就是說，目光沒有交會。剛才覺得「被人盯著瞧」，是怎麼回事？

「不過客官，坦白說，這並非鬼魂畫。」

「咦？」

「剛才我之所以說『風情萬種的女人』，也是因爲這並非是我國的鬼魂。」

所以才有雙腳，而且能行走，沒有輕飄飄的感覺。

「這事我只跟您說，請別傳出去。」

店裡沒其他客人。不知爲何，古董店儘管大白天一樣昏暗，而且塵埃密布，不過這家店微微飄來一陣淡香。

「——這是妖魔。」

「妖魔？」

「在這幅畫裡，她呈現出一般女子的樣貌，但其實她的眞面目並非如此。」

她背後長了一對黑色翅膀，嘴裡有獠牙，會用獠牙咬向人們的脖子，吸食人血。

「這也……太可怕了。」

像妖怪草紙上所畫的妖怪或邪靈，有的會吸人血。大多是蜘蛛或蜈蚣之類的妖怪。不過，妖怪化身成這種風情萬種的女人，倒是第一次聽聞。

「要是被這種妖魔迷騙，不管是怎樣的男人，都會被抽走魂魄，任憑其使喚。」

而且會被吸血，成爲妖魔的眷屬，自己也會渴求人血。

「在西洋，聽說這是令人聞風喪膽的一種妖怪。」

這幅畫原由某位大夫珍藏在家中，這位持有者的曾祖父年輕時到長崎遊學，聽聞這種妖魔的故事。

「他也會作畫，所以心想，要是這種妖魔出現在國內想必會化身成這種模樣，就此畫下。」

嗯。雖然頗為感佩，但富次郎還是不自主脫口說道：

「感覺這不是自己胡亂猜想所畫成，而是以某個女人當範本作畫。因為風韻十足，栩栩如生。」

古董店店主聞言大樂。

「啊，客官，您的鑑賞眼光真高。」

一些好眼力的客人，看了這幅畫後，也都是同樣的感想。

「據持有這幅畫的大夫說，他畫這幅畫的曾祖父，當初在遊學時因男女關係而吃足了苦頭，差點和家裡斷絕關係。」

上了壞女人的當——是這類的故事嗎？如果是從他曾祖父那代便一路傳下來，想必是很耐人尋味的逸聞（這麼說有點不太恰當）。

「不過，他一直忘不了對方，所以這畫裡的妖魔，也許是以當初勾走曾祖父魂魄，差點奪走他性命的那個女人的模樣所描繪而成。」

確實有這個可能。

「雖然沒有翅膀和獠牙，但世上就是有這種會將男人變成自己俘虜的魔性之女。」

「一點都沒錯。也請客官自己要多留神。」

與店主道別來到店門外，有人盯著自己瞧的感覺又出現了。富次郎沐浴在初夏清爽的陽光下，轉頭一看，發現坐在帳房裡的店主身後，那幅掛軸裡的女妖正望著富次郎。

——我有這種感覺。

他懷抱著長知識的心情，將糕餅店裡剩下的田植笠全部買下。他滿心愉悅的返回三島屋，請阿島沏一壺上好的煎茶。

西洋也有妖怪啊。嗯——

邊想邊品嘗最中的紅豆餡，感覺格外甘甜。

富次郎沒主動催促，而葫蘆古堂的勘一也原本就是個行事不慌不忙的人。爲了那充滿謎團的徽印短外衣，兩人再次聚首，是剛邁入五月不久，今年第一場梅雨在江戶淅瀝瀝落下的日子。

這次是勘一主動來到三島屋。自從娶了阿近後，這是他第一次造訪，所以自然沒忘了向伊兵衛和阿民問安。而八十助、阿島、新太，則是不斷詢問：「小姐呢？小姐呢？小姐呢？」

阿勝柔聲安撫道：「現在已經不是小姐了。是葫蘆古堂的小老闆娘。」

經過一番費事的對話後，這才好不容易與富次郎單獨在客房裡迎面而坐。

「不在黑白之間談，沒關係嗎？」

「是的。這個謎團雖然適合奇異百物語，但在下要說的是另一件事。」

雖然勘一還是一如平時，顯得一派超然，但富次郎則需要先做好心理準備。

「一開始，請你先直截了當的告訴我。關於這件事，我得怎樣小心提防才夠？」

勘一思索了片刻。

「這得看您小心提防的方向是哪一種而定……」

「那麼，有災厄或詛咒之類的嗎？」

「完全沒這方面的事。」

「會有厄運降臨嗎？」

「這點也不必擔心。」

哦，太好了。感覺肩上的重擔減輕不少。富次郎擔心的程度，超出他自己的想像。

「可是，還是需要小心提防對吧？」

「確實需要。」

勘一毫不猶豫的回答。

「一樣堅持無法透露對吧。」

「是的。」

勘一頷首，望著富次郎雙眼。

「此事會觸犯幕府的禁令。在下不希望三島屋的諸位與這件事有所牽扯，所以特來請託，還望您能忘了此事。」

咦！

萬萬沒想到會是這種發展。

雖是短短一句「觸犯禁令」，但從謀反、製造僞幣這類無法無天的大事，到深植於日常生活中的小事，形形色色皆有。例如造就出今日的三島屋，設計無比奢華的提袋，曾經有一段時期嚴格禁止這類物品的製造、販售、購買穿戴。因爲幕府頒布了禁奢令。

禁令是根據當時的政治而定，所以今後或許也會禁奢。大量採用金絲銀絲的提袋、對鞣皮添加美麗裝飾的錢包，製作販售這類的物品將會觸法，處以上手鐐五十天的刑罰，嚴重時，會遭到放逐，禁止進入江戶市方圓十里的範圍內，而且財產全數充公。像富次郎這種住在熱鬧的市町，從小只知道商人生活的人，倘若遇上頒布這種禁令的時代，只要短短幾天，便無法謀生。

雖然心裡這麼想，但富之郎之所以不會有深切的感受，害怕得直發抖，不斷默念「老天保佑」，可能是因爲他現在還沒能獨當一面，尚未有店面和老婆孩子的責任需要他來扛吧。

不過，他還是壓低聲音說道。

「將那塊墊布上所寫的平假名重新排列後，發現是批評時政，或是嘲諷幕府裡頭大人物的落首（註一）或狂歌（註二），是這一類對吧？」

勘一簡潔回答道，「不，您猜錯了。」

挺精明嘛。他不是很生氣回一句「您講得這麼悠哉，我很爲難呢」，而是用「您猜錯了」來回答。就是這樣才和富次郎合得來。

「那麼，是因爲會擾亂朝政，而不准在市井間散播的書籍當中的某個篇章嗎？」

勘一眨了眨眼。

「這個……很接近了。」

「嗯！這麼說來，是某個計畫的誓文嘍？就像赤穗浪人（註三）在起義攻打前，給已故主君的正室寫的書信那樣對吧。」

富次郎說完這句話後，又急忙接著說道。

「不，剛才當我沒說。因爲如果是誓文類的文章，應該不會全部用平假名來寫。」

而且赤穗浪人的誓文，是一份血印狀。在按下血印之前，稱之爲誓文是否正確呢？富次郎偏著頭尋思，勘一一直靜靜注視著他。

「堂哥，您很樂在其中呢。」

哦！富次郎嘴角輕揚。

「我可沒答應讓你叫我『堂哥』喔，噹噹。」

他以口技模仿三弦琴的琴聲，回了這麼一句，勘一頓時羞紅了臉。

「對、對不起。」

「哈哈！別當眞。阿近就像是我疼愛的親妹妹，你是她丈夫，自然就像是我親弟弟嘍。」

雖然心裡眞的是這麼想，但你從我這裡偷走阿近，害我備感寂寞，所以才想調侃你幾句，你就多多包涵吧。

「那麼，是照著誦念之後，會馬上引來可怕詛咒的咒文嗎？」

臉上仍羞紅未退的勘一，回以苦笑。

「如果是這樣的話，在下不可能現在還平安無事。」

咦，是這樣嗎？「勘一先生，你曾經念出聲過嗎？」

勘一頷首。「因爲我認爲應該這麼做。」

接著他微微縮起脖子。

「堂哥，請直呼我名字即可。既然您拿我當親弟弟看，這樣稱呼也比較自然吧。」

「知道了啦。」

富次郎笑著抬起雙手。

「我投降。憑我的智慧，實在猜不到。到底是什麼啊？」

勘一轉頭查看四周。那小心翼翼的模樣，令原本鬆懈下來的富次郎，再次繃緊神經。

「那不是用來念的，也不是用來吟誦的，而是用唱的。」

咦？富次郎險些跌跤。用唱的？像端歌或長歌那樣？

註一：在公開場合，尤其是人多的十字路或河灘等地立牌，以匿名方式寫下狂歌，用以諷刺時局的一種做法。

註二：以語帶滑稽的方式來諷刺社會的短歌。

註三：引發元祿赤穗事件的浪人。以首席家老大石內藏助爲首，共四十七人夜襲吉良宅邸，斬殺吉良義央，爲主君赤穗藩藩主淺野長矩復仇。事後這群義士全部切腹自盡。

「用平假名呈現的語句，往往都很淺白易懂，就算是不識字的人，也能藉由口耳傳誦而牢記。」

但因為觸犯禁令，忌諱說出口。

「所以才會像那樣藏在短外衣背後，讓穿在身上的工匠或夥計們，能隨時和那些話語同在。」

嗯。富次郎不自主搔抓起鼻頭。就連目不識丁，看不懂平假名的人，也能經由口耳傳誦而牢記、唱誦的歌曲。

「……是像題目（註一）或念佛這一類嗎？如果是南無妙法蓮華經或南無阿彌陀佛，就連小孩子也會念。」

經他這麼一說，勘一恢復一本正經的神情，深深頷首。

「這不是經文或祝詞，但很類似。對虔信者來說，是很重要的話語，是信仰的重點。」

富次郎停止搔抓鼻頭。他抬手靠在嘴邊，模樣比剛才的勘一還要緊張，頻頻窺望四周。

幸好今天一樣店門口賓客駱驛不絕。聽到八十助和夥計們的聲音。歡迎光臨，謝謝惠顧。這不是○○先生嗎，今天路面溼滑，您還專程走這麼一趟——

在和樂、熱鬧的氣氛下，三島屋今天同樣全力投入生意中。

在這種地方談這種事。喂喂喂，這可笑不出來啊。

「難道說……」

聽富次郎如此低語，勘一把頭靠了過來。

「是。」

「我只是假設啦。希望我猜得不對。」

「是。」

富次郎屏住呼吸，接著開口道：「是和耶穌教有關的話語嗎？」

勘一沒回答。但看他的眼神便知道是說中了。
「是耶、耶、耶——」
富次郎變得結巴。
「耶穌教的歌曲對吧。」
早在江戶開放幕府前，這一直都是嚴格禁止的異國宗教。在戰國的動亂時代，由渡海而來的傳教士們帶進日本，有一段四處傳教的歷史，但過沒多久，信徒便遭受嚴格打壓，如今邁入太平盛世已有很長一段時日，耶穌教的教義早已從市井百姓的生活中根除。
富次郎冒出一身冷汗，趨身靠向勘一。「這種事你怎麼知道？你該不會熱中那個東西吧？」
耶〇教這三個字，實在不想說第三次。用「那個東西」來代替就夠了。
「如果是的話，絕不能饒恕。阿近要和你離婚！送回我們三島屋！」
見富次郎突然怒不可抑，勘一大吃一驚，連話都說不好。
「在、在、在下不是他們的信徒。這可以向神田明神（註二）發誓。」
「眞是這樣，你爲什麼會知道！」
富次郎的心跳個不停，幾欲從嘴裡跳出體外。
「如果不是熱中此道，應該沒機會接觸這種東西才對吧。」
「那是因爲，它剛好是歌曲。」
勘一說他以前曾在一本歌謠集裡看過。

註一：日蓮系、法華經系的宗教團體在修行時所誦念的南無妙法蓮華經文句。
註二：位於東京都千代田區外神田二丁目的神社。正式名稱爲神田神社。

「歌謠集？」

「是的。有位愛好此道的人，蒐集古老的歌謠，編纂成冊，當中也收錄了幾首耶穌教的信徒集會時歌頌神明所唱的歌詞。剛才我也說過，那都是淺白易懂的文句，所以就這麼記住了。」

勘一的眨眼變得急促。

「葫蘆古堂是因爲什麼緣故，而經手這麼危險的歌謠集？」

「約莫十年前，某大名家的下屋敷（註）要處理一些舊書時，剛好我們前往收購，在毫不知情的情況下買下。眞的就只是這樣，絕無虛言。」

「那你爲什麼要看！」

「不看的話，不知道書中的內容啊。」

「就這樣擱著，什麼都不知道，不是很好嗎！」

富次郎大聲喊出後，重重呼了口氣，原本在他胸口直往上竄的心臟，終於又安分回到原位。胸口好難受。呼──他吁了口氣。

勘一也嘆了口氣。兩人互望一眼。

「抱歉，我太慌亂了。」

「不，這是理所當然的反應。」

勘一聳了聳肩。「堂哥，如果在下只是三島屋往來的租書商，您應該就不會這麼生氣，但因爲現在在下是阿近的丈夫。」

不管什麼時候都顯得一派超然，是這個男人的特色，但現在成爲人夫後，阿近成爲他的弱點。富次郎不自主的心生羨慕。

「哎呀，話說回來，這是我自己帶來的難題。請你別見怪。竟然還不知分寸的胡言亂語，要你和阿近離婚。」

這次變成兩個人互相低頭道歉。

這時，隔門外傳來女人的柔聲。

「打擾了。」

富次郎嚇得跳了起來，勘一則是愣在原地。

隔門開啓。阿勝往內探頭，臉上掛著笑意。

「請恕奴家多管閒事，但因爲剛才聽到有人說離婚……」

雖然嘴巴上這樣說，但阿勝端的托盤裡擺有番茶和點心。點心是名爲「五月雨崩」的葛粉凍，當中白蜜高雅的香甜，令人難以抗拒，堪稱極品。

「阿勝姐眞是千里眼啊。」

「眞要說的話，應該算是順風耳才對。」

背貼著隔門而坐的阿勝，從頭到尾都聽到他們的對話。

「沒想到是這麼不得了的一件事。」

阿勝面露溫柔的微笑。接著維持同樣的笑臉，嬌媚望向勘一。

「葫蘆古堂少爺就像一盞白天仍沒熄的燈，向來處事泰然，今日竟然會因爲妻子而流露慌張的神色，奴家覺得很高興。」

勘一再度臉紅。

註：江户時代，諸藩大名設置在江户市內的平時居住宅邸，稱爲上屋敷。而另外設在江户近郊處的宅邸，則稱之爲下屋敷。

「不過，奴家對小少爺倒是有點失望呢。」

阿勝姐說得對。因白蜜的甘甜而清醒過來後，富次郎也開始深切反省。

「我太大驚小怪對吧。」

「不，不是這方面的失望。二葉屋老闆帶來那名女侍的徽印短外衣，您想解開當中謎團的那份心似乎已完全萎縮，眞教人遺憾。」

眞要這麼說的話，確實無從辯解，不過，對解開謎題感到興趣濃厚的人，其實是伊兵衛——有這樣的念頭，也感覺很像在替自己找藉口。

「小少爺請葫蘆古堂的少爺找尋解謎的線索，這樣的判斷很正確。」

「是啊。」

「當初看到那充滿謎團的平假名時，我說過那或許是外國的語言。小少爺同樣這麼想對吧。」

這想法算是勉強擦到了邊，雖不中，亦不遠矣。

「對於外國傳入的事物，幕府多少都會加強監視，能多加小心自然最好。」

但也沒必要那麼害怕——阿勝說。

「既然二葉屋的女侍託店主送來那件徽印短外衣，而且是在確認過『是舉辦奇異百物語的那家三島屋對吧』，才送過來，那就算是怪談故事的題材，怎麼想都覺得那位女侍不可能是觸犯禁令的耶穌教信徒，亦即天主教徒。」

如果眞的是信徒，應該會守口如瓶，不敢向外洩露半句才對。

「對了，勘一，你調查過二葉屋老闆對吧？」

富次郎一聽到耶穌教，頓時其他事都從他腦中飛走，此刻他備感羞愧。

「雖說是調查，但也只是暗中查探人們對二葉屋的評價罷了。」

二葉屋經營當鋪，現在的店主是第三代。

「雖然不太相關，但聽說歷代店主都是光禿禿的金柑頭。」

宛如金黃色的金柑神般的當鋪老闆，確實給人財力雄厚的感覺。

「聽說現在店主，要是有手頭緊的木匠拿鑿子或刨刀來典當，他會拿替代的道具借對方用。」

不過，會收比較高的利息。

「送來那件徽印短外衣的女侍，二葉屋老闆也說她個性溫和，工作勤奮。」

她名叫阿秋，年約三十，住在二葉屋內，已工作十五年。

「二葉屋老闆前年夏天喪妻，不過長年臥病的老闆娘一直都是由阿秋細心照料。」

老闆娘過世後，阿秋主要打理二葉屋廚房裡的工作。和其他夥計也沒衝突發生。

「阿秋可有成爲二葉屋老闆的續弦，或者對外是女侍的身分，但其實待遇猶如繼室呢？」

這難以啓齒的事，阿勝倒是問得坦然，勘一搖了搖頭。

「左鄰右舍沒傳出這樣的傳聞。但倒是有人說，日後要繼承家業的長男已娶妻生子，老闆應該就快要將家業傳給兒子，退休養老了吧。」

「這麼說來，阿秋眞的只是一位打理廚房的女侍嘍。」

看來，二葉屋老闆沒拒絕阿秋的請託，替她保管那件老舊的徽印短外衣，並帶來三島屋，這件事沒必要過度解讀。

「不過，有件傳聞倒是令人有點在意。」

勘一這句話，令富次郎整個精神都來了。

「怎樣的傳聞？」

阿秋二十歲那年，在當時身體仍康泰的老闆娘吩咐下出外辦事，結果整整三天都沒回來。

「因爲一位交情深厚的長歌師傅染上肺病，要搬往千駄谷療養，所以老闆娘派阿秋前去探望。」

阿秋出門後遲遲未歸，就此失去下落。

「當時以爲她遭遇神隱，引發軒然大波，不過，那裡不是他們店面所在的小傳馬町附近，所以就算想召集人手搜尋，也不見得辦得到……」

二葉屋的人們就只能乾著急，但就在阿秋失蹤後的第三天傍晚，突然又出現在店門口。

「連她揹在背後的包袱，仍是當初出門時的模樣。」

不過，當初老闆娘說，要給生病的師傅帶些滋養的食物過去，而用包巾包好水煮鴨蛋讓阿秋帶去，結果剝開蛋殼一看，裡頭的蛋都已發臭，變得黏糊。

阿勝詢問：「當時是什麼季節？」

「聽說是十二月中，一個寒氣逼人，雪花飄飛的晴天。」

「這樣的話，水煮蛋才放個三天，就腐敗成那樣，著實奇怪。」

她是不是待在什麼溫暖的地方呢——阿勝低語道。

返回店裡的阿秋，當聽到別人告訴她，她已失蹤三天時，大爲驚訝，神情無比慌亂。

——才三天嗎？不是三年嗎？

「她一直以爲自己已外出三年。」

但她去了哪裡，和誰在一起，有什麼遭遇，不管怎麼問，阿秋就是不說。

——眞的很抱歉。我不記得了。什麼也想不起來。

「就算責備她也沒用，而且此事對二葉屋也沒帶來什麼影響。」

眞要說有什麼損失的話，就只有阿秋三天的停工，以及那幾顆鴨蛋。

「所以之後阿秋就像什麼也沒發生過似的，繼續當她的女侍。」

因爲那是一件怪事，所以左鄰右舍們至今記憶猶新。
「阿秋本人都已經過了十多年，但似乎還是不想提起當時的事，總是三緘其口。」
「這麼說來，你是從周遭人那裡聽來的嘍。應該費了一番工夫吧。」
「這就是當租書店的好處。」
租書店這種生意，向來都是背著大大的書箱四處拜訪客戶，所以整年都在街上四處走動，聽過各種傳聞。不過在這麼短的時間裡就能找出，確實不簡單。
「我們店裡的十郎，不但口才好，問話功力也是一流。」
十郎是葫蘆古堂的夥計，常出入三島屋，阿島常向他租書。
「關於神隱，自古有不少的案例。」
例如被天狗擄走、被深山老妖囚禁，被張開巨翅的怪鳥帶往異國。
「如果是誤闖深山的府邸，帶回一個永遠不會空的米櫃，這個可喜可賀的故事，我也在故事本裡看過。」
在江戶近郊也會發生這種稀罕的神隱事件嗎？
「根據傳說故事，那些被擄走後返回的人，有的全忘了失蹤那段時間的事，有的則記得很清楚，還能如數家珍陳述。當中有人甚至記得地點，還想帶其他人一同前往。」
「應該再也去不成了吧。」
「是啊。不過，當事人當自己去了三年，但其實只有三天，這就罕見了。大部分情況是相反。」
「你說的是當事人以爲只過了三天，但回來後，實際已過了三年嗎？」
「是的。」
阿勝來回望著交談的兩人，從容開口道：

「阿秋的歲數可有增加？」

二十歲的年輕女人，過了三年，當然就變成二十三歲。

「該怎麼說呢。還不到一眼就看得出差異的年紀。」

如果是四十歲的女人，到了四十三歲時，看白髮和皺紋增加的情形就會明白。如果是五十歲，可能就更容易分辨了。不，因爲沒多大差別，可能反而不易分辨吧。

「她本人說經過了『三年』，應該是因爲目睹了季節的變化吧？」

該不會是被人囚禁在某處，只能靠翻閱曆書吧。

「既然外觀沒多大改變，那可能也沒被奴役、虐待，或是挨餓吧。」

「不管怎麼說，都太不可思議了。要是她能來黑白之間講這個故事就好了。」

說完後，阿勝突然雙目圓睜。

「莫非她想來？」

富次郎也有同樣的想法。

「也許是呢。」

二葉屋的女侍阿秋，是想在三島屋說出十年前自己神隱的故事嗎？

「如果不是有這個想法，她將這徽印短外衣交給二葉屋老闆時就不會刻意問了一句……」

——是舉辦奇異百物語的那家三島屋對吧？

「她還特別確認了一遍。」

勘一感到納悶。「可是，這未免也兜太大圈了吧。既然她知道三島屋的奇異百物語，應該也知道安排的步驟。如果她想說故事，只要找二葉屋老闆或那位人力仲介商請託，說她想來說故事，這樣不就行了嗎。」

「如果這麼做會被周遭人發現，她可能心裡排斥吧。」
「她一定是想當作奇異百物語與她之間的祕密。」
如果將那件徽印短外衣託二葉屋老闆轉交，三島屋收下後，會試著將它拆開來，看能否當舊布使用。倘若他們看到背後的墊布與平假名，覺得不可思議，就會來向這件衣服的主人阿秋詢問。這麼一來，來三島屋說故事的路便就此打通。雖然兜了一大圈，但她應該很指望是這樣的結果。
「那我明天就去向二葉屋老闆詢問看看吧。」
對寄放在這裡的徽印短外衣調查一番後，發現上面有人名。擔心會不會是先人的遺物，想向阿秋確認一下——
「不錯喔，很棒的藉口。」
富次郎一派輕鬆點著頭，勘一則是定睛注視著他。
「阿秋兜這麼大一圈，如此大費周章，也許因爲她是隱藏身分的天主教徒喔。」
富次郎的笑容僵在臉上，阿勝則是咧嘴而笑。
「不是說了嗎，如果她眞是天主教徒，絕不會讓這種鐵證離開自己身邊。」
請別再這樣攪局，嚇唬小少爺了——阿勝瞪了勘一一眼。
「說、說得也是。」
富次郎這才鬆了口氣。阿勝說得對。用不著瞎操心。
「在下明白了。既然百物語的聆聽者和守護者都這麼說，在下就沒理由阻攔了。」

勘一如此說道，刻意避開阿勝的視線。

「不過，就算她本人不是信徒，但阿秋的神隱，似乎還是以某種形式與伴天連（註一）或天主教徒有關係。因爲確實有徽印短外衣這個鐵證。」

勘一將阿勝那句話原封不動的拋了回來。這又令富次郎心頭一晃，爲之怯縮。

別扯上關係比較好。雖然只是小災小難，但明知山有虎，偏向虎山行，這是傻子才會做的事。但還是很在意。也很想解開對方拋來的謎。

不過，要是觸犯禁令，將家裡的人全都捲了進去，最後損及三島屋的商譽，那該如何是好？

「不管說了什麼，都只會留在這兒。」

阿勝柔聲道。當阿勝有意做什麼事情時，她的聲音會像油一樣滑膩，像濃蜜般黏糊。

「那件徽印短外衣和墊布，將它燒毀也是個辦法。雖然失去了那樣東西，但勘一先生還記得那首歌，所以沒關係。」

富次郎偷偷打量勘一。他一派超然露出爲難的神情，小小聲應道：

「……在下認爲，還是先問過三葉屋的阿秋意願比較好。在那之前，就由在下代爲保管吧。」

那就有勞您了——阿勝恭敬的以手指點地，低頭行禮，接著又補上一句。

「勘一先生，可以打擾您一點時間嗎？」

「可以。」

「因爲機會難得，想請您告訴我們關於耶穌教的事。」

這提議眞大膽。

「既然阿秋神隱一事，可能與耶穌教有關，身爲聆聽者的我們，事前先有個了解也比較好。」

勘一頓時慌了，就像要拒絕阿勝的詢問般，高高抬起雙手。

「在下一點都不清楚。關於那首歌，只是剛好從歌謠集上看過，就這樣記住了，如此而已。」

那原本就是明文禁止的事，而且身處在將軍跟前的江戶市內，又豈會有管道得知呢。在下既非學者，也非蘭方醫生（註二），就只是開租書店的。勘一慌張說道。

「蘭方醫生是吧。」富次郎低語。「耶穌教也一樣。是荷蘭傳來的吧？」

「因爲大海對面有許多國家，所以不見得只有荷蘭。」

「聽說就連替御三家（註三）把脈的大夫，最近也都開始吸收蘭方醫的知識。因爲人們都說，只要是蘭方醫生，就算是疑難雜症也治得好。」

聽阿民說，三島町上有位從以前（比三島屋在這裡定居還要早）便開業至今的町醫，投注一生的積蓄，讓自己的獨生子遠赴長崎遊學。幸好他兒子優秀又勤學，最後成爲一名優秀的醫生，在尾張藩主底下當差。

「西洋的東西不見得全然都是壞事。但爲什麼唯獨耶穌教如此觸怒幕府，一直嚴令禁止呢？」

勘一端正坐好，雙手置於膝上，就只轉動眼珠，望向天花板。

「堂哥，剛才你明明那麼慌張，光是提到耶穌的耶字，就快咬到舌頭了。」

現在卻突然這麼想知道。勘一用這種諷刺的口吻說起話來，彷彿一切了然於心。

「那是因爲……」

註一：意指神父或傳教士。

註二：幕府鎖國時代，荷蘭人的醫學技術從長崎傳入日本，這項醫學名爲「蘭方醫」。

註三：德川氏中除德川將軍家外，擁有幕府將軍繼承權的三大旁系。分別爲尾張德川家、紀州德川家、水戶德川家。

富次郎用笑含混過去。雖然膽小，卻又愛看熱鬧，眞是抱歉啊。

「正因爲有所忌憚，爲了能處理得宜，才更應該擁有相關知識，對吧？」

「我也這麼認爲。」在一旁幫腔的阿勝，這句話絕不是在開玩笑。爲了引起富次郎的幹勁，她臉上始終掛著笑意，但眼神無比認眞。

對阿勝來說，耶穌教是未知的事物。身爲百物語的守護者，要對上耶穌教，得先有所了解才行。

也許是了解他們的心思，勘一收起語帶諷刺的口吻後，又嘆了口氣。這位少爺從當初認識阿近，與富次郎交好，至今已將近兩年之久。而這還是第一次見他這樣接連面露愁容的嘆息。

「我們這個國家有八百萬眾神。」

勘一悄聲說道。

「有善神，有惡神。有大神，也有小神。山、海、河川，皆有神明棲宿其中。」

「廁所也有神對吧。」富次郎說。「是我小時候，八十助告訴我的。他說，只要在除夕夜晚上走進廁所，誦念三聲廁所之神的名字，祂就會一整年保護你不受妖怪侵擾。」

勘一忍不住笑了起來。

「那個叫『加牟波理入道』，不是神明。也算是妖怪的一種。不過，因爲祂叫『入道』（註），所以應該是以某種形態與佛法有所關聯吧。」

下次來調查看看吧——勘一如此喃喃自語，一旁的阿勝向他催促道「然後呢」。

「啊，抱歉。事實上，像阿勝姐就從崙瘡神這種強大的瘟神那裡獲得守護的力量。就像這樣，我們從疾病中也能發現掌管疾病的神明。」

但耶穌教不一樣。

「天主教徒信仰的是唯一眞神。創造這世界的神。他們認爲人和世上萬物、山川草木，都是這位天神一手創造。」

因爲是唯一的神，所以是絕對的善，違背其教義者、與其敵對者，全是惡。

「所以站在耶穌教的立場，我們所拜的神佛全是異教——邪教之物，是惡。」

勘一說，這可能就是耶穌教在這個國家被極力打壓的原因之一。

「請容在下不厭其煩的再提醒一次，詳情在下也不是很清楚。在下就只是從各地的鄉土史或文人的日記中，讀到昔日造訪那些土地的的傳教士以及一度在那裡傳教的耶穌教相關的零散記載。」

這位一派超然的男人，顯得如此拘泥，拖拖拉拉，這還是第一次。

「嗯，我知道。」

「所有事都在這裡說，聽完就忘。」

富次郎與阿勝感覺就像要圍著勘一聽故事一樣，各自移膝靠了過來。

「天主教徒不許隨口提及這位神明的名字。祂就是這麼偉大，渺小人們不能直呼其名諱。」

渺小的人……是嗎。聽寺院的住持說法時，也曾聽過這樣的話。我等眾生爲煩惱的凝塊。唯有遵從我佛的教誨，才能成佛。

「聽說耶穌教的神，爲了確認信徒是否虔誠，常會賜予考驗。而且這位神明並不會一一傾聽信徒的祈願。」

富次郎瞪大眼睛。「賜予信徒考驗，卻又不傾聽祈願，這也太嚴苛了吧。」

相較之下，富次郎等人信奉的神佛更爲親近、更有溫情。像附近的稻荷神，只要供上油炸豆皮，就會聆聽人們的祈願。所以大家都很自然向祂合掌膜拜。

註：光頭的妖怪，或是呈僧人裝扮的妖怪，通稱入道。

「您說得對，確實是很嚴苛的神明。」勘一接著道。「所以天主教徒該做的事，就只有相信唯一眞神的教義，加以遵從，累積善行，歌頌神明，誠心祈禱。」

寫在那塊墊布上的歌曲，信徒們會在聚會中歌唱。

「歌詞的內容是頌揚神明，感謝祂的恩惠。」

在一旁專注聆聽的富次郎，不經意望向阿勝，發現這位平時眼中總是滿溢柔和豔麗，以及無比寬容的女侍，此刻微微綻放犀利精光，令富次郎頗感驚訝。

「對人們如此嚴苛的神明，會賜予怎樣的恩惠呢？」

就連詢問的語氣也略顯尖銳。

「所謂的恩惠，就是人們活在這塊土地上。」勘一回答。「神在這世上創造出人們，讓人們在此生活。這就是恩惠。」

富次郎盤起雙臂，沉聲低吟。阿勝緊抿雙唇，陷入沉思。

「還有一件事。」

勘一來回望著他們兩人。

「天主教徒深信，只要全心爲神奉獻，一切的罪都可以得到饒恕。」

「罪？是指惡行嗎？」

「是的。所有壞事、汙穢，都能因信仰而被饒恕、淨化，信者能就此進入神的國度。」

神的國度指的是極樂世界嗎？是前往西方淨土嗎？如果是這樣，南無阿彌陀佛也一樣。因爲念佛也是，只要專心誦念佛號即可。

「耶穌教之所以被幕府嚴禁，想必是因爲人們要是崇信這種教義，耶穌教神明的地位便會在天皇和將軍家之上，這樣人心將會大亂。」

「嗯……說得也是。」
「而且剛才堂哥您也說過，傳教士帶來的不光只有耶穌教的教義。還帶來了蘭學、西洋的技術，以及醫學。如果在幕府不注意的情況下於市井間傳播開來，這也會威脅到官府的統治。」
說到這兒，勘一朝雙唇緊抿，陷入沉思中的阿勝望了一眼。
「就算這類的問題全都可以解決，但這個國家的人民原本就與八百萬眾神很親近，要是強迫他們只能崇拜陌生的耶穌教神明，其他神明都是惡，心裡一定很不是滋味。」
富次郎也有同感。他用力點頭，這時猛然想起。
「對了，前一陣子我在一家古董店看到一幅西洋的妖魔圖畫喔！」
聽說也是在長崎作畫。
「那個妖魔化爲風情萬種的女人，聽說會迷惑男人，吸活人的血。」
富次郎聊到那幅掛軸裡的畫，勘一微微蹙眉。
「這或許剛好只是兩件事重疊在一起，不過，感覺有點詭異。」
二葉屋老闆才剛帶來天主教徒使用的語言，富次郎就被西洋的女妖給盯著看，吸引進古董店。確實很湊巧。
「剛才在下也說過，在耶穌教裡，違背唯一眞神的，全都是惡。」
例如原本是耶穌教神明的僕人，卻自甘墮落、違背教義者。或是異教徒、不在耶穌教教義內的神明。以及無法接受耶穌教教義的人們、加以打壓的人們。
「耶穌教神明的僕人，是像神社的神明使者那樣嗎？例如稻荷神的狐狸、八幡神的鴿子。」
面對富次郎那無比坦然的詢問，勘一莞爾一笑。
「這個嘛，聽說是叫作『天使』。不是天子的使者，而是上天的使者。」

「男女都有嗎？」

「這個嘛……在下就不清楚了。」

也許就連那個女妖原本也是一名女天使，或者是異教的仙女。也可能只是一名不願意接受耶穌教，默默無聞的女人。

「不管怎樣，這似乎是我們無法接受的教義。」阿勝如此說道，微微搖頭。「為了測試是否虔誠，賜予人們考驗，這我實在無法理解，也不能接受。因為對我而言，神佛是讓我在這多災多難的人世得以生存下去，一個值得倚靠，心存感激的對象。」

她的語氣平靜，眼中犀利的精光已經消失。但難得阿勝會如此嫌棄一件事。目睹她這樣的反應，富次郎感到一陣心神不寧，但他極力不表現在臉上。

「我也覺得不太對。」

他如此說道，回以一笑。

「不過，『好在嚴令禁止』，像這種話也不能隨便亂說。」

看他們兩人如此交談，勘一打從心底鬆了口氣。發出截至目前為止最長的一聲嘆息。

「那麼，這事就到這兒吧。既然堂哥和阿勝姐都是這樣的心思，那就只要向二葉屋的阿秋詢問，看她要怎麼處理這件徽印短外衣，就別邀請她當說故事者了。」

對她拋來的謎題裝不知道。

「這樣啊……」

阿勝垂眼望向地面，輕聲低語。

「這得由小少爺來定奪，我身為守護者，不便多所置喙。」

他們讓勘一將「五月雨崩」打包，帶回葫蘆古堂。勘一的父親，亦即阿近的公公，也愛吃甜食，所以他一定會很開心。

隔天一早，富次郎託新太跑一趟二葉屋傳話。告訴對方，前些日子收下的舊衣，就此收購，萬分感謝，不過，唯獨女侍阿秋那件徽印短外衣，因過於老舊，我方無法使用。

「我照小少爺的吩咐，詢問他們是否要將那件衣服送回，於是二葉屋老闆喚來那位女侍。」

結果阿秋說，既然如此，那我將親自去三島屋取回那件徽印短外衣。

「她說這話時，是什麼表情？」

新太爲之一愣。「您的意思是……」

「是很急的說，我馬上就去取回嗎？」

「不，一點都不急。她還很親切笑著說，我會再登門拜訪。」

還笑是吧。

——幹麼笑啊。

她眞不該笑的。富次郎頗感不悅。

天主教徒的咒語，不，是歌曲對吧。把一件藏了這種危險物品的衣服硬塞給我們，最後只回了一句「哦，這樣啊，那就請還給我吧，我自己去取」，什麼意思嘛。

「二葉屋老闆對女侍太放縱了。感覺很沒規矩。」

可能是看富次郎話中帶刺，遭他遷怒的新太鞠躬應道「對不起」。

「這不是你的錯。那我馬上寫封信，這次你幫我送去葫蘆古堂。」

阿秋想取回徽印短外衣。「不知道是從容不迫，還是意在嘲諷」，她竟然還笑了。我有點生氣。

草草寫完這封信送去後，新太捧著包有那件徽印短外衣的包袱回來。

富次郎在起居室裡打開包袱，發現折好的那件徽印短外衣上，附了勘一寫的一張紙箋。

墊布就縫在背部，完好如初，天主教徒的歌曲藏在裡頭。可能是阿近親手縫的吧。那麼，就當是奇異百物語的聆聽者前輩阿近所給的忠告，收下這張紙箋吧。

看來，此事還是別涉入太深得好。富次郎拿定主意，等候二葉屋的阿秋前來領回這件徽印短外衣。就算她來了，我也不打算親自接待。也不會讓阿勝接待她。就交給不知情的阿島去處理，趕快打發她走人即可。

──我才不上妳的當。

但阿秋始終沒來。等了兩三天，一直都沒下文。

三島屋內有個違禁品在，實在很不是滋味。就像有個沉重之物擱在胃裡。待梅雨季過去，轉為初夏風和日麗的爽朗天氣，伊兵衛請常光顧的蕎麥麵店到三島屋的廚房現打蕎麥，眾人一起拉著剛打好的蕎麥，一團和樂，但這更令富次郎感到悶悶不樂。

可能是那件事一直擱在心裡沒說，他甚至還夢到那幅掛軸的女妖，心情變得更加鬱悶。

或許只是湊巧，但感覺有點詭異──他甚至想起當時勘一蹙眉這樣說道。就像是只要徽印短外衣的事沒結束，那個女妖就會緊緊纏著他不放。

──我被妖怪給纏上了。

沒錯，富次郎很膽小。

這點他也有自知之明。我膽小，個性又急。動不動就會驚慌失措。

但這應該不是什麼壞事。因為我是家中的次男，未來不用背負三島屋這個招牌，但要是犯了什麼錯事，一定會給店裡添麻煩。會讓父母傷心落淚，讓家中夥計惶恐不安。小心提防這種事發生，一點都不可恥。
可能是猜出富次郎的心思，阿勝什麼也沒說。就像徽印短外衣這件事打從一開始就沒發生。
就這樣，離阿秋說的「我會登門拜訪」，已過了半個月。
富次郎漸感不悅，他開始心想，看是我們自己把它退回三葉屋，還是就裝傻說「因爲都等不到妳來，我已經扔了」，直接放把火燒得了。乾脆今天就直接燒吧。
這時，人力仲介商燈庵老先生來訪。
「這次一樣是爲了安排奇異百物語的下一位說故事者，來與您商量。」
他穿著一件上等的黑色絽質十德（註一）。展開畫有流水和金魚的扇子，大口喝著阿島端來的涼蕎麥茶（是常光顧的蕎麥麵店所贈）。一點都不客氣。
「有位客人說他急著想參加百物語，請我們務必通融。」
連我也覺得很爲難——燈庵老先生嘴角垂落，一副要人感念他恩情的模樣。
「最近我們因爲私人因素，暫停說故事者的受理。」
只要那件徽印短外衣還在家中，富次郎就不想邀請新的說故事者。
「是啊。所以要是臨時穿插那位趕著參加的客人，就得讓原本排隊的客人繼續等了。不過……」
蛤蟆仙人瞪大眼睛。那是所謂的三白眼（註二），當人們往上方抬眼往上瞄時，就會這樣。
「那位插隊的客人說，如果能給予通融的話，他願以重金相贈。」
「你說重金，是多少？」

註一：十德爲傳統的日本男性服裝，一律採黑色，爲醫師、儒者、畫師常穿的禮服。
註二：黑眼珠的位置偏向眼睛上方，左右和下方的眼白偏多，這種眼睛在人相學上算是凶相。

蛤蟆仙人不發一語抬起右手。他的手指活像枯樹般，與他肥胖的身軀顯得很不搭調。他突然張開手掌說道：

「五十兩。」

「怎麼可能！這也貴得太離譜了吧。」

蛤蟆仙人顯得泰然自若。

「只有在買東西時，對方哄抬價格，才會說『貴得太離譜』。眞是的。米蟲連說話用語都不懂，眞教人傷腦筋。」

這位壞心眼的人力仲介商總是用蟲子來稱呼富次郎。

「這種事不重要。對方爲何不惜砸重金，也想趕著來這裡說故事呢？」

燈庵老先生以黏人的眼神緊盯著富次郎，嘴角掛著一抹淺笑。

「對方說，您很清楚箇中的原因爲何。」

「我？」

「是的。他還說，他要說的故事和您留在身邊的徽印短外衣有關。」

富次郎說不出話來。額頭開始冒汗，背後一陣寒意遊走。就像那個女妖的白皙手指朝他背後摸了一把似的。

「看來你心裡有底。」

蛤蟆仙人的三白眼可眞惱人。

富次郎大可回他一句「我完全聽不懂這是什麼意思」，但偏偏他還不夠老練，也沒這樣的膽識。

——阿近，我該怎麼辦才好。

他想找阿勝商量。如果是勘一會怎麼說？他自己一個人實在決定不了。

那位笑著說會親自登門拜訪取回衣服的阿秋，該不會就是那個女妖吧？可是、可是……

——可惡，真不甘心。

「那麼，請邀請對方前來。」

富次郎雖然膽小，卻有一顆不服輸的心。

那位急著說故事的人，搭轎來到三島屋店門前。

一看就知道，此人家中肯定是某家商號。這儀態絕非普通市井小民。從皮膚的色澤、血色來看，應該不到四十歲，或是四十出頭吧。梳著一顆小銀杏髻的月代，周邊頭皮剃得相當乾淨。肯定常上理髮院，或是常請理髮師到家中剃髮。

紬織衣外頭披著一件小紋圖案的絽質外褂。這件外褂是人稱「引摺羽織」的長外褂，連胸前綁的繫繩也很長。富次郎知道這是目前正流行的款式，人稱「文金風」，他常看一些附庸風雅的顧客採這身打扮。附帶一提，在江戶的札差（註）間，採這種裝扮很理所當然，反而是穿普通的外褂才罕見。換言之，上等的長外褂，一看就知道是有錢人的象徵。

爲了在奇異百物語中插隊，不惜砸下五十兩的人。富次郎也早已做好心理準備，知道他是位富豪。即便就連轎子，也都有印上自己屋號的專屬轎子，而今天只是爲了隱瞞身分而特地攔了一頂轎子，那也不足爲奇。

不過，這位說故事者教人吃驚的事還很多。

註：在江户時代仲介買賣旗本、御家人等武士向幕府領取的俸米，從中賺取差價，還提供用俸米作擔保的高利貸獲利，此職業人稱札差。

首先，光看氣色，會以爲他還不到四十歲，但他頭髮近乎全白。右側髮鬢稀疏，因爲掉髮的緣故，可以看出他頭皮處有一大片像痙攣般的紅黑色傷痕。

傷痕來到右耳下方便沒了，脖子一切完好，但從長外褂袖口露出的右手手腕到手背一帶，覆滿同樣的紅黑色傷痕。他還少了右手食指和中指的前端。那不是被切斷，而是宛如融化一般。

他沒讓前往接待的八十助和阿島攙扶，但他的腳似乎也有傷，走起路來略顯僵硬。他緩緩邁著小步往前走，穿著白布襪的左腳拇趾，似乎塞了塡充物。可能同樣也缺了拇趾吧。

到底是遭遇了怎樣的災難，留下這樣的傷痕呢？富次郎在寄予同情和慰勞前，首先感覺到的是一股嚴峻的目光。這名說故事者兩頰緊繃，目光炯炯，凝睇著富次郎。那是像在打量、評估的眼神。富次郎要是自己不穩住陣腳，態度堅決，有可能會被他給彈飛。

這名說故事者坐向黑白之間的上座時，動作顯得很生硬。可能平時有隨從在，每次他一有什麼舉動，都會先幫他處理好。

但今天是受邀當賓客，而且是略帶強硬要對方邀請他來，既然是隻身前來，就不會借助任何人的幫忙。由於感受到他這份堅持，富次郎沒出手幫他。還以眼神制止在一旁看得七上八下的阿島。

今天的壁龕插著還沒發色的繡球花。隨著梅雨到來的日子接近，當早晚刮起夾雜暖意的和風時，繡球花便成了當令的鮮花。

但現在要鑑賞還略嫌早了點，不過還只是白底微帶淡綠的堅硬花瓣團塊，爲什麼阿勝要選它呢？雖然沒特別詢問，但富次郎隱約猜得出來。

阿勝仿照這位如果沒問個仔細，便完全猜不出是何來歷的說故事者，刻意做這樣的安排。沒有顏色的繡球花那詭異的姿態，就像今日面對這位說故事者的心情一樣。

說故事者與富次郎迎面而坐，理了理長外褂的衣襟後，開口說道：

「我身上有舊傷，讓您看了不舒服，請見諒。」

他的說話聲音，再度令富次郎一驚。

他的嗓音沙啞。那聲音就像揉成皺巴巴一團的紙相互摩擦。

說故事者似乎沒因爲富次郎的驚訝而感到不悅。反而覺得有趣。

「關於我嗓音的事，之後也會陸續說明。」

不過還是先跟您說聲抱歉吧——

「因爲我遇上一場大火。」

大火在背後追，四周被濃煙環繞，最後勉強保住一命逃離。

「我的喉嚨被熱氣灼傷，嗓子毀了。身上也嚴重灼傷，滿是無法痊癒的傷痕，如您所見。」

他微微抬起右手，讓富次郎看他手背。長外褂和衣服的衣袖往下滑，可以看見上頭覆滿紅黑色的傷痕，一路直達手肘。

「之前被大火追著跑，同時少了幾根手指和腳趾，這我也會依序說明。」

「我明白了。」

富次郎挺直腰板，雙手撐向膝蓋，低頭行了一禮。

「在您說故事時，若有什麼需要，或是想休息一會兒，都請儘管吩咐，不用客氣。」

說故事者露出豁達的笑容。看起來很年輕。也許只有三十五歲左右。

「那就請幫個忙，能否借憑肘几一用？」

富次郎馬上喚來阿島。阿島以驚人的速度搬來一個塗漆的臺座附上絹質坐墊的憑肘几。也許她事先就已準備好。

「要擺哪一側呢？」

「我的左側。」

說故事者朝阿島微微一笑。先前見到那位沉穩又帥氣的跑步飛腳時，阿島發出「嘩」一聲讚嘆，但今天她顯得一本正經，低著頭，以手指點地，就像換了個人。

「我這就幫您端茶來。」

「謝謝。啊，這樣正剛好。」

說故事者倚向憑肘几，暗自點頭。

「一年當中，在開始降下梅雨的這個時節，以及秋冬轉換之際，我的舊傷便會隱隱作疼，身體不聽使喚。」

「眞是辛苦您了。」富次郎說。

阿島端來茶點。今天的點心不是帶餡的日式甜點，而是在烤得硬邦邦的麩淋上甜蜜作成的點心。它有點黏手，想吃的時候，可用手指拈起來吃（富次郎平時也都是這麼做）。

好在端出的點心，不需要這位說故事者拿起湯匙或竹籤，大費周章的一會兒撈，一會兒切，一會兒刺的——這是富次郎事後的想法，因爲先前覺得這會是個緊張的故事，也許點心會一直擱著，完全沒碰，所以只想著別選太過講究的點心。

——因爲我對這方面很注重，生怕浪費。

腦中閃過這個念頭的富次郎，只是在虛張聲勢。打從一開始，他就已經被這名說故事者的氣勢所壓制。阿島關上隔門離去。發出咚的一聲。與幾天前相比，這聲響顯得低調許多。

「三島屋的奇異百物語……」

說故事者以沙啞的嗓音開口道。

——好了，開始交手。

「可以不用報上姓名，直接說故事對吧。」

富次郎頷首。「是的，您的大名、身分、住處，可以完全保密。如果說故事時覺得不方便，請隨意取個假名。」

坐在富次郎面前的說故事者，仔細一看，是位眉清目秀的男子。雖然滿頭白髮，但是那充滿男子氣概的濃眉，不只眉形好看，也沒夾雜半根白毛。

說故事者微微頷首，把玩著長外褂胸前的繫繩。

「我的家業，您可以從我這身打扮自行猜測。」

富次郎眨了眨眼。從這身帥氣的長外褂來看，應該是札差吧？

「不過，我是家中的三男，而且現在……因爲身體的因素，沒參與家中的生意。頂多就只負責管理出租的房子，與房屋管理員交涉，爲每月的店租記帳。」

說到這裡，他暫停片刻，望向富次郎。

「對我老家來說，我就像是個米蟲。恕我冒昧，依我猜測，您的立場似乎也和我一樣。三島屋的富次郎先生。」

果然是因爲太激動的緣故，二來也是因爲處理的程序和平時不同，富次郎還沒報上姓名。

「我是從人力仲介商那裡聽來的。」

說故事者露出一口皓齒。

「那位叫燈庵的老先生，似乎對每個年輕人都看不順眼。對我也是表面恭敬，但打心裡瞧不起我，對您同樣也有諸多不滿。」

他都當著面用蟲子來稱呼富次郎了，所以會這樣說他也是可想而知。

「不過，介紹您到我這種米蟲這裡作客，燈庵先生賺進五十兩。要是對我沒存半點感謝心的話，可是會遭報應的。」

富次郎坦率說道，說故事者聞言，露出令人意外的開朗眼神，哈哈大笑。

「說得一點都沒錯。」

那是宛如嗆到般的笑聲。雖然從外側看不到，但他被熱氣灼傷的喉嚨恐怕也有傷痕。這麼嚴重的傷，不可能完全康復如昔。

「做生意是一種借貸。現在還未成家的您，日後或許會出人頭地，燈庵先生應該更謹慎才是。做生意是一種借貸。提袋店向來不會有這種想法。只有札差才會這麼說。」

說故事者輕咳幾聲，收起笑容，重新倚向憑肘几。

「我之所以花錢趕著促成這件事，是因為不想讓三島屋長時間處在恐懼中。」

對方擺出放鬆的姿勢，但富次郎依舊端正坐好。

「……您指小傳馬町的當鋪二葉屋，店內女侍阿秋持有的徽印短外衣對吧。」

他與說故事者目光交會。那是深具智慧的眼眸。

說故事者先移開目光。

「我身後的半紙，是某種咒術嗎？」

他沒轉頭，直接詢問那張掛軸的半紙。

「那不是咒術。身為聆聽者的我，會讓內心化為空白，聆聽您的故事，聽完後再度化為空白。這是三島屋奇異百物語的規矩，說完就忘，聽過就忘，藉由那張半紙來表示我們這份用意。」

他一直很想對這位說故事者這樣說。

「那麼，您一直都是這麼做？」

「是的。」

「要人信賴這裡眞是說完就忘，聽過就忘，光這樣還不夠。如果我這麼說，您會怎麼做？」
富次郎很想重新調整呼吸，但他忍住了。我是蟲子。蟲子有蟲子的骨氣。
「我身爲聆聽者，如果無法取得您的信賴，那很遺憾，我也只能選擇放棄，請客人您回去。」
他再度與說故事者目光交會。被對方的眼神推過來，他再推了回去。
說故事者就這樣露出從容的笑臉。那是宛如解開心結的笑容，眼神帶有一股暖意。
「我罵了阿秋一頓。」
怪她不該這麼輕率。
「不過她很堅持說，十年前我們在那棟房子裡的所見所聞，她不想一輩子都埋藏在心底。既然她都講得這麼堅定了，不管怎麼勸也沒用，這點和她二十歲的時候一點都沒變。」
就此平安無事邁入正題。緊繃的絲線斷裂，富次郎頓時感到一陣踉蹌。

「請叫我梅屋甚三郎。」
一頭白髮，兩道粗眉，冷峻的雙眼。說故事者倚著憑肘几，繼續說道。
「我不能說出家中的屋號，但我是在梅花盛開時誕生的家中三男，甚三郎是父母替我取的眞名，以此湊成我的名字。」
我明白了——富次郎應道。
「我原本是個行爲放蕩的公子哥兒。」
他一臉懷念道。
「我爹對我咆哮，我哥哥們向我說教，我娘哭著求我，但我還是一樣喝酒、賭博、買春。我尤其沉溺賭博，等我父母和哥哥們不給我錢之後，我對夥計們恐嚇威脅，要他們把收在書信盒裡的錢都拿出來了，揣入懷裡，走遍各家賭場。」
我只有在錢花光時，才會回家。
「如果接連贏錢，手頭闊綽時，喝酒買春出手都很大方。自然在花街裡很有人面，要保住這樣的人面，需要花更多的錢。」
就這樣不斷在原地踩著輪圈，放蕩墮落。
「我沉迷賭骰子是在十七歲那年，而我爹第一次說要和我斷絕父子關係，是我十九歲那年過年。」
當時甚三郎心想，好歹在家喝個屠蘇酒吧，返回家中。
「結果就這樣當著前來賀年的客人和親戚面前，我被迫跪坐在地上，挨了一頓痛罵。」
甚三郎大爲吃驚，嚇得全身發抖。因爲他第一次聽父親破口大罵。
「我爹是經商能手，會精明的四處鑽營，也會強悍的與人交涉。他一點都不軟弱，但對兒子就是特別溺愛。我哥哥們跟我爹就像一個模子刻出來似的，個個都是好兒子，沒必要訓斥。」
因爲就只有這個三男和大家不一樣。
「就不好的層面來說，是這樣沒錯。所以連我爹也不知道拿我怎麼辦才好，當時他可能是已經受夠了吧。」
父親失去理智，朝他大吼一聲「我要斷絕父子關係！」。感覺得出父親是認眞的，所以甚三郎也嚇得渾身發抖。
「我臉色發白，哭哭啼啼，周遭人都前來調解。」
父親說，斷絕父子關係一事暫時擱下，只要今天甚三郎能洗心革面，我就不將他逐出家門，此事就此平息。
那麼做眞是失策啊——甚三郎說。

「我明明一度被嚇得血色盡失，但我爹當天卻在眾人『別生氣嘛』的調解下，收回自己的話。」
——什麼嘛，原來只是說說而已啊。
「我就此把我爹瞧扁。無法停止自己的放蕩行爲。」
這時梅屋甚三郎坐起身，想伸手拿阿島送上的那杯煎茶，富次郎見狀，迅速起身離席。他先拿起茶杯，說了聲「請用」，遞向甚三郎，讓他可以繼續倚著憑肘几。
「謝謝您。」
甚三郎一把握住茶杯，以防它掉落。
「您可眞機靈。我年輕時也是這樣。所以女人緣絕佳。富次郎先生想必也是吧？」
「這個嘛，該怎麼說好呢。」
甚三郎潤了潤喉，嘴角輕揚。
「自己在女人眼中是個何等能耐的男人，您還沒眞正試過對吧。」
大概是吧。之前一直都忙著學做生意，後來受傷回到三島屋，家裡有阿近在，覺得很高興。
「就別談我的事了。」
富次郎笑著避開這個話題。
「梅屋先生，令尊年輕時都不曾有過放蕩的行徑嗎？例如說，他是個一本正經的人，所以不知道該拿愛玩樂的您如何是好。」
不不不，甚三郎直搖頭。
「不論是我爹，還是我哥哥們，也都會從事玩樂。因爲我家的家業特別，就算自己不開口，別人還是會主動邀我們去熱鬧的地方。」
不過，一般世人所說的「玩樂」，與甚三郎沉迷的賭博狂熱，性質截然不同。

「人在沉迷的時候，自己根本不知道。因爲我原本只當自己是以賭博當玩樂。」這是玩樂。我樂在其中。

不過，對當時的甚三郎來說，將一切全賭在骰子上的賭博，並非遊戲。

「我全神投入，出現我心裡想要的點數。運氣站在我這邊，好運連連。感覺今天會大贏。像這種時候……」

甚三郎像在找尋適合的用語，停頓一會，望向富次郎。他的眼瞳底下散發光芒。

「整個世界彷彿就握在我手掌心。」

世界就在自己的手掌心裡，能夠像骰子一樣讓它滾動。

「隨心所欲。」

當運勢走了，一再賭輸時，就覺得世界從我手中被奪走，變得空空如也。

「得搶回來才行，不管怎樣，都得搶回來，那是我的。」

那是什麼？是這個世界？還是運勢？

「我確定那不是金錢。我不是因爲賭博能賺錢，才一直無法戒賭。如果要錢，認眞投入家業，這樣賺錢還比較快。」

驅策著甚三郎的，是在掌心中滾動「這個世界」的那股快感。他希望能長時間持續下去。永遠都不要中斷。

「日後，我在那棟房子認識的人告訴我，這不是一般的放蕩，而是我打從骨子裡就是個賭徒。」

——「那棟房子」。

這麼一來是第二次提到了。到底是在哪個地方？不能催促對方，富次郎點頭，靜靜聆聽。

「我不停玩樂，對酒和女人還會感到厭膩，但唯獨賭骰子，別說戒了，甚至愈陷愈深。在我認清這點之前，我爹一再大吼著說要和我斷絕父子關係，我大哥還動手揍我。」

「不是只有大吼，而是眞的辦理斷絕關係的手續，其實一直都沒走到這一步對吧？」

富次郎之所以這樣問，是因爲斷絕父子關係說來容易，但如果是正式辦理，得花費不少工夫。得取得親族間的認同，製作文件，請名主（註一）用印，然後再遞交奉行所。倘若斷絕關係的理由和經過有疑點，父母兄弟和當事人會被喚至白洲（註二）接受調查。

對於江戶市內的白米，有權限決定其價格的札差，若家中出現斷絕父子關係的訴訟，光是爲了取得親戚和同業的認可，就很可能會引發風波。

果不其然，梅屋甚三郎說道：「我爹應該也覺得很麻煩吧。」

因爲家裡的門面都給丟光了。

「正因爲這樣，我更加被瞧不起。應該說，我已經不在乎父母或兄弟們怎麼說了。手上有錢時，我滿腦子想的都是賭，只在錢包沒錢時才會想起父母的臉。」

「可有完全沒錢的時候？」

「那得看運勢。」

「不管是運氣再強的人，一旦運勢沒站在自己這邊，還是會連賭連輸。不過，平均來看，還是賺錢的情況比較多，甚至擁有自己的房子，可有這樣的賭徒呢？」

甚三郎注視著富次郎，呵呵輕笑。

「啊！你眞可愛。我二哥就是像你這樣的人。」

註一：依照江户時代的官員職位配置，町奉行底下掌管町年寄，而町年寄底下掌管町名主。

註二：奉行所的法庭。

不知道是第幾次，當父親又開始對甚三郎吼著說要斷絕父子關係時——

——既然他都有辦法這樣靠賭生活，或許眞能靠賭而蓋一棟自己的房子。爹，你就隨他去吧。

「我二哥一本正經提出這種樂天的忠告，結果換來我爹對他吼道『你也給我滾出去』，眞是個悠哉的傢伙。他並非不諳世事，應該說是可愛吧。」

經他這麼一說，富次郎跟著難爲情起來。

「我很清楚自己不夠正經。」

甚三郎望著茶杯，接著說道：

「不過，運勢正旺時的那種心情——彷彿能隨心所欲掌控這個世界的感受，實在教人難忘。」

「其實也就只是兩顆骰子出現的點數。」

富次郎這句話，似乎令甚三郎身子一震。

「哎呀呀。當初在那棟房子，阿秋也對我說過同樣的話呢。」

——甚先生，你錯了。區區兩顆骰子，明明就無法和這個世界相提並論。

阿秋說的這句話，富次郎深深刻印在耳中。接著他問道：

「您與阿秋女士，曾在某棟房子一起同住過一段時間是嗎？」

甚三郎望著富次郎的眼睛，緩緩頷首。

「距今十年前，當時我二十四歲，阿秋二十歲。我和她都遭遇神隱，被帶往那個地方。」

梅屋甚三郎的故事

錢包空空如也。

這三個月來，甚三郎一直很不走運。

雪花在他鼻端飛舞。十二月中旬，儘管身穿綿襖，圍上圍巾，還是冷得教人直發抖。再加上懷裡的錢包空虛發冷，感覺彷彿走著走著會凍結。

——眞是那樣的話，我就能充當不孝子的範本，在兩國廣小路或淺草寺後方的珍奇展示屋向人收費展示了。

看過來、看過來！讓父母傷心落淚的浪蕩子就是這副德行，因懼怕老天爺，走起路來偷偷摸摸，結果凍成這副硬邦邦的模樣！

他有幾家常光顧的賭場，但欠了賭場老大一屁股賭債，實在沒臉再去。而對放高利貸的業者，因爲之前才說過年時一定會回老家要錢，當藉口拖延，請對方給予通融，所以現在實在沒臉前去。

不管什麼時候回老家，面對的總是父親的咆哮、母親的淚水、哥哥們的說教。你也該成熟點了，要懂得賺錢的辛苦，要是一直玩樂，浪擲光陰，往後的人生不管再怎麼後悔，也追不回來啊。

——這我也知道啊。

但就是戒不了賭。我爹和哥哥們都不懂箇中滋味的美妙，就這樣過著無聊的日子，邁向人生終點。甚三郎覺得那樣才教人同情。

但今年初冬時，他在路上埋伏等候出外拜訪客戶的家中大掌櫃，請大掌櫃帶他一起回家，當時眼尖的父親從店內一看到甚三郎，馬上扯開嗓門大罵，接著父親旋即漲紅了臉，咳嗽不止，家中夥計趕忙奔來照顧他，甚三郎看見，心頭一震。

——竟然會因爲季節轉換而感冒。

父親變得老邁許多。

甚三郎的父親身爲札差，雖然身分不是特別崇高，但家世顯赫。歷代的當家之中，似乎也有人年輕時以浪蕩聞名。話說回來，札差可說是展現江戶精髓與帥氣的華麗商人，如果一概都不懂玩樂的話，聽起來反而顯得遜色。

所以他父親應該也不是個木頭人，而大哥和二哥在成家穩定下來之前，也常聚眾結伴逛花街，歡騰喧鬧。這也是做生意的一環，生在札差家的男人，在能夠獨當一面之前，就得做這樣的人生修行。

但爲什麼只有甚三郎受責備？那是因爲他只沉迷於賭博。好酒、和藝妓玩樂，「在年輕時」都是被允許的行徑，但沉迷賭博就是不對。

「沒有札差會因爲酒和女色而身敗名裂，但唯獨賭就是沾不得。這會讓人心靡爛。」

這麼說來，甚三郎不就日子過得一天比一天靡爛嗎？

不遠的將來，老邁的父親將會退休，長兄成爲店裡的主人，到時候甚三郎就從家中一位放蕩的三男，變成了吃閒飯的弟弟。在淪落到那個地步之前……

——眼下是該好好思考的時候了。

跟著眼前的雪花往前邁出的腳尖，帶有些許的迷惘。

當老家的大門已不再是說進就進的時候——向來總是邊哭邊叨念他，然後偷塞錢給他的母親，現在就只是哭著說「今天我眞的不能再幫你了」，一毛錢都不再給他的時候；熟識的高利貸業者一臉爲難的對他說「你至少先把目前積欠的利息還了，否則實在沒辦法再借你」時；能典當的東西都用光時，只能仰賴以前在梅屋工作過的夥計們。雖然從他們那裡能借到的錢不多，但最容易要到錢。

長期在梅屋工作的人，在離職時往往能領到不少退休金，或是被介紹另一份工作，所以他們一提到梅屋的老爺、老闆娘、少爺，簡直就當成神明一樣景仰。不過，他們籌不出什麼大錢，而且甚三郎還不至於那麼沒良心，所以他懂得分寸。

但連三個月都很不走運，使得他接連兩三次都來找他們幫忙，而要四度登門找他們，連他自己都拉不下臉。於是他前往過去不曾上門求助過的借錢對象住處，因天寒地凍而縮著脖子走。

他的「求助對象」，是梅屋三兄弟的奶媽阿吉。三兄弟當中，就屬甚三郎的身子最爲孱弱，常發燒、腹瀉，最受阿吉關照。阿吉雖是女人，但身材高大，體態肥胖。她厚實的臂膀和膝蓋的暖意，至今仍留在甚三郎的記憶中。

甚三郎長到七歲後，阿吉便嫁人了。因爲已年過三旬，所以是嫁人當繼室，不過夫家是目白一戶富裕的農家，所以對從小在貧困長屋長大的阿吉來說，可說是嫁入了好人家。

至今每當季節轉換時，她總會派人送當令的蔬菜和水果到梅屋。阿吉過著安泰的日子。雖然自己沒生育，但有繼子在，所以她現在可能已經有孫子，當起了祖母。懷念的「甚三郎少爺」前往拜訪，她應該會很高興才是。

——是這樣的，因爲年關將近，手頭有點緊，正爲此發愁。

只要開口這麼說，對方應該就會明白，雖然金額不會太大，但多少都會包點小錢意思意思。

甚三郎七歲時，阿吉出嫁約一年左右，他因爲備感寂寞，頓時像變回一個三歲小娃般，半夜哭鬧兼尿床。阿吉是從我們這裡嫁出去的，那她總會有回娘家探親的時候吧，她什麼時候回來，我要去迎接她。甚三郎還提出這種合情合理的要求。如今回想，實在覺得很難爲情。

想向奶媽借錢的這種心思，以及過著這種得向人借錢才有辦法度日的生活，他難道都不覺得可恥嗎？當然可恥。就是因爲羞得無地自容，所以之前才都沒登門向她求助。現在會想找奶媽幫忙，可見此時的甚三郎已被逼得無路可走，連他自己都沒發現。

不過，他的急迫，與好賭的市井小民所面對的急迫，截然不同。將當天賺的錢全投入賭場，讓妻兒挨餓的打零工木匠，或是賭輸了錢，將女兒賣給債主的叫賣挑夫，他們賭錢的地方，和甚三郎擲骰子的地方，打從一開始就不一樣。

賭場老大們都很清楚他是梅屋的三男。而他們也都知道，甚三郎賭輸的錢，只要跟梅屋要就行了。他們很清楚，要是一個沒處理好，損及梅屋的名聲，讓此事公諸於事，自己可就吃不了兜著走。所以沒人敢胡來。簡單來說，他們這些人打的如意算盤，是在梅屋付得出賭債的範圍下，讓甚三郎盡情玩，要圓滿且圓融的處理，能從中撈多少油水，就撈多少。要是甚三郎玩瘋了，幾乎快要欠下令梅屋傾家蕩產的賭債時，他們應該就會主動出面阻止。要是把這隻會下金蛋的母雞給活活弄死，那可就得不償失了。

以前大哥也對甚三郎說過。

——也就是說，你只是在我們家財產的掌心上和人賭。並非眞正的賭博。這樣還有樂趣嗎？這樣展現得出男子氣概嗎？你不覺得很窩囊嗎？

——雖然爹一再吼著說要和你「斷絕父子關係！」，但始終沒這麼做，是因爲他知道，你要是失去梅屋這個後盾，你就只是個普通的賭徒，連三天都撐不過。你都不懂這個道理嗎？

我明白。我再明白不過了。說到錢，我是個完全不必爲錢發愁的悠哉賭徒。

但有一件事，就連甚三郎的父親和大哥也都不知道。也許就連賭場老大也錯看了他。

甚三郎根本就不在乎錢。他就只是沉溺於賭博的每一個瞬間。當骰子出現自己想要的點數時，感覺就像自己操控了世上的一切，爲了得到這樣的狂喜，要他拋卻其他一切，他也不在乎。

此刻的這分急迫，是因爲連賭連輸，連一點小錢都無法自由花用，要寫借據都有困難，如果不還點債，每一家賭場他都進不了，離賭博的勝負愈來愈遠。因爲他渴望勝負的那一刻。

如果有哪家賭場能用自己的手腳或是性命賣錢來賭。甚三郎會很樂於前往。以最後的一小片性命當賭注，要是輸了便馬上喪命，即便是這種場面，也沒什麼好怕的。如果能在這麼重要的勝負中勝出，那強烈的喜悅也會增強數十倍、數百倍，令甚三郎備感充實。

溫柔的奶媽阿吉，在得知甚三郎這種生活態度後，會替他嘆息嗎？或者是會哭著對他說，這筆錢我不是借您，而是送您，可是少爺，請您務必要洗心革面。

飄飛的雪花落在臉上，感覺冰冷又刺痛。這是在告訴他，快回頭，別去找阿吉。別玷汙她對甚三郎少爺可愛的回憶。

哼——甚三郎噴出鼻息。

目白位於江戶城外，應該是一處放眼所及只有森林和農田的地方，不過，每當季節轉換時，阿吉都會派人向梅屋送禮問候，所以對於甚三郎在外的風評，應該早有耳聞。現在要粉飾已經太遲，就坦白對她說「枉費妳這麼用心養育我，但我卻變成這樣的賭徒」，在她面前呈現眞正的樣貌，這才是對奶媽的一種孝心的展現吧。

他雙手插在懷中，縮著脖子加快腳步。心中一股無名火起，只是他不知道這把火是爲誰而起，所爲何事。

「渾帳。」

他咒罵一聲，連同話語一起外洩的雪白呼氣，令他大吃一驚。

天寒地凍。時序邁入小寒，他便改到牛込弁天町暫住，今天離開租屋處時明明沒這麼冷。

他知道阿吉夫家的大致地點。是擁有一大片稻田的農家，所以到附近找人詢問，應該就能輕鬆找到。他心裡這麼想，抓了個大致的方位，一路步行而來，但不知不覺間，道路變得愈來愈窄，也不再遇到擦身而過的路人，抬頭一看，四周被樹木包圍。

他完全走入林中。

那是葉子形狀突尖，顏色近乎黑色的墨綠色樹叢，以及所有葉子全都乾枯凋零，光禿禿的樹叢。枝椏交疊，前後交錯，排成長長一列，或是交錯相連。樹叢間滿是雜草，幾乎看不見前方。

四周一片昏暗。仰望天空，上頭覆蓋厚厚的雲層。從天空飄落的一片雪花，落在甚三郎鼻端，帶來一陣刺痛。

可能是他一路上陷入沉思，一時走錯了路。也可能是他已路過目白那一帶，一時走過頭了。經這麼一提才想到，他沒看到江戶川橋。連目白的不動尊神社也沒進入他的眼睛餘光中，就這麼來到這裡。

甚三郎為之茫然。難道我是走著走著睡著了嗎？

這該不會是夢吧？他伸手輕拍臉頰。沒醒。

「真是個傻蛋。」

他對自己說道，暗自啐了一口。想起小時候的事。

大哥也不知道是跟誰學會這樣啐人。看大哥這麼做，二哥也跟著學，結果挨阿吉一頓罵。這位溫柔的奶媽，從沒在他們兄弟面前露出那般嚴厲的神色，就僅那麼一次。

——啐人這種事，是出生和環境低下的人才會這麼做。少爺們絕不能做這種事。這會招來壞東西，會給家中帶來魔障。

魔障是什麼，我不知道這種東西——大哥基於小孩子不服輸的脾氣，出言頂撞，阿吉以更嚴厲的眼神補上一句——會被妖怪割走舌頭。

甚三郎心想，那是他五歲時的事。當時不懂話中含意的差異，只記得阿吉說的不是「切掉」，而是「割走」。地獄的妖怪總四處搜尋品行不端，會啐人的傢伙，一經發現就會將整塊舌頭割走。

在這種冷徹肌骨的寒冷天氣下想起這種事，實在高興不起來。甚三郎從懷中伸出手，雙手抵向嘴邊哈氣。呼氣的溫熱，反而讓他打起了哆嗦。

沙沙。

背後的草叢發出聲響。

甚三郎整個人轉身向後。不是他聽錯，有一塊草叢在晃動。那是枯枝和突尖的草葉。夾雜著白斑，形狀像小刀的葉子。

在這種森林深處，就算有狐狸或狸貓也不足爲奇。

——是狐狸在耍我嗎？

甚三郎身上沒帶菸管和菸草。人們常說，被狐狸耍的時候就要抽菸來趕跑牠，但不抽菸的人該怎麼辦？他身後的草叢又動了一下。只要他轉頭，身後就會發出沙沙聲，望向聲音的方向後，則又換另一側發出沙沙聲。

這是在嘲笑我。愈來愈像是狐狸幹的好事了。得將牠趕跑才行。

甚三郎悄悄把手伸進懷中。過去他從未被捲入械鬥風波中，但也有過幾次在現場目睹的經驗，所以懷裡都藏了一把短刀。

他不曾學過劍術，所以眞遇到這種場面時，這把短刀是否派得上用場，他心裡也沒個準。儘管如此，手握刀柄便覺得壯膽不少，妖怪都討厭利刃，這應該能當護身符用。

沙沙。背後的草叢又是一陣騷動。甚三郎並非只轉頭往後望，而是整個身子猛然向後轉。

與某個東西對上眼。

草叢中露出一張白皙的臉蛋。像地藏王石像一樣小的臉蛋。

沒錯，那是一張人臉。有眼、鼻、口。

但那是不知名的東西，不是人。像蛇一般的皮膚。上揚的眼角，一整排利牙。金色的眼睛，搭上尖細的眼瞳。那不是貓眼。而是像蛇、蜥蜴之類的眼睛。

是妖怪。

「呀！」

這不是甚三郎發出的叫聲。是那不知名的東西發出的聲音。牠還接著喊道：

「呀！」

「呀！」

「呀！」

從草叢的左右以及後方三處發出叫聲。突尖的草葉彎撓，枯枝搖曳。

他被團團包圍。

甚三郎頓時明白眼前的情況，發不出聲音，急忙連滾帶爬的向前奔去。

背後的草叢一陣騷動，發出啪嚓啪嚓的振翅聲。那妖怪有翅膀嗎？是從草叢裡飛向空中，在後面追我嗎？

甚三郎因恐懼和慌亂而閉住呼吸，一路疾奔。道路在草叢間蜿蜒延伸。雪花化為風雪，塡滿眼前的視野，阻擋他的去路。他用雙手撥開，揮舞著雙手，穿過阻礙。振翅聲還是窮追不捨。

「呀！」

叫聲在耳畔迸散，有個東西從他左鬢擦過。

「哇！」

他頓時呼出憋在胸口的氣，邊喘息邊扯開嗓門大喊。

「救、救命啊，誰來救救我啊！」

他突然來到一處開闊的場所。左右兩側壓迫而來的森林和草叢倏然消失。雪花也全都靜止，那刺痛他臉和手臂的冰凍雪刺也就此消失。這突如其來的變化，令甚三郎雙腳打結。他草屐的腳尖絆向地面，往前栽了個跟斗。但他仍想逃命，雙手手指在地面一陣搔抓，一路爬著向前。

土地鬆軟。感覺到一陣微風。

他下巴直打顫，臉上掛著淚水和垂涎，惴惴不安往後望。此刻他離森林邊緣約一丁遠。

我已經逃這麼遠了嗎？而且剛才走在林中時，森林和草叢有那麼黑暗嗎？

一路逃到這裡的甚三郎，剛才只差一步就要被逮住了，森林、草叢、黑暗，以及潛藏其中的妖怪，感覺就像放棄追趕，自行退去。

「呀！」

又傳來一聲叫聲。聲音在幽暗的森林裡逐漸遠去。

——得、得救了。

甚三郎以手背擦臉，緩緩站起身。伸手輕拍衣服下擺。他的縐縮和紬織服都押在當鋪裡，所以現在穿的是臨時湊合來的棉布粗衣。雖是雙層夾衣，穿起來還是教人不放心。他的短外褂老早就賣掉了，所以改穿棉質棉襖，但這也是舊衣，內裡嚴重凹陷。

不過還是不覺得有多冷。

猛然回神，發現四周被濃霧包圍。空中微微飄散著一股香氣。

——是梅花香。

他往前走了一步，又一步，以手腳探路，謹慎小心的前進。濃霧中看見某個影子，他心頭一驚。是梅樹。比甚三郎還要高些，是枝椏橫向生長的白梅。

——這怎麼可能。都完全盛開了。

剛才因恐懼而噗通直跳的心臟，此刻則是因驚訝而狂跳。這到底是怎麼回事？

梅樹可不光只有這一株。走著走著，陸續出現眼前。有白梅、紅梅、垂枝梅。這處迷霧重重的場所，是一座大梅林。

梅樹的根部撒滿灰和沙。灰應該是肥料，沙可能是助於排水。猛然發現，腳下的黃土平整。

霧氣流動。送來陣陣梅香，難道這是春霞？

沙沙。甚三郎心想，要是有哪裡不對勁，就馬上逃離這裡，他微微壓低身子行走，但走著走著，他逐漸恢復平靜。霧氣濃密，看不清遠處，但相當明亮。那是白天的明亮。

——這附近一定有人家。

維護得相當完善的梅林。這裡應該是庭院吧。會是大名家的下屋敷，還是身世不凡的富農住家呢？這裡地點偏僻，所以連樹籬和柵欄也沒設是嗎？還是說，我剛好從沒柵欄的地方誤闖其中？

要是身上帶著區域地圖就好了。有這麼大一片梅林，也許地圖上會紀載。這樣應該就能知道自己身處何方。

傳入耳中的，就只有自己的腳步聲和呼吸聲。妖怪的叫聲和振翅聲都已消失。但連該有的鳥鳴聲也沒聽見，這就有點奇怪了。麻雀、綠繡眼、黃鶯，全都靜默無聲。

難道沒有活物嗎？一想到這裡，恐懼再度重回心頭。難道活著走在這裡的，就只有甚三郎一人？

——該不會我也死了吧？

他急忙伸手摸自己臉頰。是溫熱的。他改摸脖子。感覺得到脈博。

遠處微微傳來水聲。是溪流嗎？甚三郎停下腳步，豎耳細聽。是哪邊？感覺像是在右手邊相當遠的地方。霞霧搖蕩，從甚三郎鼻端前飄過。他抬起手想加以揮除，這時，他看見附近高他約一個頭的地方，有一排屋瓦。

他停下腳步，用雙手揮除霞霧。霞霧的流向變動後，看得更清楚了。沒錯，是土牆。只有地基的部分是石牆，約兩尺高，上面是保有原本顏色的土牆。鉛色的屋瓦很整齊的往左右兩側延伸。

他漫無目的走著，就這樣來到這個地方。

甚三郎緩緩走向土牆，右手掌抵向牆面，接著沿著土牆往左走。手指感覺到土的觸感，給他一種可靠的感覺。這不是夢。是確實存在之物。走了一段路後，土牆上的屋瓦排列開始顯得零亂。出現裂痕，缺了邊角的屋瓦也摻雜其中，不久，來到一處土牆崩毀的地方，就像被人刨出一大塊似的。

約有一間寬的地方，留下地基石牆的部分，上面的土牆和屋瓦都已崩塌。甚三郎望向內側，屏住呼吸——甚至應該說是倒抽一口冷氣。

果然如他所料，有一棟房子。但遠比他想像中來得巨大。

是二層樓建築。瓦屋頂就像女人柔美的玉指般，前端往上翹，隱隱透著微光。抬頭仰望，那一帶霞霧淡薄，隱約可以望見太陽的輪廓。

看不到家紋或屋號之類的東西。屋簷的圓瓦也沒有任何紋路。就只有瓦屋頂頂端的兩側各擺了一隻魚尾揚起的大魚擺飾。壁板就像抹了炭一樣，呈現斑駁的黑，多處有灰色的線條。

甚三郎仰望建築，伸手搭向那土牆的缺損處，跨過石牆。腳一踩進牆內，草屐鞋底馬上感覺到平坦的黃土和草的觸感。前方才是眞正的庭院。配置有枝葉繁茂的松樹，當中還以杜鵑花和野山楂當點綴。還有不少老樹，長滿青苔的樹幹因水氣而泛著亮光。

走進土牆內側後，梅香氣味轉淡。霞霧時而流動，時而淤積，時而形成渦漩，就像在爲甚三郎引路般，動個不停。

步道以白碎石鋪成，若順著走，應該能繞到建築的正面，亦即從甚三郎此刻的所在處轉向左手邊深處。溪流聲是在另一側，亦即從右手邊傳來。正當他不知該往哪兒走好時，傳來一陣柔和的鐘聲。響一聲，停一下，響兩聲，結束。

——是寺院的鐘聲嗎？

如果是這樣，可能會有石塔或塔頭，但在視力所及的範圍內，都看不到這些東西。

鐘聲從左手邊傳來，所以甚三郎朝那邊走去。

他邁步走去時，霞霧流動，讓出一條路來。但還是沒把霧吹散。只有伸手揮的時候會消失一會兒，但旋即又恢復原狀。整棟建築彷彿位在垂落的紗簾後方，難以看清楚全貌。一樓的面積比二樓寬廣，從太陽的位置來推算，似乎是南北縱長的走向。

──好一棟氣派的府邸啊。

雙向橫拉的方形窗，設有堅固的窗櫺。有的只有縱向，有的則是呈格子狀。而在粗大的木框裡開了個洞的的小窗，功用是像城堡的槍眼嗎？

他踩在白碎石路上前行，看見一樓的側面有條長長的外部走廊。若說那是緣廊，未免又過於寬敞。支撐天花板的橫梁，與分隔緣廊和室內的多片紙門門框，全都是塗黑漆。一扇紙門分成三等分，下方三分之一是以漆黑的紙糊成，上方三分之一是用白色的紙糊成，而中間三分之一則是嵌入像冰一樣半透明的美麗隔板。

──咦，這不是「玻璃窗」嗎？

據說以前富商紀伊國屋文左衛門曾建造一艘大量採用玻璃的屋形船，在大川上遨遊。只聽過傳聞，但這還是第一次親眼見識。

這條緣廊會一路通往何處呢？這座府邸的側面到底有多長？白碎石讓人腳陷入其中，甚三郎走得漸感疲憊。自從被長著翅膀的妖怪追著逃出那座昏暗的森林後，已過了很長一段時間。

沿著緣廊的白碎石上，多處設有脫鞋石。就從這裡進入屋內吧。甚三郎步履踉蹌走近緣廊，環視左右，暗自吞了口唾沫後，以虛弱無力的聲音喚道「有、有人在嗎」。

沒人應聲，也沒傳出半點聲響。

「有人在嗎？」

連溪流聲也聽不到。

「我是個過路者，不小心迷了路。請問屋內有人嗎？」

如果剛才的鐘聲不是自己聽錯的話，應該有人才對，但屋內卻一片悄靜。

「不好意思，可以讓我在此休息片刻嗎？」

他盡可能扯開嗓門說明來意，坐向緣廊邊緣。甫一坐下，便覺得身體變得像沙袋一樣沉重。長長的走廊木板地上，有許多木節分散各處。走廊寬逾一間。那無從捉摸的寬敞與寂靜，令他漸感疲憊。最後，他像在划船般打起了盹，他急忙抬起頭。但接著開始打盹，頭往下沉，就只有臉抬著，但眼睛也已經微閉。他試著睜大眼睛，但最後還是不敵睡意，眼皮緩緩下沉。

不行了，我沒辦法再坐下去了。一下子就好，讓我稍微躺一下吧。

他甩動腳尖，把草屐脫下，走上緣廊，將棉襖兜攏，緊緊包覆身軀。背對著那風格奇特的紙門，以手當枕。弓起雙膝，縮起腳，像貓一樣全身蜷縮。

他打了個大哈欠。接著就像斷線一樣，沉沉入睡。

然後他作了個夢。

他睡得沉，夢境一樣深沉，而且陰暗。四周盈滿黑暗。人在夢中的甚三郎不知自己身在何處。不過，他知道自己睡著，而且這是一場夢。

因爲在深邃的夢裡，幽暗的底端，可以看見自己以手當枕，蜷縮身子熟睡的模樣。就像月光只照向那裡，形成一處明亮的光圈。

月光很美，但這並非是雅致的美景。躺在地上呼呼大睡的甚三郎，連他自己看了也覺得很丟人，一副窮酸樣。不，他現在眞的是個窮光蛋，這也是沒辦法的事。滿是補丁的棉襖，確實丟人。

看起來遠比二十四歲的年紀還要蒼老。皮膚磨損嚴重，一張了無生氣的側臉。遺傳自父親的鷹鉤鼻，理應也和大哥、二哥有幾分相似才對，但它是這麼有稜有角，線條是這麼剛硬嗎？

不過話說回來，四周的黑暗是怎麼回事？我現在是在飄浮嗎？

他試著揮動雙手。在黑暗中有種軟綿綿的觸感。彷彿從張開的指縫間穿過一般。

——能游泳嗎？

他試著在黑暗中划動。身體猛然往前移。他接著擺動雙腳，身體微微往上揚。噢，可以游泳呢。眞有意思。

人在夢裡的甚三郎，使勁游了起來，這時，他在黑暗底端被月光照亮的身體，卻離他愈來愈遠。每次手一划，腳一蹬，就多遠離一分，身體愈變愈小——不，不光只是變小。樣子很古怪。

身上窮酸的衣服變得更破爛，從衣袖和下擺露出的手腳變成了白骨。

頭髮脫落，失去眼珠，整張臉腐爛，變成骷髏頭。

棉襖和衣服都化爲塵屑消失，背脊和肋骨逐漸裸露在外。

我死了，化爲白骨。

他大吃一驚，想要往回游，但不知爲何，盈滿四周的黑暗突然變得沉重，儘管他拚命用手划、雙腳蹬，但還是無法前進。當夢中的甚三郎慌亂掙扎時，他的本體已化爲一具骨骸。

而骨骸正開始從邊緣化爲塵屑。

那模樣清楚得駭人。骨頭化成細微的顆粒，從邊緣逐漸崩解，甚至傳來細微的聲響。

快停下來啊！

他想大喊，吞了一大口黑暗。黑暗鑽進他的肺腑。那觸感令人渾身發毛，甚三郎在黑暗中極力掙扎。他張大嘴巴想叫，結果卻引來更多黑暗流入口中。

不知從何處傳來一個男人的聲音。

灰化為灰，塵化為塵。

聲音在他腦中響起。

你得悔改。

口吻很平靜，很好聽的聲音。既不是威脅，也不是說教。

就只是這樣對他說道。

你要告白，說出你的罪。

他說的罪是什麼？我做了什麼嗎？

沉溺於賭博，讓父母傷心落淚。已無法回頭，過正常人的生活。不，我隨時都能回頭。只要有心就能回頭。我不是一個徹頭徹尾的浪蕩子。

要誠心悔改，由衷祈禱。

我只是趁年輕的時候享樂而已。梅屋甚三郎其實是個正經的孝子。

在他還抱持這樣的想法時，便就此喪命，化為白骨。

「我不要這樣！」甚三郎如此大吼醒來。

他不住喘息，想將那黏滑的包覆他全身，直鑽進他五臟六腑內的夢中黑暗嘔出體外。全身滿是冷汗，眼睛感到刺痛。

他用力甩頭，眨了眨眼，與某人四目交接。

「哇！」

「呀！」

兩人的尖叫聲交疊。兩個人？沒對，這次是眞正的人。還是個年輕女子。

甚三郎在睡覺時，靠向緣廊的紙門。也許是醒來時動作太大，翻倒在地，但不管怎樣，剛才他似乎恬不知恥的張開手腳，睡成了大字形。

那名女子跪坐在風格奇特的三層紙門內，朝甚三郎窺望。剛才她尖叫一聲，向後退開，所以此刻只看得到她的半邊臉和身體，她縮起雙手，全身僵直，顯然很害怕。

「請、請、請——」請等一下，我不是什麼可疑人士——甚三郎想這麼說，但舌頭不靈活。他改爲當場端正坐好，低頭行禮。「眞、眞、眞的很抱歉。我原本想去目、目、目白，但不、不、不、不知爲何，迷、迷了路。」

甚三郎對不靈光的舌頭感到焦急，極力想要解釋，說得口沫橫飛，年輕女子更加害怕了，雙手揪緊衣襟。顏色樸實的格子條紋窄袖和服，配上黑色的襯領，腰帶繫的是一條老舊的晝夜帶，黑緞的部分朝外。頭髮梳了一顆小小的島田髻，上頭纏著鹿子絞（註）的綁頭繩，只插著一把黃楊木髮梳。

這裡是一座府邸，但這名女子不是府邸女侍。肯定就只是普通女侍。看出這點後，甚三郎鬆了口氣。因爲他是個從小就受這種女侍伺候長大的少爺，明白這點後，他的身分頓時高出一截。

「妳先拿杯水來給我吧。」

他一面吩咐，一面改踩輕鬆坐姿，舒展雙腳。

「還有，請讓這棟房子的管家或管理人，也就是掌管傭人們的人和我見面。我是札差梅屋的人，待我好好和他問候過之後，他就會明白我不是可疑人物。」

是札差的梅屋喔。妳好歹從我們位於藏前的店門前路過吧？說到梅屋的資歷有多老，在江戶市內九十六間札差的排行當中，從上面數下來，很快就是我們了——甚三郎還擺出派頭。

「就算妳讓我進屋，也不用擔心等一下會挨罵。」甚三郎以親暱的上位者口吻如此說道，誇張做出疲憊垂落雙肩的動作。「妳也看到的，我又累又冷。希望能快點打聲招呼，讓我在這裡休息一會兒，妳就快帶我進……」

他話還沒說完，那名全身僵直的女子打斷了他的話。

「我、我不是這座府邸的女侍！」

她表情嚴肅回道。明明長了一張看起來很溫和的圓臉，但聲音強悍又堅定。眼神也變了，帶有不服輸之色。

女子馬上站起，改爲微蹲的姿勢，從紙門內來到緣廊。與甚三郎微微保持距離後，她靠向緣廊邊緣跪坐下來。

「我也迷路了。不知道這裡是什麼地方。」

甚三郎心頭不悅。「少說謊了。妳人不是在紙門內嗎？」

女子搖頭。「我在門外叫了好幾聲，走進庭院，扯開嗓門喊，但都不見人出來，沒辦法，我只好走進屋內找人。」

女子瞇起眼睛，一臉狐疑打量著甚三郎，向他問道：

「你是什麼時候在這兒的？從哪兒來的？」

甚三郎瞪大眼睛。

打小別人都是尊稱他「少爺」「甚三郎先生」「小老闆」，雖然也有人親暱靠近他（主要是賭博認識的夥伴），叫他「小甚」「甚兄」「梅屋甚」，但從未沒加尊稱，直接用「你」來叫他。就算是當鋪和高利貸的人，也知道他的來歷，所以都會加上「先生」的尊稱。賭場老大雖然表面客氣，心裡完全不是這麼想，但也會尊稱他一聲「梅屋的小老闆」（語帶挖苦的時候更是會這樣叫）。

這個笨女侍！

註：絞染技藝的一種。因圖案像小鹿背後的花紋而得名。

他大爲光火，在開口回應前，已先出手。雖然是出掌而不是出拳，但已打中女子嘴角。發出啪一聲清響，令周遭的寂靜喧鬧起來。

這次女子差點跳了起來。她被甚三郎賞耳光的地方微微泛紅。

活該，讓妳學點教養。

他才剛這麼想，女子馬上打了回來。雖然一樣是賞巴掌，但甚三郎那只是手指的動作，但女子就不同了，她那是用渾身之力打出的一巴掌。

「你幹什麼！」

女子的這巴掌，紮實打中他毫無防備的左臉，一來也是因爲甚三郎全身虛脫無力，他就這樣重重倒向地面。一頭撞向玻璃。漆黑的紙門很厚實，完全不受影響。但半透明的中央部位一陣卡啦作響，它的重量使整個紙門都跟著搖晃。一片搖晃後，左右也跟著搖晃。

嗡、嗡、嗡。

甚三郎嚇傻在原地時，女子已從緣廊跳向庭院。直接穿著白色布襪，頭也不回逃了出去。看到她那令人錯愕的飛快速度，甚三郎半晌說不出話。

女子直直朝建築前方奔去，被庭院裡飄蕩的霞霧吞沒消失。

——搞什麼啊？

但女子掉了個東西。應該是她在府邸內查探時（如果眞像她本人說的話），夾在背後腰帶結裡的東西。是單腳的木屐。甚三郎跳下庭院，拾起它。那是一隻低齒木屐，木屐帶還很新，是麻葉圖案。似乎才剛換過。但屐齒已嚴重磨損。

甚三郎把玩著那隻低齒木屐，雖然慢了點，但這時他也想到了。

的確，那女子應該不是大戶人家的女侍，當然也不可能是這棟府邸的夫人或小姐。她肯定是某家店裡的女侍，不過看她的打扮，既不是便裝，也不是工作服。還講究的梳了髮髻，甚至穿著白布襪。——像是主人吩咐出外辦事，穿著外出服正要上哪兒去。

在前往陌生地點的路上，一時迷了路，來到這裡。如果是這樣，就和甚三郎一樣。

兩人一樣爲此事發愁，應該用更溫柔的語氣跟她說話才對。雖然有點後悔，但爲時已晚。

不過，那女人自己也不對。

之後要是在這府邸裡找到人，說明事情經過，也要請他們訓斥那個女人幾句。傭人不管去哪兒，都絕不能丟主人的臉面，對任何人都得有禮貌，行事必須謙恭。不管那個女人是怎樣的大戶人家，或是名店的女侍，要是欠缺這樣的禮儀，只會給她服侍的人家或是店面丟臉。

想到這裡，頓時氣壯不少，他將女子留下的單腳低齒木屐還有自己脫下的草屐揣進懷裡，一腳踏進玻璃門內。與剛才的女子相比，他覺得自己是個身分地位比她高出許多的客人。

他走進的地方是間平凡無奇的房間。一、二、三，細數後發現，地上鋪十二張榻榻米。左右兩側牆壁塗了白色灰泥，與榻榻米的交界處是一尺寬的木板地。和緣廊同樣的木板，上頭有點點木節。

天花板同樣也是木板，與屋子的外牆很類似，就像塗了墨，呈現斑駁的黑色。罕見的是，那幾乎正方形的天花板，架了一個十字的橫梁，而且這橫梁是亮澤的漆黑色。

似乎連往隔壁房間的正面隔門，一共有六扇，既沒圖畫，也沒花紋。可能就只是使用一般的手抄紙，表面微微的凹凸和纖維，爲它增添了些許特色。門把處用的是銅環。同樣也沒半點裝飾。

隔門的上方與天花板之間設有格窗，長度與甚三郎的手臂相當。這似乎採鐵製，顏色呈暗灰色，形狀是十字組合。不，因爲當這是格窗，所以才這麼說，其實它的外形像極了牢房的格子柵欄。

雖是一間單調的房間，卻有這樣的設計，若說它別有韻味，或許眞是如此。打掃得相當講究，地上不見半點塵埃和毛髮。

儘管如此，甚三郎還是覺得奇怪。

因為這是與緣廊內側相連的房間，所以不光是前方，左右兩側一般也都會設有隔門或紙門才對吧。打開之後一看，整排都是房間。

梅屋的屋內空間也很寬敞，有需要時，將前後左右的隔門打開，便能打通空間，充當家人和親戚們聚會用的大廳。寺院的正殿也是如此，而大型的料理店和貸席，面向長廊的房間也都不會用牆壁將每間房隔開。如果是這樣建造房屋，會帶來諸多不便。

這棟房子從緣廊走進屋內後，只能選擇繼續往屋內走，或是回頭往庭院走。

沒辦法，甚三郎只好打開前方的隔門。隔門就此開啟，沒發出聲響。

出現眼前的，是和剛才一樣的房間，同樣是十二張榻榻米大。下一間還是一樣。再下一間仍是一樣的景象。

而且完全沒人。

從那扇玻璃門阻隔的緣廊往內走，已來到第六個房間，甚三郎漸感陰森。而這第六個房間已變得相當昏暗。光靠從鐵製的十字格窗照進的陽光，已無法充分照進這裡。

他走過的房間裡，看不到座燈、燭臺，連一盞窮酸的瓦燈也沒有。

接下來的第七間房間，大概會近乎全黑吧。甚三郎向來怕黑，所以他這時開始猶豫不前。也許一旁是拉門的構造——他心裡這麼想，伸手朝塗灰泥的牆壁探尋敲打，但一樣徒勞無功，就只有灰泥的粉屑掉落。

打開這扇隔門，如果裡頭一片漆黑的話，就掉頭回庭院去。他拿定主意，往銅環一拉。

「哇！」

會嚇到叫出聲來，可見他真的很膽小，不過他終於來到屋內的走廊。寬度與那緣廊差不多，但最大的不同，在於沿著走廊，每隔六扇隔門就立一根粗大的柱子，上面插著蠟燭，點的是百目蠟燭（註），正靜靜燃燒。

走過走廊後，前方又是隔門。一定又是連往什麼都沒有的房間。於是他往走廊的左右兩側望去，就只有排成長長一列的百目蠟燭綻放亮光。然而，走廊的前方以及左右兩側都是一片漆黑。

的確，從庭院爬上的那條緣廊也相當長。不過，在這麼多蠟燭的照耀下，還是看不到前方嗎？這棟房子到底是怎樣的構造呢？

此時甚三郎已不再只是覺得奇怪，而是逐漸感到恐懼。

光靠這蠟燭的亮光，一路沿著走廊走，眞的沒問題嗎？

在百目蠟燭的搖曳燈光下，鐵製的十字格窗隱隱生輝。與先前在明亮處看到的景象相比，「監牢」的感覺愈來愈強烈。

——剛才那名女侍。

如果眞像她所說，那她是穿過這棟屋子，來到甚三郎不小心睡著的緣廊。區區一個女侍都能平安通過了，我甚三郎一個堂堂男子漢，怎麼可能辦不到。

甚三郎縮著脖子，全身僵硬的站在原地時，肚子開始咕嚕咕嚕叫。對了，我從早上開始便粒米未進。因爲甚三郎滿心以爲，只要他前去拜訪阿吉，一定會得到熱情款待。

此刻他又渴又累。他之前對那名女侍說的並非假話。像這樣站著不動，寒氣從腳底直竄而來。

就找找看哪裡有水，有升火的地方，看看哪裡可能有食物。也就是廚房。是要順著走廊繼續走，還是繼續穿過一間間的房間呢？

註：一種高亮度的蠟燭，重一百匁（約三七五公克）。

雖然亮著長長一列的蠟燭，但看不見前方的黑暗走廊還是很可怕。萬一走著走著，燭火突然熄滅，那該怎麼辦？他覺得這棟房子有可能會發生這種捉弄人的事。

決定了。就打開正面的隔門吧。如果穿過房間，應該能來到比較像樣的地方。

當他伸手搭向銅環時，從走廊的右手邊深處傳來鐘聲。

這次並非悠哉的敲了一、兩下。先是敲了一下，接著像在敲火災警鐘般，噹噹噹的連敲起來。

拜此之賜，他很確定聲音來自何處。離此不遠。

噹噹、噹噹。甚三郎邁步朝聲音的方向走去。他才剛加快腳步，就傳來有人大聲叫喚的聲音。

「喂、喂！有人在嗎？誰應聲一下好嗎！」

是男人渾濁的聲音。但聽在甚三郎耳裡，卻猶如仙女的歌聲。

「有！在這裡！」

他自己也扯開嗓門回應。雙手靠在嘴邊。

「我現在正朝你那邊過去！請繼續敲鐘！」

聲音應該也傳到了對方耳中吧。

「噢！我在這裡！喂，在這邊，聽得到嗎？」

對方喧鬧的敲著鐘。甚三郎開始跑了起來。

搖曳的燭火亮光前方，逐漸可以看到細得像絲線般的光線。有一扇拉門，或是雙開門。他跑了過去，雙手往前探出，結果力道超乎預期，就這樣直接全身撞向盡頭。

看得到光線。但不管他再怎麼找尋，都找不到開門用的門把。那像門的東西又沉又牢固，儘管遭受甚三郎的撞擊，依舊文風不動。

「喂，這裡，我在這裡！」

甚三郎雙手握拳，朝盡頭處死命捶打。他都快哭了，氣喘吁吁。

「拜託，開門啊！」

鐘聲停了，傳來一陣沉重的腳步聲。

「你等我一下！」

男子以渾濁的嗓音叫喚道，在昏暗中隱約可看到一道光線。

卡啦卡啦，卡嚓！

那扇厚實的門在甚三郎面前開啓，面朝他這一側是採石造。難怪找不到門把。

「你沒事吧？」

從打開的門後，出現一名身材清瘦，長相窮酸的男子。花白的髮髻凌亂，月代該剃光的部位都長出了頭髮，而且不光臉泛紅，連脖子都發紅。

男人的呼氣臭得熏人。有濃濃酒味。這傢伙是個醉鬼。他的紅臉是酒喝出來的。

儘管如此，他仍算是救命恩人，但甚三郎嫌他呼氣臭，一把將男子推開，從走廊來到門外。那是一間寬敞的木板地房間。三邊以釘有橫條的木板門隔開，此時其中一扇門被打開。甚三郎自從走進這棟屋子後，第一次看到家具。

有碗櫃。甚三郎沒理會那名嗓音渾濁的男子，大步朝前走去。

這裡的確是廚房沒錯。木板地的部分約四張半榻榻米大，裡頭放置了碗櫃、石臼、簸箕。再過去是土間，粗估約有十張榻榻米大。擺了兩個大水缸。有兩口灶，上方的通風窗開啓。夕陽從窗口照進，將置物櫃和料理的檯面照成一片暗紅。

甚三郎也和當時那名女侍一樣，直接穿著白布襪跳下土間。抓緊面前的水缸，一把握住擺在木蓋上的勺子，一把將木蓋掃向一旁。裡頭裝了水，都滿到了缸口。甚三郎不顧一切的抛出手中的勺子，像狗一樣把臉探進缸裡喝起水來。

那是冰涼順口的清水。他從沒喝過這麼好喝的水。

終於又覺得自己活過來了，他就此抬頭，這才發現棉襖和衣服前襟都因爲濺起的水而溼透。

「小哥，是不是覺得舒服多啦？」

聲音渾濁的男子，笑嘻嘻站在他身後。他站在廚房的木板地上，低頭看著甚三郎。

「看你好像受到不小的驚嚇，是在裡頭遇到什麼可怕的東西嗎？」

這聲音渾濁的男子，愈看愈覺得長相窮酸，一副髒兮兮樣。還不是年輕人，而是個老頭。破損的長棉坎肩和褪色的條紋窄袖服，下擺往上折，塞進腰帶裡，底下穿著一件骯髒的細筒褲。

——離他這麼遠，還是聞到濃濃酒味。

老爺爺手裡拿著敲鐘用的小鐵鎚，彎著腰朝他窺望。從他咧著嘴笑的嘴邊露出一口亂牙，不過他缺了好幾顆牙，牙縫特別顯眼。

「那把鐵鎚，你是在哪兒發現的？」

「咦？哦，這個啊。」

老爺爺拿起鐵鎚，轉頭望向碗櫃的方向。

「就放在那個上面。」

甚三郎走上木板地，返回那扇石門所在的房間。

門的這一側嵌有粗大的木格子。設有一個大門把供人拉開用，但上頭纏著鐵鍊，鐵鍊直接繫向一個嵌進一旁牆面的鐵環上。所以剛才才會發出沉重的卡啦卡啦聲。

老爺爺敲響的那口鐘，位在門與碗櫃中間，從天花板一路垂吊而下。活像是一個巨大的風鈴，上頭布滿綠鏽。

走近一看，高度正好與甚三郎的眼睛一般高。應該是鑄造品。內側看不到任何花紋，但不知爲何，表面有數條蛇爬行的圖案。以圖案來看，已超出怪異的程度，看了讓人覺得不舒服，也許是因爲蛇全都張著嘴，似乎很飢餓。

「這棟房子，有事的時候似乎都是用敲鐘來通報。」嗓音渾濁的老爺爺，也回到甚三郎身旁。

「不過，最重要的是人，卻一個也沒瞧見。小哥，你在這裡可遇過人？」

偶爾也會有人叫甚三郎「小哥」，所以他沒爲此不悅，但他實在不希望這位老爺爺這樣叫他。

「老爺爺，你是從哪兒來的？」

嗓音渾濁的老爺爺眨了眨他那沾著眼屎的眼睛，頭偏向一旁。

「這個嘛，我也不清楚。」

「你不是要去某個地方嗎？」

「……不是。」

老爺爺含糊的搖了搖頭，在手中把玩著那把小鐵鎚。

「昨晚我喝醉回家後，被趕出長屋。我只記得這樣。」

醒來後，就躺在這棟屋子的土牆內。

「看得到霞霧對面有氣派的瓦屋頂，我心想，對方大概又要當我是麻煩人物，趕我走了吧。搞不好還會叫我剃光頭當和尚呢。」

也就是說，他當這裡是寺院。

「是誰趕你出來？」

老爺爺一臉尷尬的低下頭，以手指搔抓他乾裂的嘴脣。

「是你妻子嗎？」

「我妻子早死了。」

是我女兒——他嘆著氣道。「她忘了我辛苦工作養育她長大的恩情，竟然拋棄自己的父親，眞是個沒血沒淚的女人啊。」

這次他還吐了口唾沫。

「她對自己丈夫說的話唯命是從。完全忘了要盡孝。一點都不懂子欲養而親不在的道理。」

甚三郎也沒細想，就直接說出自己心裡的想法。「老爺爺，我看是你自己常喝酒，又愛偷懶的緣故吧。你有工作嗎？」

他的口吻漸顯粗魯。

「我是造船工匠。」

老爺爺以意外強悍的口吻反駁道。

「在深川一帶，說到打造捕鯨船，沒有哪位工匠的技藝比得上我。不，那時候沒有。」

他一板一眼改口道。實在有點滑稽，甚三郎忍不住笑了。這位老爺爺的敵人是酒，而我的敵人是賭。眞是同病相憐啊——才剛閃過這個念頭，頓時感到全身發毛。我才沒這麼悲慘呢。

「小哥，你叫什麼名字？」

被搶先問了。

「甚三郎。」

「嗯。甚先生，你是做什麼營生？」

「這個嘛，各種都有。」

甚三郎心想，該說什麼來蒙混過去比較好，這時他才發現，老爺爺雙手的手指微微發顫。應該不是因為寒冷。這位老爺爺儘管睡了一整晚，喝得渾身酒氣，但手還是抖個不停，可見他已身中酒毒。

好不容易才找到同樣迷路的同伴，卻是個這麼不可靠的老頭。得由我握緊韁繩，要他照我說的話去做才行。所以甚三郎應道：「我在放高利貸的地方工作。如果用你比較容易聽懂的方式來說，就是專門向人討債的。」

果然猜中了。老爺爺馬上嚇呆了，偷偷向後退了幾步，與甚三郎保持距離。

「老爺爺，我和你算是第一次見面，之前應該沒因爲工作的關係和你見過面。你儘管放心吧。」

但他光是提到高利貸討債，老爺爺便一臉惶恐，全身蜷縮。

「老爺爺，你叫什麼名字？」

「亥、亥之助。」說完後，他單手伸進懷中，不知道忙著在掏找什麼。他取出一個掛在脖子上的東西，向甚三郎出示。「就這個，漢字是這麼寫的。」

又是一個臭得熏人的東西，但甚三郎還是走近細看他遞出的物品。那是一張像花牌般大小的木牌，上面有個洞，用繩子串起。翻向木牌背面，上頭以漢字寫著「深川元町　幸兵衛店　亥之助」。

「老爺爺，你是亥年生的對吧？」和甚三郎一樣。

「因爲你常因爲酒醉而不知去向，所以才幫你做了這麼一個像是防止兒童走失用的牌子，讓你掛在脖子上，你女兒挺好的嘛。你這樣說她壞話，會遭天打雷劈的。」

老爺爺一臉不悅的罵了聲「呿」，但表情變得落寞許多。

「那麼，亥之助先生，我去找廚房，你就繼續查看下一個木板地房間吧。可別走遠喔。這裡全都是一整排緊鄰的房間。」

亥之助聽了之後說道：「我是從那邊的後門進屋的。」

他手指的方向，在土間的爐灶旁有一扇拉門。

「那裡有口井，有曬衣場，還有一間柴房。堆了許多薪柴，還有成捆的木炭。」

真是謝天謝地。

「那麼，我們來升火燒水吧。我去找食物。」

甚三郎再度走下土間，往置物櫃和料理用的檯面下窺望。有幾個鍋子、飯鍋、鐵壺、簸箕。還找到米櫃。置物櫃的下層疊了麻袋，裡頭分別裝了滿滿的白米、紅豆、小芋頭、稗子、小米、蕎麥粒。袋口用細繩綁緊，但只有蕎麥粒那一袋綁得有點鬆。

正中央的層架，有一袋整齊切成正方形的凍餅。這凍餅又乾又硬。還有柴魚片和昆布絲。上面的層架擺放著鹽、醬油、味噌的容器。

甚三郎整個人鬆了口氣，幾欲腿軟。事實上，他確實發出「哈哈哈」的笑聲。這裡有食物。雖然他向來不自己炊飯、烤餅、煮味噌湯，但總會有辦法的。

爐灶沒灰塵，清理得相當乾淨，成了一口冷灶，但一旁發現有打火石和火種。

「甚先生。」

亥之助從左邊的房間探出頭來喚道。

「這個房間堆放著油甕和裝蠟燭的木箱呢。」

還有這個——他揮動握在手中的東西。

「這應該是短外衣吧。質地很厚，作得挺講究的。」

「敞開來看看。」

那是藏青色的棉質徽印短外衣。左右兩邊的衣襟上以小字寫著「黑武」二字，背後是一個方框和十字重疊的印記，以白色呈現。十字微微滿出方框外。

「くろたけ（黑武，kurotake）。」

甚三郎念出它的假名，側著頭感到納悶。

「這不是寫成『黑武家』，所以應該是屋號吧。既是這樣，也許該念成『こくぶ』（kokubu）。」

不論是姓氏還是屋號，都從沒見過。

雖是單衣，但質地頗厚，是作工精細的徽印短外衣。可能是這棟房子的傭人們穿的衣服，不過上過漿，相當硬挺——是剛製好的衣服。

要是擅自借來穿，到時候遇上屋裡的住戶，可就尷尬了。不過，剛才喝水時弄溼的棉襖和衣服還沒乾，甚三郎感到身子發冷。

「這裡也有手巾呢。」

亥之助前往隔壁房間，拿了幾條手巾回來。這些也都是新的，敞開來一看，上頭還有折痕，兩側以黑色染出小小的方框加十字徽印。

「甚先生，看你好像很冷呢。就借這個穿吧。我則是要借這手巾一用。」

甫一說完，亥之助老先生已將手巾纏向脖子。儘管他四處走動，雙手還是抖個不停，而他一直弓著背，可能是腰痛，或是因爲駝背伸不直。

甚三郎拋除心中的猶豫，脫下棉襖，穿上徽印短外衣。將脫下的棉襖捲成一團，順便將他收在懷中的那名女子的低齒木屐一併捲入，擱向廚房角落。

「柴房在……」

「出後門右轉。」

甚三郎重新穿上草屐，打開拉門。那名女侍就站在他面前。

「啊！」女侍左手拿著一個小木碗，右手握著某個東西。女子甫一與甚三郎對上眼，便拿右手裡的東西當石頭擲向他，轉身就跑。

朝甚三郎身上撒落的東西，是蕎麥粒。他伸手阻擋。

「喂，等一下，別跑啊！」

女子並未轉頭，甚三郎進一步喊道：

「剛才的事很抱歉。我一時太衝動了，請妳見諒。」

女子停下腳步，轉過身來，於是甚三郎雙手擺在膝上，低頭鞠躬。

「我向妳賠罪。」

這名女子應該可以很俐落煮好一頓飯吧。這時候還是討她歡心比較好。

女子與他保持距離，按兵不動。甚三郎抬頭望去，發現她就站在亥之助說的那間柴房前面。

「妳看過那間柴房了嗎？」甚三郎對女子說。「聽說裡頭堆滿薪柴和木炭。這樣我們就有救了。」

屋外已經天黑。霞霧更顯濃重，沉沉的飄動著。

「我發現一名同樣迷路的人。是一位擔任造船工匠的老爺爺。」

他是醉鬼的事，還是先別提得好。

「這邊是廚房。我們來升火作飯吧。這裡好像是一棟空屋……」

這時，甚三郎的肚子咕嚕嚕響了起來。

原本蹙著眉頭，一臉嚴肅的女子噗哧一笑。甚三郎也難爲情的笑了。

女子的白布襪沾滿泥土。想必是少了一隻低齒木屐後，一直都穿著白布襪四處走。

「妳的木屐，我也事先撿起來了。」

甚三郎說完這句話後，女子做了個深呼吸，吁了口氣，朝他走來。

「你說的廚房，我也早發現了。因爲這裡過於寬廣，要是迷路的話實在很可怕，所以我才拿著一些蕎麥粒，邊走邊撒在地上。」

但因爲庭院變得愈來愈暗，所以又退回了廚房。

「嗯，妳挺聰明嘛。」

「現在才說恭維話，已經太遲了。」

三人聚在廚房的土間裡。女子可能已發現亥之助老爺爺渾身酒氣，但並未露出嫌棄的神情。老爺爺也對她很親切。

她這才報上名字，說她叫阿秋。

「我在小傳馬町的當鋪二葉屋當女侍。」

一聽聞此言，亥之助顯得如坐針氈。

「甚先生是替高利貸討債的，阿秋妹子是當鋪的女侍，這裡簡直就是我的地獄啊。」

雖然想用笑容含混帶過，但老爺爺可能是頗受這兩種生意的照顧（就不好的含意來說）。只見他的背變得更駝了，清瘦的身軀顯得無地自容。

但阿秋沒看老爺爺，反倒是盯著甚三郎瞧。

「你是討債的？」

她如此低語，將甚三郎從上到下打量了一遍。

「穿得這麼窮酸的討債者，我還眞沒見過。」

甚三郎臉轉向一旁，將徽印短外衣的前襟兜攏。

「不過，你穿工作服，看起來也很不搭。」

阿秋冷酷的眼神，移向甚三郎的雙手。「而且你的手指像白魚一樣漂亮。」

既沒燙傷，也沒水泡或長繭。甚三郎這輩子沒拿過比骰子重的東西。他浪蕩子的身分，彷彿在阿秋直視的眼神下無所遁形，嚇出他一身冷汗。

但阿秋突然改變話題。

「你們兩人是怎麼到這裡來的？我們試著比對一下彼此的說法吧。」

男人們在交談時，阿秋用鐵壺燒開水，從碗櫃裡取出茶具和茶葉罐沏茶。雖是粗茶，但氣味芳香。熱氣滲入脾胃，甚三郎就像又活過來似的。

「我是奉我家老爺的吩咐，到千馱谷送東西。」

不知道是哪裡走錯路。猛一回神，已闖進一片濃密竹林，四周霞霧飄動。

「遠遠可以望見氣派的瓦屋頂，以及像鯱（註一）的東西。我以它當路標前進，就此來到這棟房子的冠木門（註二）。」

冠木門左右兩側是建在石牆上的土牆，一路向兩側綿延。土牆沒一處崩塌。看不到門番小屋，也沒有武士長屋，甚至連一扇窗也沒有。因爲不見人影，我本以爲這裡是死胡同，但我試著朝雙開門一推，門便打開了，於是我走進屋內。

「妳說竹林是吧。我闖進的是一片梅林。而且……」

進入梅林前，在那昏暗的森林與草叢中，他曾被長有利牙和翅膀的妖怪追趕。甚三郎正要說出此事時，急忙又嚥回肚裡。現在就已經夠讓人感到詭異和不安了，不該再談那件事。

「而且怎樣？」

「不，人們常說梅花配黃鶯，但完全沒聽見鳥鳴聲，真的很怪。再說了，我明明是走在臘月中旬雪花紛飛的天氣下，冷得手腳發凍，但那裡怎麼會開滿梅花，而且天氣這麼暖和。」

「經你這麼一提才發現，我一路上也沒看到活的東西。」

連隻小蟲子也沒有。

「亥之助先生甚至還沒走路呢。他大概是被人搬來這裡吧。」

亥之助不發一語喝著粗茶。

「阿秋妹子，這棟屋子妳查探到多深？這麼大一棟建築，總不會是以那座冠木門當正門吧。」

阿秋重重頷首。

「我也這麼認為，但我從柴房和有晾衣場的後院一直繞著走，卻始終到不了屋子的正面。」

先前借用的蕎麥粒也已用光，要是天黑，四周將完全沒亮光。於是她急忙返回廚房，遇上甚三郎和亥之助。

「感覺好像愈走愈寬敞。」

這棟房子沒有盡頭。無從得知整體究竟多大。產生這種感覺後，頓時害怕起來。

「怎麼可能。」甚三郎笑道。「如果眞是那樣，那就是我們三個人都被狐狸或狸貓給耍了。」

沒錯！甚三郎雙手一拍。

「亥之助先生，你身上可有菸草？」

這位紅臉的老爺爺以發抖的手穩穩握著茶杯，搖了搖頭。

「我沒抽菸。如果有那個閒錢，我會拿去買酒。抽菸太浪費了。」

什麼嘛——甚三郎噘起嘴說道，阿秋朝他苦笑。

「如果是被妖怪耍弄，在爐灶升火時，應該就會清醒過來。因為妖怪怕火。」

既是這樣，那這又是怎麼回事？這棟房子是哪個人的宅邸？

「晾衣場前面，有座小小的農田。」阿秋說。「上頭種有蔥和蕪菁。雖然外頭光線昏暗，但我想

註一：是想像中的海獸，虎頭、魚身、尾鰭向上。主要用在屋脊的裝飾，被視為守護神，據說在建築遭遇火災時，會噴水滅火。

註二：柱子上方架設笠木，沒有屋瓦的門。

用來當味噌湯的佐料，可以去幫我取來嗎？」
亥之助老爺爺的紅臉頓時亮了起來。
「妳要作飯嗎？」
「是的。今晚只能在這裡過夜了。等這裡的住戶回來後，我們三人再好好向他們道歉吧。」
甚三郎對亥之助說：「不好意思，就麻煩你幫阿秋妹子的忙了。我拿著燭臺去附近的房間查探看看。這裡有衣服和食物，所以或許也能找到棉睡衣或棉被。」
這藉口聽起來很得體。但不論是後院還是農田，在這從黃昏轉往黑夜的時刻，要甚三郎走出屋外，他說什麼也不願意。
因爲天氣漸冷，阿秋和亥之助也都穿上印有「黑武」的徽印短外衣。阿秋取出束衣帶，將衣袖纏好後，展現出十足的勤奮女侍模樣。
幸好甚三郎的探索最後沒只是淪爲藉口，從廚房再過去的第三間木板地房間，裡頭設有壁櫥，壁櫥內放了幾床薄被和棉睡衣。同時也有瓦燈。這裡大概是傭人們住的地方吧。三個小房間圍著約一坪大的中庭，邊角處設有廁所。
中庭種了一株南天竹。樹下擺了一個老舊的烤火盆，裡頭裝滿了水。烤火盆有一半用竹簾蓋著，上面擺了一個勺子。走下中庭處的脫鞋石，擺了一雙屐齒磨損的木屐。
如果沒住人的話，應該不會有這種擺設。但廁所很乾淨，不像有人用過。甚三郎在如廁時，感到半陰森，半歉疚，一顆心七上八下。
阿秋很快便煮好了飯，還另外作了加上蕪菁和蔥的味噌湯，以及燉煮小芋頭。食物的香味一送入鼻端，馬上感到飢腸轆轆。碗櫃裡有碗、筷子、中碗、盤子，一應俱全。雖然不是什麼奢侈品，但全都沒有缺損或破裂。

三人一起吃著飯。在吃飯前，就只有阿秋一個人雙手合十說了一句「我開動了」，甚三郎和亥之助老爺爺都沒她這等過人的從容。

「亥之助先生。」

用完餐後，阿秋擱下筷下說道：「廚房裡連一滴酒也沒有。你手在發抖，應該很難受，但我認爲這是個好機會，你就當是酒毒散去，得忍過去才行。」

那口吻就像是親生女兒苦口婆心勸說。

老爺爺沒生氣，也沒回嘴。就只是低著頭，無奈望著自己顫抖的雙手。

「我或許會變得不太正常，撒野胡鬧……」

阿秋露出憐憫的眼神。

「你之前也曾撒野胡鬧是嗎？」

「嗯。」

「像這種時候，周遭人都怎麼做？」

「把我趕出去，或是用繩子綁在柱子上。像對待狗一樣。」

「在這裡如果也是這麼做比較好的話，就這麼辦吧。柴房裡有麻繩。」

雖然憐憫，卻毫不留情。

「我會和亥之助先生一起睡。」

甚三郎說，瞪了阿秋一眼。

「不會給妳添麻煩的，所以妳儘管睡吧，不用管我們。」

阿秋正面凝睇著甚三郎。眼神毫無畏懼，不顯一絲怯縮。

「那就麻煩你了。到時候你要是束手無策，請不要找我幫忙。」

阿秋說，晚上到井邊她會害怕，所以餐具等天亮後再清洗，說完便抱著甚三郎找到的棉被和棉睡衣，前往有壁櫥的那個房間。

「要是有地爐就更好了。」

甚三郎朝亥之助老爺爺投以一笑。老爺爺癱坐在地，沒回答。他的頭微微發顫，額頭冒汗。

「我們就睡這個木板地房間吧。先朝爐灶裡燒柴。阿秋妹子可眞節儉。這麼快就熄火了。」

雖然嘴巴上這麼說，但甚三郎根本不會升火，沒辦法，他只好一次點了好幾根蠟燭。

甚三郎套上棉睡衣躺下，但亥之助就只是肩上披著棉睡衣，一直坐著。背倚著廚房的柱子，採取佛像般的坐姿。

老爺爺呼吸急促。甚三郎閉上眼想睡覺。他全身疲憊致極，而且已塡飽肚子，正覺得睏，但他就只是微微打盹，很快就醒來。每次他都會窺望老爺爺的情況，但在蠟燭的光圈角落，老爺爺很安分的低著頭，不住喘息。

——看他這樣，似乎是不用將他五花大綁了。

只要能平安度過今晚就行了。等天亮後，張羅好食物，整裝完畢，就離開這棟屋子吧。不能走梅林。就找尋阿秋走來的那座冠木門和竹林吧。走那條路的話，應該沒有幽暗的森林、草叢，以及鬼吼鬼叫的妖怪。

拿定主意後，終於感覺到濃濃睡意。他翻了個身，背對著亥之助爺爺，就此縮著身子入睡。

深夜時分，不知道已來到什麼時辰。

沙。

一個沉重的腳步聲從頭部旁邊走過。甚三郎微微睜眼。

沙、沙。

一個身材高大的武士黑影，穿著一身鎧甲，幾乎都快抵到天花板了，赫然站在他身旁。

「當時我睡昏頭了。」

梅屋甚三郎沙啞的輕咳一聲，接著說道。

「萬萬沒有想到是這座宅邸的主人現身了。」

可能是想起當時的情影，甚三郎眼神投向空中，望著此刻不在黑白之間裡的某個東西。

「因爲在這樣的太平盛世，不可能有這種穿著鎧甲，準備上場殺敵的武士。太不像話了。」

甚三郎刻意開玩笑的口吻背後，帶有一種令人全身凍結僵硬的恐懼。

「那麼，您當時以爲是什麼？」

「妖怪或怨靈。」

棲宿在詭異的空屋裡，迷惑闖入的人們，取人性命的可怕妖魔。

說到這裡，甚三郎眨了眨眼。他望向富次郎，露出難爲情的笑容，臉上擠滿笑紋。

「總之，不是這陽間之物。所以……」

甚三郎一動也不動，保持雙眼微張，一直靜靜躺著。

「我嚇得魂都快飛了，心裡害怕極了，但我認爲不能讓對方察覺，因而決定裝睡。」

那一身鎧甲的武士黑影佇立在甚三郎的腦袋旁，一動也不動。

「接著，我聽到某個聲音。」

武士的黑影在低語著什麼。

「像謠曲，也像甚句（註）。我從沒聽過的曲調，不僅聽起來陌生，也聽不懂在唱些什麼。」

不久，武士的黑影向前跨步，繞往棉被底部的方向，緩緩遠去。地板再度發出嘎吱聲。同時傳來覆蓋武士肩膀到手臂處的護手鐵板發出卡嚓聲響。

「那名武士消失後，我仍繼續屏息靜候。因爲我不覺得已經沒事了。」

就在這樣的過程中，再度昏沉沉睡著——或者應該說是昏厥。

「隔天一早，阿秋搖醒了我。」

我沒忘了那個身穿鎧甲的武士黑影，正準備告訴她，但當時根本不是談那件事的時候。

「亥之助老爺爺的情況不妙。他面色如土，氣若游絲，豆大汗珠直冒，不管是叫他名字，還是拍他臉頰，他都醒不過來。」

已整理好儀容，洗好臉的阿秋，相當替亥之助擔心，神情慌張。

「我心想，亥之助昨晚並非只是因爲沒酒喝才那個樣子，想必他是患了什麼病。」

——眞不該對他說那麼重的話。

「雖然一大早就哭喪著臉，但還是什麼忙也幫不上。」

甚三郎還是請阿秋準備早飯，他再度對屋內展開探索，看能否在哪裡找到醫藥箱。

「外頭已完全天亮，但霞霧還是一樣濃重，連要看清楚庭院的全貌都沒辦法。」

甚三郎前往昨天去過的走廊，發現那裡和昨天一樣，仍舊點著百目蠟燭。可是蠟燭卻沒有融蠟垂落的模樣，蠟燭長度也沒變短。

「之前也覺得很可疑，但這時候清楚感覺到這裡絕不是普通地方。也許不屬於陽間。」

我們闖進了一個可怕的場所。是被引誘過來，還是被帶過來的呢？不管怎樣，應該都無法輕易離開這裡——我們遭到囚禁。

「在屋裡四處走動，或許又會遇上那名一身鎧甲的武士。一想到這裡，我在繞過走廊轉角及打開隔門時都膽顫心驚。」

自己一個人如果走太遠，來到屋子的深處，恐怕會迷路，令人不安。

「裡頭無比寬敞，雖然不是什麼多複雜的構造，但這樣反而暗藏危險。」

平凡無奇的房間、隔門、紙門、走廊。一時讓人分不清自己身在何方，往哪個方向走。

「因爲霞霧的緣故，陽光無法直接射進屋內，這點也很教人頭疼。」

明亮的地方，到處都一樣明亮，而暗處則都有百目蠟燭照亮。

「當時我才意識到，阿秋昨天邊走邊撒蕎麥粒，眞是個好主意。」

最後，既沒找到醫藥箱，也沒找到對病人有助益的東西，甚三郎只能返回廚房旁的木板地房間。

阿秋幫亥之助老爺爺擦汗，以冰涼的手巾替他的頭降溫，幫他披上好幾件棉睡衣保暖。

「她是個勤快的女人。聰明又機靈，遠比我可靠多了。」

甚三郎回來後，決定先讓亥之助躺一會兒，先吃早飯塡飽肚子。

「阿秋說，昨晚她多煮了些飯，事先作好飯糰。」

——因爲不知道什麼時候會發生什麼事，所以我想先備好食物。

「您說得對，她眞是個能幹又可靠的人。」

富次郎如此附和，甚三郎微微瞠目。原來不是光自己一個人說就好，聆聽者也會發表意見啊——甚三郎彷彿第一次發現這件事。

「因爲您的故事太不可思議了，我一時聽得太入迷。不好意思。」

富次郎微微點了個頭，甚三郎重振精神。就近細看後發現，甚三郎的長相確實俊俏，不會給人反

註：日本的一種傳統歌謠的形式。

感。年輕時在花街應該是頗有女人緣。就連總是因為他的不孝而傷心落淚的母親，恐怕常因為這張臉蛋而狠不下心吧。

「但那飯糰不能吃。」

雖然有五個飯糰，卻全都發餿了。

阿秋大為吃驚，直呼不該有這種事，開始大呼小叫，心生恐懼。

「她說，現在又不是盛夏，飯糰才擺一晚就發餿，太邪門了。」

連鍋裡喝剩，加了蕪菁和蔥煮成的味噌湯，表面也浮了一層黴。就連阿秋切除的菜渣，例如蔥根和蕪菁葉，也在簸箕裡發黑皺縮，用手指輕輕一碰，就從邊角開始崩解。

「我在老家都是別人伺候用餐，在外則是買外食。從沒自己下廚料理，所以不懂阿秋對這樣的怪事所感到的恐懼。」

甚三郎向她安慰道，食物發餿那也是沒辦法，應該是因為屋內比外頭暖和，所以才會發生這種事，重新再煮一次吧，我也會幫妳的。

但阿秋頑固搖頭，不願配合。

——吃了這裡的東西，我們可能會出問題。也許腸子會腐爛啊。

——亥之助先生之所以會不舒服，可能是因為他原本就喝酒喝壞了身子，所以這裡的食物暗藏的毒性，造成他的身體比我們都還要早發作。

「她突然慌了起來。朝廚房的置物櫃裡翻找，取出一個小包袱。」

富次郎已猜出包袱裡的東西是什麼，搶著插嘴道：

「那是阿秋女士從店裡帶去探望的伴手禮，鴨蛋對吧？」

甚三郎驚訝的模樣，連富次郎看了也嚇一跳。

「您爲什麼知道？」

在他嚴肅逼問下，富次郎坦白說出，他們查過阿秋來歷，得知十年前那起神隱風波的始末。

「我聽說，神隱歸來後的阿秋女士，以爲自己在外過了三年，但其實只過了三天。她帶的水煮鴨蛋都已發臭，變得黏糊。」

富次郎陳述時，甚三郎臉上表情轉爲柔和。他低語道——原來當時這件事都傳開啦。

接著他轉爲斜眼打量富次郎。

「三島屋都會仔細調查奇異百物語說故事者的來歷是嗎？」

富次郎略顯誇張的擺手否認。

「我們平時不會這麼做。這是第一次。因爲情況特別。」

甚三郎沉吟一聲，接著沉默半晌，重回剛才說到一半的話題，自己也重新坐正，接著往下說。

「阿秋說，昨天她第一次走進屋裡的廚房時，心想，這個探望用的伴手禮很重要，帶著走萬一掉了，那可萬萬不行，所以她事先收在置物櫃裡。」

打開包袱一看，水煮蛋依舊完好。

「聽說水煮蛋很容易發酸，不過才放了一晚，依舊新鮮。阿秋說，這裡的食物果然邪門，因爲從外面帶來的東西就不會壞。只見她的臉逐漸發白。」

她開始嘔吐了起來，甚三郎極力安慰她。是妳想多了，想得太嚴重了，我昨晚和妳吃了一樣的東西，卻什麼事也沒有，妳振作一點啊。

「這時，遠處傳來叫喚聲。」

喂、喂。

「是男人的聲音。我和阿秋都嚇了一跳，全身為之僵直，不自主靠在一起。」

喂，有人在嗎？請幫個忙吧。男子的聲音如此叫喚。

「不是來自屋內，而是外面庭院的某處。因為大致猜得出方位，所以我決定前往找尋。」

我吩咐阿秋留在亥之助老爺爺身邊，要是發生什麼事，就大聲叫我。

「見阿秋哭得淚眼漣漣，垂頭喪氣，我第一次覺得自己體內真正的男子氣概微微覺醒。」

說完後，甚三郎露出靦腆的笑容。

「其實我心裡也很害怕。要是阿秋不在，我一定會更疑神疑鬼。」

因為甚三郎在森林裡被長翅膀的妖怪追逐過，還在半夜看到一身鎧甲的武士黑影。

「雖然聽起來像人的聲音，但對方也許不是人。要是冒然前往，該不會又遇見可怕的妖怪吧。原本我應該會怯縮不前才對。但當時我沒在原地磨蹭，馬上展開行動。」

甚三郎來到柴房前，扯開嗓門喊道。喂，你在哪裡？喂，聽到的話，就再叫一次吧。

「對方馬上回應。這裡，我在這裡。在竹林裡，喂——」

甚三郎一面與對方相互叫喚，循著聲音來到竹林深處。霞霧飄動，纏繞他的身軀，阻擋視野。

「彷彿只要在外面靜靜站著不動，霞霧也會跟著淤積，變得更濃密。」

他在霞霧中游動，撥開竹林和草叢，終於找到聲音的主人。是一名穿著半身雨衣的年輕男子，以及一名頭戴袖頭巾的老婆婆。

年輕男子名叫正吉。才剛當上日本橋本町三丁目一家藥行的掌櫃，今年二十六歲。半身雨衣算是旅裝，但他說自己並非四處行商賣藥，而是奉店主之命，在前往八王子分店的路上。

「在臘月這個忙碌的時刻，分店的夥計們之間爆發難纏的眼疾傳染病，人手嚴重不足，捎信來請我們派人前往支援。」

那家分店是店主的親戚，昔日照顧過正吉的大掌櫃也在那裡工作。所以昨天天一亮，正吉便整裝完畢，從日本橋出發前往。

「我走出市內，估計是在路過千駄谷那一帶時，走錯了路。」

眼前突然湧現霞霧，難辨東西，待回過神來，人已在森林深處徘徊。怎麼走都走不出森林。

「早上步出店門時，天空灰濛濛一片，通過四谷御門時，天空飄落雪花。因爲這不像是會湧現霞霧的好天氣，所以我心想，這有點邪門，該不會是被妖怪給耍了吧，因而小心翼翼的往前走……」

結果發現這名戴著袖頭巾的老婆婆蹲在草叢裡。

老太太名叫阿繁，頭巾底下藏著一頭銀髮。身穿結城紬，外面披著避風用的短外衣，腳踩草屐，手裡拎著桔梗袋（註）。一副外出裝扮，但她的身體根本無法出遠門。

阿繁家住原宿村，是一位退休地主的妻子，家中擁有大片農田，以及多名佃農。

「去年秋初，我丈夫中風倒地，雖然保住了性命，但遲遲無法痊癒，至今仍無法說話，連自己翻身都沒辦法。」

爲了祈求丈夫痊癒，阿繁到村裡的寺院膜拜藥師如來，在住持的建議下努力抄寫經文，抄好經文便送去寺內供奉。昨天上午，她在女侍的陪同下離開家，走在平時走慣的那條約半里（約兩公里）遠的道路，走著走著，不知爲何竟迷了路。

猛一回神，已和女侍走失，獨自在這座陌生的森林裡徘徊。她疲憊不堪，不知如何是好，靠著樹幹蹲下休息時，正好被正吉撞見。

註：底部作成像桔梗花的形狀一樣呈五角形的提袋。

「為什麼會迷路呢……經這麼一提才想到今早好像有霞霧，我才在想，怎麼天氣這麼好。」

雖說是退休老翁的妻子，但畢竟先生是地主，想必過著優渥的生活。阿繁身形福態，穿著不俗。雖然此刻一臉疲憊，無精打采，但平時想必是位模樣好看的老太太。她少了一顆右上方的虎牙，背部微駝，但不像老到連回家的路都不認得。

「依藥行的習性，我出門總會帶幾個藥包在身上，還帶了午飯要吃的飯糰以及水筒。」

正吉讓阿繁服用提神藥，分飯糰給她吃，稍事休息後，兩人繼續往前走，想走出森林。

「不久，天漸漸黑了，不得已，昨晚只好在森林裡過了一宿。」

正吉撿拾枯枝和落葉，升火取暖。天明後，他們以朦朧浮現在雲中的太陽當指標，開始往前走，來到那片竹林。

「隔著竹林和濃霧，可以望見巨大的瓦屋頂和像是鯱的東西，我心想，這下終於有救了。」

但阿繁已經走不動了。正吉背起她，撥開竹林一路前進，但遠遠可以望見的瓦屋頂卻始終無法靠近。感覺他們又被霞霧所騙，一直在同樣的場所兜圈子。

「連我也不知如何是好，心中略感恐懼，於是就大聲呼救。」

遇到甚三郎，三人一同回到那棟屋子，在那氣派的廚房裡與阿秋見面，正吉與阿繁似乎真的當自己獲救了。看他們兩人這樣，甚三郎覺得很過意不去，於是他主動說道：

「這是一棟詭異的房子，但慶幸的是這裡有食物。你們看。」

甚三郎讓他們兩人看置物櫃裡的白米、雜穀、凍餅。

「烤餅應該很快吧。我們朝爐灶升火燒水吧。」

當他們展開這樣的對話時，阿秋就像再也按捺不住似的，臉色一沉，厲聲說道：

「這裡的東西都不能吃。它們有毒！」

「不能這樣一口咬定吧！」甚三郎也對她吼了回去。

「要是不吃，就會沒力氣動啊。妳這女人眞是死傷筋。」

「可是……」

見他們兩人突然吵了起來，阿繁看得目瞪口呆，但正吉則相當眼尖。

「躺在那裡的人是怎麼回事？」

他指著躺在木板地上的亥之助老爺爺問道。

「他情況怎樣？我帶在身上的藥或許派得上用場。請讓我幫他診斷。」

對這時的甚三郎來說，這可眞是及時雨。正吉熟練的幫亥之助老爺爺檢查身體，並向阿秋問了些話。他因爲沒酒喝，昨天直冒冷汗，雙手發抖？他本人也這麼說是吧，原來如此。

「長期酗酒的人常有這種反應。酒毒傷了他的五臟六腑，肝腎尤其嚴重。此人的胸口裡嚴重積水。大概是水腫。」

我這裡沒有能馬上治好他的藥，但如果是要解熱鎭痛，我倒是有辦法。請給我一杯白開水。讓他服下吧——不久，亥之助老爺爺醒來。

「我是藥行的人。你覺得哪裡痛嗎？會腹瀉嗎？會想吐嗎？」

老爺爺回應正吉的詢問，雖然聲音微弱，但好歹還能出聲。唔，嗯，會。聽到他出聲後，甚三郎也鬆了口氣，但阿秋哭了出來。

「就說吧？亥之助先生是因爲酒毒而身體虛弱。他在來這裡之前就這樣。不是因爲食物的關係。拜託了，在我們餓死前，先吃點東西吧。」

阿秋抽抽噎噎著手準備，理應已筋疲力竭的阿繁也主動幫忙。甚三郎心想，女人就算成了老太婆，還是一樣很了不起。不像他，向來都過著飯來張口的生活，眞該感到羞愧。

吃了烤好的餅後，阿繁的臉恢復了氣色。正吉的動作也變得更加俐落。

「病人喝米湯最合適。我帶著煎藥在身上。這藥頗具功效，能溫熱身子，徹底逼出惡汗。有小鍋子嗎？」

在正吉的指示下，阿秋全都依言照辦，沒再多言。廚房瀰漫熱氣，食物與煎藥的氣味混雜在一起。亥之助老爺爺可能是肚子餓了，阿秋替他添的那碗米湯，他一下就喝光了。

「亥之助先生，你可別嚇我啊。現在感覺怎樣？」

「……嗯，好多了。」

太好了。甚三郎也恢復了朝氣，腦袋漸漸可以正常運作。

「你們可以先躺下來休息一會兒。這裡有棉被、棉睡衣、短外衣，廁所在那邊。」

安排好他們三人休息後，甚三郎跑去與阿秋當面談。

「他們兩人說的話，妳怎麼看？」

「我怎麼看……？」

因爲剛才哭過，阿秋眼睛紅腫。

「妳說過，妳也是從竹林來到這棟房子對吧。不過，妳通過的那座冠木門，他們兩人卻沒看到。我剛才去帶他們兩人回來時，也沒通過什麼冠木門。」

換句話說，剛才甚三郎走入的竹林，是在環繞這棟房子的土牆內。或者是有一處很寬敞的地方沒有土牆。正吉和阿繁就是從那裡誤闖此地。剛才甚三郎也是在不知不覺中通過那裡。

「然而，就算想用這個道理來理解，卻還是覺得不合理。」

難道不是像昨天阿秋說得那樣？這棟房子愈走愈寬敞，沒有盡頭。根本無從知它整體究竟有多大。不管怎麼走都在土牆內，不知從哪邊開始算是外頭，就連分界線也模糊不明。

「我只知道，我誤闖的那座梅林很危險。」

說到這裡，甚三郎拿定主意，坦白說出他在梅林外的森林裡被長有翅膀的妖怪追趕的事。

「不是只有一兩頭——不，因爲牠們就像鳥一樣，或許說一兩隻比較正確。算了，這不重要。總之，牠們有一大群。」

好不容易才恢復平靜的阿秋，血色就此逐漸從她臉上抽離，看了教人同情。

「抱歉，告訴妳這麼可怕的事。不過，我說的句句屬實。」

還有一件事。甚三郎毫不猶豫說出昨天那名鎧甲武士的事。

「我只看到一個黑影。那到底是幻影，還是眞有其人，我不知道。我聽到沙沙的腳步聲，所以可能是人，但現在這個時代，竟然還穿著頭盔鎧甲，那應該不是正常人。」

阿秋雙手抵向胸前，身子蜷縮。

「我什麼都沒發現……」

「這樣才好。因爲要是看了，妳就沒辦法打起精神了。」

如今回想，感覺像是作夢，但我當時感覺到那個黑影武士的眼神。他俯視著我。

「我們一定得離開這裡才行。」

五個人一起逃走。

「就算沒有妖怪，也不能一直待在這裡。也不能一直這樣放著亥之助先生不管吧。等正吉先生身上的藥用完，他的狀況又惡化，他會就這樣逐漸虛弱而死。」

要逃的話，就趁天亮的時候。備好食物和飲水，穿越竹林。只要走進森林，應該就能順著之前闖進的道路走回去。

「接下來我再將屋子裡裡外外查探一遍，蒐集能派上用場的工具。要是有拖車或手推車，就能載亥之助先生走，這樣是再好不過了。就麻煩妳準備食物了。我也會請正吉先生砍伐竹子作成水筒。」

阿秋注視著甚三郎。

「今天就走嗎？」

「我是很想這麼做，但阿繁女士的疲勞還沒恢復。」

要是一下子又走不動，會造成其他三人的負擔。

「白天時張羅準備，晚上大家全部一起睡在廚房，等明天一早立即出發，這樣可以吧？」

阿秋縮著身子，緊咬嘴唇。

「今天煮的食物，有可能明天就又全部餿掉了。」

話才一說完，她急忙接著補充道。「我並不是說食物有毒。」

「嗯，我知道。這樣的話，食物等明天早上再準備就行了。就作成餅吧。這比煮飯省時間。」

「那麼，今天我先煮飯，也會蒸小米，作成粟餅。」

等過了一晚，要是發餿，就全扔了。如果沒發餿，就打包帶走。

「除了上廁所，妳一律別離開廚房。要和亥之助先生、阿繁女士待在一起。一定要三個人一起。」

「甚三郎先生，你打算自己一個人行動嗎？」

正吉在休息這段時間，也只能這麼做了。

「我會小心。對了，記得不時敲打一下廚房的鐘。藉著鐘聲，不管我人在哪兒都能得知方位。」

「要不要帶麻繩去？」阿秋指著土間的屋柱。「一頭綁向那根屋柱，就這樣帶著走。」

「這樣走不遠啊。」

「把手巾撕裂，纏在麻繩上，就這樣一路往前走，不是很好嗎？」

這樣不方便行動，要是纏住身體也很麻煩。但面對阿秋認真的眼神，甚三郎只好決定讓步。阿秋擔心他的安危，他很開心。

「我明白了，就這麼辦。」

他決定先從柴房繞著屋子外圍走，盡可能繞遠一點。不是遠離屋子，而是沿著屋子外牆走。要是有拖車的話，應該會進入視線裡吧。

他將衣服下擺塞進腰帶裡，而那件寫有黑武的短外衣，因為覺得陰森怪異，所以他改穿上自己的棉襖外出。麻繩的一頭朝自己的左手腕繞了一圈，其餘的掛在肩上，然後一邊放一邊走。他在懷裡塞了幾條手巾，脖子上也纏了手巾，就像圍巾一樣。

霞霧濃重。不光是濃濃的在空中飄蕩，而是保持一定的間隔，朝屋子湧來，退去，又湧來。輕飄飄的碰觸身體後，感覺帶有一股溫熱。

——比昨天還要暖和。

昨天在臘月的雪花下迷了路，來到那處盛開的梅林，大吃一驚。那是芳香撲鼻的真正梅林。不是幻影。現在腳踩的地面也不是幻影。

但有點邪門。這裡非但梅花盛開，還帶有仲春的暖意。雖然在灰濛濛的天空下，陽光朦朧，但等雲層散開後，不知道會有怎樣的陽光露臉。會是充滿三月的暖陽嗎？

甚三郎緩步而行，有個白色之物飄然落向他鼻端。

他驚訝的停下腳步。接著陸續有白色之物飄落。碰觸甚三郎的臉頰。

是雪花嗎？難道我回到原來的地方？

可惜他心頭的雀躍只有短暫的瞬間。待他明白這白色之物為何後，頓時感到一陣暈眩。

那不是雪花。是混雜在溫暖的霞中，隨風飄散的櫻花花瓣。落在他眉毛上，貼在他嘴脣上。以手指拈起後，旋即虛幻的散去。

掛在肩上的麻繩，剩兩圈就到底了。得纏上手巾才行。雖然心裡這麼想，但甚三郎的目光被前方廣闊的景象所吸引，不自覺往前走。麻繩從他肩上掉落，繩圈脫離他手腕，落向地面。是櫻花林。在這片漲退不定的霞海中，一片厚實的花群。

甚三郎驚訝的屏住呼吸。霞霧就像見他感到驚訝而開心似的，突然向後退去，櫻花林陸續呈現他眼前，櫻花雨漫天飛舞。

昨天盛開的梅花已經結束，今天是燦放的櫻花。

這裡果然不屬於陽世。時間的經過與這世界不同。食物放一晚就發餿，恐怕也是這個緣故。恐懼和納悶，令他的心臟跳得又快又急，都快跳出喉嚨了。

但那盛開得無所忌憚的櫻花林景致實在太美，看得甚三郎為之泛淚。這裡到底是什麼地方？這麼詭異的地方到底是怎麼回事？爲什麼我們會被囚禁在這種地方？

「呀！」

櫻花林裡迸發出一個曾經聽過的聲音。甚三郎嚇得魂不附體。

「呀！」

背後傳出叫聲。他急忙往後望。但視線被霞霧阻擋。連剛才掉落的麻繩也看不見。他急忙向後退，爬也似在地上摸索探尋，這次改換頭頂上方傳來叫聲。

「呀！」

「呀！」

「呀！」

還傳來陣陣振翅聲。每次發出啪嚓啪嚓的振翅聲，櫻花就會散落，花瓣飛舞。

甚三郎趴在地上看到了。從流動的霞霧縫隙間，有無數顆眼睛緊盯著他。

不是白色的眼白，而是金色。還有像貓一樣尖細的黑色眼瞳。
成群的妖怪潛藏在櫻花林裡。
「呀！」
在無法動彈的甚三郎面前，有一隻妖怪從櫻花林中竄飛而出。翅膀拍動一下、兩下。牠先飛向高空，接著朝甚三郎飛來。體型遠比想像中來得大。頭和身體都像小孩子——跟梅屋的童工一般大。翅膀也很長，振翅帶起的旋風吹向甚三郎的臉。
他聞到腥臭味、鐵鏽味、血腥味。
妖怪長著人臉，配上鳥翼，底下的兩隻腳是長著銳利鉤爪的獸腳。而更教人難以置信的，是牠的尾巴在空中猛然揚起。那是蛇。牠的尾巴是一條蛇。
妖怪露出一整排利牙，朝他飛降而來。那是猛禽發現獵物時的動作。對甚三郎展開襲擊。
我得逃命、我得逃命、我得逃命。但全身動彈不得。甚三郎就此凍結，只會閉緊眼睛。
就在這時——
「呀！」妖怪發出被撕裂般的叫聲。飽含霞霧的風，以及振翅聲，都爲之紊亂。一陣溫熱的水氣濺往甚三郎臉上。
他回過神來，急忙向一旁躍開。
「快趴下！」
一個強而有力的聲音朝他叫喚，緊接著，聲音的主人從霞霧中竄出，朝甚三郎奔來。
是位武士，一身筒袖服搭騎馬裙褲，並配載護手和布質綁腿。右手握著長刀，左手像持盾般，緊握斗笠，擋在甚三郎面前，不讓妖怪靠近他。此人目露精光，雙唇緊抿。
又有一隻妖怪落下。武士手持長刀，使勁往空中一掃。傳來唰一聲，白色羽毛四散。

「呀！」

這隻妖怪以女人的聲音發出慘叫，飄然墜落，消失在霞霧中。隔了一會兒，才發出一聲沉重悶響。這聲響宛如成了導火線，在霞霧重重包圍的櫻花林裡，頓時湧現許多怒吼般的叫聲。成群的妖怪不住啼叫，振動雙翅。

牠們成群來襲！甚三郎雙手在地面搔抓，努力想要逃走。那名身穿騎馬裙褲的武士拋下斗笠，左手一把抓住甚三郎的後頸。

「站起來！快跑！」

甚三郎被用力一扯，整個人趴倒在地上。接著又被拖了起來。

「快逃啊！」

在武士的厲聲喝斥下，甚三郎不顧一切的往前衝。武士比甚三郎高大，動作也比他快，他不顯一絲慌亂和躊躇，行事果斷。他保護甚三郎，站穩腳步，揮舞長刀，將妖怪們逼退後，兩人一同奔跑。

「你是這棟屋子的人嗎？入口在哪裡？」

武士緊盯著妖怪，朗聲問道。

「我不知道。我也一樣迷了路。」

甚三郎發現武士的臉和胸口，都濺滿了像墨汁般的黝黑汁液，爲之一驚，低頭看自己，也是一樣的慘狀。當他發現那是妖怪的血，頓時感到噁心作嘔。這段時間，武士仍忙著用手中的長刀斬殺來襲的妖怪。能用刀子砍傷牠們，可見妖怪不是幻影，雖然模樣駭人，但牠們有生命，只要奮勇相抗，就有勝算。

噹，噹。傳來一陣鐘聲。就在兩人逃往的前方某處。離此不遠。只要沿著外牆跑就能抵達。

「武士大人，往這邊走。鐘聲響起的地方便是。」

齒牙打顫的甚三郎如此喊道。妖怪的叫聲旋即在一旁迸散開來。甚三郎脫下棉襖，握在手中，朝怪叫聲傳來的方向一陣亂揮。本欲飛撲而來的妖怪，面對這意外的抵抗，就此改變方向逃離。

「好，請你帶路。」

武士如此說道，長刀一揮，再度擊落一隻妖怪。妖怪的單邊翅膀被斬斷，在地上爬行逃散。在地上留下一道黏稠的黑色血痕，散發出令人皺眉的臭味。

噹噹噹。阿秋敲著鐘。拜託繼續敲，別停啊。

沿著外牆逃離時，妖怪們的叫聲與振翅聲逐漸遠去。霞霧飄動，逐漸盈滿四周。

「甚三郎先生！」

是阿秋的聲音。從前方的霞霧中傳來。鐘聲仍繼續敲響。

「你在哪裡？」

「我在這邊，這邊！」

甚三郎雖然已氣喘吁吁，但仍聲嘶力竭的回應。這時，從霞霧中亮起燈籠的亮光。

「看得到亮光嗎？在這邊！」

甚三郎和身穿騎馬裙褲的武士，朝那盞上下左右搖晃的燈籠亮光奔去。因爲兩人的奔跑帶動了風。霞霧退散，視野變得開闊後，看見阿秋正用雙手捲繞甚三郎遺落的麻繩，像在翹首遠望般望著他們。手中提著燈籠的人是正吉，他同樣踮著腳，雙腳不斷踏步。

「這邊啊，甚三郎先生！」

兩人就站在柴房旁。阿秋手中的麻繩，一邊仍舊綁向廚房的屋柱，所以只有這段距離的麻繩處在繃緊的狀態。

甚三郎之前從這裡出發，沿著屋子外牆往右繞圈。他沒發現昨天那片竹林，取而代之的，卻是出現一座櫻花林，他拚了命逃，繞了一大圈，最後又來到同樣的地方嗎？

這棟房子果然古怪。昨天原本有的東西不見了，昨天原本沒有的東西，此刻卻出現眼前，沒發現這棟屋子的新出入口，明明連走帶跑走了那麼多路，卻還是只能來到之前已知的地方。

儘管如此，終究還是平安歸來了。被第六名遭囚禁的人所救。

這位身穿騎馬裙褲的武士，名叫堀口金右衛門。是九州的小藩栗崎藩的家臣，領有二萬石的奉祿，擔任江戶家老的侍從。年約四十，雖然身材不算魁梧，但長相精悍，身材精壯，動作輕靈。從他剛才與怪物對抗的身手，便猜得出他擁有一身不凡的劍術。

「我藩的下屋敷位於目黑一處高臺。前天少主開始暫住，今早騎馬遠行，在下陪同隨行……」

騎馬跑在目黑川沿岸時，突然湧來霞霧，環繞四周，馬因畏怯而停步。

「跑在前面的少主及侍從的身影，都被霞霧掩蓋，連馬蹄聲也聽不到，叫喚也沒人應聲。」

覺得邪門的金右衛門翻身下馬。

「我在四周探尋，但霞霧愈來愈濃，始終尋不著少主。非但如此，在下的馬不知不覺消失了。」

和馬保持距離時，在霞霧中，感覺就像手中的韁繩綁在一旁的樹幹上。馬呼吸的沉重鼻息，以及牠因早上的寒氣而化爲雪白的呼氣，全都消失不見。

「不過，令堀口大人您迷失方向的霞霧，應該很溫暖吧？」

面對甚三郎的提問，金右衛門微微瞠目。

「噢，一點都沒錯。還微帶櫻花香氣。明明是臘月，卻瀰漫春霞，當眞古怪。而且它像牛奶一樣濃密，伸手不見五指。」

就算按兵不動，情況也沒改善。於是金右衛門順著流動的霞霧繼續往前走。不知走了多久，很快便來到一處開滿櫻花，令人看得目瞪口呆的森林。

「這更加讓人覺得是妖怪所爲。在下當時認爲自己是被迷惑了。」

不知道少主是否平安無事。或許也和金右衛門一樣，被困在這片霞霧和櫻花林內。他極力保持平靜，一再呼喚少主和侍從的名字，走進櫻花林時突然遇上長著翅膀的成群怪物，並看到甚三郎遭受襲擊——就是這樣的經過。

「託您的福，我才撿回一條小命。謝謝您。」

甚三郎在廚房地板上雙手撐地，低頭行禮。聽完兩人交談，阿秋再度臉色發白，雙手緊摟著身體，靜默不語。阿繁靠向她，似乎很替她擔心。

「我們待在廚房，一直都不見甚三郎先生回來，所以阿秋妹子試著敲鐘，敲了幾聲後，庭院遠處便傳來像鳥兒喧鬧般的聲響。」

正吉如此說道，窺望阿秋的神情。

「我試著拉動綁在屋柱上的那條麻繩，發現它很鬆弛，所以緊張得不得了。」

「我一時不小心鬆手了。」

就結果來看，這樣反而好。要是一直在意繩子的事，不知道會怎樣。

阿秋得知甚三郎不在麻繩的另一頭後，自己一個人不顧一切就要往外跑。是正吉拉住她，點亮燈籠，和她一起來到柴房旁。

「我只想到要一直呼喚甚三郎先生。鐘聲是阿繁女士敲的。」

金右衛門和甚三郎全身都沾滿了妖怪的黑血。雖然相當駭人，但這也證明了金右衛門劍術過人，值得倚賴。阿秋幫忙清除衣服上的髒汙。

甚三郎他們道出整件事的始末，金右衛門一直冷靜聆聽。他沒罵一句「說什麼鬼話」，否定他們說的話，也沒蹙眉，露出難以置信的神情。

五個人全聚集在廚房裡，亥之助老爺爺就睡在他們身旁。可能是正吉的藥奏效，他已經退燒，呼吸也漸趨平穩。但依舊面色如土。

「——栗崎藩的地勢多山，所以……」

待甚三郎他們說的話告一段落後，金右衛門開口道。

「有不少詭異的傳說，例如誤闖山中與世隔絕的村莊，或是深山老妖的住處。也許這棟屋子也是那種怪異的傳說之一。」

「不過，雖說在江戶城外，但離江戶市並不遠啊。」甚三郎說。「應該不可能會有山中老妖。」

「說得也是。倒不如說，山中老妖一面磨著菜刀，一面用大鍋燒開水，將我們煮來吃，這樣還比較好懂。」

金右衛門一本正經說道。

「在下當時騎馬沿著目黑川沿岸跑。你則是朝目白而去。」

他望了甚三郎一眼，接著目光移向正吉和阿繁。

「你要去八王子，妳要去原宿村，妳則是從小傳馬町到千駄谷跑腿。」

阿秋朝金右衛門點頭。她的眼睛仍舊浮腫，但現在她應該正努力想平復心情。

「全都是位在江戶市的西側，亦即武家宅邸零散分布，滿是農田的偏僻場所。在那裡被霞霧包圍，與同伴走失，在下甚至還失去了座騎，獨自誤闖森林……」

「亥之助先生說他喝醉睡著，醒來時，人已經在這座宅邸的土牆內。」

「那名病人嗎？」

「是的。沒問出他是在哪裡喝醉的，不過，他說自己是深川一名造船工匠，被家人趕出長屋。」

嗯——金右衛門瞇起眼睛。

「這麼說來，沒迷路的就只有亥之助一人嘍。」
「這有什麼問題嗎？也許是他喝醉酒，記不得了。」
聽正吉那樣說，甚三郎感到煩躁起來，心想，不管是怎樣都不重要。現在才調查眾人怎麼來，有什麼助益？更重要的是思考如何離開這裡。
阿秋縮著脖子，小小聲說道：「今天早上我餵亥之助先生喝米湯，當時他說，感覺自己像是喝得爛醉，作了一場噩夢。我也有同樣的心情，所以我明白他的感受。」
「可是，就算捏自己臉頰也不會醒來，所以這不是夢。」
這樣的交談令甚三郎猛然一驚。夢？對了，如果是夢的話，我也做過。自己清楚明白是在作夢的那種夢境。
灰化爲灰，塵化爲塵。
腦中響起聲音。張口吞下黑暗，沉溺在黑暗中的恐懼。化爲白骨逐漸消失，無比虛幻的身體。你得悔改。
「怎麼啦，甚三郎先生？」
其他四人皆望向甚三郎。
「啊，抱歉。昨天我抵達這棟屋子時，因爲疲憊而坐著打盹。當時作了個夢，我剛才想起。」
沒想到金右衛門聞言後趨身向前。
「怎樣的夢？」
「咦。就只是普通的夢。」
「是來這裡之後才作的夢嗎？也許裡頭暗藏什麼含意。」
夢裡，甚三郎望著沉溺於賭博，讓父母傷心落淚的自己，大聲喊著「我不要這樣」。說出來之後覺得很難爲情。但此時就算想隨口含糊帶過，也瞞不過金右衛門的目光。

沒辦法了。他呑呑吐吐道出此事，但當他提到自己在夢中聽到那像在說教般的男子聲音時，金右衛門頓時下巴往內收。

「他叫你要告白，說出自己的罪是嗎？」

「嗯，大概是吧。」

「然後要你悔改，祈禱，你確實聽到這樣的話？」

「應該沒錯。」

由於金右衛門神情無比認眞，甚三郎漸感不安。正吉與阿秋面面相覷，阿繁則是不知從什麼時候起，已雙手合十。

「這事同樣很詭異，不過和山中老妖的情況不太一樣。」

金右衛門雙臂盤胸。

「甚三郎先生看到那名身穿鎧甲的武士，該不會也是夢裡的人物吧？」阿秋說。

「身穿鎧甲的武士？」

「等等，怎麼有這件事？」

唉，眞麻煩。原本並不打算坐下來談，而是直接離開這裡。因爲勢無可避，只好坦白供出一切，甚三郎斜眼瞪阿秋一眼。妳明明害怕得要命，一副意志消沉的模樣，卻又愛多嘴。

「既然那長翅膀的怪物不是夢，那麼，最好別將那位武士看成是夢或幻影。」金右衛門環視眾人，如此說道。「那位武士或許是這棟屋子的主人。在你們之前的查探中，是否有發現什麼印有家名或徽印的東西？」

手上的唯一線索，就只有那印有黑武兩個字的徽印短外衣。阿秋拿出來給金右衛門看。

「對了，燈籠箱和燈籠上，也都沒印上姓氏和家徽呢。」正吉側著頭感到納悶。

「堀口大人，您知道黑武家嗎？」

面對阿秋的詢問，金右衛門搖搖頭。「我一時之間想不到。至少就我所知，沒有哪位大名或旗本是這個姓氏。也許是已經絕後的門第。」

甚三郎再也按捺不住。「我想早點離開這種地方。堀口大人，您應該也很擔心與您走失的少主此刻的安危吧。」

「這是當然，不用你提醒，在下也明白。」金右衛門的回應毫不留情。「但這是一座被潛伏著怪物的森林包圍，大小和構造都無從捉摸的屋子。要是魯莽的四處走動，會有危險。」

「而且怪物也不會進到這棟建築裡面。」

正吉馬上附和起金右衛門的話，那自以為聰明的嘴臉，看了就討厭。

「不見得是這樣。等天黑後，不知道會怎樣。因為那位身穿鎧甲的武士，在我枕邊四處走動。」

「所以我不是說了嗎，那有可能是夢！」阿秋都快哭了。

噢——

屋外傳來像是某個巨大之物發出低吼的聲響。在場的五人全都屏住呼吸。阿秋不自主的抓緊甚三郎的衣袖。正吉縮起脖子，阿繁緊閉眼睛，開始默念南無阿彌陀佛。

嗡、噢、嗡。

既像是某種生物的呻吟聲，也像是轉動巨大石臼的聲響。連振動都一路傳了過來。是這棟屋子在顫動。這屋裡的某處在顫動。

「——太陽要下山了。」

從爐灶上的煙囪、廚房窗櫺縫隙照進的陽光，逐漸染成暗紅色。接著漸漸變細、轉暗。

「待在這裡，時間流逝過得特別快。」

甚三郎脫口，因一股從背後往上竄的寒意而發抖。等天色變暗就出不去了。會被關在這棟屋子裡。而且不確定明天的早晨是否會再到來。

「大家別慌。」

金右衛門沉穩說道。

「別輕舉妄動，保持安靜。」

在廚房的木板地上，就像嚇得無法動彈般，靜靜坐著的甚三郎、阿秋、正吉、阿繁。持續沉睡不醒的亥之助老爺爺。還有目光炯炯，擺好防備架勢，緩緩由坐姿改爲跪姿的堀口金右衛門。

在誤闖這裡之前，他們互不認識，是毫無瓜葛的陌生人。但此刻，他們全都在這兒，並非是隻身一人，這是他們唯一的內心依靠。

甚三郎伸手探尋阿秋的手，握住她冰冷的手指。阿秋也用力反握。一個工作勤奮的女人，手的肌膚好粗糙——甚三郎心中暗忖。明明是這種時候，卻覺得她無比可愛。

夜晚籠罩這棟屋子。

嗡。

低吼響了一陣子又回歸寂靜。照向窗櫺的最後一道暗紅色陽光，宛如被吸收般消失於無形。

「我們每個人都只會驚慌害怕，好在有堀口大人帶領我們。」

梅屋甚三郎從受損的嗓子硬擠出沙啞的聲音，接著說道。

「他不光只是位武士，也是位不簡單的人物。要是沒有他在，我和阿秋都不可能存活。」

他身上的嚴重傷痕，以及「存活」話語中潛藏的危險含意，透露出接下來的故事走向。但在感到提心吊膽之前，富次郎見甚三郎的額頭冒出細汗，雙手微微顫抖，對此感到在意。

「您是不是累了？要不要休息一會兒？」

富次郎神色平靜的轉移話題後，甚三郎低頭望向自己雙手，面露苦笑。

「簡直就像那時候的亥之助先生一樣，但我這並非是酒毒所造成。從那棟屋子回來後，這十年來，我連一滴酒也沒辦法喝。」

當酒氣行遍全身，身子發燙，燙傷的傷便發疼。連手腳失去的指頭也隱隱作痛，實在很沒道理。

「一旦喝了酒打起盹來，就會作噩夢。沒半點好處。」

他狀甚痛苦喘息著。

「您要不要躺下來休息一會兒呢？」

富次郎如此建議，但甚三郎搖頭拒絕。

「謝謝您的貼心，但請讓我盡可能繼續說下去。要是沒說完，後續我會請阿秋說完。」

他倚著憑肘几，吁了口氣，像在調勻呼吸般，接著再度開口。

「剛才您提到，阿秋回到工作的二葉屋時以爲過了三年，但其實她失蹤後，只過了三天對吧。」

「是的。」

「詳細來說，其實有點出入。在那棟房子裡，時間確實過得很快，所以就像阿秋說的，我們全都目睹了約莫三年的季節變換。」

但他們其實心裡都很明白，這季節變換的速度實在「快得離譜」，而且屋子四周自然景致的轉變，未必是照著季節順序走。

「那是完全意想不到的轉變。」

「就我剛才所聽到的，原本竹林的所在地，突然變成了櫻花林吧。」

「對。當下次竹林出現時，地點又換了。我一開始誤闖那處盛開的梅林，最後再也沒出現過。」

明白這點，是因爲甚三郎他們在堀口金右衛門的指示下每天寫日誌，並畫下平面圖。

「木板地房間的置物櫃裡堆放了各種大小的全新記帳本。任憑我們使用。」

除了亥之助老爺爺，金右衛門對包含自己在內的其他五人進行工作和角色的分配。不光是他身分的緣故，還有儀表、人品、過人的智慧，都讓甚三郎他們很自然仰賴金右衛門，對他言聽計從。

首先由阿秋和阿繁負責平日家事，在這棟屋子裡，以廚房的木板地爲中心，盡量不離開這裡。有事要前往庭院時，最遠只到柴房和水井周邊，而且一定要找人同行。

至於照顧亥之助的工作，則由阿繁向正吉詢問，看如何照料。至於比阿繁年輕，腰腿也比較有力的阿秋，則是負責維護種有蕪菁和蔥的農田。另外，廚房的置物櫃裡有何種食物，有多少存量，都要仔細調查，記在帳冊上。帳冊上還要記載每天吃了多少。如果阿秋自己一個人記帳有困難，就請正吉教導，從中學習。

其他三個男人幫忙種田，搬運薪柴和用水。這算是家事，但是粗重活。而正吉則除了要照顧亥之助外，還得管理手中的藥包和煎藥，找尋屋裡是否有派得上用場的道具，想辦法作出東西來。

而一聽到金右衛門說要寫日誌，正吉馬上自告奮勇。

「我會將所見所聞全都記下。恕我直言，如果是堀口大人和我，可能會有特別的發現。」

他似乎寫得一手好字。甚三郎也會寫字，所以聽他那樣說，心裡再度感到惱火。甚三郎心想，我絕不能輸你。

「接下來要到屋子外圍探索，用麻繩來測量長度，畫下平面圖。」

一聽到這個提案，甚三郎馬上主動舉手自願。

「也許又會遇上怪物。」

「只要是和堀口大人同行就沒關係。我也會努力幫您的忙。」

在展開探索前，阿秋與阿繁將手巾撕裂，搓成繩索，接在原本的麻繩上，加長長度。

「我會將它纏在腰上。」

金右衛門與甚三郎持續展開六天的探索。從廚房後門走向庭院後，以柴房爲起點，往右走了三天，往左又走了三天。入夜後就點亮燈籠，以及正吉發揮巧手爲他們作的火把。火把不光能照亮四周，遇到危險時，也能充當武器使用，令人壯膽不少。

這六天的時間，霞霧都不曾消失過。感覺如果站著不動，霞霧就會愈來愈濃，這似乎不是自己的錯覺，要是沒一直動，金右衛門和甚三郎恐怕都會迷失彼此的身影。

另一方面，令人吃驚的是，他們完全沒遇上怪物。既沒看到怪物的身影，也沒聽到「呀」的叫聲及振翅聲。所以得以在金右衛門的鼓舞下，前往離屋子很遠的地方，但最後並未找出活路。

環繞屋子的土牆變化無常，有時就擋在面前，有時不管走再遠，就是遇不上。盛開的櫻花林才兩三天就消失，變成長得密密麻麻的雜樹林，走在林中，有時還會發現輕輕一跨就能越過的溪澗。

「第一次闖進這裡時，記得好像聽到水聲。」

聽甚三郎這麼說，金右衛門來到水邊蹲下，手指泡進水中。

「很普通的水。」

說完後，他甩乾手指的水。

「既不會咬人，也不會說話。和櫻花林一樣，應該就只是這裡一種裝飾吧。」

他們以麻繩和手巾搓成的繩索量測距離，畫進平面圖中，加上標記，隔天再次來到同樣的場所一看，溪澗已消失無蹤。

最令人驚訝的，是從柴房往左走的第一天，依太陽所在的位置推算，相當於屋子正北方處，他們來到一座遼闊的蘆葦原。

這裡是水邊。因爲被霞霧阻擋，連這裡究竟是沼澤、池子，還是河灘，都無法分辨。

「這種景致還是第一次看到。」

他們試著以枯枝插進水中，得知水深約一尺多。要是進入水中，前方的水位也許更深。

「這是靜止的死水。」

不同於溪澗的流水，整個浸淫蘆葦根部的幽暗積水顯得無比濃稠，釋放出嗆人的臭氣。

「不能冒然走進水中。找艘船吧。」

甚三郎聽從金右衛門的建議，在飽含溼氣的徐風吹拂下，在水邊探尋，但只找到一根斷折的船槳。沒有船。水邊無比悶熱，動沒幾下就微微冒汗。金右衛門取下雙刀，脫下身上的衣服，全身穿一條兜襠布。

「請將繩索纏向在下腰間。」

他拔出短刀，握在右手中，左手拔除擋路的蘆葦，緩緩走進蘆葦原中。

「請小心。」

甚三郎在一旁看得提心吊膽。也許會有妖怪躲在水中，想將金右衛門拖進水底。到時候甚三郎救不了他。他既沒膽量，也沒能耐。

「底下似乎積了厚厚一層泥。」

金右衛門以腳尖探尋，如此說道。

「沒有魚，也沒聽到水鳥的聲音。」

這裡果然沒有生物存在。

「甚三郎，你看得到在下的身影嗎？」

「看得到。」
「那我再前進一點。」
嘩啦、嘩啦。傳來金右衛門向前邁步的聲響。那討人厭的霞霧，逐漸纏向站在水邊的甚三郎。
「堀口大人，看不到您的背影了。」
沒有回應。
「堀口大人！」
死水嗆人的惡臭。霞霧中一整排的蘆葦，仔細一看全已乾枯。不，不對。剛才看的時候明明還很翠綠，是漸漸變得乾枯嗎？
「堀口大人！」
眼前的霞霧不懷好意，使甚三郎的聲音變得渾濁不清，從中阻撓。讓金右衛門變成獨自一人，實在可怕。甚三郎也害怕自己變成獨自一人。
他想再次朗聲叫喚時，金右衛門已在霞霧中倒退走回來。因為走得甚急，還差點跌倒。
「您、您怎麼了！」
甚三郎出聲叫喚，金右衛門腳下因泥巴而踩滑，差點一屁股跌坐地上時，他以短刀插向地面，勉強撐住身子。兩人背後傳來一陣風。霞霧被吹跑，成群的蘆葦同時為之低垂，眼前為之開闊，金右衛門剛才見到的景象，映入甚三郎眼中。
那寬敞的蘆葦原，其實縱長只有八、九公尺。前方就像被截斷般，再也沒有蘆葦，那是水色碧綠，煙波浩渺的一座湖。
此刻在湖中深處有某個東西扭動著身軀，浮出水面。
那東西興起波浪，濺起水花，從水中一躍而出。甚三郎敞開雙臂也沒牠大，但那只有尾鰭的部分。啪！尾鰭用力打向水面。握住短刀而立的金右衛門，被濺起的水花迎頭淋下。甚三郎嚇得腿軟，癱坐在水邊，屁股在地上拖行，一路往後退。

湖面冒出氣泡。那尾大魚又要出現了嗎？準備朝這裡衝來嗎？

金右衛門搖頭將水甩掉，轉身奔過蘆葦原跑了回來。風已止息，乾枯的蘆葦抬起草尖，成排阻擋他的去路。金右衛門動手撥開，但蘆葦反彈，百般阻撓。他因泥巴而腳下踩滑，無法快速前進。好不容易才爬上乾硬的地面，金右衛門氣喘吁吁。

「那、那、那是什麼鬼東西啊？」

甚三郎抓住金右衛門的腳，直打哆嗦問道。

「不清楚。因爲看到一個無比巨大的魚影，我馬上便折返回來，撿回了一命。」

那是怪物，是妖怪。

「就算有船，我死也不想去那種鬼地方。」

甚三郎已顧不了分寸，粗魯說道。他齒牙交鳴，雙膝打顫。

金右衛門從脫下的筒袖服懷中取出手巾，開始擦拭身體，並笑著說道：

「這沒什麼，下次來這裡的時候，也許它就變成草原了。」

不過，現在暫時只能在平面圖上畫下一座大湖，甚三郎已不想再踏足這個地方。

這六天的探索，只查明一事。

「不管在屋子外頭再怎麼探索，也找不到出口。」

景色頻頻改變。地形會改變，表示就算事前做好準備，也是徒勞無功，會有新的怪物或妖怪來襲的掛慮，一樣無法消除。

——要是湖泊消失變成森林，鬆了口氣，而放心的走在上頭，也許會遇上兩層樓高的巨熊。

光想到這點，甚三郎便嚇得膽子縮得跟螞蟻一樣小。

但金右衛門毫不畏懼。「爲了不讓我們逃往外頭而如此用心安排，這表示這屋子的主人將我們留在屋子裡，另有所圖。」

既然這樣，就應該靜下心來，改對建築內展開探索。

「我們爲何會被引誘來到這裡，遭到囚禁，這謎題的答案應該也在屋子裡。」

只要能明白屋子主人的意圖，應該就能明白，要想從這裡得到解放得做什麼才行。

「這麼說來，是要找尋甚三郎先生看到的那位身穿鎧甲的武士嗎？」

也不知道是幸還是不幸，鎧甲武士之後一直沒再出現。

「那名武士不見得就是屋子的主人。」

也許他只是妖怪，也可能是屋子主人的隨從，負責監視甚三郎他們，不讓他們逃走。

甚三郎意志消沉，一旁的正吉與阿秋互望一眼。接著正吉趨身向前。

「堀口大人，這個請您過目。」

他取出兩本帳本。上頭寫滿了文字。

「我請阿秋妹子和阿繁夫人幫忙，試著將屋內所有道具和衣物全部紀錄下來。」

有碗、盤子、筷子、小盆、棉睡衣、浴衣、燈籠、蠟燭，連廁所的手紙數目也都清點過。

「這本寫的是食物。」阿秋也打開帳本，指著上頭紀錄。「麻袋裡的米、雜穀、芋頭、凍餅，今天吃掉的分，隔天天亮就恢復原本數量。田裡蔬菜也一樣。蔥和蕪菁都在同樣的地方重新長出。」

暫時不必擔心會餓死。

「道具和衣物都多到用不完。蠟燭怎麼也燒不完，座燈用的上等菜籽油，不管用再久，油量都還是滿到瓶緣。」

金右衛門和甚三郎外出的這六天，留在屋裡的他們也四處查探。
「不過，我帶在身上的藥包和煎藥，倒是使用後就會減少。」
金右衛門聽正吉這麼說，頗感興趣的翻閱帳本。
「也就是說，原本這屋裡就已經有很多東西，就算使用也不會減少。可供養數十人無虞。」
我們發現，就只有一樣東西數量有限——正吉接著說。
「就是徽印短外衣。」
藏青色的棉質徽印短外衣。左右的衣襟上以小字寫著黑武，背後有方框與十字重疊的罕見白色徽印，似乎不是家紋。
「這種徽印短外衣就只有六件。」
剛好是甚三郎他們的人數。
六名遭囚的人。
「莫非這屋子的主人是要命令我們穿上這件徽印短外衣，當他的僕人嗎？」
正吉的口吻相當明快，不顯恐懼之色，但阿秋的表情則是因難過而緊繃。要留在這裡當僕人。不知道什麼時候才能工作期滿。
「原來如此。」
金右衛門低語道，頻頻頷首。
「既然這樣，就大家一起穿上這件徽印短外衣吧。」
只要順從這棟屋子的意願，或許就不會被妖怪或鎧甲武士襲擊。
「僕人不能未經主人許可，擅自離開屋子。只要我們遵從屋子主人的意見，表明在完成其命令之前，絕不會逃離這裡，那麼，自然就會知道接下來該怎麼做才好。」

只要表明態度，願以僕人的身分來爲這棟屋子服侍，屋子的主人就會下達命令。只要能完成命令，工作期滿的日子總有一天會到來。

「這怎麼行，隨便任憑對方發落，這教人要怎麼心安啊！」

甚三郎忍不住脫口道。

「要是這屋子的主人打算將僕人一個一個宰了，那該怎麼辦！」

金右衛門顯得無比冷靜。甚三郎發現他臉上閃過一絲宛如俯視螻蟻般的神色，頓時心生怯意。堀口大人當我是個窩囊廢。

「那麼，你可有其他好主意？」

經他如此反問，甚三郎無言以對。

「如果穿上徽印短外衣，就能放心的在屋子裡四處走動，那不是很好嗎？」

阿秋雖然嘴角緊繃，但她還是朝金右衛門頷首。

「我認爲堀口大人沒錯。我會把整個屋子打掃乾淨。也會清洗碗盤和衣物。要是發現哪裡需要修繕，就會動手修繕。也會準備飯菜。不光大家要吃的份，今後也會準備屋子主人的份，就像陰膳（註）一樣，這樣可以吧？」

阿繁抬起她那瘦骨嶙峋，滿是皺紋的手，輕撫阿秋的背。

「雖然我是彎腰駝背的老太婆，但不會以工作爲苦。就讓我回想年輕時的過往，幫忙農活吧。」

這是在搞什麼，怎麼個個都幹勁十足啊。甚三郎心裡焦急。我並不是只會害怕，我可是很認眞在思考啊。

註：爲了替旅行在外的家人祈求平安，而供奉的食膳。

這時，一個久未聽到的聲音傳來。

「我是位造船工匠。」

是亥之助。不知何時，他爬出被窩，正要靠向一行人在木板地上聚在一起的地方。

「幸好有正吉先生的藥，我身體狀況好多了。有材料和道具，我什麼都會作，修繕也難不倒我。」

阿秋急忙飛奔向前，扶起亥之助，帶他走進眾人圍成的圓圈裡。正吉很周到攤開徽印短外衣，披向亥之助用來當睡衣穿的浴衣背後。

「如果是工具箱的話，就在柴房裡。我們看看裡頭有什麼吧。」

正吉面露微笑，伸手搭在亥之助肩上。

「我也幫你的忙。還有，你得好好服藥才行喔。」

「要、要、要是能造出一艘小船的話……」

甚三郎脫口說出自己想到的事。

「或許就能划過那座湖，逃出這裡……」

金右衛門沒搭理他。其他眾人都把臉轉向一旁。

「好，那麼在下就在屋內探索，畫下平面圖吧。阿秋，請給我徽印短外衣。」

金右衛門穿上徽印短外衣後，阿秋他們三人也跟著穿上。

「甚三郎先生，你打算怎麼做？」

阿秋手裡拿著甚三郎的那件短外衣，以跪姿立起身，目光這才望向他。

「如果你不能接受的話，就照你自己的意思做吧。」

說這話的正吉，當眞狂妄。這傢伙原本有這麼惹人嫌嗎？

「──給我吧。我也會穿上短外衣。」

接著甚三郎抬頭仰望金右衛門的側臉。

「堀口大人，請繼續帶我到屋內展開探索。麻煩您了。」

金右衛門不發一語的站起身，思索一會後說道：

「要是在探索時，覺得有生命之危，你大可自己逃命，不必管我。我們是同樣身分的僕人。」

饒了我吧。請別用如此精悍的神情講這種挖苦人的話嘛。這句抱怨來到了喉頭，但最後甚三郎還是低下頭，默默把這句話嚥回去。

「之前我都沒特別留意，甚三郎先生是從事什麼工作啊？阿秋妹子，妳知道嗎？」

正吉故意裝糊塗出言挖苦，甚三郎裝沒聽到。

屋內的探索從廚房展開。金右衛門打開一本全新的帳本，在第一頁角落裡畫下方形的廚房，並補上相鄰的木板地房間。

而屋子也很乾脆讓身穿徽印短外衣的六人明白其意。探索的第一天下午，金右衛門和甚三郎從廚房走出第十五個房間，順著點亮百目蠟燭的長廊往右前進，來到盡頭，發現一扇像倉庫門般的厚實雙開門。門上有門把，沒上鎖。那扇門很滑順的緩緩朝他們的方向開啓——

等在他們面前的，是一座噴發白煙的漆黑火山。

「眼前是無法完全納入視野中的巨大隔門圖繪。是我一生中見過最寬敞的房間。約莫有兩百張榻榻米那麼大——或許還要更大。」

爲了支撐這樣的大廳天花板，等距立著粗大的屋柱。有隔門圖繪的方位是北側，西側和南側是塗上白灰泥的牆壁，東側則是他們剛才一路開門走來的牆壁。

那三面白色牆壁，沒任何裝飾。也沒用來替大廳隔間，架設隔門的門檻，上方沒格窗，也沒雕刻。沒家具和用品，空蕩蕩的大廳，就只有那巨大的隔門圖繪清楚浮現眼前。

「那幅隔門圖繪，在剛踏進門時，乍看是一片漆黑。整幅畫黑色的部分就是這麼多。」

待一開始的驚詫平息，確認圖中畫的是一座漆黑的大山及山脊後，他再度倒抽一口氣，呆立原地，感覺就像被吸進畫中。

「那不是高山……不，也許頗有高度，但整體山勢平緩，不是像富士山那樣的形狀。」

無法清楚描述，甚三郎顯得有些心急。富次郎突然移膝向前。

「方便的話，可否由我畫給您看？」

「咦？」

「我向來愛畫畫，不過只有玩玩的程度。一旁的書桌上也有筆墨和紙，所以我就照您的描述大致畫下那幅隔門圖繪，這樣或許對您陳述後續的故事會有幫助。」

幸好梅屋甚三郎沒因此感到不悅。他轉頭望向背後的掛軸。

「既然您會作畫，那麼，待會是否也會在那張半紙上作畫呢？」

「是的，正如您所說。」

將故事者講的故事畫成圖畫，富次郎藉此聽過就忘。

「當然，我不會讓任何人過目。」

富次郎特別強調這點，加以說明。

「嗯，剛才您說『會讓內心化為空白，聆聽您的故事』，這話聽起來頗有道理，我覺得這麼做比較能接受。」

聽他這麼說，富次郎鬆了口氣，摩拳擦掌。心中暗暗叫好。

他俐落將書桌移到一旁，打開硯盒著手準備。

「大廳約有兩百多張榻榻米那麼大對吧。那您知道有幾片隔門嗎？」

「我數過，所以我知道。」甚三郎頷首。「剛才如果先說的話會比較好懂。一共有四十九片。」

四十九。很不乾脆的數字，而且不太吉利。

「當時我也這麼想。因為大廳北側，剛好是五十片隔門的寬度。」

但從出入口的門這側來看，最裡頭那片不是隔門，不是灰泥牆，不知為何，是隔門形狀的木板。

「感覺別有含意對吧。這塊木板的部分，之後故事中會提到。」

「我明白了。那麼，就寫四十九片。」

富次郎在眼前的榻榻米上，橫向擺了五張半紙。

「這一片當作是十片隔門。最左邊的這地方是木板，不是隔門。」

他先指出大小，拿起毛筆。

「是山腳處很寬廣的一座山是嗎？」

「不，並不是一路往山腳延伸，而是整個從平地隆起……」

甚三郎右手握拳靠向嘴邊，以沙啞的嗓音咳了一兩聲。他思索該如何比喻好，最後似乎想到了。

「有了，就像裝滷味的平碗。將蓋子拿掉，整個碗倒過來覆蓋著，就是這種形狀。」

這麼一來，碗底的部分就成了山頂。

「那裡有個大凹坑，積滿鮮紅的熔岩，噴發白煙。」

「原來是火山啊。」

畫圖時富次郎全神貫注，口吻變得比較隨便。

「山頂在哪一帶呢？」

「幾乎是正中央。啊，我的意思是大廳的正中央。」

「高度多高？離隔門的上方約多遠？」

「約離一尺多。」

甚三郎說，這座巨大的火山，背景是灰色的天空，像抹了泥巴般，顏色斑駁，有紅、黃、金色的粒子飛散其中，閃閃生輝。富次郎猜想，這應該是在顏料中摻入雲母。

「這麼說來……應該是像這樣吧？」

爲了不讓半紙移位，他用左手一張一張按住，大動作揮動毛筆。甚三郎注視他筆下那幅畫。

「對、對。」

就是這個大小的山，山頂凹坑積滿熔岩的地方……

「約有五片隔門那麼寬。山頂本身相當寬廣。應該說是平坦吧，就像臺地一樣。」

甚三郎試著伸手在空中畫出形狀。看起來也像是踏腳凳。

「如果是這樣的話……」

富次郎攤上五張新的半紙，重新畫了一遍，就像是一個底部寬廣，沒有碗底的平碗。積滿熔岩的山頂凹坑，寬度約莫是第三張半紙的一半大小。

「這裡是一處很深的凹坑嗎？」

「這個嘛……就像是岩石崩塌，呈鋸齒狀，從縫隙處滿出鮮紅的熔岩一樣。」

甚三郎的目光隨著富次郎的筆尖走。

「啊，對。那座漆黑的山就是這個形狀。」

甚三郎頻頻點頭，確認畫在半紙上的形狀。

「您的畫技眞好。就是這樣的景色沒錯。」

說到這點，甚三郎突然不再言語。富次郎手持毛筆，抬眼望向他。只見甚三郎雙手緊緊抱住自己的身軀，全身僵直。
「梅屋先生，您沒事吧？」
梅屋先生。富次郎又喚了一次，甚三郎這才宛如解開了咒縛。
「抱歉。突然覺得一陣寒意。」
他的前額和鼻梁微微冒汗。露出袖口外的手臂冒著雞皮疙瘩。不過，唯獨他燙傷的傷痕，既沒冒汗，也沒起雞皮疙瘩。
「像這樣由您畫下後，我頓時就明白了。原來這座漆黑的火山，一直存在我心中。」
在心裡深處噴發白煙，發出隆隆聲響，熔岩沸騰。

咕嚕、咕嚕、咕嚕。
踏進大廳的甚三郎，耳中確實聽見這個聲響。
這只是一幅隔門圖繪。雖然大得令人傻眼，但這不過只是裝飾。
然而，可以看見它噴發白煙，隨風流動的模樣。在山頂的凹坑深處積滿了深紅色的熔岩，愈往外緣，愈呈暗紅色，且高高隆起。不時會噴發出小氣泡。
而且這聲響——傳向全身的，難道不是火山的鳴動聲嗎？
漆黑火山後方的天空，灰濛濛一片，同樣被強風攪亂，不時改變顏色的濃淡。不時有金色粒子發出亮光，迸發出鮮紅的火花。
「這風好熱……」
傳來一陣像在顫抖般的低語聲。站在一旁的阿秋，面對那幅隔門圖繪，害怕得無法動彈。
「說、說什麼傻話啊。別笑死人了。」

甚三郎馬上像在挑人毛病似，語帶不屑說道，但他自己同樣雙膝打顫，害怕極了。他不敢相信眼前的景物，不想直視。很希望這是夢。沒用。甚三郎是清醒的，而且睜著雙眼。就像阿秋說的，吹來的是熱風，熱得教人無法喘息。他滲進徽印短外衣衣襟的汗水，已經溼透。

令人難受的不光是酷熱。還有臭味。這是什麼臭味？呼吸時，臭得令人皺眉。

啵。

發出一個沉重黏稠的聲音，那幅隔門圖繪裡的火山山頂，濺起暗紅色的熔岩。灼熱的岩漿從火山口邊緣溢出，從漆黑的山壁流下，拉出一條紅線，不久便冷卻凝固，轉爲黑色，化爲山壁的一部分。

不可能有這種事。這明明只是一幅隔門圖繪。

眾人都呆立原地，發不出聲音。

「這、這、這到底是怎麼回事？」

正吉步履踉蹌步向前，想接近那幅畫。他抬起手伸向前，但金右衛門一把握住他的手臂，將他拉回來。

「不可以靠近。」

那是充滿威嚴又嚴厲的聲音。汗水從他鬢角滑落。

「這不是普通的隔門圖繪。是眞正的火山。隨便碰觸會送命。」

大家後退。金右衛門雙手攤開，將其他五人往回推。

「退到牆邊，快點。」

在他強硬的催促下，阿秋第一個應聲。她牽起阿繁的手，從隔門圖繪前逃離。駝背的阿繁在阿秋護送下，步履蹣跚走著，就像雙膝發軟似的，坐向牆邊。

亥之助老爺爺見狀回過神。很窩囊的在地上爬行，他不光只是退下，整個人背部和臀部都緊緊貼向隔門圖繪對面的牆壁上。

「不能深呼吸。要淺淺吸吐。這是硫黃的氣味。如果不小心提防，毒氣會入侵肺腑。」

金右衛門瞪視著隔門圖繪，雙脣緊抿。正吉一面窺望他的側臉，一面緩緩離開隔門圖繪，靠向牆邊。阿秋緊抓他的衣袖。

甚三郎後退兩、三步，一時雙腳打結，跌坐在地。明明因驚恐而嚇得膽顫心寒，卻又汗如雨下。

低沉的鳴動聲再度傳來。身體感覺得到。隔門圖繪裡的火山發出的鳴動聲，不只震撼這座大廳，連整棟屋子也隨之震動。地板開始搖晃。是地震。阿秋輕聲尖叫，和阿繁一起身子蜷縮。亥之助大聲驚呼。金右衛門則是微微蹲身，單手撐向榻榻米。

一再搖晃。緣廊發出卡啦卡啦的聲響。但在大廳裡，只有隔門的鳴動聲。隔門圖繪文風不動。搖晃終於逐漸平息。地震停了。噴飛的白煙流經隔門圖繪的天空。

這時，圖畫中的一部分山壁崩塌。應該是因爲剛才地震的緣故。小石子和土塊嘩啦嘩啦滾落。就這樣在望著眼前這一幕，瞪大眼睛，無法動彈的眾人面前，穿出隔門圖繪，滾到了大廳的榻榻米上。是一撮土塊。仍兀自散發騰騰熱氣。它在自己本身的熱氣下蒸發，轉眼便消失無蹤，但榻榻米上留下燒焦痕跡。

從隔門圖繪中跑出的灼熱土塊，令甚三郎他們所在處的榻榻米爲之燒焦。

不可能有這種事。但偏偏發生在眼前。

「這應該不是在下眼花吧。」

金右衛門望著隔門圖繪，如此問道。汗水從他下巴淌落。
「大家都看到了嗎？正吉，你看到了嗎？甚三郎呢？」
甚三郎舌頭縮回喉嚨裡，發不出聲音。
「啊、啊、是。」
正吉以拉高音調的聲音回答。
「我確實看到了。土塊從圖畫裡滾了出來。」
榻榻米上的燒焦痕跡沒消失。就在眼前。不管再怎麼揉眼睛，也還是看得到。
「是嗎。」
金右衛門的聲音依舊嚴肅，但口吻很平靜。
「既然這樣，看來不是在下失去理智了。」
金右衛門靜靜向後退，將騎馬裙褲掃向一旁，蹲向甚三郎身旁，立起單膝。
「沒人受傷吧？」
他環視眾人。在這個無比寬敞的大廳裡，盈滿火山噴發的熱氣。
亥之助耐不住炎熱，想脫下徽印短外衣。眾人都因爲這離奇的現象大受震撼，沒想到要這麼做。
這時，金右衛門嚴厲的制止。
「不能脫！」
亥之助身子一僵。
「穿著才能保護你的安全。我不會讓你在這裡待太久，所以你繼續穿著。」
亥之助大吃一驚，重新穿上徽印短外衣，阿秋和正吉則是將衣襟兜攏。
甚三郎也這麼認爲。因爲這衣服象徵這屋子的僕人對吧？只要穿著它，就能平安無事的在屋內四處走動。

金右衛門立起單膝，轉身面向隔門圖繪。

「如大家所見。不知道這是怎樣的咒術，不過這幅隔門圖繪是有生命的，火山也是。」

明明是圖畫裡的火山，為什麼會有這種事？甚三郎極力思索此事。怎麼會有這麼離譜的事！

「而且從地鳴聲和白煙噴飛的情況看來，似乎已快要火山爆發。」

阿秋與阿繁緊抱著彼此。亥之助背貼著牆壁，哭喪著臉。而那愛耍小聰明，令人惱火的正吉，雖滿臉溼汗，卻仍頑固抬起臉。他這是在逞強。他其實嚇得都快滲尿了吧。和我一樣。

啊！呼吸困難。好熱。好臭。

「將我們引來這棟屋子，把我們關在這裡，不懂屋子主人的用意為何。但既然有這座火山，我們不能一直甘於這種被幽禁的生活，沒那麼多時間了。」

要是隔門圖繪裡的火山爆發，將引發大地震。燃燒的岩石飛來，熔岩滿向大廳。絕非剛才的土塊能比。屋子會因地震搖晃，屋柱傾倒，天花板塌陷。湧入屋內的熔岩將引發烈火，將一切焚燒殆盡。

「在那個時刻到來前，我們無論如何也得逃出這棟屋子。」

怎麼有這麼離譜的事。明知無濟於事，但甚三郎還是像在念阿彌陀佛般不停叨念。又不是變魔術。就像圖畫裡的餅吃不到一樣，畫裡的火山怎麼可能會燒毀一切！

「這個隔門圖繪，就是這棟屋子的關鍵。」

金右衛門此話一出，頓時發出「咚！」一聲巨響。甚三郎等人彈跳而起。金右衛門迅速擺好防衛架勢。

隔門圖繪邊角處的那塊木板敞開著。

「──只有那裡是可取下的活門板。」

富次郎一面聽梅屋甚三郎說，一面擺上新的半紙。

「是隔門形狀的木板整個往下掉，門就此開啓對吧。」

「沒錯。走進裡頭一看，是長約一間半的走廊。」

寬度比一片隔門還要寬些。牆壁和天花板也都是木板。木板採縱向鋪設。那不是一個小房間，怎麼看都是長廊。盡頭處一樣是木板地。

富次郎在半紙上畫了一個方塊，想當這是活門板，但他旋即改變主意。還是像平面圖一樣，畫出從上俯瞰的形狀比較好。

「我們讓阿秋、阿繁，還有已完全嚇壞、派不上用場的亥之助老爺爺離開大廳，由我們三個人走進去一探究竟。」

我也很害怕──甚三郎苦笑道。

「當時我心想，如果能從中查明些什麼，我想知道眞相。而最重要的是，和堀口大人在一起，令我壯膽不少。但我馬上便陷入深感後悔的窘境。」

我眞不應該看的。

甚三郎緊緊咬牙，全身僵直，他脖子上的燙傷傷疤開始抽動。

「那短短的走廊上，到處都留下掌印，數都數不清。連天花板也有。是燒焦的手留下的痕跡。」

富次郎就此停筆。他不想畫。手要怎麼抵向天花板？唯一可能就是被熔岩的奔流沖走，一路被抬至天花板的高度。

在熔岩的高熱燒灼、滾燙下，能存活多久？

「彷彿許多人在這裡推擠、敲打、搔抓，看得出動作留下的痕跡。甚至有人用指甲使勁搔抓。」

甚三郎閉上眼，重重吁了口氣，伸手拿起茶杯。喝乾杯裡已經涼掉的一半番茶。

「彷彿可以聽見想找尋出口的人們發出的慘叫。說來慚愧，我當時哭得眼淚鼻涕直流。」

富次郎默默遞出懷紙。甚三郎拿它擦拭眼睛，擤去鼻涕。

「正吉也臉色發白，但他還是比我堅強多了。他努力想搞懂眼前的事。」

這個隔門圖繪是這棟屋子的關鍵。我們這樣解釋，所以出口打開，逐漸見到能逃往外頭的路。

「沒錯，這裡是唯一的路。」

金右衛門如此說道，伸手搭向盡頭處的活門板。現場有許多掌印散落各處，他毫不畏懼以自己的手掌搭向其中一個掌印。

「不過，要打開接下來這個活門板，要找出什麼來解釋才好呢？」

他握拳敲向眼前的活門板。咚。甚三郎發現那響聲很清脆。對面是空的。

「可是……可是這……」

正吉變得結結巴巴。

「就算可以打開這個活門板，會不會前方又是同樣的活門板擋住去路？」

這個短短的走廊顯得很不自然。原本像是一條長廊，硬生生做出這樣的隔間。

一定是這樣沒錯。所以敲打起來才會發出這麼清脆的聲音。甚三郎如此暗忖。他只是沒力氣說出口而已。不，是不敢說出口。

金右衛門又敲了一次。咚。

「不打開來看的話，永遠不會明白。」

他說，不能未經確認就這麼放棄。是，是。正吉見他說得堅定，急忙想要迎合。但表情因恐懼而扭曲。

「還是我們另外找別的路呢？也許只是我們還沒找到而已，如果仔細找的話……」

金右衛門一面用徽印短外衣的衣袖擦汗，一面搖頭否定正吉那像在央求般的話語。

「我很遺憾，這是不可能。這棟屋子一直在混淆我們。我們現在連整體構造是怎樣都沒弄明白。屋子主人指示的出口就只有這裡。我們被引導來這裡。既然這樣，出口就只有這裡。」

胸中有一團怒火上湧。甚三郎就像要把它吐出似的，放聲喊道：「就算你這麼說，那接下來該怎麼做才好？是要解開什麼謎題？這裡一切都太詭異了，全都無從捉摸！」

金右衛門不為所動。就是這樣我才討厭武士，把我們的性命當成螻蟻看待。

「你別慌亂。要破解的謎題應該不少。光是能看出前方的指標，就已經算有收穫了。」

這是考驗──金右衛門說。

「如果無法突破考驗，就會像在這裡留下掌印的人們，命運在此終結。」

現在明明因炎熱而汗水直流，但甚三郎的身體卻因為絕望而逐漸冰冷。

「莫名其妙被帶來這裡，困在這裡，接下來要接受考驗是嗎？」

他齒牙交鳴。一邊說喪氣話，一邊涕淚縱橫。

「這樣吃盡苦頭是哪門子懲罰啊。告訴我，我們到底做錯什麼。我什麼也沒做啊。饒了我吧。」

他對自己的柔弱和怯懦已經不在意。現在無暇顧及羞恥。

「做錯了什麼是吧。」

金右衛門就像在細想他這句話的含意，重複說了一遍，轉頭望向甚三郎。

「你說你誤闖這裡之後，作了個噩夢對吧？」

大喊著「我不要這樣」而醒來──

「你夢見自己被黑暗吞噬，化為白骨。還說在夢裡聽到某人的聲音。」

啊，對哦。那聲音說了什麼？

灰化爲灰，塵化爲塵。

你要告白，說出你的罪。

你得悔改。

甚三郎試著再次說出，金右衛門表情驟變。像是感到怯縮。

「好，在此多待無益。離開這裡吧。與隔門圖繪保持距離，沿著牆邊跑。」

他們穿越大廳。不斷傳來鳴動聲。噴發的白煙。吸氣便可能會傷及肺腑的熱風。嗆人的硫黃臭味。三人穿過那扇門時，又發生地震。這次時間很短，搖晃一下便平息。就像在提醒他們，你們已經沒時間了。

*

遭囚禁的六人應該找出來破解的謎題是什麼？

這屋子的主人究竟是誰？

爲什麼要把人抓來，困在這個地方？

他們六人要怎麼做才能被釋放？

屋子的主人到底要什麼？要獻出什麼，對方才肯饒恕他們六人？

「繼續在屋內探索吧。找出線索來。」

這是堀口金右衛門的想法。

「不能坐著等候火山爆發。在下和正吉，甚三郎和亥之助，分成兩組人馬，往東西兩邊行動。平日的工作就交由阿秋和阿繁負責。我們還活著，還是得吃飯睡覺生活。」

其他五人無從發表意見。就算想自己逃離這裡，森林裡也有怪物埋伏，蘆葦原前方那片廣闊的湖泊，裡頭潛藏著一尾巨大的怪魚。

「各位，別自暴自棄。天無絕人之路。要有信心。」

雖然很想將大廳裡的火山也看作是一場噩夢，但留有硫黃和汗水臭味的衣服、沾滿灰的手腳、身體多處火辣辣的燙傷，都不允許這樣逃避。

最重要的是，六人發現那座大廳後，情況似乎有了改變，現在不管待在屋裡的什麼地方，一天之中都會多次感覺到火山鳴動及微微的地震。

火山爆發正漸漸逼近。

另一方面，不知道是什麼樣的意圖產生影響，這個地方時間流逝的速度變得更快了。

一夜過去，屋外已是夏日景致。

還是一樣霞霧濃重，覆蓋天空，景色爲之朦朧。但後院那小塊農田裡的作物，一口氣長高許多，葉子增生不少，井裡的水變得溫暖，吹來的風潮溼悶熱。

照這樣下去，再過四、五天就會入秋，等十天不就會立起霜柱了嗎？就像在追趕他們六人。也像在他們即將走向人生終點的日子裡，讓他們見識美好的四季色彩。

「我們困在這裡的這段時間，外頭的世界恐怕已過了好幾年吧。」

沒人記得阿秋。大家都忘了甚三郎。他們六人失蹤，已是很久以前的事，沒人想要找尋他們。不，是大家早已放棄。

「別擔心。」金右衛門向他說理。

「現在唯一要想的事就是逃出這裡。煩惱其他事只會不知所措，喪失鬥志。」

不過有件事，希望大家能好好思考。

「在下也不確定。就只是有個想法……」
希望大家回顧自己過往的人生，看是否犯下什麼罪過，或是做過什麼壞事。
「堀口大人，您這話是什麼意思？」
愛耍小聰明的正吉，此時也充分展現其個人風格，顯得忿忿不平。但金右衛門依舊不改其色。
「在下明白各位感到意外，但請試著想想看。就算想到什麼也不必說出來。藏在心裡即可。」
甚三郎想起他在那場噩夢聽到的聲音。金右衛門聽他提到那件事後似乎曉悟什麼，顯得怯縮。
「這和我在夢裡聽到『你得悔改』，有什麼關聯？」
金右衛門不想明說。「現在還不清楚。就是因爲不清楚，所以只能這樣拜託各位。好了，我們著手探索吧。」
四個男人兵分二路，又開始畫起屋子的平面圖。一天過去，兩天過去。平面圖愈畫愈大，卻苦無新發現。
金右衛門和正吉又試著進入隔門圖繪在的大廳。只要想去那間大廳就到得了。爲了謹愼起見，金右衛門在平面圖上記下路線。
與亥之助一組的甚三郎，光是自己要振奮精神就已經很吃力，現在還得聽這個老爺爺說喪氣話。這可眞是件苦差事。
想回家的心，甚三郎也是一樣。我同樣沒道理受這種罪。我同樣覺得可怕，感到痛苦。你就別再叨絮不休了。快站起來走。如果你想坐下來哭的話，那請自便。
一開始因酒毒而虛弱的亥之助，最顯意志消沉。明明有阿秋和阿繁作飯，他卻不好好進食，成天只想喝酒。老是抱怨說他燙傷的地方還覺得刺痛，不想聽金右衛門使喚。
「這樣四處探尋，根本就是白費力氣。」

甚先生，我們還是渡過那座湖，逃離這裡。

「我會造船。只要從森林砍伐樹木，就有材料了。既然要找，就找能用的工具吧。」

「不可能逃離那座湖的。你要我說幾遍啊。」

亥之助沒目睹那尾巨大的怪魚，所以這也難怪。但這麼想就感到煩躁難耐。

「如果你眞這麼堅持的話，就去那座湖看看啊。恕我不奉陪，你自己去。」

當時兩人重新來到有百目蠟燭的走廊。在廚房西側第十根的地方。這種走廊不管站在什麼地方都一樣，走進這裡時，無法看清楚其全貌，前方就只有燭火在黑暗中搖曳。

「啊！累死了。我走不動了。」

亥之助蹲下身。

「因爲你都不好好吃飯。」

「我肚子痛。」

「那你待在這兒。我去前面確認一下。」

「我不要。甚先生，你也待這裡嘛。」

亥之助緊緊抱住甚三郎的腳，甚三郎無情甩開，亥之助一時亂了手腳。這時，他的手打中甚三郎的臉。

「你搞什麼啊，臭老頭！」

他揪住亥之助那件徽印短外衣的前襟，一把將亥之助拉了起來。兩人的臉湊近。

從亥之助的口中聞到一股酒臭。

甚三郎覺得不可能，但確實發出臭味。

「老頭子，你喝酒是吧！」

甚三郎朝他咆哮。

「你到底在哪兒找到酒的？」

「我才……沒喝……呢。」

亥之助被勒緊脖子，手腳揮動的動作更大了。聲音卡在喉嚨出不來，漲紅了臉。

「那爲什麼會有臭味！你這個髒兮兮的老醉鬼！」

甚三郎將亥之助撞飛。亥之助像人偶一樣撞向牆壁，滾向走廊，縮著身子開始號啕大哭。

「我是醉鬼，戒不了酒。怎麼喝都喝不夠。就算把女兒賣去妓院，還是想喝酒啊。」

他以渾濁的嗓音哭喊。甚三郎爲之愕然。「老爺子，你剛才說什麼？」

將女兒賣去妓院？

「你不是和女兒住在深川的長屋嗎？」

記得他抱怨過，他女兒凡事都聽丈夫的話。

「那是騙人的嗎？」

可能是因爲甚三郎的嗓音一沉，亥之助縮起身子，抬起臉偷瞄他。

「呃……嗝。」

「到底是怎樣！」

該不會就是那個女兒，爲了防範他喝醉時迷路，特地作防止走失的牌子掛在他脖子上吧？

「我賣掉的是大女兒。」

那是七年前的事——他口齒含糊說道。

「我妻子死後，如果沒喝更多的酒，我根本撐不下去。」

不停喝，一再積欠酒債。

「因爲還有之前我妻子醫藥費欠下的債款，漸漸債臺高築。」
他噘起嘴，顯得忿忿不平。
「小女兒年紀尚小，還不能正式出外工作。我實在是沒別的辦法。」
「老爺子，你讓女兒揹你的債務，要她去賣身是嗎？」
這時，亥之助一躍而起。臉上涕淚縱橫，但雙眼透射出斑斕精光。吐了口唾沫，放聲喊道：
「我女兒是在孝敬我，有什麼不對！」
甚三郎倒抽一口氣。
「是她自己說要去妓院的。還說這樣才是解決辦法。而且不能讓妹妹餓著，娘欠下的醫藥費也不能賴帳不還。」
亥之助突然動起怒來，氣喘吁吁。
「我不像你，是個悠哉的遊人。如果身上沒錢，就沒酒喝。如果沒喝酒，手就會發抖，連角尺和鋸子都沒辦法用。這樣連要打零工都沒辦法。我也很無奈啊！」
甚三郎全身顫抖。他臉頰發燙，心底發冷。
我確實是遊人。是懶惰又好賭的浪蕩子。從沒辛苦揮汗工作過。總向老家要錢，輕鬆度日。但這個老頭賣掉女兒換酒錢，還惱羞成怒，說這是女兒在盡孝，我才沒像他這麼墮落呢。
「然後你還清債務了嗎？」
壓低聲音詢問後，亥之助像在逃避，目光移向一旁。
「你根本沒戒酒。要自己的大女兒賣身，之後一樣當你的酒鬼，這次改向小女兒要錢是嗎？」
之前看到那防止走失的牌子時，甚三郎自己給了個合理的解釋，內心興起一股暖意。原來這位醉鬼老頭，是和女兒女婿在長屋過著儉樸生活啊。雖是個貧窮的酒鬼，但他說自己是位造船工匠，甚三郎想，原來也有像他這樣的人生。
但那是他自己以爲。當時怎麼想得到這個老頭這麼沒人性。世上竟有這麼墮落的父親。
哼——亥之助悶哼一聲，揚起嘴角笑道：
「女人最輕鬆了。眞的走投無路時，還能靠身體賺錢。」
臭老頭，講這什麼鬼話。
「你對自己的小女兒也說這種話嗎？你女兒有丈夫吧？就算沒有你這個墮落的父親，對他們的生活應該也不會有影響吧。他們趕你走也是理所當然。」
眞不好意思啊——醉鬼老頭如此說道，模樣令人生厭。
「我的女兒們都很孝順。只要是爲了我，不管吃什麼苦都願意。」
甚三郎氣得眼冒金星。他心想，我要勒住這老頭的脖子，將他活活勒死。

這時，腳下傳來振動。又是地震。今天已是第四次了。
你得悔改。
聲音傳向昏暗的走廊。粗獷的嗓音。
甚三郎瞪大眼睛。亥之助爲之一愣。
你得悔改，有罪的人啊。
眞不敢相信。走廊前方的黑暗，百目蠟燭搖曳的燈光中，浮現一道人影。
黑得發亮的鎧甲。昂然而立。
沙。漆黑的武士黑影，朝他們邁出一步。黑影四周的燭火熄滅。
你得悔改。

沙、沙、沙。

一步、二步、三步。漆黑的鎧甲黑影逐漸走近。黑影一通過，燭火旋即消失。

沙沙沙！漆黑的武士加快腳步。改為快步跑來。

甚三郎驚恐尖叫，拔腿就跑。我會跌倒。完了，不要啊，完蛋了，我會被他追上——

走廊出口近在眼前。紙門發出白光。甚三郎伸手搭向紙門時，傳來亥之助的慘叫聲。同時傳來劃破空氣，唰的一聲。一身鎧甲的武士拔出長刀。

甚三郎打開紙門，跌進門內。他死命揮動雙手，將打開的紙門關上。因用力過猛，紙門反彈，又打開約一寸寬的門縫。

門縫傳來像被壓扁般的渾濁慘叫聲。

「哎喲。」

就在頻頻後退的甚三郎面前，血花飛濺在純白的紙門上。發出像小石頭砸中般的聲響。

甚三郎嚇得腿軟。屁股在地上拖行，他還是想逃。他無法從染紅的紙門上移開視線。

不知何時，地震已經平息。甚三郎背部緊貼著他跌進的房間另一側紙門上，儘管如此，他仍手腳使力，想要往後退。

紙門承受不住他的力量，向後翻倒。甚三郎跟著往後仰。

沙、沙、沙。

滿是百目蠟燭的走廊發出踩地的擠壓聲。聲響逐漸遠去。武士的黑影已經離去。

你得悔改。

亥之助拋下平時酒醉老頭的和善面容，赤裸展現犧牲女兒的父親醜陋嘴臉。說出他犯的罪過。

甚三郎無法站起身，在地上爬行。他得回到百目蠟燭的走廊才行。得前去確認亥之助的情況。當他靠近那染成一片鮮紅的紙門時，一陣血腥味及腐爛的腸子臭味，從打開約一寸寬的門縫撲鼻而來。

甚三郎屏住呼吸，顫抖著打開紙門。

亥之助被斬下的頭顱，在一片血海中仰望他。血一路流到門檻，打著赤腳的趾尖感到溫熱溼滑。

遠處微微傳來第二片活門板掉落的聲響。

＊

在充當隔門圖繪的五張半紙前，富次郎就像在保護自己般緊緊盤起雙臂。

好在這是以前發生的事。好在事情已經落幕。一想到這裡，此刻看到梅屋甚三郎身上留下的悲慘傷疤，以及失去的手指腳趾，便益發覺得駭人。甚三郎能坐在這裡說故事，表示他之後存活下來，逃離那棟神祕的屋子。阿秋也和他一起逃離。但其他人呢？

眞希望他能講清楚。希望他說給我聽。希望能聽過就忘，保持心安。第一次有這種想法。聆聽者還眞是辛苦呢，阿近。怎麼辦，或許承受不住呢。

「我可以繼續嗎？」

經對方詢問，富次郎這才回過神。甚三郎正注視著富次郎的臉。可能是持續說故事感到疲累，他整個人癱軟，靠在憑肘几上。

糟糕，太糟糕了。身為聆聽者，卻比對方更早洩氣，這成何體統！

「梅屋先生，您覺得如何？您臉色不太好。要不要躺下來休息一會？或改天繼續說也行。」

梅屋甚三郎面色如土。嘴唇不帶半點血色。但他搖了搖頭。

「如果不一次說完，我無法了卻這項心事。」

甚三郎沉聲說道，撐起身子，想重新坐好。

「坦白跟您說了吧，我已經來日無多了。」

他很冷靜道。

「並非是得了致命重病。就只是身體虛弱。聽大夫說，我五臟六腑無一健全。請恕我說句不文雅的話，我最近如廁時，已分不清那是尿還是血了。」

富次郎無言以對，他解開盤在胸前的雙臂，改爲雙手置於膝上，低垂著頭。

「在那棟屋子受的傷勢及燙傷，一直侵蝕著我。之前多次吸入硫黃和熱氣，似乎也造成後遺症。」說到這裡，甚三郎突然流露溫柔的眼神。「阿秋帶著那件徽印短外衣到貴寶號來，像在出謎題般做出那等失禮行徑，也是因爲她心知肚明。」

——我不希望甚先生就這麼離開人世。

「她對我說，對於我們遭遇的事，我不想一直保持沉默隱瞞這件事，我們找個地方向人說出這件事吧。」

富次郎重振精神，抬起頭。

「您能選中我們三島屋，我深感榮幸。」

儘管嘴巴上說得得體，但聲音完全不是這麼回事，聽起來很柔弱，感覺很沒出息。不過甚三郎還是面帶微笑。

「能聽您這麼說，讓我再次有種得到原諒的感覺。謝謝您。」

甚三郎低頭彎腰，正準備鞠躬，富次郎急忙阻止。

「請您別這麼拘束。我來幫您重沏一壺番茶。還是您想喝水？」

「那麼，請給我水。因爲接下來我會等它冷，一面潤舌，一面說後續的故事。」

富次郎取來鐵壺，朝甚三郎的茶杯裡倒入熱水。微微升起熱氣。

如果深吸一口會讓肺腑感到疼痛的灼熱蒸氣，不知道會怎樣？如果有一口熱水煮至沸騰的湯鍋，把臉湊近的話，應該就能嘗到那種滋味吧。

「阿秋比我年輕，所以我想，她應該還不會有事。」

聽說每當季節變換時，她總會乾咳。

「有時唾液中會帶血。」

十年前發生的那件事，同樣殘存阿秋心中。

「因為她腰腿強健。她還說好在沒被趕出二葉屋，只要還能工作，就算多工作一天也好，她還是想繼續當女侍。」

「你們兩人常交談嗎？」

甚三郎朝茶杯裡的熱水吹了口氣，隔了一會才回答道：

「因為最後活著返回的，就只有我和阿秋。」

隱約可以猜出是什麼情況，果然是這麼回事。

「雖然我們沒事先說好，但我們兩人都沒向人提過那屋子的事。」

我們認為，說了別人也很難相信，若遭人懷疑是編出的故事反而難受。要是還惹來訕笑，更會因為憤怒和恐懼而失去分寸。

「而且剛回來的時候，只想早點忘了這些事。」

很不想提到那棟屋裡發生的事。所以一直守口如瓶。

「因為我全身嚴重燙傷，可把家裡的人急壞了。儘管家人問我為何會變成這副模樣，我也只回答說這是因果報應。」

——過去玩樂造成的罪業，報應在我身上。既然撿回了一命，我將洗心革面，當個好兒子。

「事實上，說這是因果報應，並非虛言。大家沒再繼續追問，就只是安慰我，要我好好調養身體，我很是感激。」

外表看來平安無事的阿秋，也因為是神隱後歸來，在二葉屋裡，人們待她總是敬畏三分。這對不想說真話的阿秋來說正好。

「原來如此，你們兩位同住在那神祕的屋子裡、一起生還的事，周遭的人們也都不知道。」

「對。不過，我認為這是很不可思議的緣分，所以原本心想，我乾脆娶阿秋為妻好了。」

結果被她一口回絕——甚三郎苦笑道。

「她說，這種孽緣，還是早點斷了好。不過，我也只有阿秋能陪我，而她也明白那棟屋子的可怕回憶，她只能找我分享。我偶爾寫信給她，她不會不理睬。」

就這樣持續多年，很奇妙的男女關係。

「我要是死了，就只剩阿秋一人。要獨自背負那樣的回憶，實在很痛苦。所以才會想向人說吧。採用讓貴寶號感到不舒服的做法，真的很抱歉，請您見諒。」

故事驚恐駭人，而眼前身子孱弱的梅屋甚三郎，模樣令人同情。但富次郎感到自己心中點亮了一盞小燈。甚三郎這是體恤阿秋，而阿秋也是為他著想。要是他們各自過著自己的生活，理應不會有緣分相識，不會有機會邂逅彼此，但這一路走來，一直都是這份關心在支撐著他們兩人。

「那麼，就讓我繼續往下說吧。」

梅屋甚三郎的眼底透著微光。與富次郎心中的亮光不同，那是意志堅定的光芒。

＊

並不是甚三郎聽錯。大廳的隔門圖繪最深處，第二片活門板落下了。

金右衛門與正吉比甚三郎早一步聽到那聲響，火速趕至。甚三郎一見到他們兩人，頓時雙膝一軟，癱坐在地。他渾身冷汗直冒，將他與亥之助的對話、那名一身漆黑鎧甲武士現身的事，以及他目睹的一切，全部說了出來。說完後，他一面嗚咽，一面狂嘔。吐到整個胃都快翻過來了。

「……我原本以爲，那名鎧甲武士也是甚三郎先生作的夢。」

可能因爲之前就只是談到，沒有眞切感受。正吉如此說道，顯得目瞪口呆。

「那名武士眞的在嗎？在這棟屋子裡四處遊蕩嗎？」

「等等。雖然對亥之助很過意不去，但現在應該往這兒走。」

果不其然，第二片活門板的前方，同樣連著一條約一間半長的走廊。構造和第一片活門板前方一樣，不過，這邊的地板滿滿是灰。那宛如粗沙般的灰，混雜了剛燃燒完的黑灰。

盡頭處又有一片活門板擋在前頭。

不論是天花板還是牆壁，都看不到腳印或手印。不過，左側的壁板用泥繪顏料畫了一大幅畫。這同樣蒙上一層灰，滿是塵埃，泰半已剝落。勉強看得出上面畫了什麼。

「……是那座火山對吧。」

正如正吉所說，壁板上畫有和大廳的隔門圖繪一樣的火山。大小約一張半榻榻大，形狀完全一樣。不過這座火山是死的。就只是一幅畫，噴發的白煙和熔岩靜止不動。沒有熱氣，沒有鳴動聲。

金右衛門把臉湊近那幅畫，定睛仔細觀察，接著他指向火山山腳一角。

「這裡有文字。」

那裡同樣剝落髒汙，看不出寫些什麼。不過在這之前還有個問題，那就是甚三郎和正吉都不太識得漢字。

「雖然很淡，但這兩個字應該是『大島』吧。後續三個字，只看得出當中的『山』字。」

接下來的三個字幾乎沒剝落，完整保存下來。

御神火。

「寫的是『御神火』。」

金右衛門如此低語，瞇起眼睛。

「如果是這樣，這座山肯定是『三原山』。」

甚三郎和正吉面面相覷。甚三郎發現這幾天來，這個令人惱火的賣藥小販，兩頰顯得憔悴許多。我也是身心俱疲，不過，這傢伙同樣一直在強忍。

「堀口大人，您知道這地方是嗎？」

金右衛門頷首。「你們不知道嗎？離江戶港很遠的南方大海，有一整排零星相連的伊豆島嶼，大島是當中離江戶最近的島嶼。」

他定睛凝視那幅剝落髒汙的壁畫，眼神無比犀利。

「以前是流放罪犯之島。」

流放罪犯。正吉瞪大眼睛。

「盜賊和殺人犯不是都流放到三宅島或八丈島嗎？」

「大概是在寬政之前吧，也有許多罪人遭流放大島。」

這同樣是一座不吉利又危險的島嶼。

「關於市井上的盜賊或強盜如何處置，在下不清楚。不過，因爲在大名家的內部紛亂中做出不法行徑，或是因反叛幕府之罪行而遭流放的武士例子，在下倒是記得幾個。」

他壓低聲音說道。蹙起眉頭，一副若有所思的神情。

「剛才您說的『御神火』，指的是什麼呢？」

面對正吉的詢問，金右衛門指向那三個字。

「認爲火山有神明棲宿其中，加以崇敬的風俗，各地皆有。在下的藩國也有此習俗，不過，說到御神火，便是大島的三原山。」

大島的流放地其來已久，所以這座燒灼天空的巨大火山，自古便是和歌或繪圖的題材。

「不清楚是什麼時候由誰取的名稱，不過，應該是人們對罪人流放的島嶼所燃起的神火心存敬畏，這樣稱呼它。」

流放地——金右衛門臉色凝重，如此低語。

「這有什麼含意嗎？」

雖然他的低語充滿謎團，但甚三郎已無力氣思考。

「得檢視亥之助的屍體才行。甚三郎，請帶路。」

在他的催促下，甚三郎步履蹣跚，帶著他們兩人前往那條點著百目蠟燭的走廊。

平面圖上畫有此處。他們細數走廊和房間數，一面確認方位，一面走來。這裡不是時常變換景色的屋外，而是屋內，應該不會迷路。

這裡是第十道有百目蠟燭的走廊。三人一同回到此處，亥之助的屍體卻已消失。連那片血海也不見蹤影。

那名漆黑的武士逼近時，理應一根一根熄滅的百目蠟燭，現在全都亮著。和原本一樣。

如果只是這樣，或許還會覺得這果然是在作夢。甚三郎比任何人都希望是這樣。

但現場留下一樣東西，印證那件慘事確實存在。

是亥之助的徽印短外衣。百目蠟燭走廊的內側理應積滿鮮血的地方，那件徽印短外衣靜靜擺在那裡，背部朝上。

徽印短外衣的背面，有個方框與十字重疊的白色徽印。十字微微滿出框外。
那十字和方框都染成了鮮紅色。
血滲進衣服裡，發出一股腥臭味。
「甚三郎看到的不是夢境，也不是幻影。」
金右衛門拿著那件徽印短外衣，像在思索般緩緩說道。
「亥之助已丟了性命。被這棟屋子吞噬——被它吃了。」
所以才會有一扇活門板開啓。
「亥之助說他爲了錢賣掉自己的女兒，坦白自己的罪行。所以遭受裁決。」
「別、別再說了！」
可能是一時忘了禮儀。正吉發出一聲破音，從金右衛門手中搶下徽印短外衣。
「這一定是假的。不是亥之助先生的徽印短外衣。」
然而，鮮血從藏青色綿布的徽印短外衣滲出，染向正吉握住衣服的手指。鮮血從方框和十字處淌流而下。
奇怪。滲進布裡的血，怎麼會這麼多……
滴。一個溫熱之物落向甚三郎額頭。
滴。也滴向站在他面前的金右衛門的月代上。
滴。也落向正吉的脖子。
三人抬頭望向頭頂。在百目蠟燭光圈中浮現的天花板木紋，正降下雨來。
是血雨。他們抬頭仰望時，血雨就此落向鼻頭、眉間、髮髻、肩頭。
「哇！啊！」

正吉拋開徽印短外衣，拔腿就跑。金右衛門接住衣服後，一把握住像人偶般呆立原地的甚三郎手臂，跑回走廊前的房間。待回過神來時，三人身上都未沾血。那件徽印短外衣也沒血漬。十字和方框重疊處，白得就像剛洗過一樣。

「這是幻影。振作一點，別被迷惑了。」金右衛門朗聲說道。

這時，伴隨著鳴動聲，腳下開始搖晃。是地震。整個屋子嘎吱作響。發出巨大聲響。三人馬上微微蹲身，相互支撐。

巨大聲響傳進甚三郎耳中還有體內。像猛吠般的聲音。那是威嚇般，盛氣凌人的聲響。

甚三郎想，難道又只有我聽得見？錯。正吉的眼珠子都快飛出去了。血氣從金右衛門臉上抽離。

那個聲音說道——**還要再四個人**。

一個人死後，一片活門板開啓。

接著傳來那響亮的聲音。

還要再四個人。

少了亥之助，被困禁在屋子裡的共五人。

還要再四個人。

還有四片活門板。

只要再四個人喪命，四片活門板就會開啓。逃往外頭的道路就此打通——

只有一個人能獲救。

就是這樣的考驗嗎？

如果是這樣，那該怎麼辦？該怎麼做才好？

還要再四個人。還有四片活門板。

「別拘泥於這個想法。」

金右衛門嚴厲向眾人曉以大義。

「五個人當中，只有一人能存活，這種生存之道根本不值一提。我們豈能屈服於這種威脅。」

無法像他這麼堅強，也沒這等果斷力的甚三郎，心亂如麻，幾欲被恐懼和疲勞壓垮。儘管如此，他還是勉強挺下來，說來諷刺，這全都是經歷過亥之助和那場血雨的事情。正吉已嚇得一蹶不振。

這個賣藥小販腦袋機靈，做事勤快，對金右衛門禮貌周到，對沒用的甚三郎則是抱持鄙夷的態度，但其實他內心似乎相當脆弱。如此輕易便心靈受創，變得像行屍走肉。

阿秋和阿繁雖然沒親眼目睹活門板前的掌印，以及亥之助的死狀，但正吉那令人心痛的變化，已充分向她們透露出事態的急迫性。她們兩人沒哭，沒慌亂，就只是靜靜聽金右衛門陳述，爲亥之助雙手合十。

這兩個女人的舉止，替甚三郎振奮了精神。正吉精神失常。如果下一個換我，那未免也太丟人，太窩囊了。

「在下要繼續探索。」金右衛門語氣堅決道。「甚三郎看到的那名漆黑的鎧甲武士，想必是這棟屋子的主人。說『還要再四個人』的那個聲音，應該也是他。」

得找出屋子的主人，搞清楚他的用意究竟爲何。必須知道他的願望爲何，想要什麼，爲什麼強迫我們接受如此殘酷的考驗。

「你們四人盡可能集中待在同一個地方。絕不能分開行動。」

他請阿秋和阿繁照顧正吉，並準備三餐。請甚三郎保護他們三人。

「堀口大人，您打算自己一個人展開探索嗎？」

「請不必擔心在下的安危。」
金右衛門武藝高強。之前甚三郎遭怪物襲擊時，他曾出面解危，所以甚三郎很清楚這點。
「這屋子的主人是武士，在下也是。如果向他的靈魂呼喚，應該會找出彼此能溝通理解之處。」
「請帶我一起去。」
只有甚三郎兩度見過那名全身漆黑的武士。也只有他在夢裡聽到有個聲音說「你得悔改」。
「如果堀口大人您獨自前去，那傢伙或許不會現身。雖然不清楚是爲什麼，不過，那傢伙只會在我面前現身。」
甚三郎是被選中的人。
「以那名武士的標準來看，一定是認爲我罪孽最爲深重。所以才在我面前現身。」
他說出自己想到的可能，阿秋聽了，馬上很犀利反問一句。
「甚三郎先生，你眞做了那麼壞的事嗎？」
眾人皆望向阿秋。金右衛門本想開口，但阿秋搶在他之前接連說了起來。
「亥之助先生將自己的女兒賣掉對吧。甚先生，你的意思是說，你做過比他更壞的事嗎？」
她叫我甚先生？
「如果是這樣，變成現在這副模樣的正吉先生又是怎樣的情形呢？」
正吉癱坐在阿秋與阿繁中間。兩眼無神，完全失焦，嘴巴微張，口中積了不少口水。叫他也不會回應，就算搖晃他，也只會像豆腐一樣搖晃，沒任何反應。
「正吉先生可能就是做了比你還壞的事，所以才變成這樣吧？但這樣不是很奇怪嗎？理應是最壞的你，反而平安無事。」
阿秋大聲駁斥。因爲她心裡害怕極了。快要突破她的忍耐極限。

「我是個賭徒。」

甚三郎坦白供出一切。連他自己也很驚訝。

「我家是札差。不愁沒錢花用。就因爲這樣，我沉溺於賭骰子，賭遍各家賭場。」

幫忙家業就別說了，連幫客人的屐鞋擺正這種小事，也從來沒做過。我揮金如土，享受美酒佳肴，日子過得輕鬆自在，成天腦子總會響起骰子滾動的聲響。卡啦卡啦。那是這世上最美好的聲音。我是對世人沒半點助益的懶蟲。就算死了，也不會有人難過。

「亥之助先生說他將女兒賣給債主時，我還人模人樣罵了他一頓。但我自己的所做所爲，和那位老先生根本差不了多少。我是個雜碎。雜碎中的雜碎。」

他的聲音不顯激動，就只是很平順說出一切。

從屋內深處傳來一陣鳴動聲。隔門圖繪的火山在低吼。

是地震。傳來淺淺的橫向晃動。沙塵嘩啦啦的從天花板掉落。

「嚇。」

正吉維持那迷濛的神情，發出一聲怪叫，縮起脖子。

「……那就來吧。」

傳來一個沙啞的聲音。是阿繁。

「阿繁，怎麼了？」

在金右衛門的叫喚下，阿繁弓著背，低頭行了一禮。

「我一個老太婆，還不知分寸，愛出頭，請您見諒。」

地震漸漸平息。鳴動聲慢慢退去。

「無妨，說來聽吧。」

阿繁恭敬坐著，張開她的薄脣。
「像這樣聚在一起討論，就只會讓人感到尷尬。而這不就正好順了屋子主人的願嗎？」
沒想到阿繁竟然一針見血。
「老太婆我已經這把歲數。犯過一些自己也記得的壞事，可能也曾在無意識下做過壞事。屋子的主人若要以此責怪，取老身性命，我也只能認命了。」
阿繁並非是普通農家的老太太。就近細看後，可以感覺到一股氣蘊。她在家中想必是過著富裕的生活，以老夫人的身分受家人敬重，一位使喚人的老夫人。
因爲一直都自顧不暇，所以甚三郎一時間都忘了，此時他才突然想起原本要前去要錢的奶媽阿吉。阿吉比阿繁年輕，她現在也像阿繁這樣，成了一位威儀與氣質兼具的老婦嗎？
甚三郎無法見她了。他闖進這裡，怎麼也出不去。
「不，不能就此認命。」
金右衛門並未看輕阿繁，他語氣平靜應道：
「如果要問是否有罪過，在下同樣也有。芸芸眾生皆然。那些敢篤定說自己完全沒罪過的人，是恃才矜己，犯的不就是傲慢之罪嗎？」
對不起——阿秋低語道。
「我說了不該說的話。」
她眼中噙著淚水。
「我也做了壞事。」
一滴眼淚落向她置於雙膝的手背上。是豆大的淚珠。
「想到自己被帶來這裡是要接受懲罰，我便害怕不已。」

「就算妳眞的做了壞事，這屋子的主人也沒道理制裁妳。」
金右衛門就像要替她打氣般，如此說道。
「這點大家都一樣。豈能容這屋子的主人擅自私刑懲罰。這並非正義，而是不法行徑。」
隔門圖繪的火山鳴動聲停歇後，屋裡悄靜無聲。金右衛門的聲音響遍木板地房間的各個角落。
豈能輸給這種不法行徑。
卡啦卡啦。啊，可惡，又是地震。「探索的工作就交給在下吧。」
金右衛門如此說道，望向甚三郎。
「不過，要是你再遇見屋子的主人，要馬上通知在下。切莫自己深入追查。」
甚三郎頷首。心中暗哼一聲。
我要離開這裡。要五個人一起離開。不想把任何人扔在這裡。
還要再四個人？
哼，隨你自己胡說吧。

被囚禁的人減爲五人後，這屋子的季節變換變得飛快，令人目不暇給。
夏天才剛結束，轉爲楓紅，緊接著短短一天，就成了晚秋的枯黃景致。一早看到寒風吹來，落葉隨風飛舞，正爲之錯愕時，當天傍晚就下起了冰雨。那煩人的霞霧，無時無刻都不見消散。天空爲雲層覆蓋，無法遠望。
甚三郎已拿定主意，不再一一對眼前的事感到不可思議。這棟屋子就像一座暗藏著邪惡陰謀的舞臺。因爲不想被我們看穿，所以用霞霧和浮雲來混淆我們。這一切都是障眼法，不是眞實的景象。
亥之助被斬斷首級，留下徽印短外衣，消失無蹤。五天後，外面成了天寒地凍的隆冬。細雪從敞開的廚房後門飄進屋內。

「我闖進這裡的那天，在我離開二葉屋時，也是雪花漫天飛舞。」

阿秋坐向廚房的入門臺階，搓著雙手取暖，如此說道。

大家聽從金右衛門的建議，平時都盡可能一起行動，處理各種家事。甚三郎的手指馬上滿是肉刺。雖然不知道這冬天還會再持續幾天，不過，這段時間應該會凍裂吧。反正一轉眼春天就會到來，所以倒也不引以爲苦。

疼痛代表還活著。被困在這麼詭異的地方，我們自己得振作一點才行。

金右衛門拿著平面圖，不光在屋內探索，也到屋外四處查看。怪物可能是記得曾被他趕跑，從那之後沒在金右衛門面前現身。

「要是出現的話，在下就活捉。那應該是屋子主人的使魔，捉住牠或許就能引主人現身。」

這想法可眞大膽，不過他的探索完全撲空，白忙一場。

由於少了亥之助這位造船工匠，他們不可能渡過那座湖泊了。

「話說回來，那片蘆葦原和湖泊不見得還在。就算它和梅林一樣，換成別的景致也不足爲奇。」

金右衛門說他要查看情況，這時甚三郎一再懇求，和他一同前往。

「我也想親眼看一下，確認那尾大魚不是我一時眼花。」

在冬天的寒氣下，蘆葦原完全乾枯。

湖泊仍在，湖面結了一層薄冰。金右衛門不想走進湖面上，兩人沿著岸邊而行。

「如果冰面結得更厚，不就能直接從上面走了嗎。」

就像聽到甚三郎說的話，巨大的灰色魚頭突然撞破湖面的冰層，從水中躍出。

牠扭動身軀，撞破更多冰塊，一面攪動，一面潛入水中。巨大的尾鰭打向水面，盛大濺起水花，像下雨般落向金右衛門與甚三郎。

冷水滲進徽印短外衣內。冰塊碎片在岸邊閃閃生輝。明明只是舞臺道具，卻冷得要人命。眞的很難纏，教人恨得牙癢癢。

這是舞臺道具。全是假貨。不是眞的。甚三郎如此說服自己，這時猛然想起一件事。

那尾巨大的魚。灰色的身軀，全身滑溜，沒有鱗片，頭部特別厚實。好像在哪兒見過。

「堀口大人，我好像看過那隻怪物。」

金右衛門以手巾拂去水滴。他那身徽印短外衣底下，穿著阿繁用浴衣和棉被的棉花臨時作成的棉襖。他的騎馬裙褲已又髒又舊。

「屋頂上那一對鯱，就是仿照那尾怪魚的模樣打造。」

咦？甚三郎一直都沒發現這件事。因爲沒到屋外，也就沒機會抬頭看屋頂。

「我們也差不多該回去了。只要知道有一座結凍的湖在那兒就夠了。」

在金右衛門的催促下，甚三郎邊返回屋子邊思索。我是在哪兒看到的呢？我看到的並非是實物。

如果之前看過，就算不刻意回想，也會記得。

——我看到的是畫裡的魚。

原來如此，他差點往膝蓋用力一拍。

「我是在料理店看到的！」

是在麻布，還是在赤坂呢？跟賭博無關。是我爹帶我去的時候。

「我說過，我家是札差。地點是在我爹個人嗜好的聚會中。」

可能是謠曲或俳諧吧。

「他跟我說，你偶爾也該到這些地方露露臉，硬拉著我去。」

甚三郎的髮髻和服裝都梳理得整整齊齊，像人偶般安分規矩，所以只覺得無聊又拘謹。

「我只想著待會要向我爹要錢，一心等著早點結束。」

但我的目光落向房裡裝飾的一幅掛軸，因爲上面畫了一個稀奇的東西，所以後來都靠這個話題來撐場面。

「畫裡是一頭大魚。用水墨畫來描繪坐在小船上的漁夫，擲出魚叉獵捕的情形。」

因爲這番交談，使得原本模糊的記憶變得鮮明。

「是鯨魚。」甚三郎說。「聽說是一種棲息在深海裡，比帆船還大的魚。」

和那頭怪物一個樣。

「鯨魚畫嗎？」

「您知道？」

「在江戶的藩邸，有一面描繪捕魚情形的屏風。聽說是出自筑紫的畫師之手，不過模樣和那條怪魚不太……」

金右衛門說到一半突然打住，猛然停步。

「等等。我們來的地方和剛才不一樣。」

甚三郎急忙環視四周。正面可以仰望屋子的瓦屋頂。那是建築的側面。因天寒地凍，變得更加濃密的霞霧和低垂的浮雲，阻擋了視線，看不見剛才提到的鯱。右手邊是一片落葉林。不是梅樹、櫻樹，也不是竹林，就只是一片雜樹林。橫向吹來的風，開始夾雜著細雪，甚三郎瞇起眼睛。

「嗯，這裡是那處有長長緣廊的地方。」

是他第一次闖進這裡，爬上緣廊稍事休息時，不小心打起瞌睡的地方。

他加快腳步走近細看，確實是那裡沒錯。面向那長得驚人的緣廊，有一整排奇特紙門的地方。

「這種東西，我還是第一次見識。」
金右衛門也很吃驚。
一片紙門分成三等分，底下三分之一處是漆黑的門紙，上面三分之一是白色的門紙，正中央三分之一處則嵌著一塊半透明的板子。
「這是玻璃對吧。」
「嗯，在下的藩國裡，會對燭臺立起用這個作成的圓筒，以這個方式來防止風吹。」
據說還有一種來自荷蘭的燈具，名叫「洋燈」，是將裝菜籽油的盤子放在圓形的臺座上，上面再罩上玻璃罩。
「每一樣都很小巧，不過價格昂貴。雖然並非透明，但這麼大一片玻璃板，而且還湊齊這麼多數目，應該所費不貲吧。」
這屋子的主人很富裕。就算只是舞臺布景，但如果不是知道有這種建材，而刻意使用，根本完全不會想到要這麼作。
「我的平面圖上沒有這處緣廊和走廊。」
「我這次來，也只是第二次。」
甚三郎心頭一陣動盪。
「一開始我就是在這裡作了個夢。」
你得悔改——他聽到那個聲音。
「會不會這裡比其他地方都還要接近這屋子的主人呢？」
「如果是這樣自然好。」
金右衛門靜靜說道，手按向刀柄。細雪落向他手背。

「但倘若我們是被喚來這裡，那就再好不過了。」

那傢伙要是在此現身的話……

——果然只要有我在，他就會現身是嗎？

屋子開始發出鳴動聲。隔門圖繪的大廳應該離這裡頗遠。但還是聽得到聲響。一路從腳掌傳來。甚三郎乾渴的喉嚨暗自吞了口唾沫。

臉頰因冰凍的寒風而緊繃。現場會動的，就只有雪花。耳中聽到的聲音，就只有雜樹林被風攪動發出的窸窣聲。

金右衛門的頭部微微一晃，望向前方的某個東西。甚三郎也順著他的目光望去。是兩人正前方的紙門。正中央玻璃的部分，後面有某個東西通過。

雖說是透明，但看起來就像隔著一層薄冰。只看得出有「某個東西」。

「你待在這兒。」

金右衛門低語一聲，躍上緣廊，一口氣將紙門全部打開。

站在眼前的，是正吉。正吉望向他們，雙目圓睜，眼瞳顯得很不安分。他身上衣服的衣襟鬆散，沒穿徽印短外衣。

他站在驚訝莫名的金右衛門和甚三郎面前，嘴巴一張一合。就像睡昏頭，遲緩說道：

「請、請饒恕我。」

儘管金右衛門就近在眼前，但似乎沒映入他眼中。他步履虛浮走向緣廊。打著赤腳。腳趾因寒氣而凍紅。

「正吉，你怎麼了？振作一點。」

正吉對金右衛門的叫喚沒任何反應，步履蹣跚，扭動著身軀，從緣廊跳向屋外地面。他的動作搖搖晃晃，臉朝向甚三郎，但目光只是從他臉上掃過。
「請饒恕我，請饒恕我。」
正吉喃喃自語的口吻無比詭異，音調起伏同樣古怪。眼珠轉動不停，游移不定。
甚三郎覺得可怕，向後退卻。正吉從他身旁路過。膝蓋微彎，歪斜著肩膀，步伐僵硬走著。
這時，阿秋發出腳步聲，從那玻璃門內的房間朝這裡跑來。
「啊，正吉先生！」
她像在吶喊似呼喚。
「他不知什麼時候消失了蹤影，我一直在找他。」
金右衛門從緣廊躍下，大步追向正吉。
「正吉，快回屋裡去。」
他搭向正吉肩膀，想將他拉回。正吉頭也不回，像鰻魚般滑溜，避開了他的手。
「我給您道歉了，請您饒了我吧。」
正吉不斷低語，步履未歇，一再往前走。明明是宛如眼盲般的走法，卻又走得無比堅決。
「你打算去哪兒？」
金右衛門也如此低語，在正吉身後跟著他走。阿秋原本也打算走下緣廊，甚三郎制止了她。
「不能留阿繁一個人。妳回去吧。」
「可是……」
「我們會把正吉帶回來的。」
這是在逞強。其實他眞正的心裡話，是想把正吉交給金右衛門去處理，他自己則是拉著阿秋的手離開這裡。有種不祥的預感。全身一陣寒意遊走。他怕跟著正吉走。但這時候要是逃走，我會變得比雜碎還要不如。
與阿秋交談這段時間，正吉和金右衛門一路往雜樹林旁的小路前進。是剛才甚三郎和金右衛門從湖泊那裡折返行經的小路。正吉加快步伐。金右衛門跟著他，靜觀其變。甚三郎追上他們兩人後，又聽到正吉那單調沒有起伏的喃喃自語。
「我一直都認爲……」
聽起來像在解釋，也像在討某人歡心。
「只要我們兩情相悅，又有何妨？」
我萬萬沒想到，妳竟然沒這個意思。
「可是阿露小姐，妳也有不對的地方。誰教妳要讓我對妳有意思。」
甚三郎窺望金右衛門側臉。他神色冷靜，在行進時已做好準備，隨時都能制伏正吉。
「只要別被妳丈夫知道，不就沒關係嗎？」
甚三郎看不到正吉的臉，但聽得出來他正發出嘿嘿嘿的低俗笑聲。
「我原本也不想來硬的。妳和我不是一直都關係不錯嗎？」
逐漸可以看見乾枯的蘆葦原和冰凍的湖泊。剛才那尾怪魚躍出的地方，破裂的冰面仍在。被濺起的細微冰塊早已融化，混在泥濘中，但有巨大的冰塊從裂縫中挺出。冰塊會動，就像有人從底下推撞。因爲那尾怪魚在水面下游動。
「我眞的做了很不應該的錯事。」
正吉蹣跚走著，開始頻頻低頭鞠躬。
「我給您鞠躬了，請饒恕我。」
正吉——金右衛門以雄渾的嗓音喚道。

「快停步。不能再繼續走了。」
他迅速拉近距離，從後方牢牢架住正吉。
「甚三郎，幫個忙。就算用拖的，也要把他帶回去。」
甚三郎也感受到怒氣和恐懼。他頓時明白。沒錯，得阻止他才行。
正吉此刻正在為自己的罪過告白。
雖然不清楚是什麼時候的事，不過這傢伙追求一位名叫「阿露」的有夫之婦，與她私通。對方原本沒這個意思。面對這位藥店的年輕男子，雖然心中多少有點曖昧情愫，但完全無意與他通姦。但滿心以為雙方是兩情相悅的正吉，最後對這位有夫之婦「來硬的」。
「不能讓他再說下去了！」
金右衛門大喊，左臂勾住正吉的脖子，想將他摔倒。
這時，湖面冰塊爆開來。
湖水形成漩渦。那尾怪魚從破裂冰層間抬起灰色的厚實魚頭。夾帶冰塊的水從牠頭上流下。
甚三郎看到了。金右衛門也看到了。
看到怪魚的眼睛。
那是人眼。眼白布滿血絲，黑色的眼瞳炯炯生輝。
筆直瞪視著正吉。一個告白自己罪過，直說「請饒恕」，不斷慌張道歉的男人。
啊，不妙。
甚三郎的手變得像石頭一樣僵硬。被怪魚的目光射中，無法動彈。連一根手指都動不了。
金右衛門也一樣。就像連呼吸也停住似的，發出「唔、唔」的聲音，宛如被壓扁。
正吉癱坐在地，從金右衛門手中掙脫。他雙手撐向泥濘的地面，匍匐起來，但他很快便站起身。

宛如有條看不見的絲線在牽引著他。

「請饒恕我，請饒恕我。」他一再重複說道，喃喃自語往前走。

漸漸走進蘆葦原內。他的赤腳腳趾踩碎乾枯蘆葦底下薄薄的一層冰，濺起夾帶泥巴的湖水。

金右衛門想叫喚正吉的名字。他死命動嘴，喉結上下滑動。但就是發不出聲音。

正吉撥開蘆葦，身子逐漸沉入怪魚撞破的冰層縫隙中。他的步伐愈來愈快，轉眼冰水已淹至膝蓋，接著來到腰部。

怪魚開心似的直眨眼，巨大身軀暫時沉入湖中。

這時，金右衛門和甚三郎就像解開咒縛般，身體又恢復了動作。

「正吉！」

正吉下巴以下的身體都沉入湖中。

冰層發出嘎吱的擠壓聲。怪魚在結凍的水面下游動。牠暫時先潛入深處，接著飛快浮上水面，對準正吉。

金右衛門和甚三郎的雙腳都被泥濘困住，無法前進。

怪魚以足以將湖面結凍的冰層全撞碎飛散的勁道，浮出水面。牠灰色的頭朝向他們，張開牠的大嘴。那長長一排像皺褶般的東西是什麼？是牠的牙齒嗎？

「請、您、饒恕。」

正吉留下最後這句話，消失在怪魚口中。

甚三郎當場蹲坐在地。金右衛門想衝向前，但腳下一滑，跪在地上。

將正吉吞下肚的怪魚，扭轉牠巨大的身軀，潛入湖中。宛如一艘大船般的身軀。牠高高揚起尾鰭，朝寒氣瀰漫的空中拍打了兩三下，一面捲起冰冷的泡沫，一面回到水中。甚三郎雙手抱頭，蜷縮著身子。接著他雙手摀住耳朵。但一樣還是聽得見。聲音傳入他耳中，無從閃躲。

畫有火山的隔門圖繪所在的大廳，又發出活門板落下的聲響。

接著是那巨大的聲音。

還要再三人。

＊

「第三片活門板的前方，擺了一個老舊的鎧甲箱。」

梅屋甚三郎接著說。三島屋內的黑白之間，不知從哪裡滲風吹了進來，甚三郎身後掛軸裡的半紙，邊角微微晃了一下。

「雖然地板滿是灰塵髒汙，但慶幸的是這次沒留下人的手印和腳印。」

所謂的鎧甲箱，是收納鎧甲的容器。大名的隊伍在路上行進時都會揹著走，所以體積不大。外觀大多會塗漆，上面印有家紋。

「這鎧甲箱塗著黑漆，但多處剝落，殘破不堪。好像印有家紋，但因爲剝落，只剩邊角還殘存。看不出是怎樣的家紋。」

鎧甲箱蒙上一層灰。金右衛門仔細擦拭乾淨，發現它不光漆面剝落，還有燒焦的痕跡。

「裡頭沒有鎧甲，就只放了一本薄薄的文件。」

裡頭的文件也像整個被火烤過，燒焦損毀，裝訂脫落，幾乎都快散了。

「封面受損尤其嚴重，看不出是怎樣的文件。打開一看，上面寫滿了漢字。」

甚三郎、阿秋、阿繁，全都看不懂漢文。

「只能交給堀口大人解讀了。這麼做比較讓人放心。」

就這樣看著正吉在面前被怪魚吞噬，無技可施，連金右衛門也很沮喪。

「說到我們三人，現在已經少了亥之助先生和正吉，要是接下來換堀口大人羅難，剩下的人全都很不可靠。我很希望堀口大人別再對屋子內外探索，改和我們待在一起。解讀這份文件剛好是很適合的藉口。」

金右衛門在廚房旁的木板地房間擺上臨時湊合的木箱，充當書桌，專注看起那份文件。

「那份文件嚴重損毀，似乎年代久遠，文字墨水很淡。不是光看就行，得仔細解讀。」

不過，等沒多久，金右衛門便告訴其他三人，這是一本日誌。

——筆跡出自同一人。目前起了開端，但如果能明白上頭內容，或許就能解開屋子的謎團。

這幾天季節同樣飛快變換，春天到來，櫻花盛開。

「我們將阿繁留在堀口大人身邊，我和阿秋常下田工作。」

冰霜融解後化為泥濘，乾了之後，地面變得硬邦邦。

「我向阿秋學習如何使用圓鍬和鋤頭。她原本也不是農家之女，應該也是看別人做學來的，不過她做得有模有樣，比我強多了。」

我們耕土，造田壟，播撒蕎麥粒和豆子。

「就算沒刻意種田，靠廚房裡的食物，其實就夠吃了。」

就像廚房麻袋裡的蕎麥粒、小米、紅豆始終都不會減少一樣，也許田裡的作物也是，就算甚三郎他們什麼也不做，等時候到來，就會像原本一樣長出蔥和蕪菁，長得青翠茂盛。然而……

——要是不做點什麼，感覺會發瘋。

「阿秋如此說道，很認真工作，同時驅策我，要我一起工作。阿繁也是，雖然時常休息，但總會幫忙做家事，所以她應該也是抱持同樣的心思吧。」

因爲不習慣農活而長水泡的甚三郎，見種子發芽時，心裡很是開心。

「說來眞是不可思議。這棟屋子明明瀰漫著死亡氣息，卻還是能冒出小芽。」

我們也還沒死。仍舊好端端活著。今後會繼續活下去。我們心中抱持這樣的指望。

一起並肩工作後，我們兩人之間產生一股過去沒有的深厚情誼。

「阿秋也是在下田時，問我好賭的事。」

甚三郎坦然回答。他說自己當眞是「才剛成年」就被賭博的狂熱給附身。家人總是以寬宏的態度面對嗜好，在四、五年前，始終都沒眞正罵過他。而甚三郎自己也是，在父親板起臉向他說教之前，他一直都不當一回事，以爲自己玩膩了，馬上就能戒，只要有心，明天起就再也不會上賭場。只要贏錢，在花街裡人人都討他歡心，身旁總少不了美酒佳肴。然而，甚三郎是打從骨子裡爲賭痴狂，眞正能令他動心的，就只有擲骰子的地方。

——那有什麼樂趣？甚先生，你身邊應該還有許多其他樂子吧。要是你全力投入娛樂技藝的學習，獨當一面，明明就可以過著受人景仰的生活。

「阿秋像個孩子，百思不解，我也絞盡腦汁，硬想出話語來回答。」

在這樣的對談中，我自己覺得最貼切的說法，是這個。

「當出現自己想要的點數時，會覺得這世上的一切彷彿都是我在讓它們運轉，一切都會照我的意思走。這種感覺教人欲罷不能啊。」

明明就只是骰子的點數，就只是奇數和偶數，結果只會是其中一方。

「沒錯。若眞要細究，結果只會是『其中一方』。不過，我曾經連續十五次擲出自己下注的點數。如果是連續十次以內，則多到數都數不清。」

富次郎終於忍不住問了。「相反的情況也有吧？例如連輸十次或二十次。」

這是當然——甚三郎咧嘴笑。

「當扭轉情勢，將好運拉回身邊，又能照自己意思走的那一剎那，真教人欣喜不已。當自己一輸再輸，最後反敗爲勝時，心境就如同取得天下。」

天地間的一切都照自己意思走。覺得梅屋甚三郎是天下第一的男人，滿腔激昂，腦袋清明，全身力量不斷湧現。

我什麼都不怕。

「其實我成天窩在賭場裡，廢寢忘食，全身汙垢，滿臉油膩。」

但內心不一樣，感受不一樣。我強悍、勇猛、聖潔、尊貴，是這世上獨一無二的人物。

「我身形瘦削、眼窩凹陷，因飲酒過量而面色如土。」甚三郎苦笑道。

「但我覺得自己是無可取代的男人，擁有看透世上一切的能力。我就是沉溺於這樣的感受中。」

說到這裡，他突然收起笑容。

「也許當時我的眼睛，與那怪魚的眼睛一個樣。」

阿秋問了許多問題，卻不太談自己的事。

「從我們的交談中得知，她好像沒有可依託的親人。」

當初她在二葉屋是從照顧孩子的工作開始做起，所以應該是從少女時代便開始出外工作。

「她說，這樣會給店裡的人添麻煩，會害他們擔心，希望能平安回去。她只有在談到這件事情時才會露出擔憂之色。」

能平安回去的。一定會。我會帶妳回去。

「我明明只會嘴巴說，但我替她打氣後，她也朝我點頭。她不是信任我，而是將一切寄託在『能平安回去』這句話上。」

在霞霧飄動的農田裡，一對男女臉上沾滿泥土，頻頻拭汗，揮動圓鍬和鋤頭，互助合作的身影，歷歷在目。他們兩人身後，一座宛如牢籠般的屋子傲然而立。

富次郎有個很想向甚三郎詢問的問題，逐漸在心中凝結。

被囚禁在屋裡的六個人，他們各自犯了什麼罪？

造船工匠亥之助，他嗜酒如命，將一名女兒賣給妓院。

藥行的正吉迷戀有夫之婦，強行與對方私通。

梅屋甚三郎沉迷賭博，還被斷絕父子關係，是個浪蕩子。

其他三人，阿繁、堀口金右衛門、阿秋，他們又有什麼罪？

這六人並非碰巧被帶進這棟屋子。他們是被選中的人。屋子主人宣告，只要他們六人坦白說出自己的罪過，就會讓其中一人活命。

被屋子吞噬的五人，和最後保住性命的一人，當中分界線爲何？理由何在？

彼此不會互相打探、互相責備、起口角爭執嗎？甚三郎一再說自己是個懶蟲、蕩子、雜碎。不過那是因爲就算身負重傷也還是活下來，可以像現在這樣說著自己過去，因此才有餘裕如此，可是當人們被困在可怕的陷阱中時，心境應該會不一樣。

就只是因爲好賭，就得遭受如此不合理的對待，這什麼道理？世上明明有那麼多賭徒。要不這麼想也難。只要是人，當然都會這麼想。每個人都會爲自己講話。

亥之助和正吉確實有不對。因爲他們是壞蛋，所以這屋子所要的五名活祭品當中，已決定好了兩名人選。其他人爲了不想成爲剩下三人而產生競爭心態，這也是理所當然的事。

梅屋甚三郎根本就沒說眞話吧。不，應該說，他只說了部分眞話。

面對一位專挑好聽話說的說故事者，聆聽者應該深入追問嗎？你眞的都只對阿秋說那些溫柔話語嗎？為了能讓自己活命，難道從來沒一面流著冷汗，一面努力尋求保命的方法？

正當這諸多問題在富次郎心中攪動時，甚三郎再度開口。

「當田裡的豆葉開始長得茂盛時，堀口大人對我們說，他似乎解開這棟屋子的謎團。」

這裡的季節變換速度還是一樣快得異常，這棟屋子迎接夏天到來。

頭頂濃厚的雲層，以及來去不定，始終沉積不散的濃重霞霧，令人抑鬱寡歡。聽不到蟬聲，也看不到螢火蟲的亮光，就像蓋上蓋子般悶熱，確實是如假包換的夏天。唯一看了教人感到欣慰的，就只有周圍森林披上的清爽綠意。

先前來到這裡時正值臘月，眾人都一身冬裝。而且就只有身上這麼一套衣服，如今連這些衣服都嚴重破損。幸好有好幾件浴衣，為了避免穿著不得體，他們穿上浴衣度過炎夏。

問題在於徽印短外衣。因為是穿著它度過寒冬，夏天如果繼續穿在身上，未免也穿得太厚，所以很自然脫下放在一旁。

亥之助是穿著它喪命，正吉是在脫著沒穿的狀態下喪命。沒人可以保證徽印短外衣有保護作用。之前金右衛門說，只要穿上它就能以傭人的身分，平安無事在屋子內外走動，這只是個無來由的期盼。現在反而覺得穿上它，就像是囚犯的印記。

眾人脫下徽印短外衣，阿秋和阿繁將它們洗淨晾乾後，修補脫線和破損的部位。

「妳這是在幹什麼。這種東西就別管了。」

結果阿秋道出令人意外之語。

「如果用心對待這些衣服，這屋子的主人或許能明白我們的心意。」

甚三郎這才想到，對喔，阿秋沒見過那名漆黑的武士。要是她看過對方的模樣，就不可能抱持如此天眞的想法，以爲能和那種鬼東西心意相通。

不過，如此出言反駁，欺負阿秋，也沒有意義。甚三郎沉默不語，這時阿繁倒是說話了。

「這衣服背後的墊布是什麼呢？」

她敞開徽印短外衣，讓他們看衣服內側。的確如她所說，背部內側縫了一塊方形墊布。

「應該是吸汗用的，或是用來防寒吧。」

「短外衣不會有這種設計。阿秋妹子，妳們店裡會這麼做嗎？」

阿秋也不置可否偏著頭。「不會。」

「好像是特別縫上去的……」

既然這樣，那就拆開來看看吧——阿秋試著拆下自己那件徽印短外衣的墊布。

打開來一看，內側寫滿了奇怪的平假名。之所以說「奇怪」，是因爲看不懂含意。

「眞是的，這也太嚇人了。」

阿秋就像有蟲子往她身上匯聚般，大動作用手拂開。

「這該不會是什麼可怕的咒文吧？正吉先生會精神失常，或許也是因爲這平假名的緣故。」

「如果是這樣，我們早就全中招了。」

甚三郎馬上安撫，但他同樣覺得心底發毛。這排平假名文字，就算水洗也一樣無法消除。與其說是寫上去的，不如說是染上的。而且很講究，令人望而生畏。這到底寫了些什麼呢？

當他們爲此譁然時，金右衛門前來露面。

「怎麼了？」

自從開始細讀那份文件，金右衛門開始日漸憔悴。下巴的線條變得尖細，嘴角的皺紋變深。是因爲文件內容，還是因爲他如此投入，卻還是無法解讀文件內容呢？甚三郎感到害怕，不敢開口。

「堀口大人，這徽印短外衣……」甚三郎朝金右衛門遞出那塊墊布時，從屋外某處開始響起一陣可怕的聲響，分不清是低吼還是呻吟。

嗡。嗡。

甚三郎寒毛盡立。以前聽過這個聲音。記得好像是他們湊齊六個人，在這棟屋子裡準備迎接第一個夜晚時發生的事。望著逐漸消失的最後一抹夕陽餘暉，耳中傳來整棟屋子顫抖般的古怪聲響——

「之前也曾有過這樣的聲音。」

「安靜。」

金右衛門制止甚三郎。阿秋和阿繁則是緊緊依偎著彼此。

噢、噢。聲響持續。那不是野獸的吼叫聲。像這樣豎耳細聽後感覺是人語。難道是在說些什麼？

接著甚三郎發現。這聲響並非單純從屋外、庭院，或是屋頂上傳來。

是整棟屋子在低吼。

「可惡，竟敢嚇我們。」

甚三郎正準備以手中的墊布擦拭臉上汗水。金右衛門一把將墊布搶了過來。

「這是什麼？上頭的文字是怎麼回事？」

「這東西縫在徽印短外衣背後。」

金右衛門緊盯著墊布，仔細檢視那神祕的平假名。這段時間，屋子的低吼聲漸漸平息，聲響變得輕細，消失無聲。

金右衛門抬起臉來。突出的額頭隱隱冒汗。

「……原來如此。」

不知道他從中明白了什麼，他的口吻像在說給自己聽，並細細思索。

「這樣的話就不會有錯了。我得告訴大家才行。」

他的表情無比緊繃。不管他明白了什麼，看來都不會帶來希望。之前這位作風幹練，行事果決的武士，一直帶領著甚三郎他們，下達指示，守護他們的安全，此時第一次露出畏怯的神情。

拜託別說，我不想聽。我不想知道那麼可怕的事。既然無法離開這裡，不要知道反而輕鬆。

甚三郎暗自壓抑心中不斷湧現的吶喊。

充當書桌用的木箱上擺著那份文件。四人一同與它對峙。

「這棟房子的謎團——或許還不是全部，不過，我從這份文件中解讀到的內容，堪稱是這一切謎團的根本。」

金右衛門依序望向甚三郎、阿秋、阿繁，在那份文件旁攤開徽印短外衣內的墊布。

「首先，我先讓你們明白，這些平假名文字有什麼含意。這是耶穌教的信徒，亦即天主教徒唱誦祈禱文中的一節。」

天主教徒？祈禱文？

那是什麼？不知道有這種東西，從沒聽過。甚三郎他們聽得一頭霧水。

「幕府嚴格禁止信仰耶穌教。它和你們的生活完全無關也是理所當然。你們沒這方面的知識，難怪會感到困惑不解。」

耶穌教是南蠻傳來的宗教。由傳教士千里迢迢遠渡重洋，帶到這個國家來，並在此傳教。

「耶穌教的教義核心，就是只信奉他們的主，亦即唯一神明。」

他們的主創造這世界，並爲人們打造出人的形體。

「我們武士道講求爲藩國盡忠，爲主君奉獻性命，因此，耶穌教的教義與武士道難以相容。神君家康公於江戶設立幕府，統一天下前，耶穌教便遭到嚴格禁止。」

如今也一樣，信奉耶穌教者必受責罰。其罪刑可不容忽視。會被處以流放外島、磔刑（註）、斬首示眾等懲處。

「昔日在戰國時代曾經信徒人數大增，大名當中甚至有信奉耶穌教的天主教徒大名，而這也成爲幾項可怕動亂和叛亂的根源。」

耶穌教的信徒除了他們的主，不信仰其他神明，這表示違背領主、大名、主君命令也無妨。

「要是天主教徒增加，社會秩序會大亂，妨礙政令執行。有鑑於過往歷史，幕府視其爲禁教，一再打壓。」

至於祈禱文，則以天主教徒讚揚他們崇拜的主，以及「拯救世界者」、「帶來神諭者」用的話語譜寫成詩文。

「只要想成像佛經這類的東西就行了。」

「可是，完全看不懂在寫什麼。」

「對我來說，佛經一樣完全聽不懂。不過，和尚誦經聲的好壞，我倒是聽得出來。」

「好歹誦念佛號總聽得懂吧。像南無阿彌陀佛。」

「二葉屋念的是南無妙法蓮華經。佛龕裡也以這氣派的七個字題名當裝飾。」

因爲生活中不曾接觸，所以甚三郎和阿秋不覺得害怕，你一言我一語聊起來。但阿縏一本正經，臉上血色盡失。

「如果是幕府禁止的事，我不想知道。」

她別過臉，不看那塊墊布。

註：將罪犯綁在柱子上，以長槍刺死的刑罰。

竟在不知情的情況下，在背後揹了這樣的東西。感覺很不吉利，教人火冒三丈。見她有這種反應，金右衛門將那塊墊布翻面，覆在木箱上。

「這屋子的主人剛才像在呻吟般誦念的，就是這祈禱文。」

甚三郎這才逐漸明白此事的重要性。屋子的主人是一位天主教徒。那名漆黑的武士沾惹幕府明令禁止的南蠻宗教，是個蠢蛋。

「擺在鎧甲箱裡的文件，是昔日因身爲天主教徒而被問罪，遭流放大島的屋子主人寫的日誌。」

文件之所以損毀燒焦，可能是因爲火山熱風的緣故。

「他在流放的大島上仰望御神火，寫下自己因憤怒而燃燒的心中想法，雖然內容斷斷續續，但還是看得懂。」

「說什麼憤怒……」甚三郎也漸感怒火中燒。「他明知那是禁教，還要信耶穌教，所以才會遭受懲罰，被流放外島不是嗎？這樣有什麼好生氣的。」

這根本就是自作自受。連我這樣的賭徒也不敢觸犯幕府禁令啊。

金右衛門注視著甚三郎，安撫似柔聲說道：「日誌損毀，文章多有遺漏。有些部分難以判讀，不過，這屋子主人的領地在哪一帶，又是什麼時候發生的事，在下已猜出幾分。」

「咦！」阿秋不自主發出一聲驚呼，抬手摀住嘴。

甚三郎問：「堀口大人，您的意思是……這是您藩國內發生的事？」

阿秋更慌了。「甚先生，這樣說太失禮了！」

金右衛門不爲所動。目光移向阿秋臉上。

「我們藩國也很徹底執行宗教查驗制度，搜捕天主教徒，極力打壓，曾有這麼一段歷史。」

那已是很久以前了。

「那是在下出生前，紀錄在藩國系譜的過往事蹟，不過那確實是我們藩國統治上的黑暗面。」

因此，可從中推測出這屋子主人的身分，以及在他領地上發生的事。

「寫這份日誌的屋子主人，是二谷家的主人。因爲名字部分已燒毀，無法從文件上看出。不過，就在下所知，二谷這個姓氏屬於西國。在東國還沒看過這個姓氏。」

對從沒離開過江戶的甚三郎來說，這是很陌生的姓氏。

「這姓氏的語意，原本是用來表示兩座山谷間的險峻地形。因爲是獲賜這個姓氏的武家，所以領地並非是什麼肥沃的土地。」

這是否爲金右衛門藩國內的事，他無意表明。

「既然被處以流放的處分，可見二谷這個人並非一般下級武士。身分相當高。他是大名嗎？」

甚三郎直率提問，金右衛門默而不答。一旁的阿秋倒是馬上說道：

「我們這樣一再追問，會帶來危害是嗎？」

金右衛門低頭望向文件，陷入沉思。他微微蹙眉，兩頰線條僵硬。

他第一次露出這種神情。

——他有不能向我們透露的祕密。

甚三郎感到心神不寧。

「你們會活著離開這裡。」

金右衛門抬起眼說道。那是他平時沉穩、溫和、時時鼓勵眾人的表情和聲音。

「會回歸你們原本的生活，所以關於許久以前打壓天主教徒的事，以及因此遭流放外島的武家事蹟，最好還是別留存心中。」

有些事別知道反而是福氣——金右衛門說。

「只要不知道，日後就不會憶起。也不會不小心說溜嘴。」

什麼嘛，竟然用這種神祕兮兮的口吻。

「我絕不會向人透露，或是四處逢人便說。不過，確實就像堀口大人您說的。」

阿秋重新坐正，低頭行了一禮。

「有些事別知道反而是福氣，我會謹遵教誨。剛才說了僭越的話，尚請見諒。」

阿繁低著頭，沉默不語。甚三郎呼吸急促，緊咬嘴脣。

「慚愧。阿秋，我要謝謝妳明智的推測。」

金右衛門的聲音無比溫柔。

「在下被囚禁在這棟屋子，是因爲屋子主人與在下的身分和地位，有一段多年前種的因果。」

他說自己是在解讀日誌內容後，才明白此事。

「因此，當中有不能向你們詳細說明的情事，如果要說那會帶來危害的話，確實就像阿秋所言。

在此先提醒各位一聲。」

甚三郎爲之愕然。一道冷汗從他背後滑落。他說這是因果。是因果。是因果。

我們會這樣吃盡苦頭，全是因爲堀口大人的因果使然嗎？我們只是遭受池魚之殃？

「我再強調一次，這是過去的事。」

金右衛門沒理會甚三郎心中的想法，冷靜接著往下說。

「這屋子的主人——就稱呼他二谷的某大人吧。某大人以前曾違抗幕府的天主教徒放逐令，沒驅趕到他領地內的天主教徒。反而還暗中保護、供養他們。」

爲什麼他要接納推廣禁教的天主教徒呢？

「因爲他想得到天主教徒帶來的南蠻知識和技術。期望天主教徒的智慧能爲某大人貧困的領地和領民帶來更多利益和救助。」

先進的醫療、用藥的知識。作物的新品種、防治病蟲害的方法。

「昔日耶穌教能在我們藩內廣爲流傳，最大原因也在此。」

金右衛門的聲音痛苦又沙啞。

「只要借助天主教的智慧，過去束手無策的疾病和傷痛都能治癒。那些連年爲歉收發愁，梳理著沒結米粒的空稻穗，只能望天興嘆的土地，是天主教徒爲他們帶來耐旱又防蟲害的稻苗。」

天主教徒帶來被禁止的異國教義，但他們同時是帶來新知識的使者。

「只要他們說這些智慧和技術也是耶穌教神明所賜的恩澤，人們被深深吸引的心靈就會接受他們的教義。」

追求現世利益而走入信仰的無邪純眞，以及對更豐足的生活所抱持的渴望，要責怪這些是愚昧，其實是很簡單的事。但這也是人之常情，是人們的弱點。

「不管再怎麼膜拜阿彌陀佛，再怎麼供奉土地的山神和田神，領民還是一樣吃不飽，田地逐漸乾涸。於是人們心想，既然這樣，就將自己的靈魂交付給他們說的那位『創造這世上的一切，饒恕所有人的罪，引導人們上天國』的天主，乞求祂的守護和恩澤吧。」

金右衛門淡淡說道，閉上雙眼。

「二谷的某大人，就這樣成了天主教徒。」

就像屋外流動的霞霧般，圍著木箱的這四人之間，沉默靜靜流淌。

甚三郎感覺到一陣搖晃。是地震。

隔門圖繪的火山吐出灼熱的蒸氣。熔岩順著山壁流下。

甚三郎突然想到。那屋子的主人，一身漆黑的鎧甲武士，此刻該不會就躲在一旁吧？他或許就在聆聽金右衛門說話。只要轉個頭，也許甚三郎便又會看到他。他正望著我們。看我們會怎麼做。在他逮到的這些生命全部燒盡前，好好享受我們痛苦掙扎的模樣。

所以地震才逐漸退去。

「如果能就此平靜度日，不論是對二谷家，還是對領民們來說，都是無上的幸福。」

金右衛門睜開眼睛，繼續說道。他眼中蘊含深沉的光芒。

「某年夏天，某大人的領地發生瘟疫，疫情迅速蔓延。」

那前所未見的瘟疫，造成領民陸續喪命。人們惶恐不安，某大人和歸順耶穌教的人們一起誠心祈禱奇蹟發生，讓病人痊癒。一面祈禱，一面採用天主教徒的醫術來治療。

但疫情始終沒有減緩趨勢。

「不管南蠻傳來的醫療如何先進，也不是所有病都能治癒。」

然而，全心投入信仰的二谷某大人無法接受這樣的事實。

我明明這麼虔誠祈禱，但主丟了這樣的瘟疫給我。爲什麼！天主教徒說，世上發生的一切，全都是主賜給我們的考驗。考驗？爲什麼非得現在考驗我不可？

這根本是背叛。那位號稱萬能的異邦神，我仰賴祂的力量，不惜違反禁令，但祂欺騙了我。

某大人因而失去理智，驅逐天主教徒，或是逮捕他們來責問。如果要證明我的虔誠，我應該已經做得夠多了。

主爲何要這樣折磨我？

「某大人的荒誕行徑及領地風波傳入幕府耳中，最後遭到嚴厲問罪，說來諷刺又可悲。」

他遭受流放的懲處，終日望著大島燃起御神火的火山口，心中怒火愈來愈熾盛。

我做錯了什麼？

爲了成爲耶穌教的信徒，爲昔日身爲異教徒的自己所犯的罪過懺悔，打造一個地上的樂園，爲此盡心盡力，如此而已。像這樣接受懲罰，遠離故鄉，在這段時間裡，我那飢餓的領民、乾涸的土地，誰能拯救？

天主教徒說，這是天主賜予的考驗。要一直祈禱、祈禱、祈禱。要爲自己的罪過告白。別害怕殉教。因爲你可以上天國。

天國？主不願拯救此刻的我，也不願救現在已不受我統管的領民嗎？

什麼是考驗？我相信的，根本就只是一味的欺瞞嗎？

都這種時候了，就連懷疑也是罪過嗎？只要像人偶，像傻子一樣，一味祈禱，高歌祈禱文，這樣就行了嗎？

最後還要我別怕殉教？既然身爲武士，爲了大義，爲了忠義，就算捨命也無所畏懼。但此刻根本毫無大義可言。耶穌教的神以瘟疫來回報我的忠心和虔誠，我怎麼可能爲這種神而死？

「在下一面解讀那斷斷續續的日誌文字，一面思索。」

金右衛門平靜的口吻，微微帶有冰冷的棘刺。

「在下不懂耶穌教的教義。不懂天主教徒崇信的神威。但在下明白，所謂的虔誠，並不是爲了得到等價的回報。」

二谷某大人錯了，著實可悲。

「這棟屋子，是無法接受自己過錯的二谷某大人的憤怒所形成，是怨念構成的幻影。」

明知是禁教卻仍甘冒危險，信奉異邦神，拜倒在神明膝下，獻上自己的靈魂，最後沒能得到回報，他對此憤恨不已。

「二谷某大人被自己的怨念所困。將我等陌生人引入此地，抓我們落入陷阱，一再折磨我們，這是想讓我們感受他嘗過的苦悶和失意，好讓他積累不散的怨念變得更壯大。」

你得悔改。
但我不會傾聽你的懺悔。
你要告白，說出你的罪。
但不會因爲你的告白而洗淨你的罪過。
說到底，萬能的神根本就不存在。
不過在這裡，在這棟怨念的屋子裡，
——我就是神。

「聽甚三郎說，他在噩夢裡聽到有個聲音要他告白，說出自己罪過，當時在下就懷疑此事與耶穌教有關。因爲那種措詞方式，正是那個禁教的特色。」

他那麼早就察覺？經這麼一提才想到，當時他的神情古怪。

——對於耶穌教的事，其實他知道的更多吧？

這在甚三郎心中產生猜疑的裂痕。金右衛門不予理會，逕自往下說。

「我沒注意到徽印短外衣裡的墊布，不過，我倒是懷疑過背後的徽印。」

方框與十字重疊。

「如果是圓圈加十字，那是薩摩藩島津家的家紋，但方框加十字，則不屬於任何一個家紋。這是假造的。不過，對天主教徒而言，十字是具有崇高含意的形狀。」

以方框將十字圍起來，想將之壓扁。祈禱文藏在徽印短外衣裡，讓不知情的甚三郎他們穿上它，吸取他們汗水，就此變得髒汙。

「他根本就……」

阿秋一臉吃驚的低語。

「不想讓我們活著回去。想將我們全都殺了。」

她臉上沒半點血色。彷彿連向來和她互相關照的阿繁都忘了，她雙手緊摟著自己。

「那活門板的機關只是做做樣子吧。說什麼還要再幾個人，那只是在折磨我們罷了。」

明明就沒人可以存活。

「哼，竟然這麼大費周章。」

甚三郎低頭望著地面，語帶不屑說。金右衛門馬上應道：

「某大人就是希望我們起爭執，互相殘殺。」

他語氣平靜說出這麼駭人的事。

「他想激起我們彼此間的不信任，讓我們互相較勁，赤裸裸展現出『只要我活命就好』的私欲。」

甚三郎與阿秋不發一語面面相覷。頹然垂首的阿繁，她弓著背微微顫抖。

「昔日爲了追捕天主教徒，常會召募告密者。二谷某大人也想讓我們做出這樣的事。」

該死的人不是我，而是別人。

主啊，有比我還要罪孽深重的人——大家互相指著彼此，爲對方斷罪。

「之前我們都沒陷入這樣的想法中，值得驕傲。我們常互相幫助，體恤彼此的辛勞。」

金右衛門的話無比溫柔，聽了令人感激。但甚三郎猛然感到無法接受。

「這只是情勢所趨。」

說出口之後，見到阿秋那慌亂的模樣，他更加怒火中燒。

「堀口大人您是武士。身分和我們不同。所以大家都倚賴您，完全照您說的話做。所以只是剛好沒起爭執罷了。」

但今後就不同了。

「既然您說自己和這屋子的主人有一段因果關係，那我們或許是遭到池魚之殃。我不想再對堀口大人言聽計從了。」

就像剃刀劃過般，撕裂現場空氣。

甚三郎心中怒火熊熊。

如果最後只有一個人能活命，那個人應該就是身為武士的堀口金右衛門，像甚三郎他們這種身分卑微的商人、工匠、農民、僕人，就算打從一開始就是被捨棄的一群也是無可奈何。之前一直領導他們的金右衛門，其實心裡也這麼想吧？如今他已解開屋子的謎團，一定更是在心裡拿定主意。

啪！

阿秋打了甚三郎一巴掌。那不是軟弱無力，柔若無骨的手掌。而是一個工作勤奮的女人，滿是繭和乾裂的手掌。

好痛。

「就是因為你可以若無其事說出這樣的話，屋子主人才只在你面前現身。因為你的罪孽最深。」

淚水從阿秋臉頰滑落。甚三郎看了，心中的怒火消退。

「對不起。」

阿秋以衣袖遮臉，弓身趴在地上。她極力忍著不讓自己放聲大哭，發出抽抽噎噎的聲音。

又傳來地震。像大浪從遠處湧來般一陣搖晃。

同時傳出火山的吼嘯。隆隆隆隆。那不是自己想多了。不是自己聽錯。

屋子的主人見他們起爭執，開心不已。

那天晚上，甚三郎獨自前往有隔門圖繪的大廳。

他順著有百目蠟燭的走廊走，來到那扇厚實的雙開門前，光是這樣就覺得臉部發燙。

他打開門，往前跨出一步，明明閉住呼吸，卻感覺到硫黃的臭味。

隔門圖繪裡的火山口正在沸騰。冒出鮮紅的熔岩。發出咕嚕咕嚕聲響，岩漿的氣泡不斷爆開。

不光火山口附近，此刻正從山壁處噴出蒸氣。濃密的蒸氣盈滿整個大廳，從門前無法清楚看見房內深處。他才往前走出一步，汗水便流進眼中。他以浴衣衣袖擦臉，忍不住吸了口氣，鼻腔和喉嚨便感覺到灼熱。

火山爆發在即。謎團被囚犯們解開，得知祕密，屋子的主人已準備要完全顯露他的惡意。

甚三郎鼓起勇氣大聲吼道：

「我罪孽最深重嗎！」

如果是，那就殺了我，結束這一切。反正我是個雜碎。活著也沒什麼用處。

「可是我知道能隨心所欲操控這個世界的那一瞬間是什麼滋味。」

就算是我這樣的人，在賭場裡也能成爲神。我曾經握有那無所不能的瞬間。我豈能屈服在你這種傢伙底下。

隆隆隆隆。又開始傳出地鳴聲。熱風從山上直吹而下。灼熱的蒸氣被熱風攪動。要是那股熱風迎面吹來，肯定吃不消。還是回去吧。甚三郎因溼汗而腳下打滑。什麼也看不見。呼吸困難。

突然背後有隻手伸了過來，一把抓住甚三郎的肩頭。用力將他往後拉。

「你在幹什麼！」

是金右衛門。他的臉、脖子、手臂也滿是汗水。兩人一同跌落走廊。同時把門關上，將風和蒸氣都推了回去。門上金屬部位無比灼熱，手掌幾欲燒起。

「對不起。」

甚三郎一面喘息，一面哭了起來。

「因爲我和那傢伙一樣，他才會在我面前現身。」

因爲我們又愚昧又傲慢，甚至還當自己是神。

「我知道了。」金右衛門說。「好了，我們回去吧。別再惹阿秋哭了。」

從那天起，起了可怕的變化。食物全部不見了。

如果只有吃掉的食物減少，這也是理所當然。像稻米、小米、凍餅，不管怎麼吃，只要過了一晚，就會恢復原本的數量，這樣反而才奇怪，所以實際情況並非如此。

而是原本擺在廚房層架上的麻袋，竟全不翼而飛。稻米、小米、蕎麥粒，全一粒也不剩。就連前一天阿秋從田裡挖掘並擺進簸箕裡的蔥，也全不見了。味噌、醬油、鹽，也全消失。原本裝滿水缸裡的水，用過之後便會減少，而當他們前往汲水時，發現井水乾涸了。

屋外的季節轉爲秋天。森林染上楓紅，風兒吹來，肌膚感覺到寒意。

那些作物不知道怎麼了。甚三郎他們奔向後院的農田查看。

他和阿秋耕種的田壟，就只立著光禿禿的豆莖。原本有些地方，就算他們兩人什麼也沒做，也一樣會長出青蔥和蕪菁，但現在都葉片泛黃皺縮，無法收成。

奇怪的是，葉子和莖並非只是乾枯。而是像破洞或遭啃咬般，呈鋸齒狀。

身為農家女的阿繁，一看便明白這是怎麼回事。

「這是蟲咬的。是蟲害。」

甚三郎感到難以置信。因為之前連一隻蟲子、一隻小鳥的氣息都感覺不到。難道現在突然湧現？

不過，這時他發現有一陣喧鬧聲。

四人環視四周，豎耳細聽。沉浸在霞霧中的楓紅森林。被濃雲覆蓋的天空，隱隱可看見太陽及架在屋頂上的一對怪魚。

「那是什麼？」

阿秋指向先前一會兒是櫻樹林，一會兒是竹林的地方，現在是一片楓紅的森林。

啪啪啪啪啪。

甚三郎定睛細看。對方知道自己已經被發覺，奇怪的聲響變得更加響亮。甚三郎有這種感覺。

從楓紅中突然冒出一團黑雲。它就是聲響的來源。啪啪啪啪啪。嗡嗡嗡嗡。

那東西一面發出低吼，一面變形，還詭異的上下移動，步步逼近。

它填滿樹叢間的縫隙，讓枯葉散落，一會兒膨脹，一會兒縮小，時而升起，時而降下，發出啪啪啪的聲響。

嗡——在一個巨大聲響下，有個東西從黑雲中竄出。

阿繁發出「嚇」一聲驚呼。她原本就已經駝背，這下子就像腰斷了似的，跌坐在地上。

「竟然這麼大隻。」她驚聲尖叫，而且還破音。

又飛出一隻。嗡。又飛出兩隻。嗡嗡。那蠢動的黑雲不斷逼近。陸續有東西從黑雲中竄出，朝甚三郎他們飛來。

嗡！

阿秋大聲尖叫，抬手護臉。那飛來的東西撞向她手腕，發出一聲悶響。

「是蝗蟲！」金右衛門大喊。

這怎麼可能——甚三郎心想。身為江戶人的我，根本就不知道聚在田裡的蟲子長什麼樣子。但蝗蟲不可能這麼大隻。因為眼前這東西可是跟小孩的拳頭一般大呀。

嗡、嗡、嗡。那片黑雲，是像怪物一樣大的蝗蟲大軍。

「不妙，快逃。」

金右衛門扶起阿繁，催促甚三郎和阿秋行動。阿秋愣在原地，望著被飛來的東西撞到的手腕。那裡正流著血。這到底是怎麼回事？發生什麼事了？

是被怪物蝗蟲咬傷了。甚三郎嚇得寒毛直豎。

「阿秋，快來！」他伸手想握住阿秋手臂。

成群蝗蟲蜂擁而至。那嗡嗡嗡的低吼聲，是牠們的振翅聲。不像是這世上會有的成群蟲子發出的振翅聲。也有好幾隻怪物蝗蟲朝甚三郎飛來。金右衛門一隻手扶阿繁站起來，另一隻手不住揮動，驅趕蝗蟲。

「甚三郎、阿秋，用跑的！」

阿秋不知如何是好，沒能跨出步伐，這時蝗蟲大軍的前鋒已往她身上匯聚，阿秋又叫又跳，死命揮動雙手，想逃卻分不清方向，在原地不住打轉。

甚三郎從阿秋身上打落那些怪物蝗蟲，執起牠的手往前衝。阿秋的臉頰和脖子都在淌血。

怪物蝗蟲的大軍形成漩渦，發出啪啪啪聲響，時而往右，時而向左，飄忽不定，眼看牠們向上升起，卻又在空中一個迴旋，又朝他們近逼而來。

只要是能停的地方，牠們哪裡都停。只要是能聚集的對象，牠們就一味聚集。

然後吃光一切。

金右衛門努力想扶著阿繁走，但年邁的阿繁雙腳跟不上他的速度。腳下一絆，腿軟跪地。金右衛門一時收勢不及，往前踮了兩、三步。

「阿繁女士！」

阿秋大聲叫喊，想停下腳步，但甚三郎催她繼續跑。

「妳快走，逃到廚房去！」

他自己則是跑向金右衛門和阿繁身旁。金右衛門正準備扛起阿繁。

「甚三郎，幫我個忙。」

兩人合力扶起阿繁。老太太已全身無力，無法自己起身。

「振作一點。」

在金右衛門的鼓勵下，阿繁抬起臉來。她那因年邁而垂落的眼皮底下，一對眼瞳緊縮。裡頭布滿恐懼之色。

「你們快走吧。」

她已下定決心。

「我已經跑不動了。請留我在這裡，你們快逃吧。」

「說什麼傻話。來，快站起來。」

阿繁搖頭，似乎還想說些什麼。這時，一隻筆直飛來的怪物蝗蟲，張口咬向她脖子。

阿繁身體猛然一陣痙攣。雙眼瞪大，嘴巴微張。鮮血像水藝般，從她脖子不斷噴飛，濺向甚三郎和金右衛門臉上。

嗡。又來一隻。停在阿繁頭上那綁成一束的銀髮上。甚三郎目睹怪物蝗蟲的金色眼睛。

眞教人難以置信，與那尾怪魚的眼睛一樣。是人的眼睛。
這傢伙也是屋子主人的化身，惡意化成的怪物。
「臭妖怪！」金右衛門怒聲喝斥。
嗡、嗡嗡、嗡嗡嗡嗡！
怪物蝗蟲那滿溢怒火的金色眼珠散發光芒，朝阿繁飛撲而來。甚三郎和金右衛門兩人合力將牠們揮除，但是因血腥味而發狂的怪物毫不怯縮，依舊不斷聚集。
蝗蟲大軍近逼眼前。除了震耳欲聾的振翅聲外，還聽到卡嚓卡嚓的啃咬聲。是牠們堅固的下顎和利牙。要是被牠們纏上，肯定會被吃個精光。
「請你們快逃。」
阿繁聲嘶力竭喊道。她達到極限，白眼一翻，頹然垂首。
「堀口大人，眞的撐不下去了。」
甚三郎拉著金右衛門的衣袖，逃離原地。
隔了一會兒，金右衛門似乎再也抵擋不住，就此跟著逃離。阿繁的身體轉眼被怪物蝗蟲包覆。傳出卡滋卡滋的聲響。那是怪物們纏向老婦乾癟的肌膚，從她衣服的領口和袖口鑽入，啃食她骨瘦嶙峋的身軀發出的聲響。
「快點，快點！」
阿秋緊抓著廚房後門的門板，邊哭邊喊。甚三郎來到她前方後，忍不住回身而望。
朝這邊跑來的金右衛門身後，可以望見阿繁癱坐在後院地面。與成群的巨大蝗蟲化爲一體，僅留下一個老婦人的輪廓。
此刻她的身體已崩解。腹部折成兩半，同時頭顱落地。

「甚先生，你在幹什麼！」

因阿秋這聲悲鳴，甚三郎閉上眼。就像被直奔而來的金右衛門撞飛，兩人一同跌進門內。

阿秋蹲下身，弓著身子，哭了起來。甚三郎全身簌簌發抖，呼吸困難，感到一陣天旋地轉，噁心作嘔。四周一片昏暗，意識遠去。

咚。

還要再兩個人。

屋子深處，那幅火山的隔門圖繪所在的大廳，發出活門板掉落的聲響。

怪物蝗蟲的振翅聲消失了。

甚三郎抬起臉。阿秋仍舊暗自啜泣。金右衛門坐在土間，臉色蒼白。

猛然回神，發現三人渾身是血。

接著傳來屋子主人那響亮的聲音，既像大笑，又像吼叫。

「已經沒時間了。」

梅屋甚三郎以懷紙擦拭額頭的冷汗，繼續說。

富次郎當自己變成了石頭，以這樣的心境擔任聆聽者。若不這麼做會感到噁心作嘔，恐怕會打斷甚三郎說話。

阿近也有過這樣的經驗嗎？當說故事者的內容充滿不祥之氣，太過驚悚時，阿近是如何安撫自己，讓自己內心保持堅定，繼續聆聽呢？

看得出甚三郎漸顯疲態。他的聲音愈來愈小，呼吸變得急促。但他會繼續說。他一定會把故事說完。因為感受到他傳來的氣勢，富次郎讓自己變成石頭。變成傾聽的石頭。

「因爲食物和飲水都沒了。我們三人再短短幾天就會力氣耗盡，無法動彈。」身爲女人的阿秋可能最先倒下。之前一直都負責粗重活的甚三郎，或是最年長的金右衛門，也可能會先死。不管怎樣，只要再死兩個人，最後勉強存活下來的那個人，就能通過那條有活門板的通道，逃離這棟屋子。

「堀口大人說，我們該接受這樣的安排嗎？」

照理說，第四片活門板已落下，出現新的通道。但金右衛門說，我們全都不要過去。

前一天晚上，甚三郎獨自前往大廳，那裡瀰漫著灼熱蒸氣的硫黃毒素，好在有金右衛門的救助，這才得以回到走廊上。這次要是再度前往，未必能全身而退。

「不過，也可能有重大的發現，是否該抱持期望，冒險一試呢？如果要這麼做，得從我們三人當中挑選一人。或是看誰要自願前往。」

這也如同選出一人冒生命危險。這樣正中屋子主人下懷。

「這不是我們要的，我們要選擇三人都能存活的生路。」說完後，金右衛門像在思索，緊咬著嘴脣。「不，也許選擇走孤注一擲這條路。看是三個人都存活下來，或是沒能成功，三個人都死。」

全部都活命，或是全都喪命。

捨棄屋子主人逼我們做的選擇。

「甚三郎，你之前說，在下身爲武士，最後存活下來是理所當然。」

但在下的想法正好相反——

「武士爲了守護弱小的百姓，須鍛鍊身心，仗劍而立。貪生怕死，犧牲百姓，絕非武士之風。」

金右衛門應該同樣疲累，而且有傷在身。但他臉上充滿生氣，聲音凜然生威。

「因爲在下的能力和智慧不足，才會眼睜睜看著亥之助、正吉、阿繁遭殺害。甚三郎、阿秋，就算要在下以性命交換，也理應要守護你們兩人。」

這才是武士應有的姿態。

但這裡是屋子主人邪惡靈魂的容器。他們三人如同被丟進裡頭的螞蟻。

「在下要強忍心中的羞恥，請你們兩位助我一臂之力。在下希望我們三人一起合力開創生路。你們願意跟隨在下嗎？」

甚三郎望向阿秋。阿秋凝視著金右衛門。

「我該怎麼做？」

那是宛如低語般的聲音。但語氣一點都不軟弱。阿秋已拿定主意。

「我也不想完全照這屋子主人的話做。」

就算最後有一人能存活，那也教人開心不起來。

「我的性命如同螻蟻。但螻蟻也有螻蟻的骨氣。」

不知道屋子主人是經歷過怎樣的失意和絕望，才遺留這等深重的怨念。但沒道理知道，也沒必要體恤他的想法。

「要我們告白，說出自己的罪過？這對天主教徒來說，是很重要的事？哼，眞不湊巧，這和我無關。我不想陪他玩。」

強悍撂下狠話的阿秋，美得令人驚豔。

「明知是禁教還接觸，結果不如己願，被流放外島，那又怎樣？他憑什麼讓我們和他受同樣的苦？」

這屋子的主人是個懦弱、不死心，又任性的壞蛋，不配稱作武士。

「就算在這裡丟了性命也無妨。這樣我就可以去找我娘了。」

阿秋突然淚水撲簌而下。

「家中原本只有我和娘相依為命。」

她母親是一家小料理店的女侍，後來遭店內客人染指，懷了阿秋。

「我娘懷孕後，那個人便跑了。但料理店的老闆娘人很好，並未將我娘逐出店外。託她的福，我娘才平安生下我。」

生下阿秋後，母親留在料理店裡繼續工作。母女兩人生活勤儉，日子倒也還過得去。但不久，之前那位客人又回來了。他當然不是要扛起父親的責任，改善她們母女倆的生活，他腦袋裡壓根沒有這種正經的念頭。

「他只是個遊人，緊纏著我娘不放。其實他是缺錢花用，想向我娘討錢。也許是想將她騙走，好賣給別人。」

料理店的老闆娘看不下去，替她們母女倆找了其他工作，讓她們逃離這是非之地，但那個遊人緊纏不放。

「我從八歲起就在外工作，這也是為了讓我躲避他的魔掌。他是個卑鄙的男人，會拿我當人質要脅我娘，所以我不在身邊，我娘也會比較放心。」

阿秋的母親為了不讓遊人找上門，都是靠打零工勉強度日。每當她到某家店工作，那名遊人就會現身，擺出丈夫的姿態預借工資，拒絕就會在店裡找碴，所以阿秋的母親一直都無法在同一家店久待。住處也一樣，有時鄰居好心收留，有時到寺院投靠，有時眞的走投無路，就只能在橋下棲身。

「過著這種生活，身子當然挺不住。最後娘心力交瘁而死，那時候我剛住進二葉屋當傭人。」

因為一直音信全無，阿秋感到擔心，四處到母親可能在的地方找尋，當她好不容易得知母親死訊時，母親已葬在附近一家專收無主屍的寺院內。

「因爲那種男人的緣故，落得這等死狀，我很不甘心。」

母親死後三個多月，那名遊人這次擺出父親的姿態，出現在滿腔悲憤的阿秋所在的二葉屋。

「他說，我是妳爹，我知道妳在這裡工作。還嬉皮笑臉向我家老爺問安，慇懃有禮，表裡不一。」

他懷裡藏著一把短刀，大白天就帶著濃濃酒氣。他已從遊人墮落成一個上了年紀的無賴。二葉屋的店主要他別在店門口鬧事，以後不准再來，塞錢給他，打發他走人。

「但那傢伙不會學乖的。這點我很清楚。」

就由我來做個了結吧。替娘報仇。

「不出所料，老爺的說教不管用。他很快就開始在二葉屋四周遊蕩，所以我自己跑去跟他說。」

娘過世了。這世上剩我跟爹你兩個人，我想和你一起同住。請爹去找個住處吧。

「他聽了高興極了，馬上一口答應。並對我說『不過，我有個條件，妳得改到別的地方工作，那裡賺的錢比二葉屋還多，我有門路』。」

他同樣想將自己的女兒阿秋賣去妓院。

「之後過沒五天，他便前來迎接我。說要帶我去跟新工作地點的老闆和老闆娘見面。」

二葉屋老闆猜出是怎麼回事，極力挽留。

「我向他低頭請求，說我想盡孝，請容我辭去這項工作，跟著那傢伙走。」

當時是煙花巷華燈初上的向晚時分。正是容易遭逢鬼怪的時刻。

「我將自己縫製的簡陋衣物裝進包袱帶著走。」

走進昏暗的巷弄時，阿秋拿定主意。要動手就得趁現在。

「我對他說，這是我的衣服，如果拿去賣給舊衣店的話，或許能補貼我們新住處的房租。您要不要看一下？」

他接過包袱，當場跪在地上，開始打開包袱確認。

「他是個貪婪的傢伙，我相信他一定會這麼做。做了個賭注。」

阿秋贏了這場賭局。

「我趁他在評鑑那些衣服時，繞到他身後，取出插在腰帶裡的剃刀。」

甚三郎很想阻止她繼續往下說。

我知道了。夠了，不用再說了。

但金右衛門搶先說道：

「妳替令堂報仇了吧。」

阿秋雙脣緊抿，點了點頭。

「我一刀劃破他的喉嚨。」

那個男人一聲不吭的倒臥。阿秋拋下剃刀，快步奔出巷弄。

「我不能回二葉屋。這會給店裡添麻煩。我想直接往大川裡跳。正當我心裡這麼想，一路往前跑時，附近番屋的守衛將我攔住。」

——這位女侍，妳怎麼了？臉色這麼難看，有人在追妳嗎？

「我說不出話，不住發抖。那位番屋的守衛一再安撫我。對我說，妳遇上可怕的事對吧，已經沒事了。」

阿秋身上連一滴血也沒有。幸好她是站在那個人的背後。也許是已故的母親守護著她。

「我丟了剃刀，而且只要我自己不說，就沒人知道我剛殺了人。」

對方問阿秋身分，她無暇扯謊，坦白說出自己是二葉屋的女侍。之後似乎是番屋派人前去通報，過沒多久，二葉屋老闆自己前來接人。

「我家老爺在番屋向守衛低頭道歉，什麼也沒問我。」

——掃完墓了嗎？以後別再擅自離開店裡了。

「回到二葉屋後，我每天都提心吊膽，怕哪天會被五花大綁，哪天番屋的人會前來逮捕我。」

但始終都沒人來。

「一名無賴死在昏暗的巷弄裡。大概是與人鬥毆，或是盜匪所爲吧。」金右衛門說。「就只是這麼回事。」

阿秋頷首，一張臉皺成一團。淚水滿溢而出，從臉頰滑落。

「這件事沒人知道。」

「太好了。」

「是啊。但我是殺人犯。」

一直覺得總有一天會遭報應。

「我漸漸覺得，被囚禁在這裡如果是報應的話，那也是無可奈何的事。」

但沒道理完全聽從這屋子主人的命令。隨著事態發展，逐漸明白前因後果，她改變了想法。

「一個來路不明的傢伙，擅自說要制裁我們，這教人怎麼接受。」

就算要死，也應該是能接受的死法才對——

要怎麼逃離這棟屋子？

金右衛門已擬定計畫。

「這個計畫比孤注一擲還要危險，堪稱是豁出一切。就算進行得順利，也不得三人都能活命。」

在下原本就做好必死的覺悟——金右衛門果決說道。

「只要能用在下的性命交換，對二谷某大人那恣意妄爲的怨念報一箭之仇，在下便心滿意足。不過，這是很危險的計畫，無法保證兩位的性命安全。這樣你們還是願意配合嗎？」

甚三郎對此沒有異議。

「如果能反將那傢伙一軍，賭上性命就有意義。這是我梅屋甚三郎一生中最大的豪賭。」

阿秋也露出堅毅的眼神，點了點頭。

「就算待下去，也沒有食物和飲水。趁身體還沒變虛弱前，我什麼都願意做。」

「既然這樣，我們今後就是一起前赴與二谷某大人一戰的同伴了。」

金右衛門的計畫確實是豁出一切，危險至極。

「大廳裡那幅火山的隔門圖繪，我們合力砸了它。」

因爲那就是這棟屋子的核心。

「據日誌描述，二谷某大人似乎是在流放的大島上過世。最後一節提到，他投身大島的火山口，與御神火合爲一體，成了永遠燃燒怒火的烈焰。」

未免太駭人、太缺德了。

「豈能讓他如願？火山裡的神火，不可能被一個卑鄙又不死心的流放罪人深重的怨念所汙染。」

大廳裡的御神火是假的，那不過是二谷某大人自以爲是的恨意，假借火山姿態呈現。這棟屋子也是誇大的幻影。

「在下要將這一切幻影來源的隔門圖繪砍破，將它踹倒。」

說這話的金右衛門，眼中同樣燃起熊熊烈火，如同御神火。

「可是，我們有辦法靠近嗎？」

昨晚獨自闖進的甚三郎，站在大廳裡就差點被熱風燒毀喉嚨，差點因硫黃的毒氣而昏厥。此刻他們三人聚在一起討論時，屋內深處不穩定的鳴動聲愈來愈高漲。要是他們三人一同面向那幅隔門圖繪，會不會瞬間火山爆發，流出灼熱的熔岩呢？

「甚先生，這就叫孤注一擲。」

阿秋臉色蒼白說道。

「看能否在火山爆發前靠近隔門圖繪，將隔門踹倒。」

因一時過於恐懼和激動，甚三郎覺得好笑，笑了起來。

「用不著連妳也一起用腳踹。妳只要說一聲『打擾了』，用手把門滑開就行了。」

「哎呀，對喔。奴家太粗魯了，請見諒。」阿秋也笑了。

這樣就對了。就一笑置之吧。之前從沒想過要接近大廳的那片隔門。但走過去打開它，又有什麼不對？雖然上頭畫了氣派的圖畫，但那終究只是隔門。

「隔門後應該是內院吧。」

甚三郎說。因興奮而微微顫抖。

「也許那傢伙就躲在裡面。」

穿著一身漆黑鎧甲的武士。

「如果他在，在下就和他對決。」

不能完全交給金右衛門一個人拚命。甚三郎也會在一旁助拳。雖然手無寸鐵，但不管是拳打腳踢還是張口咬，他都要全力奮戰。

「從昨晚的情況來看，如果沒做準備就冒然靠近隔門圖繪，會被熱風燒灼，連呼吸都沒辦法。」

恐怕連大廳都走不到一半，便當場斃命。

「這需要一點事前工夫。跟我來。」

金右衛門催促他們兩人前往的，是之前遇見正吉發瘋的那條長長緣廊。

「還記得這特別的紙門嗎？」

金右衛門指向那玻璃門。門框上塗著黑漆，紙門的部分，一片分成三個部分，底下三分之一處是漆黑的門紙，上面三分之一處是白色的門紙，正中央三分之一處則是嵌著一片玻璃板。

「用它來當抵擋熱風的盾牌。」

因爲裡頭加了玻璃，所以比一般的紙門還沉。金右衛門自己拿一片，甚三郎和阿秋兩人合拿一片，躲在門後朝隔門圖繪前進——這就是他的計畫。

「多虧塗了黑漆，就算受熱風燻烤，門框應該不會馬上起火燃燒。玻璃也遠比木頭或紙張耐熱。」

因爲玻璃也用在西洋燈的燈罩上。

這盾牌只要能撐到他們三人橫越大廳，靠近那片隔門圖繪就行了。

「這黑色門紙比白色門紙還厚。要是有留下些許飯粒，就能製成漿糊，重新把紙換過……」

但很遺憾，沒剩半顆飯粒，鍋子昨晚也洗過了。

「用水把紙打溼如何？」

雖然井水乾涸，但不是可以從那尾怪魚所在的湖泊取水嗎？

「不能有片刻分開行動。我們三個人一起去吧。」

需要裝水的容器，他們先走進廚房。抱起水桶和鍋子，正準備馬上離開時——

「抱歉，請等我一下。」

阿秋躍下土間，手伸進置物櫃裡探尋。接著拉出一個小包袱。

「找到了！」

甚三郎對這東西也有點印象。是阿秋當初闖進這裡時帶的包袱，裡頭有水煮鴨蛋。

「因爲是從外面世界帶進來的，所以不會消失。」

阿秋將它緊緊繫在背後說道：「這是護身符。」

「嗯，好。」

金右衛門像在勉勵她，點了點頭，接著拿出幾件徽印短外衣和手巾。

「爲了保護自己不受熱氣和蒸氣所傷，還是穿上這個吧。應該多少能派上用場。再用手巾蒙住嘴巴的話，就能避免直接吸入灼熱的蒸氣。」

這是最後一次穿上這衣服了。也是最後一次將祈禱文揹在身後。

做好準備後，三人穿過森林。零星傳來幾聲怪叫。爲了能馬上應戰，金右衛門讓刀鍔微微離鞘。

怪魚棲息的湖泊，已變成半乾涸的泥海。蘆葦原乾枯，化爲褐色，瀰漫著令人作嘔的惡臭。

沒有水，也沒看到怪魚的身影。

「這是很有可能的事。因爲他想讓我們乾渴而死，當然不能讓湖泊保持原樣。」

金右衛門不爲所動。

「雖然沒有水，但有泥巴。」

他用手搔抓溼泥，收進水桶和鍋子裡。抱著它們返回那處長長緣廊，從門檻上取下兩片玻璃門，朝上面塗泥巴。

在做這項作業時，泥巴都濺向他們三人的臉和衣服上，活像是三個玩泥巴的小孩。

「堀口大人。」

阿秋以手背擦拭下巴的泥巴說道。

「雖然現在才對這種事感到好奇，實在有點怪，不過還是想問一句，這裡到底是哪裡？」

這棟屋子位於何處？

「如果能逃出這棟屋子，那應該會來到屋子的某處才對吧。」

會是哪裡呢？該不會是二谷某大人喪命的大島吧？或者是二谷家位於遙遠九州某處的領地？

「怎麼可能。我們都能回到當初誤闖這裡時所在的地方。」

甚三郎如此說道，望向金右衛門。金右衛門的額頭和臉頰沾滿汗泥，因汗水而形成一道道條紋。

「抱歉，這個問題，在下無法回答。」

這裡是哪裡？可能不是在陽間，也不是在陰間。我只能這麼說。

「我們六人各自在不同地方迷了路。除了亥之助，其他五人大致都是在江戶市西側近郊，這是我們的共通點，不過，走的路線，以及前去的目的地都不同。」

亥之助老先生原本是在深川元町的長屋外。深川位於大川東側，而甚三郎他們的所在處，則是在另一側，中間隔著江戶城。

「我們會被選中的原因，也是因為我們各自犯了什麼罪——似乎是這麼回事，但不清楚阿繁犯了什麼罪。至少在下沒聽聞。」

這時，阿秋略顯怯縮。

「妳知道些什麼嗎？」

經甚三郎詢問，她垂眼望向地面。泥巴濺到她臉上，使她白皙的臉更顯白淨。

「阿繁女士的夫家代代是地主，而且是富農，所以底下有許多佃農。」

阿秋就像咬著嘴脣般，很小聲說著。

「佃農們的生活不是很清苦嗎？她說，地主可能因此招來怨恨。」

甚三郎感覺得出來，阿秋是刻意含糊帶過。阿繁應該曾在她面前清楚說出自己的罪狀。幫她隱瞞此事，是出於阿秋的善良。那位老婦死狀已經夠淒慘了，沒必要現在又揭發她的罪行。

「我們眾人就像是路上遇見隨機殺人魔般，遭受不合理又百思不解的對待。」金右衛門如此說道，臉上露出之前不曾有的愁容。

「二谷某大人與在下，因九州這塊土地及打壓天主教徒的過往而產生連結。或許某大人最憎恨的俘虜就是在下，你們只是碰巧被捲入其中。」

甚三郎感到困惑。如果相信金右衛門這番話，便會不自主懷疑起二谷家與金右衛門侍奉的主君之間的關聯。

——在下被囚禁在這棟屋子，是這屋子的主人與在下的身分和地位，有一段多年前種的因果。

該不會沒那麼久遠吧？

之前金右衛門提到打壓天主教徒一事時說過：

——我再強調一次，這已是過去的事。

他之所以這麼說，其實是希望我們在思考時，能切割這件事。會不會其實不是很久以前發生的事呢？堀口金右衛門的「罪過」，會不會就在這件事情上呢？

「甚先生。」

在阿秋的叫喚下，甚三郎猛然一驚。

「你要想事情的話，等離開這裡後再說吧。」

阿秋的雙眸炯亮。接著她轉頭面向金右門，很乾脆說道：

「甚先生和我都說過自己的身分，等平安返家後能相互拜訪。但是否以後再也沒機會拜見堀口大人您呢？畢竟我們身分有別。」

不，不光是身分。阿秋同樣對金右衛門沒說明的「因果」存疑。如果今後能活命的話，是否應該忘掉一切，當沒發生過，不再打探任何事呢？阿秋背後有這樣的提問。

金右衛門凝視著阿秋。甚三郎在一旁屏息。

「那就由在下拜訪兩位吧。」

金右衛門說道，面露笑容。

「到時候我們三人互相確認彼此平安，一同共話過往吧。」

就算他這句話並非由衷之言，但此刻甚三郎還是選擇相信。

兩片玻璃門塗滿了泥巴，但還是剩下一些。三人開始往彼此的臉、脖子、手腳塗抹。

「雖然只是泥巴，但眞的很管用。保護我們的肌膚不受熱氣和蒸氣侵害。」

烏漆墨黑的武士、札差的浪蕩子，以及當鋪的女侍。很奇怪的組合。

準備妥當了，金右衛門說。他那黑漆漆的臉龐，眼白顯得特別明亮。

「我們上吧。」

玻璃門入手頗沉。來到這棟屋子後，甚三郎有生以來第一次從事粗重活，還學會農活，照理應該變得健壯一些才對，但在抵達隔門圖繪前，他多次氣喘吁吁，手臂痠麻。

——因爲我粒米未進。

喉嚨也很乾渴，覺得不舒服。很想喝水。

火山在門後發出鳴動聲。聲響比昨天更大，腳下傳來的震動也更爲激烈。

伸手觸碰，發現門把很燙手。雖然不至於燙傷，但要是握住門把，手指和手掌便會燙紅。

轟隆、轟隆。傳來熔岩沸騰的聲響。

三人以攜帶的手巾摀住口鼻。阿秋的手指發顫，動作不靈活，一直遲遲無法綁好手巾。甚三郎出手幫忙。

「在下先衝進去。」

金右衛門那塗滿泥巴的臉上已流下一道汗水。甚三郎的下巴也開始滴汗。

「甚三郎你站在在下身旁，立起兩片玻璃門靠在一起。」

金右衛門將手掌併在一起，示範動作。

「等在下喊一聲『好』，我們就立起玻璃門往前進。不管發生什麼事都不能停下腳步。要盡可能閉住呼吸，閉上眼，耐住熱氣。」

甚三郎握緊拳頭，掌心滿是溼汗。阿秋像在默念什麼，突然閉上雙眼，接著再度睜開。

「我們上。」

金右衛門與甚三郎打開通往大廳的那扇門。灼熱蒸氣奔流而出。儘管以手巾覆住口鼻，硫黃的臭味還是嗆得幾欲令人發咳。只有在通過門口時，將玻璃門微微斜傾。金右衛門和甚三郎都張開雙臂，緊緊抱住玻璃門，所以是像螃蟹一樣橫著走。

「妳躲在我背後。」甚三郎對阿秋說道，跟著金右衛門走。

大廳的景象變得比昨天更驚人。在蒸氣與煙幕後方隱約可見的火山，火山口變大許多。與第一次踏進這裡，目睹這面隔門圖繪時相比，大概變大三倍……不，足足變大五倍之多。熔岩滿溢而出，將火山口外緣變大了。

鮮紅沸騰的熔岩，彷彿隨時都會順著山壁滾滾流下。藍白色的烈焰飄搖，升起旋繞的白煙。

宛如走在船舷上，腳下搖晃不止。扶搖直上的火粉，飄忽不定落在甚三郎的手背上，旋即消失。好在抹了泥巴，不覺得燙。

「好！」蒙上手巾的緣故，金右衛門的聲音顯得含糊。但氣勢十足，完全不輸給火山的鳴動聲以及噴發的蒸氣聲。

「是！」甚三郎與阿秋兩人合力抬起玻璃門。兩人緊挨著身子，躲在門後，迎向逆風，向前邁步。被吹來的潮溼熱風往回推的玻璃門，顯得無比沉重，甚三郎抬得雙臂發顫，步履虛浮。

金右衛門以玻璃門當盾，滑步行進。甚三郎和阿秋與他並排而行，不想落後。

蒸氣發出隆隆低吼。熔岩在火山口裡直冒泡，喧鬧不已。藍白烈焰從隔門圖繪的山壁直奔而下。那只是一幅畫。不是眞的景物。滲進眼中的熱氣、令人無法呼吸的硫黃臭味。這全都是假的。

玻璃門的沉重、緊挨著他的阿秋身子顫抖、阿秋氣喘吁吁誦念「南無妙法蓮華經、南無妙法蓮華經」，全都是噩夢一場。一路前進，就能揮除這一切。

「別害怕，繼續走！」

金右衛門喝斥，重重傳進甚三郎耳畔。

沒什麼好怕的。要賭上性命我求之不得，我可是個賭徒呢。能隨心所欲操控世上一切的瞬間，我可是體會過不少次呢，對我這麼一位愚蠢的賭狂來說，根本就不知恐懼爲何物！

紙門的木框開始冒煙。白色的門紙從邊角開始燒焦，起火燃燒。玻璃的部分映照出熔岩的鮮紅。

「就差一點了！」

離隔門圖繪的火山只剩五步之遙。還剩三步。伸手就搆得著。

金右衛門倏然衝向前。

「甚三郎，你繼續前進！」

金右衛門大聲喊，緊接著他將玻璃門推向一旁，直接從門後向前躍出。

玻璃門瞬間起火燃燒，火粉飛舞。玻璃門板與門框分離，落向榻榻米上，映照出鮮紅的烈焰。

金右衛門先拔出長刀，接著拔出短刀，猛然斬向隔門圖繪。儘管置身蒸氣與濃煙中，那兩道白刃閃光依舊射進甚三郎眼中。只聽得唰一聲清脆聲響，火山口邊緣裂出一道橫線。緊接著火山口正中央縱向裂成兩半。

「二谷某，快現身！」金右衛門嚎叫般叫喚。「忘了武士的本分，折磨無辜百姓的愚蠢亡靈。吾乃堀口金右衛門親房，我們堂堂正正一決勝負吧！」

他斬破隔門圖繪，一腳踢翻。火山熾盛燃燒處，突然出現一個方形的黑塊。正好是一片隔門的大小。接著是第二片。

隔門圖繪火山口的部分完全消失。火山失去岩漿沸騰的火山口後，看起來就像被斬斷首級的人。

兩片隔門後寂靜的黑暗，裡頭微微吹來一陣新鮮的風。

甚三郎手中抬著的紙門，只剩下那塊玻璃，其他部分都起火燃燒。他把門丟向一旁，牽起阿秋的手，直直向前衝去。朝向前方的黑暗，那股新鮮涼風吹來的地方。

「快跑、快跑！」

金右衛門在背後催促他們兩人，自己也快步跑來。

嗚動聲止息。蒸氣停止噴發。

他們不停的跑。不知道腳下踩著什麼。完全感覺不到。感覺就像全力在黑暗中游泳一般。

噠噠噠噠噠。

前方有一處黑暗發出喧鬧的聲響。新鮮的涼風停止吹拂，甚三郎眨了眨眼。

噢！噢！

一陣熟悉的叫聲。是嘆息聲。

曾在屋子裡聽過。是二谷某大人誦念祈禱文的聲音。

「可惡，果然躲在這裡。」

三人停下腳步，做好防備。

他們正前方的黑暗一陣蠢動，形成一名身穿漆黑鎧甲的武士。這時，對方與斬下亥之助首級時一樣，高舉著亮晃晃的長刀疾馳而來。

「你可終於現身了，亡靈！」

金右衛門的聲音聽起來不帶怒意，反倒像在歡呼。他擋在甚三郎和阿秋前面，穩穩擋下漆黑武士砍來的這一刀。火光四濺。

「快逃，甚三郎！」

金右衛門與漆黑武士展開激烈的雙刀交鋒，彼此向後躍離，緊接著又展開交鋒。

「堀口大人！」

阿秋放聲叫喊。甚三郎抓住她的手臂，不住喘息，接著他目睹了那一幕。

他不敢相信。不願相信。

甚三郎轉頭望向大廳，那裡變得像洞窟入口一樣遙遠。只有那裡形成一處明亮的方塊。金右衛門砍破踢翻的兩片隔門殘骸散落一地。

此刻其中一片殘骸跳了起來，就像有人從底下將它撐起。接著是第二片、第三片。

從砍破的火山口圖繪噴出岩漿。

轟。就像開水煮沸從鍋邊滿出，岩漿從隔門圖繪的殘骸湧出。山洪爆發般朝甚三郎他們湧來。岩漿的隆隆奔流聲，與哭喊般的祈禱文吟唱相互重疊。

「快逃啊，阿秋。」

「可是堀口大人他！」

岩漿的奔流，朝像野獸般怒氣騰騰、展開廝殺的兩名武士逼近。

二谷某大人朗聲大笑，漆黑頭盔和面罩爲之顫動。金右衛門的臉上映照出岩漿的鮮紅。

渾厚的笑聲與祈禱文的吟唱。

挨了金右衛門一劍後，二谷某大人往後仰身，手中長刀的刀鋒在空中舞動。

金右衛門旋即補上一刀，斬斷他首級。他的頭連同頭盔飛向空中，宛如一顆踢飛的球。

金右衛門頓時全身被烈焰包圍。

「不行了，快逃啊，阿秋！」

甚三郎哭著叫喚。失去頭顱的漆黑鎧甲，昂然而立。全身著火，逐漸燒成焦黑的金右衛門高舉著手中的長刀，做出獲勝的姿勢，雙方被湧來的岩漿吞沒。

甚三郎緊握阿秋的手，向前奔去。步步近逼的熱氣和巨響，讓他根本無暇回頭張望。

「甚先生，甚先生。」

不知爲何，邊跑邊覺得阿秋的聲音遠去。

「我不會忘記你的。」

猛然回神，原本緊握的那隻手不在了，剩下甚三郎獨自在黑暗中奔跑。

岩漿的隆隆聲響消失。已聽不到二谷某大人的笑聲及祈禱文的吟唱聲。甚三郎奔跑在寧靜的黑暗中，新鮮涼風摩娑著臉頰。

他的雙腳再也抬不動了，一口氣喘不上來。盈滿四周的黑暗，漸漸入侵他腦中……

甚三郎一陣踉蹌，雙膝一軟，就此俯臥在地。

*

「是一名路過的行商客發現了我。」

梅屋甚三郎前去拜訪家住目白的奶媽，倒臥在路旁。全身多處燙傷。

「聽說當時又飄起了雪花。仍是臘月的景致。我過了好一段時日，才知道我只在那棟屋子裡困了三天。因爲我在鬼門關前走了一遭。」

這故事著實漫長，就連初夏的太陽也開始向西傾沉。照向黑白之間紙門的陽光，微帶暗紅。

「我被運往附近的人家，對身上的燙傷做緊急處置，直到隔天才恢復意識。」

甚三郎報上姓名，說出自己老家店名，以及應該是目白某戶農家女主人的阿吉名字，有位好心人馬上替他找尋阿吉，向阿吉通報他的事。

「我被送往阿吉家中，在那裡專心療養了半年。」

送往阿吉家時，是以門板載運。甚三郎躺在搖晃的門板上，想起那天自己想來向阿吉討錢的事，忍不住流下淚來。

「阿吉變得比我想像中還要蒼老，完全是個老太婆，不過她在夫家是婆婆身分，對我相當禮遇。」

阿吉馬上派人去甚三郎老家通報此事，梅屋的人也火速趕至。甚三郎的母親和嫂嫂們多次前來目白，給了阿吉一筆錢，就此在阿吉家過夜，照顧甚三郎。

「我爹派來一位很善於治療燙傷的町醫，但我有幾根手指和腳趾非得截除不可。」

嚴重燙傷的指頭部分已經壞死，造成血行不順，嚴重潰爛。

「我的喉嚨也被熱氣燒傷，嗓子變啞。由於臉部和脖子燙傷，也改變了我的面相。」

周遭的人們都說，能撿回一命就好。

「不管大家再怎麼問，我一概不說。」

——這是我過去任性妄為所遭受的報應。眞的很抱歉，我今後會洗心革面。

「我連自己翻身都辦不到，因為燙傷的疼痛，連話都說不好，光要說出這句話都費了很大一番工夫。所以也沒人追問。」

甚三郎在說故事時，不時會痛苦咳嗽，直冒冷汗，但現在倒顯得神色平靜。說完故事後的安心將他包覆，他一臉疲憊。

富次郎應該還有話想問，但此時他已打消念頭。應該早點讓甚三郎休息比較好，不能再拖拖拉拉留住他。一想到這裡，益發心急。

「不過，您還沒忘記那棟屋子及金右衛門先生的事對吧。」

甚三郎頷首。「正因為這樣，我感覺就像作了一個漫長的噩夢，但一切又記得清清楚楚。我常會夢魘，所以我娘和阿吉都很害怕。」

「您身上穿的徽印短外衣，以及纏住口鼻的手巾，後來怎麼處理？」

「聽說都燒焦，破破爛爛，變得像煤灰一樣烏黑，在我恢復意識前就已經扔了。」

梅屋甚三郎手中沒留下任何證物。

「療養一個月後，我截去手指腳趾的部位也傷癒，這時我跟家人說『我也許還欠店家錢』，以此當藉口，請人跟小傳馬町的當鋪二葉屋接洽。」

梅屋馬上派人前往。

「他們應該心想，要是我從家裡拿東西典當，一直積欠債款，那可不妙。我過去的素行不端，反而幫了大忙。」

梅屋派去的人，在二葉屋被問到為何前來問這種事，便很客氣解釋說，委託他來的甚三郎身受重傷，差點丟了性命，就此忘了以前的事，因此心裡很擔心，怕要是拿東西到這裡典當，借錢沒還，那可過意不去。

二葉屋馬上回覆。

「阿秋果然是個聰明的女人。她明白我的用意。託她的福，我明白了自己想知道的事。」

——去年臘月時，我們店裡叫阿秋的女侍，說有位叫梅屋甚三郎的先生向她詢問貸款的事。

當時女侍正在店門口打掃，而且她原本就不是負責接洽貸款事務的身分。那位梅屋甚三郎先生說他準備好典當物品後會再來一趟，但之後就沒再上門了。

我們完全沒貸款給梅屋甚三郎先生，所以請他放心。期盼他傷勢早日痊癒。

「啊，阿秋好端端在二葉屋工作。並向我透露，她和我一樣，沒跟任何人提到那棟屋子。」

梅屋甚三郎深倚著憑肘几，露出凝望遠方的神情。

「我不會忘記你的——當時她那句話，仍留在我耳畔。」

快點把傷養好，去和阿秋見面。拿定主意後便專心療傷。

「我自己不在意，但我娘、我兄嫂、阿吉，就連阿吉家的女侍都很顧慮我，把我周遭的鏡子全部撤走，不讓我看到。」

等到甚三郎可以拄著枴杖散步，他開始在阿吉家附近行走，某天，他從灌溉用的蓄水池看到自己映在水面上的面容。

「我自己多少有心理準備，但見到這副樣貌還是不免大吃一驚。我心想，希望阿秋的容貌沒受損才好，很是擔心她。」

富次郎對甚三郎的故事聽得很入迷，多次感覺彷彿自己的靈魂被緊緊一把揪住。有時是恐懼，有時是驚訝，有時是佩服。但這次不一樣。

希望阿秋的容貌沒受損才好。

那是匯聚了聖潔的關懷，宛如一滴淨水般的話語。

「後來確認她平安無事了嗎？」

面對富次郎的詢問，甚三郎閉上眼，點了點頭。

「我想讓她看我可以不靠枴杖，自由行走的模樣，之後又花了將近半年的時間。」

甚三郎前往拜訪時，阿秋真的就拿著掃箒在店門口打掃。

「一看到我的臉，她一時說不出話。我也一樣，不過阿秋沒哭。」

她就只是默默碰觸甚三郎臉上燙傷的傷疤。

——自從梅屋派人來之後，我便知道甚先生也撿回了一命，我相信，只要我耐心等，總有一天你一定會來見我。

甚三郎閉上眼睛說道。想必是在回想當時的情景。

「阿秋那雙睜得大大的眼睛，還是老樣子沒變。」

雖然左上臂和雙腳腳踝有微微燙傷，但幸好不是特別顯眼的部位。

「我鬆了口氣。」

甚三郎睜開眼睛，笑著說道。

「她說，這都是拜堀口大人和甚先生所賜。」

之後，兩人不時魚雁往返，直至今日。

「阿秋女士那件徽印短外衣幾乎完好保存下來。」

「這麼做實在沒必要，我一再叫她扔了，但她就是不聽。這方面，她真的是個很頑固的女人。」

確認阿秋平安無事，甚三郎開始找尋其他四人。

「因爲我有錢又有閒。」
藥行的正吉、深川元町嗜酒如命的造船工匠亥之助，很容易就找到了。
「他們兩人都在去年臘月中旬突然失去下落。」
原宿村的阿繁並非是市街地的女人，要找出她的住處，比這兩人還費工夫。
「後來得知，土田家這戶大地主的老夫人，是一位叫阿繁的老太太。」
同樣在去年歲末「遭遇神隱」，失去下落。此事在村裡傳開。
「土田家代代都是苛刻貪財的地主。佃農當他們是惡鬼，懼怕不已。」
富次郎差點脫口說了一句「果然啊」，但強忍下來。
「爲人婆婆的阿繁女士，成了老太婆後，雖然個性變得溫和許多，但以前可是個苛刻的女人，對底下的佃農就不用說了，就連自己的媳婦，也被她攆走了兩位。所以阿繁女士遭遇神隱一事，村裡甚至有人笑她活該。」
不過這終究是傳聞——甚三郎小小聲補上這一句。這是地方上的不良傳聞，不能大聲說。
「最難調查的，就屬堀口大人了。他是九州大名家的家臣，人在江戶藩邸的少主騎馬遠行時，他負責陪同。」
幾經苦思，甚三郎決定借助梅屋父親的力量。
「札差向來都靠借錢給大名大賺一筆，我家也多方放貸。所以我爹人面廣，各大名的情況他都瞭若指掌。」
這時，甚三郎暗自拿定主意，就把那棟屋子裡發生的事全告訴父親吧，否則他恐怕不會相信。
「我先對我爹說『此事說來複雜，請聽我娓娓道來』而說出我的遭遇，但當我一提到耶穌教的『耶』字，我爹馬上嚇得直發抖。」

——那可是幕府嚴令禁止的南蠻教啊。你沾惹那種宗教是嗎！

「他大驚失色，怒不可抑，根本沒辦法再談。虧他平時還常說『講什麼身分、家世，那些窮大名在我們面前，根本就抬不起頭』，一副不可一世的模樣。」

他對幕府的禁令敬畏有加。

「最後，我一再向他道歉，說我和耶穌教沒半點關係，含糊帶過，這件事就當沒發生過。」

因此一直沒能確認堀口金右衛門的身分及生死。

「他應該喪命了吧。」

因爲是我親眼目睹。

「他在斬下二谷某大人首級的下一個瞬間，全身燃起火焰，被岩漿呑沒。」

雖然我希望他能活下來。還有謎題希望他替我解答。

「關於二谷某大人，堀口大人知道的，應該比他在那棟屋子裡告訴我們的還要多。隨著歲月流逝，我益發這麼認爲。」

富次郎也贊同他的看法。

「他連同那個必須加以封印，不得向人說的謎團，一同前往另一個世界。」

他當時說，如果能逃離這棟屋子，會拜訪甚三郎和阿秋，那應該只是場面話吧。那是爲了鼓勵他們兩人，讓他們鼓起勇氣所說的謊言。

「不過，他確實保護了我和阿秋。唯獨這件事他沒說謊。」

甚三郎再度閉上眼。可能是覺得身體沉重，他突然肩膀癱軟。

「阿秋一直留著那件徽印短外衣沒扔，也是爲了不讓自己忘了這件事吧。」

富次郎本想說一句「不，那應該也是爲了你」。但這時甚三郎閉著眼睛，打個大哈欠。那是無暇顧及禮貌或門面，無法克制的大哈欠。而且他臉上開始冒汗。

不好，得讓他休息才行。

「謝謝您的故事。故事就到這兒告一段落吧。」

富次郎雙手一拍，喚阿島前來，自己也站起身，從房間來到走廊。

「客人身體不太舒服。找個人來幫忙。請連同客人的隨從也一併請進來吧。」

他急忙返回房內，結果甚三郎已推開憑肘几，整個人癱倒在地。

接下來當眞是雞飛狗跳。既然成了這種局面，甚三郎家當然就不能再以「梅屋」含混過去了。富次郎請甚三郎隨行、那位自稱是小掌櫃的年輕人趕緊回他們位於藏前的店裡通報，之後旋即有名自稱是甚三郎二哥的男子趕到。

那天晚上，富次郎也和甚三郎的二哥（他們是長相相似的兄弟，看了之後，讓人忍不住露出會心微笑）交談，至於甚三郎則讓他在家中客房休息，留在三島屋暫住一晚。

一夜過去，甚三郎醒來，對三島屋的人們滿是歉意，由於他已能喝白開水和米湯，所以與藏前的家人討論後，決定讓甚三郎躺在他們張羅來的吊臺（註）上運回家。

負責安排這些的甚三郎二哥，似乎也知道奇異百物語的風評，以及甚三郎要來這裡說故事，對三島屋始終禮貌周到。

「舍弟十年前負傷後身子孱弱，近來更狀況不佳，大夫也叫我們這些家人要做好心理準備。」

昨天甚三郎一再央求，說他無論如何都要出門一趟，不想讓自己徒留遺憾，所以我派店裡的小掌櫃陪同外出。給三島屋的各位添麻煩了，眞的很對不住。日後定將登門賠罪——

富次郎想，哦，原來這位就是甚三郎口中那位「可愛」的二哥啊，心中微微興起一股感慨。他年輕時，對父親說「既然甚三郎有辦法這樣靠賭生活，那就隨他去吧」，結果惹來父親對他怒吼一句

「你也給我滾出去」。

如今他是位儀表不凡的商人。他對即將油盡燈枯的弟弟如此體恤，令富次郎心中滿是感謝，直想朝他合掌一拜。

甚三郎離開三島屋前，富次郎與他簡短交談。見甚三郎一夜昏睡，形容更顯憔悴，令富次郎心中酸楚。

甚三郎一直很在意阿秋那件徽印短外衣。

「她把那衣服……一直留在三島屋內對吧。」

他以沙啞的聲音，斷斷續續說道。

「是的，我們代爲保管。」

那對阿秋來說，是一件重要物品。如今富次郎也明白這件短外衣具有的意義。

「可否勞煩您……還給阿秋嗎？」

說到這裡，他開始虛弱咳嗽起來。富次郎看了，不勝同情。

「請您別擔心。那件徽印短外衣，我會確實送回給阿秋女士。請您好好休養身體，早日康復。」

甚三郎躺在枕頭上挪動頭部，仰頭望向富次郎雙眼。

「最後……還是……給您……添麻煩了。」

「哪兒的話。您和我同樣都是浪蕩子，本該互相幫助。因爲哪天我有困難時，就能請您幫忙，您那聞名天下的札差招牌可管用了。」

面無血色的甚三郎，臉上微微浮現笑意。

註：以板子當臺座，吊起兩端，由人們扛著走的道具。

「三島屋的富次郎先生，記得，絕不能沾賭啊。」

「是，我會銘記在心。」

就這樣，自稱是梅屋甚三郎的男子說完故事，自三島屋離去。

聽過就忘，說完就忘。既然是奇異百物語的規矩，就不能查探他之後的狀況。這是聆聽者自己心中的界線。富次郎將心裡牽掛嚥回肚裡。

一開始原本想寫信給二葉屋的阿秋，但旋即改變想法。他喚來新太，請他簡單傳句話。

「在下聽完甚先生的故事。接下來靜候您的故事。」

眞的講這樣就行了嗎？對方聽得懂嗎？新太偏著頭感到納悶，富次郎直說「沒問題、沒問題的」，將他送出門。臨行時還叮囑——不過，這話只能跟那位女侍說喔，要小心別讓其他人聽到。

在朗朗雲天下，新太像飛毛腿般，跑了一趟小傳馬町後返回。

「對方很恭敬說了一句『我明白了』。」

她還打賞給我呢——新太出示一包上好的乾愰子。

「你就自己留著吃吧。辛苦你了。」

之前派新太詢問那件徽印短外衣該如何處置時，不知爲何，阿秋就只是笑著說一句「那麼，我會自己去取」。這次則是「態度恭敬」是嗎？

「小少爺。」新太一副難以啓齒的模樣。

「什麼事，說吧。」

「雖然談論別人外貌很不應該，但那位女侍明明還不到老太太的年紀，頭髮卻有一半是白髮。這令我覺得有點可怕。」

這樣啊。富次郎突然感到一陣寒意。甚三郎的頭髮近乎全白。

不管怎樣，那棟燃燒著假的御神火，不知位於何處的迷幻屋子，只要沒和阿秋見上一面，這故事就不算完結。他也很擔心甚三郎的狀況，過了一段心神不寧的日子。

再到葫蘆古堂借助他們的智慧吧。他想向阿近和勘一說出這個故事，聽取他們兩人的意見。但每次一有這個念頭，他就嚴厲訓誡自己。不行。不能這麼做。

當初帶徽印短外衣的謎題來找他們時，此事還沒成爲奇異百物語，所以找他們商量無妨。但現在不同了。在黑白之間聽到的故事，絕不能外傳。阿近也是，獨自揹負這麼多故事。自己說要接替聆聽者的富次郎，如此窩囊的放寬規矩，那怎麼行。更何況這件事之前勘一一再告誡他「別扯上關係」，並苦口婆心對他說「裝不知道也是一種智慧」。不能再將葫蘆古堂捲進這場風波中。

唯一值得慶幸，奇異百物語的守護者阿勝看出富次郎心中的煩憂。不過，這位善解人意的女侍口風甚緊，堪比金座（註）裡金庫的門閂，又有過人膽識，所以當富次郎再也憋不住心事，開口想對她說些什麼時——

「就等阿秋女士前來說故事吧。」

阿勝像在哄孩子，面露微笑。

「只要聽完她的故事，小少爺您就能像平時一樣作畫了。」

請您再忍耐一陣子。

據農民曆，今天是二十四節氣的芒種。在江戶町，正好是梅雨季的開端。

藏前一家以「梅屋」充當假名的札差向三島屋通報消息，說家中三男甚三郎亡故。家中已辦完喪

註：江户幕府的金幣鑄造所。

事，遺體按照他本人的意思火化。

「之前承蒙關照。這份厚情，請容我方代替故人致謝。」

聽完來使的傳話，三島屋也由屋主伊兵衛鄭重獻上弔唁。富次郎也以白檀香製成的線香包成白包，託來使帶回。

啊，他過世了。

爲什麼他會希望火化呢。是想和堀口金右衛門一樣，在烈焰中化爲塵灰嗎？還是之前被囚禁在那可怕又不可思議的屋裡，渾身傷痕，想從中得到解放？甚三郎渡往彼岸時，金右衛門、亥之助、正吉、阿繁會在那裡等著他嗎？那是地獄，還是西方極樂呢？

幸好富次郎並未因而連日悶悶不樂。因爲二葉屋的阿秋終於來見他了。

阿秋的故事

「請原諒我之前的狂妄與冒犯。」

來到黑白之間後，阿秋開口便這樣說道，手指點地，低頭行禮。

確實如新太所說，她的頭髮有一半化爲銀霜。和梅屋甚三郎一樣，阿秋的頭髮整體變得稀疏，可能是因爲無法梳成形狀好看的髮髻，她直接纏了個簡單的髮結。

身上穿單衣的窄袖和服，而且是嚴重褪色的鰹魚條紋樣式。這不合時節，而且又是很沒朝氣的舊衣。而她本人同樣很沒朝氣——會這麼想，難道是富次郎自己先入爲主？

她年輕時至少也是十年前了，與梅屋甚三郎邂逅時，雖是一名當鋪女侍，但應該有過人美貌。

「將那件徽印短外衣寄放在此時……我告訴甚三郎先生這件事，被他狠狠罵一頓。」

甚三郎本人也說過這件事。他說「我罵了阿秋一頓」。

「他說，那種東西不能隨便交給別人。」

「不過，妳很想讓我們見識對吧？」

聽富次郎直接以「妳」來稱呼，阿秋有點驚訝，雙目圓睜。富次郎不以爲意。既然以奇異百物語說故事者的身分來到黑白之間，就沒有身分與地位之分。不論是大名千金，還是女侍，都以同樣態度接待，這是聆聽者的職責。阿近應該也都是這麼做。

「妳想試探主持奇異百物語的三島屋，發現那件徽印短外衣背後的墊布後怎麼做，對吧？」

阿秋清瘦的下巴點了幾下，再度弓身行一禮。

「眞的對您很失禮。」

事情過去就算了——富次郎語氣平靜說道。

「當時我也對我家老爺說，這件徽印短外衣背後有些淵源在，三島屋的人或許看得出來。」

聽說那位活像金柑神的二葉屋老闆當時曾說，如果這東西會給三島屋添麻煩，那可萬萬不可。

「不過我對他說，要是他們看不出來，我會馬上前去取回，就此獲得老爺同意。」

阿秋的聲音不像甚三郎那樣沙啞。之所以小小聲說話，想必是覺得歉疚。

「當鋪會經手各種有來歷的物品。當中也會有些棘手物品，我家老爺原本也頗爲在意。」

——不過，三島屋以奇異百物語而遠近馳名，偏好古怪之物，藉此機會試試他們眼力深淺，倒也不錯。

他就這樣接受阿秋的要求，所以果然就像當時富次郎他們討論的，二葉屋老闆隱約猜出是怎麼回事。這個老狐狸。

「當然了，那件徽印短外衣嚇了我們一大跳。」富次郎忍不住露出苦笑。「不過，我們並未向二葉屋老闆回覆我們不能收。但話說回來，妳今天是用什麼藉口離開店裡呢？」

「我說我改變心意了。」

說到這裡，阿秋迅速眨了眨眼。富次郎這才發現，阿秋眼中噙著淚水。

「這樣或許會給三島屋添麻煩。」

「二葉屋老闆應該也很驚訝吧。」

「我家老爺似乎已經忘了這件徽印短外衣的事。」

那位老狐狸這麼健忘嗎？

「他對我說，既然這樣，那妳就快去拿回來吧，好好向三島屋的人道歉。」

說到這裡，阿秋微微吸著鼻涕。

富次郎說道：「妳知道甚三郎先生過世的事對吧。」

淚水潤溼阿秋眼角。她回答一聲「是的」，聲音微帶顫抖。

「甚先生應該事先便安排好，一旦自己離開人世就會讓妳知道。你們自從逃離那棟屋子後，便不時見面，互通書信對吧。」

「是的，沒錯。」

富次郎回顧之前整個前因後果，向阿秋確認。首先是阿秋將徽印短外衣送到三島屋來，甚三郎得知後，前來說出背後的淵源。

「甚三郎已在這裡說出一切，卡在妳心頭的祕密已完全消除。」

我們曾經歷何等可怕的遭遇。爲了幫助我，掘口金右衛門和梅屋甚三郎爲我付出多大的犧牲。這些事如果一直沒人知道，實在很不甘心。現在阿秋終於得以一解心中苦悶。

但甚三郎已撒手人寰。那件徽印短外衣是不祥記憶的根源，但對阿秋而言也是唯一的紀念。

「所以我才改變心意，想將它留在身邊。」

阿秋以手背緊貼著臉。她那鰹魚條紋的短袖和服衣袖，衣袖滑落，手腕到手肘一帶外露。雖然不至於明顯看出燙傷疤痕，但隱約看得出上頭有紅斑。

「當眞是五味雜陳啊。」

阿秋以含淚的顫抖聲音吐露鬱積心中的思緒。

「我也害怕擁有那件徽印短外衣，曾想丟棄。」

但想將那種東西丟棄時，才發現此事出奇麻煩。

「要是就這樣丟棄，也許會被別人撿走。」

就算剪破丟棄，它也不可能化爲粉塵。也許有人看了會怪罪——這什麼東西，誰做的？

「也曾想放火燒了，但我害怕。」

她想起那座火山的烈焰。想起將堀口金右衛門燒成灰燼的業火。

「感覺我要是朝它點火，恐怕會聽到吟唱祈禱文的聲音。」

背上寫滿了祈禱文的徽印短外衣，是她從那迷幻屋子帶出來的唯一證據。也許裡頭仍殘存二谷某大人的怨念。或許火焰會讓怨念甦醒。

「就算扔了，我也無法忘卻有過這件衣服。我到現在仍會作噩夢，附近只要有小火，就會渾身發抖，牙齒打顫。」

阿秋心中抱持如此可怕痛苦又沉重的負荷，所以從很久以前就對三島屋的奇異百物語很感興趣。

「一次一個說故事者，這樣內容便不會走漏。於是我心想，如果是這樣的百物語，或許就能說出甚先生和我的故事。」

說出心中的祕密，讓人知道這是眞正發生過的事，是我們的親身遭遇。想一吐爲快。想得到安慰。想讓人和我一起恐懼；不過另一方面，奇異百物語日益獲得好評，心中也頗爲氣憤。

富次郎爲之一驚。就算是置身噩夢，他也萬萬沒想到會聽到這樣的話。

「我們三島屋是哪裡讓妳覺得不愉快呢？」

阿秋略顯躊躇，富次郎要她直說無妨，毋需顧慮。阿秋潤了潤她的薄脣，低下頭縮起雙肩，最後終於回答：

「因爲你們喜好獵奇，四處蒐集恐怖故事，對此覺得有趣。」

擺出文人雅士的模樣，以此當店裡的賣點。

「不過，三島屋應該不知道什麼是眞正的恐怖。因爲沒遇過我們那樣的遭遇。」

襲向阿秋他們的謎團和恐怖的根源，與幕府嚴令禁止的耶穌教有關。光就這一點來看，就與一般怪談不一樣。阿秋不敢隨便開口說，甚三郎一直三緘其口，也是這個緣故。

「三島屋的奇異百物語，不管數量累積得再多，終究都只能算是娛樂。一想到這點，就覺得滿腔怒火，無法平息。」

啊，原來如此。

明白後，這念頭逐漸落向心中，最後在心底變得又重又沉，富次郎沉聲低吟：

「抱歉。」

阿秋哭了起來。她一再擦拭，但無法再掩飾流淚的事實。

「沒關係，妳儘管哭。可有帶懷紙在身上？」

富次郎從懷中取出懷紙，塞到阿秋手中。然後什麼話也沒說，讓她盡情哭。

——你們沒遇過眞正恐怖的事對吧？看看我們，這才是眞正可怕的事物，至今折磨著我們。

在那激進想法的促使下，阿秋將那件徽印短外衣送到三島屋。

阿秋如此哭訴。不，是招供。

「如果三島屋不知道墊布的文字是耶穌教祈禱文……」

那就嘲笑他們——哼，根本就什麼也不懂嘛。

「就算知道那是祈禱文，他們驚慌失色的模樣一定很有趣。」

聽聞甚三郎的故事前，三島屋發現墊布文字，詢問阿秋如何處置這件徽印短外衣時，她回以一笑，就是她抱持這樣的心思。

——三島屋果然是驚慌失措。活該。

「大吃一驚的三島屋，如果讓那件事徽印短外衣從這世上消失，那也算是幫了我一個大忙。這可說是一石二鳥。」

甚三郎在得知阿秋的這個心思，亦即明白她的陰謀後，應該是將她罵了一頓吧，接下來寧願支付五十兩金幣，也趕著要來三島屋說出這個故事。

今天因爲阿秋要來，一時慌慌張張，手忙腳亂，連一杯白開水也沒端出來招待，就此與她會面。現在阿秋已放下肩上重荷，吐出積鬱胸中的疙瘩，哭得漸顯疲態，富次郎望著她想：

——眞想請她吃點好東西。

但一時無法張羅，而且阿秋是二葉屋的傭人，無法讓她在此久留，頗感遺憾。

如果回想甚三郎說過的內容，便知道阿秋殺過人。雖說情有可原，但她當時才十四歲左右，就一刀劃破成年男子的喉嚨，取人性命。

不過，這方面倒不覺得可怕。

現在眞正讓富次郎感到可怕的，是暗藏著一座沸騰火山的迷幻宅邸，以及將人擄來困在裡頭、逼他們說出自己罪過的瘋狂死靈。

要是我也碰上同樣遭遇的話……

能有甚三郎那樣的作爲嗎？能像堀口金右衛門那樣挺身而戰嗎？

阿繁當時要大家拋下她，趕快逃命，我能像她這麼乾脆嗎？

你要告白，說出你的罪。要誠心悔改。

「阿繁女士也是。」

富次郎刻意不看阿秋，低頭望著地面。

「我聽甚先生說，她曾經是位惡婆婆。妳當初在那棟屋子裡，也聽她說過那樣的告白吧？」

阿秋以懷紙擤鼻涕。不置可否。她沉默的表情，已浮現答案。

「在聽過甚先生的故事後，我也想了許多事。」

事實上，富次郎一直思索著這件事，幾乎夜不能眠。

「堀口大人對二谷某大人的了解，其實遠比他告訴你們的還要多。」

他與二谷某大人有很深的淵源。

「此事與他侍奉藩國有關，就算他知道也不能全部明說。我認爲這樣的推測應該沒錯。」

金右衛門一開始就是眞心想幫助阿秋他們，並決心賭上性命，收拾二谷某大人。他這份決心光明磊落。但就算要犧牲生命，他也不認爲應該要公開藩內的祕密及那段黑暗歷史。富次郎想，那應該是守護藩國武士所抱持的尊嚴。

所以堀口金右衛門另當別論，問題在其他五人。

「亥之助老先生是無藥可救的醉漢，正吉也是不正經的好色男。」

阿秋與阿繁是可怕的女人。
「可是，甚先生該怎麼說呢？」
他讓父母生氣，令他們傷心難過，但他就只是個浪蕩子啊。
「他沒傷人，也沒殺人對吧？」
他只是個賭痴，曾經覺得整個世界就操控在他手中。
他無法忘情那無所不能的瞬間，流連各家賭場。
「那或許眞的很傲慢，但我不認爲這是罪過。」
雖然有人會認爲這是遭老天爺懲罰，但這種罪過還不至於要拿命來抵。
在富次郎他們生活熟悉的八百萬眾神中，甚至有受賭場祭祀的神明。這位神明就地位低下嗎？沒這回事。崇敬這位神明，對於神明賜給自己好運一事心存感激，自以爲掌握了天下的這份堅韌賭性，雖然愚蠢，但也有一點可愛。
「而耶穌教聲稱創造這世界的唯一眞神最偉大，人們不管再怎麼努力，在這位神明面前還是抬不起頭來，只有在他們的教義下，甚先生才會成爲罪人吧。」
富次郎像在自言自語般說道，抬起頭來，發現阿秋正望著他。雙眼和鼻頭泛紅。
一個有血有肉的女人。阿秋仍活得好好的。
這個故事同樣有血有肉。是活生生的人遭遇的事。想到這點便再度感到背脊發寒，但富次郎鼓勵自己繼續說。
「在妳面前說這話有點不恰當，不過，當初要是遵照那活門板的機關安排，只有一個人活命的話，我認爲那個人應該是甚先生。」
徹底悔改後，獲准回家的浪蕩子。

「二谷某大人之前都只在甚先生面前現身，可能就是這個原因吧。」

阿秋仍在吸鼻涕。聲音聽起來帶點莫名可愛。

「我從來沒這麼想過。」

「抱歉。」

「不過我認爲您說得對。」

富次郎與阿秋互望了一眼。

富次郎率先笑了。「雖然我不賭，但一樣是在家吃白食又不孝的浪蕩子。所以我希望能那樣想。因爲我這個人膽子很小。」

如果我被囚禁在那棟屋子裡，應該還是會希望自己活命。

「阿秋女士，妳逃離那棟屋子後，回到當初迷路的場所是嗎？」

「是的。當我醒來時，發現自己倒在路旁。」

背上揹著包袱，裡頭裝有水煮鴨蛋。

「因爲我身上還穿著那件徽印短外衣，所以我急忙脫下。我總覺得要是繼續穿著，我會再度被帶回那棟屋子。」

如果脫下衣服丟在路旁，當時是最佳時機，但沒能順利這麼做。這就是人心複雜麻煩之處。

「這是之前發生過那件事的證據，也是我與甚先生唯一的聯繫。」

「嗯，妳的心情我懂。」

回到現世的阿秋，頭頂雪花紛飛。

「雖然雙腳發顫，遲遲無法站起身，但過沒多久，開始有人從旁路過，我想趁還沒惹人起疑前回二葉屋。」

腦袋一片空白，就只是不停走。
「一路上我一直誦念『南無妙法蓮華經』。」
阿秋抵達後，二葉屋和附近人們見到她大爲吃驚，紛紛高興的前來相迎。
「我也是等回到店內，才發現自己身上有多處燙傷和擦傷。之前我太過專注，完全沒感覺到身上哪裡有傷痛。」
阿秋一直沒說出她在那棟屋裡的遭遇，是因爲害怕得說不出口。
「妳在二葉屋，沒人語帶刺探詢問妳遭遇神隱的事嗎？」
阿秋搖頭。
「我家老爺和老闆娘都看得出我不想說。」
——爲了妳自己好，這種事還是早點忘了好。
「剛才我也說過，當鋪會經手各種有來歷的物品。我家老爺和老闆娘對於稀奇古怪的事早習以爲常，因爲我平安歸來，他們應該認爲沒必要大驚小怪，淡然處之即可。」
這應該就是當鋪的處世之道。
「因爲我身上有燙傷的傷痕，店裡的傭人們都對我存有幾分怯意。」
二葉屋的店主夫婦沒將阿秋革職，而讓她繼續工作。
可能因爲這份恩情，日後二葉屋老闆娘臥病在床，阿秋都親自照料。
「我眞的很感謝他們。」
「請妳今後繼續勤奮爲店主效力。」
富次郎明白這樣的口吻帶有說教，但還是這麼說。
「妳忘不了甚先生吧？不過，其他事還是忘了好。我們三島屋奇異百物語，就是聽過就忘。」

這句話比富次郎想得還要有效。阿秋原本緊繃的嚴峻眼神，第一次轉爲柔和。

「那也可以連那件徽印短外衣也一併忘了。請對二葉屋老闆說，三島屋已將那件衣服拆解，另作他用了。」

阿秋終於鬆解身體的緊繃，一臉心安，拜倒在地。

「謝謝您。」

那充滿不祥之氣的迷幻宅邸故事，這下可落幕了。

*

處理徽印短外衣這項差事，富次郎其實不想隨便攬下。

他知道還是別亂碰比較好。要是只拿那塊墊布去燒毀的話……

——若眞的傳來祈禱聲，那可就傷腦筋了。

我們有阿勝這位受過疫病神加持的守護者。直接將那件衣服留在這裡，應該不會有問題才對。就像存放富次郎圖畫的《怪奇草紙》一樣。

不過，當他思索著要如何將這次故事畫成圖畫時，突然想到一件事。

「我出門一趟。」他將徽印短外衣和墊布包進包巾裡，小心翼翼捧著，不敢掉落或遺失。他要前往的目的地是——

「哦，這不是上次那位客官嗎？歡迎啊。」

那是他之前前往上野池之端糕餅鋪的途中，順道進店裡逛的那家古董店。個性豁達的店主還記得富次郎。那天與富次郎四目對望的那幅西洋女妖掛軸，已不在店內。

「賣出去了嗎？」

「是的。來了一位好顧客。」
富次郎坐向店主遞出的圓坐墊，背對著梅雨打向屋簷的悄靜雨聲，聽店主談及此事。
「會高高興興買下那幅畫的人，一定都是獵奇者，不過，這次難得是一位很有意思的客人。」
已是退休商人的那位客人，說他從年輕時候就四處蒐集鬼魂畫。將買來的畫掛在家中某個房間裡，一字排開。房間當然不夠他掛，所以不時會更換。
「聽說那些鬼魂畫還會吵吵鬧鬧的大打出手。」
隨著組合不同，打架程度也會有異。有時打輸的鬼魂畫會破損。
——他心想，如果將國外的妖魔放進這些畫當中，不知會怎樣？
「如果國內的鬼魂結合起來，也贏不了這名南蠻的女妖，那就太丟臉了。得叫我家中那些鬼魂畫振作一點才行——他是這麼說的。」
那位客人哈哈大笑，抱著女妖的掛軸回去了。
「世上就是有如此膽大的人，對吧？」
富次郎聽得目瞪口呆。
「不知道後來怎樣，我很期待那位老太爺再次前來呢。」
富次郎將裝有徽印短外衣的包裹擺在膝上。古董店店主視線落向那個包袱。
「今天您是帶商品來賣嗎？」
富次郎原本心想，古董店比當鋪更常經手這種有來歷的物品，也比較習慣處理，想詢問這位店主是否有管道幫忙處理這個不知該如何處置才好的東西。然而，當店主如此提問時，他頓時覺得，自己心裡似乎打從一開始就有這種期待。
啊，眞是丟臉。之前明明在阿秋面前抬頭挺胸一肩扛下，現在卻是這副窩囊樣。

古董店店主顯得氣定神閒。

「可以讓我看一下嗎？」

「啊，可以。」

富次郎打開包袱。店主動作謹慎的攤開那件徽印短外衣。他仔細檢查，翻向背後，往左右衣袖窺望，檢視縫線處，然後拿起那塊墊布。上頭寫滿了平假名。古董店店主雖然微微瞠目，但表情依舊沒變。

「那文字裡頭封存了不好的東西。」

「哦。」

「原本並不是什麼壞東西——或說是不該有的東西，但它成了不同含意下的壞東西。」

此時富次郎心中大為慌亂，連他自己都覺得很丟人。像這樣仔細檢查後發現，這件徽印短外衣竟然沒半點燒焦痕跡，這重新令他感到陰森可怕——我眞不該帶出來的。

「抱歉。」

「哪兒的話。」店主瞇起眼睛。「黑武這個姓氏，應該是某個土地的重要人物。」

「這姓氏很奇怪。」

說完後，富次郎猛然一驚。之前他在家中思索時，一直都沒想到的某件事突然從腦中閃過。

「也許意思是戴著黑色頭盔和鎧甲的武士。」投身三原山的御神火，化為焦屍喪命的二谷某大人，若要以文字來表示他怨靈的姿態，那不就是黑武嗎？

「這種東西不能隨便亂扔。當你們店裡遇到這種物品時，都會怎麼處置？」

古董店店主莞爾一笑。雖是和善的笑容，但其實是很老練的笑臉。

「這類物品，也算是我們做生意的商品。沒什麼處不處置的問題，就是好好維護，擺在店門前，等候有眼光的客人上門。」
富次郎再次聽得目瞪口呆。
「古董店實在是……」
「沒錯，我們就是做這種生意。」
店主將墊布抵向那件徽印短外衣背後。
「這裡留有縫線，所以原本是縫在這地方對吧？」
「是的。」
「將它縫回去可以嗎？」
「您、您願意收下它？」
「只要客官您願意，我們樂意之至。」
這上頭的文字，是禁教耶穌教的祈禱文啊。
這句話來到富次郎喉頭，就此卡住。
「眞的不要緊嗎？也許會惹來麻煩。」
「我認爲，聽百物語也算是很會引來麻煩的嗜好。」
這次富次郎驚訝得忘了張嘴。他倒抽一口氣，凝望著店主。
「先前與您見面時，我還不知道您的身分。後來是我們斜對門的陶瓷店告訴我的。」
那位就是以奇異百物語聞名的提袋店三島屋的少爺。
「既然蒐集故事是三島屋的看家本領，那麼，經手舊商品則是我的看家本領。請您放心。」
富次郎突然放下心中大石，差點覺得天旋地轉。
古董店老闆說這算是收購，說什麼也堅持要付錢。最後富次郎決定只收一文錢。

「今後我會拿它當我的護身符。」

爲了能向這位膽識過人，平靜如水的古董店老闆看齊。

幾天後，富次郎開始著手作畫。好了，該畫什麼好呢？

變換快速，令人眼花繚亂的季節、長著翅膀，將人團團包圍的怪物、有怪魚潛伏的湖泊、整排百目蠟燭的長長走廊、像在吶喊般的祈禱文，還有那棟房子，屋裡的隔門圖繪上畫著怒火勃發的火山。身爲屋主的漆黑武士。

富次郎浪費了多張半紙畫底稿。怎麼都不滿意，一再揉成一團丟棄。

最後還是決定畫一名身穿鎧甲的武士昂然而立的姿態。其他什麼都不需要。

拿定主意開始畫輪廓時，明明沒勾住衣袖，卻打翻墨壺。裡頭墨汁流出，轉眼將半紙染成全黑。

富次郎在那張紙面前僵立了半晌。

這次不能畫。

幾經苦思，他寫下一行字。待墨乾後，他旋即喚阿勝前來。

阿勝望向那張半紙，看了上頭的題字後，發出「哎呀」一聲驚呼。

「原來是這樣啊。」

「嗯，就是這樣。」

兩人就只有如此簡短交談，便有了默契。

黑武御神火府邸

聽過就忘，這樣才符合這個故事，爲此畫下完美句點。

（完）

解說　路那

《黑武御神火府邸》解說——新篇章的開啓

新的聆聽者

在《怪奇草紙》的最後，三島屋的「變調百物語」迎來重大轉折：開啓百物語的阿近，走出了未婚夫去世的陰霾，與舊書商葫蘆古堂的小老闆勘一共結連理，連帶地告別擔任百物語聽取者的角色。就在三島屋討論「百物語」是否該就此終結時，回家休養的次男富次郎說他想接替阿近，繼續擔任聆聽者。

富次郎在「奇異百物語」第四卷《三鬼》首次登場。他在任職的店家惠比壽屋遭到池魚之殃，頭部受了重傷，就此回到家中療養。如同阿近因未婚夫遭到青梅竹馬殺害而心靈受創、不得不離開故鄉，一度非常接近死亡的富次郎，儘管依然維持他「宛如五月的和風，灑脫自得」的優閒姿態，內心卻不再是過往那個無憂無慮，只想著和父親一樣白手起家的富家少爺。

瀕臨死亡的經驗，讓富次郎看到連自己都不知道的黑暗面。儘管說的灑脫，但仔細觀察富次郎的言行，會發現他和先前的阿近一樣，都無法再對自己的位置乃至未來抱持樂觀的信心。阿近順利藉由「變調百物語」康復了，富次郎也會如此嗎？他將迎向什麼未來呢？

「變調百物語」的第二篇章就此揭開。

質疑與信賴

儘管富次郎本人認爲擔任百物語的聽取者能協助他整理自身，然而周遭未必都抱持贊同意見。負責仲介說故事者的燈庵，當面質疑他「不過是無所事事的公子哥兒」，擔任百物語的聽取者，不過是富家公子哥的心血來潮，太過小看「聽人說故事」的危險性，「該學的是從商吧！」對此，富次郎試圖以嘻皮笑臉蒙混帶過，反倒讓燈庵下了刁難小少爺的決心——之後，無論是眞實抑或謊言，都不再有「蛤蟆仙人」以他睿智的目光代爲審查。

儘管這對富次郎而言絕對是棘手的考驗，但作爲讀者，我卻興奮極了——顯然此後讀者讀到的不再只是「登場角色轉達的不可思議事情」，也存在著「登場角色本身設下了不可思議的圈套」這樣的故事吧？「變調百物語」不僅因聽故事者的更迭而有著新氣象，故事本身無疑也將進入新階段。

燈庵說話算話，在小說後段，他確實送來一名沒能成爲說故事者的客人。此一插曲在我看來，恰恰預告了「百物語」會在難解的人心中走得更遠更深，也更黑暗——實際上，綜觀本作四個故事，讀者會發現莫名所以的惡意增加了：〈愛哭痣〉的怨靈與八太郎家素無恩怨，卻偏生興風作浪；〈婆婆的墳墓〉中，普通的婆婆某日突然豹變，接連對好幾代的媳婦都懷抱著血腥的惡意；〈黑武御神火府邸〉的黑武士挑選受害者的標準則相當匪夷所思。這些惡意即便存在著根源，卻難以追跡，甚至難以理解。它們就像範圍有限的天災，遇到的人只能承受——這又令人想到〈兩人同行〉中遇到瘟疫的龜一與遭遇意外的寬吉，兩人皆遇到家破人亡的慘事。他們什麼都沒做錯，但偏偏遇到這樣的事情。家人逝去後己身的無力與悲痛、對自己倖存的喜悅與罪咎，層層交疊的鬱悶與糾結又豈是常人可以想像？由此，被擄進宅邸的女侍阿秋，在面對百物語時所產生的憎恨之心，儘管貌似無稽，但卻意外地令人感到可以理解。「飛來橫禍」四字，足以輕易總結了這樣的遭遇，卻難以簡單地撫慰人心。

期待歸期待，但富次郎若眞的面臨到更黑暗的情境也挺令人不捨。幸好，女侍阿勝提出犀利觀點：「大部分人只要不是有迫切的原因，說出的謊言都唬不了人。要說出過人的謊言，就需要有過人的器量。」這讓我想到《睡美人》中待女巫詛咒完才給予祝福的仙女，讓本作不致往黑暗基調一路下墜的太深。與此同時，透過說謊者提供的故事，富次郎開始思考「用語言或畫筆描繪的鬼魂，與信口胡謅的鬼魂，究竟有哪裡不同」。對於富次郎而言，這是眞實性與否的問題，然而對讀者來說，問題卻更有意思——在虛構與虛構之間，爲什麼有些讓我們害怕顫抖，有些假的令人唾棄？

有質疑，那麼相應地也存在「因爲是富次郎，所以信賴」的狀況。口舌狠辣的燈庵，終究替富次郎的登場找到再恰當不過的人選，即他的兒時玩伴八太郎。除了彼此認識，八太郎願意說出自己的故事，也和富次郎的性別與年齡特質有關——年輕男性的苦惱，就由年輕男性來傾聽——我甚至有了宮部這樣說的錯覺。

然而那眞的是錯覺嗎？抑或是對社會上認爲女性比起男性更體貼、更善解人意的溫和反思？人不可能完全理解另一個人，但透過相似的出身、性別、種族、國籍等因素，我們往往更能理解與我們相似的他人。男性不擅長同理與共感嗎？或只是不敢/無法表達？在現實社會，面對創傷，男性失語往往較女性劇烈。早在《怪奇草紙》，宮部便透過平吉、十兵衛與伊一郎等說故事者將此點表露無遺。明顯可見，此主題在本作中依然延續：〈愛哭痣〉的八太郎坦承因爲聆聽者是富次郎，所以願意說出困擾自身已久的過往；〈兩人同行〉中的飛腳龜一與鬼魂寬吉，更是「男兒有淚，不知如何是好」的代表典範；龜一連告知他人自己的恐怖經驗，都感到「有損男子氣概」。甚至在〈黑武御神火府邸〉中，已無多少陽壽的梅屋甚三郎，還是在女侍阿秋的擅自主張下，才得以一吐他的恐怖遭遇。

這不禁令人思考，吐露心事是懦弱還是勇敢？有意思的是，或許因爲許多男性避諱如深，反倒讓能吐露心事者顯得勇敢。換言之，勇敢的判準並不在特定的行爲，而在於是否有意願與能力違反不合理的禁忌，不是嗎？

身分與家族的主題

延續著富次郎接棒的主題，本作最大的特徵或許是說故事者說故事的時機，以及何時意識到故事必須被說出來。

在〈愛哭痣〉中，八太郎對過往的事件一直有些懵懂，直到娶妻生女，當了父親後，突然想到那起令家庭分崩離析的慘禍；在〈婆婆的墳墓〉中，當年家中的幼女阿花，在兒子將娶媳婦、自己將變成婆婆的時刻，想起了家族不幸的詛咒；在〈兩人同行〉中，龜一很高興能在即將成爲總店支配人之前將故事說出，做出「區隔」；〈黑武御神火府邸〉更微妙——儘管兩人行徑天差地別，但梅屋甚三郎與富次郎一樣，身爲不須繼承家中生意的男嗣，遭遇飛來橫禍，最終改變自身命運軌跡。從〈愛哭痣〉到〈黑武御神火府邸〉，在在扣緊「身分變換」的第一主題。這個主題也與本作的第二主題「家族」相互呼應——富次郎在〈兩人同行〉的故事展開前察覺到「先前兩位講的故事，都是家族間引發的災禍」，因而「變得有些膽怯」，並非偶然。自我期許與家庭期待，是亙古的人生課題，也是富次郎即將面對的。他該接受家中安排開分店？該找門當戶對的人家成爲入贅女婿？該如同原本期盼白手起家？亦或有其他條路？面對未來，富次郎與當初的阿近一樣地茫然。然而與阿近不同，擺在富次郎面前的選擇無疑要豐富許多，迷惘也同樣多了許多。類似這樣的衝突，或許會在未來的故事中逐漸出現吧？

最後是，在本作中登場的「古董店」，或許和葫蘆古堂一樣，會成爲富次郎的聆聽人生中相當重要的夥伴也說不定。雖然沒有《三鬼》阿勝對葫蘆古堂那麼肯定的背書，但我有著這樣的預感。

作者簡介

路那

「疑案辦」副主編、台灣推理作家協會成員、台大台文所博士候選人。熱愛謎團，最大的幸福是閱讀與推廣推理小說與台灣文學。合著有《圖解台灣史》、《現代日本的形成：空間與時間穿越的旅程》、《電影裡的人權關鍵字》系列套書。

宮部美幸

作品集 / 72
Miyabe Miyuki

黑武御神火府邸：三島屋奇異百物語六

國家圖書館出版品預行編目資料

黑武御神火府邸：三島屋奇異百物語六 / 宮部美幸著；李彥樺譯. - 初版.- 臺北市：獨步文化：家庭傳媒城邦分公司發行, 民110.5
面；　公分. --（宮部美幸作品集：72）
譯自：黑武御神火御殿——三島屋変調百物語陸之續
ISBN 9789865580223（平裝）
9789865580315（EPUB）
861.57　　109018910

原著書名 / 黑武御神火御殿——三島屋変調百物語陸之續・作者 / 宮部美幸・翻譯 / 高詹燦・責任編輯 / 詹凱婷・行銷業務部 / 徐慧芬、陳紫晴・編輯總監 / 劉麗眞・總經理 / 陳逸瑛・榮譽社長 / 詹宏志・發行人 / 凃玉雲・出版 / 獨步文化 城邦文化事業股份有限公司 台北市中山區104民生東路二段141號5樓 電話 / (02) 2500-7696 傳眞 / (02) 2500-1966; 2500-1967・發行 / 英屬蓋曼群島商家庭傳媒股份有限公司城邦分公司 台北市中山區民生東路二段141號11樓・讀者服務專線 / (02)2500-7718; 2500-7719・服務時間 / 週一至週五：09：30-12：00、13：30-17：00・24小時傳眞服務 / (02)2500-1990; 2500-1991・讀者服務信箱 e-mail / service@readingclub.com.tw・劃撥帳號 / 19863813 書虫股份有限公司・香港發行所 / 城邦（香港）出版集團有限公司 香港灣仔駱克道193號東超商業中心1樓 / (852) 25086231 傳眞 / (852) 25789337 E-mail / hkcite@biznetvigator.com 馬新發行所 / 城邦（馬新）出版集團 Cite (M) Sdn. Bhd. 41, Jalan Radin Anum, Bandar Baru Sri Petaling,57000 Kuala Lumpur, Malaysia. 電話 / (603) 90578822 傳眞 / (603) 90576622・封面設計 / 蕭旭芳・排版 / 游淑萍・印刷 / 中原造像股份有限公司・2021年5月初版・2022年5月10日初版四刷・定價 / 480元
Printed in Taiwan　ISBN 9789865580223（平裝）9789865580315（EPUB）

城邦讀書花園
www.cite.com.tw

宮部みゆき